"2022·北京文艺论坛"论文集

北京市文学艺术界联合会 编

王一川 学术统筹

广西师范大学出版社
·桂林·

目　录

"大北京文学"的空间和文学经典化

　　——以《北京文学》创刊七十周年经典丛书中篇小说卷为中心

　　………………………………………………… 孟繁华　1

"北京学"里的艺术问题 ………………………… 孙　郁　6

在第二个百年努力胜出 …………………………… 王光明　14

寻找观察北京叙事的新角度 ……………………… 张清华　19

和写作相关的几组概念 …………………………… 石一枫　22

九十年代：记忆、建构与反思 …………………… 杨庆祥　27

京味、京情、京风

　　——2012年至2022年北京文艺鉴赏札记 ……… 王一川　36

机制与重构：跨文化背景下中华传统文化的国际化叙事

　　………………………………………………… 胡正荣　45

论"网络剧场"的内容生产、文化传播与工业美学探索

　　…………………………………… 陈旭光　张明浩　55

从高原攀向高峰

　　——电视剧这十年创作刍议 ………………… 高小立　77

宝箱里面有什么

  ——电子游戏视听内容与用户创作内容………… 陈京炜 86

全媒体环境下剧集产业新格局建构、问题与发展路径 …… 赵 晖 92

新时代话剧：历增岁月,春满山河………… 宋宝珍 110

京腔京韵更多情

  ——回眸新时代北京曲艺的创新与发展………… 蒋慧明 117

关于戏曲现状的四个问题………… 张之薇 122

北京舞台艺术的新面貌与新特点………… 景俊美 131

从工业题材到工业叙事………… 陶庆梅 135

以人民视角谱写新时代中国故事………… 肖向荣 139

杂技叙事的进一步演进

  ——部分新创杂技剧表现一览………… 徐 秋 143

歌诗的历史传承及时代担当………… 宋青松 147

点唱机音乐剧及其生产模式：消费社会对音乐创作的挑战

  ………… 毕明辉 153

坚持人民至上的新时代舞蹈创作观………… 金 浩 176

影像新时代,摄影的守望与嬗变 ………… 李树峰 182

把竹子种在5G的时代

  ——谈谈中国画的危机与未来………… 吴洪亮 200

三山万户巷盘曲,百桥千街水纵横

  ——《康熙南巡图》第九卷中的浙江 ………… 吕 晓 204

新学科目录背景下的书法批评发展………… 虞晓勇 233

时代的脉搏

  ——新世纪以来的历史画创作略观………… 宛少军 237

跨文化书写中的"北京城墙" ……………………… 黄　悦 244

数字时代的新文艺与新形态……………………… 张慧瑜 257

"在世界中"的青年作家 …………………………… 岳　雯 262

"京味儿"三题：概念、方法与实践 ……………… 祝鹏程 266

虚拟偶像："情感真实主义"下的众创乌托邦………… 薛　静 277

自我与世界的辩证法

　　——观察青年写作的一种视角……………… 徐　刚 281

新时代文艺评论人才培养机制浅析……………… 李甜甜 293

新时代北京舞剧的创新发展成果………………… 南若然 305

新时代北京原创歌剧发展成果与问题、对策研究 ………… 张雨梦 313

相声剧，是相声还是剧

　　——评京味儿相声剧《同行的你》 ……………… 修雨薇 328

新时代杂技剧创新发展及问题对策研究…………… 卢　曦 333

"大北京文学"的空间和文学经典化

——以《北京文学》创刊七十周年经典丛书中篇小说卷为中心

孟繁华

　　这个单元讨论时间北京,非常重要,也颇有新意。我讲的是空间北京。空间和时间有关系,而且是互为前提的。"空间北京"的想法受到2014 年(莫言获诺奖两年后)北京师范大学召开的"讲述中国与对话世界:莫言与中国当代文学国际学术研讨会"的启发。这本是大学正常的国际学术交流活动,但是当看到法国汉学家杜特莱,日本汉学家藤井省三、吉田富夫,意大利汉学家李莎,德国汉学家郝穆天,荷兰汉学家马苏菲,韩国汉学家朴宰雨以及国内诸多著名批评家和现当代文学研究者齐聚会议时,我突然意识到,莫言获得"诺奖"是一个庞大的国际团队一起努力的结果。如果没有这个国际团队的共同努力,莫言几乎是不可能获奖的。这个庞大的团队还包括没有莅临会议的葛浩文、马悦然、陈安娜等著名汉学家。因此,当莫言获奖时,极度兴奋的不仅仅是中国文学界,还有这个国际团队的所有成员。这时我们也就理解了陈安娜在莫言获奖时的心情:2012 年 10 月 11 日 19 时 30 分,陈安娜在瑞典文学院发布莫言获奖的消息后,仅在新浪微博上发了两个表情(一个太阳和一只蛋糕),对莫言的获奖表示祝贺并晒出美好心情。这条微博被网友大量转发,许多中国网友向她表示感谢。当晚,陈安娜又发表微博表示:"谢谢大家!请别忘记,莫言有很多译者,文学院也看了不同语言的版本:英文、法文、德文等。大家都一起高兴!"这当然是一个重要的时刻。莫言获奖不仅极大地提升了中国文学在世界文学总体格局中的地位,同时也告知我们:中国当代文学经典化的国际化语境业已形成。这个语境的形成,除了文学的通约性以外,与冷战结束后新的国际环境大有关系。试想,如果在索尔仁尼琴或帕斯捷尔纳克的时代,西方汉学家如此积极地译介莫言,莫言的命运将会如何?冷战结束后,中国文学悄然进入了世界的"文学联合国"。在这样一个联合国,大家不仅相互沟通交流文学信息,相互了解和借鉴文学观念和艺术方法,还要共同处理国际文学事务。这个"文学共同体"的形成,是一个不断认同、不断妥协的过程。比如,文学弱势地区对本土性的强调和文学强势地区对文学普遍价值的坚守,其中有相通之处:因为本土性不构成对人类普遍价值的对立和挑战;但在强调文学本土性的表述里,显然潜隐着某种尚未言说的意识形态诉求。但是,在"文学联合国"共同掌控和管理文学事务的时代,任何一种"单边要求"或对地缘、地域的特殊强调,都是难以成立的。这是由文学面临的全新的国际语境决定的。这种文学的国际语境,就是我们今天切实的文学大环境。这意味着当下中国文学处于我们正在经历的变化之中。或者说,当中国的文学空间拓展了之后,我们获得了意想不到的文学成果,它更新了我们的文学观念,拓宽了我们的文学视野,我们了解和感受到了不同的文学气息和多种可能性。

"大北京文学"的观念,是北京文联、作协重要的观念。这个观念带动了北京文学的大发展、大繁荣。不同地域的作家,都可以成为北京的签约作家、专业作家。他们为北京文学带来了新的经验、题材和气象。他们的经验正在融入北京的文学和文化之中。一个具体的实践行为是,在《北京文学》创刊七十周年之际,《北京文学》编辑部"为了尽可能客观、准确、全面反映《北京文学》创刊七十年不同时期作品的风貌",编选了"《北京文学》创刊七十周年经典丛书",共四卷六册,其中中篇小说有两卷,可见中篇小说在编选者心中的权重。编选的共12位作家的12部中篇作品,不仅是《北京文学》视野里的经典,同时也可以看作中华人民共和国成立七十年来中篇小说的重要收获。

北京是当代中国的政治、文化中心,当然也是中国当代文学无可非议的重镇。北京是五四新文化运动的发祥地,这个伟大的传统一直深刻地影响着近百年来的北京作家,他们强烈的国家民族关怀,对参与社会公共事务的热情和积极态度,使北京的文学气象宏大而高远。丰厚的文学人才资源塑造了北京独特的文学气氛:所谓"文坛",在北京是一个真实的存在。在这个专业领域内,竞争构成了一种危机,同时也构成了一种真正的动力,特别是在当下的文化语境中,这是为数不多的随处可以畅谈文学的城市,这是北京的优越和骄傲。独特的地理位置以及开放的国内国际环境,使《北京文学》有一种得天独厚的文学实践条件。各种文学信息在北京汇集,不同身份的文学家以文学的名义在北京相会,国内外的文学消息和文学家彼此往来,使北京文坛有了不同于其他地方的视野和气氛。因此,在不同的历史时期,北京的文学创作和批评,都因其对社会和现实世界的敏锐感知和宽广视野,以及其不同凡响的万千气象而备受瞩目。它引领着中国文学的发展,它制造潮流也反击潮流,它产生大师也颠覆大师,它造就文化英雄也批判文化英雄……北京是当代中国影响力最大的文学发动机和实验场,在某种意义上说,北京就是中国文学和文化的缩影。通过这些中篇小说,我们可以清晰地了解北京文学地理的走势与变化。

入选的作家有余华、迟子建、蒋韵、刘震云、谈歌、李佩甫、李唯等,他们并非北京本地作家。但《北京文学》以其巨大的影响力吸引这些作家发表了重要作品。余华的《现实一种》是他引起文坛注意的重要作品。陈晓明说,对于"文学怎么描写现实""小说怎么表现真实"这类问题,余华在1988年通过《现实一种》做出了激进的回应,也可以说他做了一个极端的实验。这篇作品直到今天读来还很有力度,我们能够感到余华文字那种刀刀见血的力道,以及背后渗透出的那种残酷和令人绝望窒息的现实感。张燕玲认为,迟子建的《零作坊》讲述了屠宰场女主人翁史美痛楚而浪漫的故事,这正是迟子建"理想主义的抒情性"的一次变奏。作者以屠宰场心性浪漫的女主人所象征的理想主义,反观残酷的现实存在,让翁史美分裂又自然的人格在牲畜的血腥与艰难的人世中生长出灵魂之花。孙郁评价蒋韵的《心爱的树》说,蒋韵感知世界的方式与同代人多有不同。她从畸形的生活里看到了被压抑的美,而一切都没有答案。文章对于沧桑岁月里温情的表述是非左翼式的。我们于灰色世界的苦楚里感到了充满暖意的光泽。白烨认为刘震云的《单位》"不露声色,嘲尽世情"。在我看来,《单位》确有世情性,但更重要的是,刘震云在那个时代独领风骚,构建了"新写实"这一巨大的文学潮流。何平说谈歌的《天下荒年》的思考,一定意义上是二十世纪八十年代改革开放的一个重要起点,也是文学的一个重要时代主题。但小说中对旧生活的拷问,显示了谈歌的文学视野和思想深度。何向阳认为李佩甫的《无边无际的早晨》展现了与生俱来的乡愁、人类的黄金童年、接近真相的理论。李唯的创作数量并不多,但这部《1979年的爱情》塑造了三个性格迥异的人物,其中一波三折的爱情婚姻让人一言难尽,但艺术上却别有心裁、绝处逢生。真是群星璀璨,他们是各种文学潮流的领袖人物和代表性人物。而刘恒、徐小斌、叶广芩、毕淑敏、邓友梅等或是北京人,或有北京生活经历,但并非都写传统的"京味小说"。可能只有邓友梅的《那五》写了地地道道的老北京,现在看来颇为难得。贺绍俊说,《那五》有"超越时代的共名性",所言不虚,至今那五的面孔仍然活在我们的记忆中。那个时代的风情画,也让我们记忆犹新。刘恒、叶广芩、毕淑敏和徐小斌虽然没有写北京生活,但我认为他们的小说毫无疑问也与北京有关:是北京的经历或阅历照亮了他们的生活积累,北京的地缘优势使他们获得了不一样的文学视野。刘恒的《伏羲伏羲》并没有在"京味文学"的谱系中展开,但它对人性的开掘,对人的欲望的描绘与对非人性的"伦理秩序"的挑战,是那个时代冲决一切思想牢笼的极端化和形象化的阐释。它的文学性是那个时代无与伦比的鲜红玫瑰。毕淑敏的《预约死亡》表达的是生命伦理学、医疗现实、临终关怀和安乐死等话题,在新冠疫情肆虐的今天重读该作,仍有初次阅读的惊悚和震撼。在贺绍俊看来,捍卫人的尊严是叶广芩的《状元媒》的主题之一,叶广芩也一直将这一主题延伸到接下来的写作中,她特别赞赏那些处于危难或卑贱之中的人不畏权贵、不受诱惑,为捍卫自己的尊严所做的哪怕很细微的一个举动。《对一个精神病患者的调查》是徐小斌的成名作,小说呈现了一个几乎是"征候性"的事件,在理想主义与现代主义相互发现的时代,小说的"雅努斯"面孔令人耳目一新。这些优秀的中篇小说犹如繁星般镶嵌在《北京文学》的星空中。

　　文学选本是文学经典化的方式之一。当然,不同的选本一定会受到时代的限制,所谓一个时代有一个时代的文学,不仅指当代人在新的文学实践条件的规约下,在新观念的支配下创作的新作品,同时也指不同时代对过去文学经典的再认识和再发现。这恰是文学经典的魅力所在,也就是经典文学的经典性。或者说,即便在不同的历史语境中,经典文学也一直具有被再发现、再阐释的可能:过去我们曾经强调的经典作品在某些方面的价值和创造性,遮蔽了它们更丰富的内涵,或者说,由于时代带来的不同局限、问题或困扰,我们总会以"片面"的方式强调经典的某个方面。这不仅可以理解,而且是难以超越的。因此,文学经典一直处于建构中。从某种意义上说,确认和构建文学经典,应该是文学批评或文学研究的核心问题。而《北京文学》编辑部编选的这套经典,其价值也正在于此。

孟繁华　沈阳师范大学特聘教授,中国文化与文学研究所所长。

"北京学"里的艺术问题

孙 郁

1994年,我在《北京日报》副刊做编辑时,曾刊发过陈平原先生《北京学》一文,那时候副刊有个"京都神韵"栏目,登载了不少描写北京风貌的文章。记得张中行、端木蕻良、刘心武、陈建功等人都有不错的作品问世,片段里不乏京派文人的儒雅之气。与众人对北京诗意的描写不同,陈平原的文章带来了知识论的冲击波,最初读到他的手稿,就感受到了异于常人的问题意识,他借着一篇感性的随笔,引出一个值得注意的学术话题。

北京可叙述的遗存作为一个庞杂的存在,要系统勾勒起来很不容易,倘若没有多学科和多维度的思考,探入精神深处是有难度的。二十八年过去,"北京学"的理念已经被学界所接受,陈平原自己也没有料到,当年的建议如今被许多人所响应,且已经成为学科里的热点之一。北京联合大学成立了"北京学"研究所,相关的研究已经趋于系统化。

显然,"北京学"是个跨学科的立体的研究范畴,涉及诸多形态,自然需要不同知识结构的人的合力运作。陈平原后来说:"研究北京这座城市的形成及演变,包括自然、地理、历史、人物、宗教、习俗等,是目前成果最为丰富,也是专家与大众间交流最为顺畅的。城市史偏重于人文学,城市学则更多倚重社会科学……"①人文学涉及精神层面的东西较多,社会学则关联的物的成分较广。一个趋于虚,一个限于实,所以彼此的路径并不一致。不过这些年的研究中成就最大者,大约还是人文学领域,特别是艺术研究。在面对北京的历史与现实时,艺术的话题有时候可能更为广泛。这不是一个封闭的空间,在不同领域都可以看到艺术的元素。如考古学与博物馆学,建筑学与地理学都交织着艺术精神。反过来,一些艺术研究也是在交叉的话题里激活了对古都历史的凝视。

就我个人的经历而言,之所以注意到北京研究,还与文物保护的争论的记忆有关。二十世纪八十年代末,我到国家文物局系统工作,古都保护的呼声很高,文化部门与有关政府部门就此存在很大的分歧。二十世纪九十年代报纸副刊上讨论的多是老北京的遗物如何守护、城市规划与古物之关系等话题。谢辰生、舒乙等人的许多文章,都带有一种文化的焦虑感。他们不仅仅担心记忆的消失,更重要的是感伤于古典美的隐没。建筑之美、胡同之美与戏曲之美,都混杂在彼时的争论中。但随着城市大规模的建设,新北京概念开始辐射许多领域,当 2008 年的奥运口号定为"新北京与新奥运",老北京的概念才彻底隐退到博物馆中。直到国家文物局积极筹备申报世界遗产"故宫与中轴线的景观",再次将人们的视线拉回老北京的世界。于是我们看到,北京的文化建设与艺术创造,便在新旧两个区间游荡。关于这座古城,仅仅谈论老北京或单纯凝视新北京,都是不全面的。

我们在此看到了古老的都城进入现代后面临的难题。从二十世纪三十年代北京文物整理委员会成立时起,难题就一直存在。这个机构就是为直面难题而生的。那时候的学者以社会学与建筑学视角俯察古

---

①　陈平原:《"北京学"的腾挪空间及发展策略》,《北京社会科学》2016 年第 6 期。

都的陈迹,是带着很深的情怀的。随着西方文化遗产观念的不断引进,相关专著与论文,都是在一个开阔的视野里呈现出来的。这个风气也影响了文学与艺术研究领域,在史学范围与政治学范围里拓展空间,已经成为常态。而其他学科也在不同程度上涉及美育的内容。比如故宫学的研究,有许多包含东西方文化比较研究的内容。而关于京剧的思考则在欧洲歌剧的参照下获得了全新的视角。

"北京学"的核心问题之所以更多地被美学观念与文学艺术观念所涵盖,可能与古都的特点与文化记忆的方式有关。在大的背景下看都市的沿革,依靠的是感性显现中的爱意与诗意的回味。这反过来也启示艺术史与文学史研究者,从古城的空间结构来讨论艺术,就带有艺术公共空间研究的意味。因个人的趣味所限,我觉得"北京学"里的艺术问题,可能多了与其他城市史研究不同的精神景深。一是内部视角,一是外来视角。就前者来说,老北京眼里的诸种印记成为主要材料,从齐如山到梁实秋,再到金受申、萧乾,著作颇为可观。但写北京写得最深入的大多不是土生土长的北京人,有的甚至是外国人。美国学者德克·博迪《北京日记——革命的一年》记录了岁月的沧桑;奥地利学者雷立伯《我的灵都》融合了国际性的背景,内蕴就不同寻常了。近些年的北京文化研究与历史研究充分借鉴了这些成果,融合性在今天已经成为一个趋势。

一般关于老北京记忆的研究,多集中在古风的描述上。《燕京杂记》《帝京景物略》《燕京岁时记》《渌水亭杂识》都是旧岁的记载,不乏古趣。民国期间的瞿宣颖《故都闻见录》多注意日常生活和世事沧桑方面,但我更注意他对城市规划史与风水的研究。延续元明清以来的北京发展脉络,既能够从水文地理中阐释城市的方位与特色,又兼及士大夫与黎民百姓的衣食住行,可以说他的北京记忆带有系统性和多维性。《从北京之沿革观察中国建筑之进化》一文历数不同时代的建筑风格,由物及人,从华夏到域外,结论亦让人深思不已:

北京为唐以前文化中心之继承者。盖缘唐亡以后,其重心移在北而不再南也。由此代加扩展,以容纳许多新的生命,渐成一极复杂、极瑰异之观。

其在纵的方面也,许多远久之经典的历史意义,包含于其中;其在横的方面也,许多种族语文宗教习俗之结合,表现于其外。关于前者,不待言矣;关于后者,在元明清三代,尤为显著。

故北京者,在十一世纪以后,不独为中国文化中心,抑亚洲各民族联合发挥其民族性之所在,抑东西两方文化特性接触之所在也。①

　　这个观点与当代一些学者的观点极为接近,也属于世界视野里的北京书写。沈庆利等最近出版的《北京国际形象的现代嬗变》思考的就是这类问题,全书资料丰富,"全球北京学"、古代北京形象、当代视野下的北京国际形象的变迁等题目,折射出深厚的历史精神。西方学者对于北京的叙述往往是带有诗意的。瑞典学者奥斯伍尔德·喜仁龙《北京的城墙和城门》就有相当的文学性;芥川龙之介的《中国游记》关于北京的勾勒也是有艺术家的眼光的,内中有着精神上的敏感。这些与清代的宫廷画家郎世宁的西方人视角构成一种呼应。在北京形象里的外来性描述中,看到了国人内心常常忽略的东西。

　　在多维视野里,北京的文化被神秘的色泽所笼罩。古老的幽魂与现代的灵光都出没于此。重要的是,这也是外来思想与新奇艺术的试验地。那些新潮的审美往往刺激了人们对于沉睡于时光深处的生命的打量。所以,在文坛与学界,先锋的与守旧的、时髦的与古典的、冒险的与守成的,都有自己的空间。我们现在讨论"北京学",就不能不纠结于各种悖谬的、对立的和反差极大的元素。

----

①　瞿宣颖主编,侯磊整理:《北京味儿》,北京:北京出版社 2022 年版,第 233 页。

比如梅兰芳研究，就不仅仅是梨园的单一维度展示，还包括与金融界之关系。靳飞先生新近出版的《冯耿光笔记》就是讨论梅兰芳与金融界之关系的。通过对中国银行原总裁冯耿光的研究，发现了在民国期间京剧发展背后的一只无形的手。经由冯耿光，又看到了政治与文化之关系。在这个研究中，世俗社会与上流社会、艺术家与学者、大学环境与市井风采都得到再现，古城的艺术之景便栩栩如生地呈现在读者面前。这个研究与作者先前的张伯驹研究一样，都不是从艺术到艺术，而是一个互为参照的社会形态，在丰富的社会网络里把握古都的文艺之径，就比一般象牙塔里纯然的艺术勾勒更能让人体味到时代的语境。

从经济形态和政治形态来讨论北京艺术，超越了一般地域性的逻辑，使北京叙述有了更为阔大的视野。这里，大学研究显得意味深长。关于北大、北师大、燕京大学、辅仁大学的各种研究，都不是一般意义上的地区教育阐释，而是具有古今与东西方意味的综合思考。大学的环境所产生的艺术与学术思想，有时候冲击了古老的生活方式，乃影响社会变迁的另类存在。比如我们现在讨论的京派文学的变迁，其实与古都历史没有密切的关系，它本质上是古老的民族文化与西方艺术融合的产物，地域性的影子反而显得稀薄了。学者对于地域性与超地域性的描述，都丰富了相关的研究。

这种不同视角的存在使艺术生产有了无穷的潜力。其关键在于，不断涌现的教育机构与文化机构，切割了城市空间。它们属于古城的一部分，却又剥离了旧的体系，权力与政体、组织与个人、习俗与道德，都在被切割的空间内得以延伸。所以，我们看到即便是京派艺术，彼此在一定时间里也是各自行路，有时候色调并不一致。顾随与周作人的差异、废名与汪曾祺的不同，都说明了北京知识人的审美选择，是按照自我的个性而生长起来的。

经由艺术而窥见历史的路径，在今天成为常有的方式。有一个现象值得注意：北京每每是先锋艺术的发祥地，或者说艺术家以先锋的视角来凝视古老的文化遗存。典型的例子是新文化运动的发生，陈思和先生曾将此视为文化上的一种先锋性表达。遥想 1917 年前后的北京，旧式学人在大学里还占重要势力，但不久新文化人据于要津，异于传统文化的诗文与现代思潮很快席卷各地。《新青年》上面的文章与作品，都非传统士大夫的文化可比，尼采、陀思妥耶夫斯基、易卜生等的带有现代主义意味的作品都开始出现在文坛上，引领了一个时代的思想。而 1985 年的现代主义文学写作，也是从北京开始的。各种精神尝试都开始暗中涌现。伴随其间的，便是新旧之争和进退之议。如今人们会讨论百年来的文化史与文学史，这种不同色调的文化张力里的思想，依然让人念之又念。

这说明，古老的都城中存在一个自我调适的精神机制，在被不同专业和阶层切割的世界里，各类的艺术与思想都有自己的空间。有的空间虽小，但渐成气候，不断演进成一种新的潮流。旧的传统自然有种种脉息，新的存在也道路条条。最根本的是，北京保留了古老的文脉，它既存在于文物的世界里，也存在于诗文的王国中。目前一些大学教授的写作与研究，在某些领域是带有亮点的，新京派的作家就保留了这些遗风。比如格非对于西方小说与中国古代文学的言说，与流行的文学观念有别。李洱的小说论与哲学观点，每每也在挑战大学的惯有模式。他们从研究与体味里，发现了艺术生长的另一种可能，其创作自身也是精神反顾的过程，有一种探索的勇气。这与当年废名、沈从文一样，是将文化观念投射于生命体验里，便有了创新的可能。就像北京城叠印了不同历史风貌一样，北京高校内的思想者也是从交叉的文脉里激活了某些审美意识的。

"北京学"要处理的大概是虚与实、古与今、中与外的互渗性带来的多重性遗产。最有意味的遗存自然是文物研究学者留下的诗文，从某种意义上说，他们的文字活化了一个远去的时空。这些学者从历史遗物进入思想史与审美的世界,这体现的不单是价值判断和审美判断,而是复杂而多维的精神品质。从物质到精神,摆脱了学科限制的视角,是可以拓展"北京学"的研究空间的,其间流动的话题甚广。博物馆学的前辈学者苏东海先生在研究北京历史和文物展陈理念的时候,就特别强调美育的价值,在再现北京史的过程中注意内在的审美性。将知识论与审美论结合起来,可能会将北京史变为立体化的遗存。这个思路近来对于文学界与艺术界不无启示意义,同时也将一些边缘学科的文本纳入学术讨论的空间。其实张伯驹、王世襄、启功、单士元、徐邦达等人的劳作,不仅仅局限于文物与博物馆界,他们的诗文在当代文学史里亦有自己的重要地位。比如张伯驹的词作,形似宋代士大夫的样子,内核却有着现代性的灵光。启功的平民本色和幽默文本,开创了京派文学的新体例。我们现在研究北京城的历史时,要参考他们的学识与见解,他们无意间留下的文字的艺术价值,更不可小视。北京的大而深,是因为其间的艺术的气质。这才是其文脉生生不息的原因之一。

德国学者克劳斯·斯莱纳博士在《博物馆学基础》中说:"现代博物馆是一种公共的、文化的和学术性的机构和制度。它系统地收集、保存、解释和研究可移动的实物。这些可移动的实物是能够用于长期说明自然和社会发展,获得知识、传授知识、传播知识、传播感性经验的可靠资料。博物馆在科学的基础上,遵循启发性的原则,以美学的方式展出和传播部分实物。"①这里,作者将文化研究与艺术研究融为一体,说清了虚与实、古与今的关系。近三十余年北京学者的一些跨学科研究,也无不体现了此类精神。无论是出土文献还是田野调查,都能提供新的知识元素,有的甚至可能颠覆我们以往的认知模式。扬之水对于器皿的研究,因诸多遗存而发现了古代审美的某些沿革;方继孝从陈独秀

---

① 参见苏东海:《博物馆的沉思:苏东海论文选(卷三)》,北京:文物出版社 2010 年版,第 237 页。

的遗稿《甲戌随笔》中挖掘出我们从未见过的陈氏风貌;郑欣淼的故宫文献整理,第一次曝光了沈从文的某些资料……这些都填补了以往文学史的空白。2002 年,鲁迅博物馆发起了首届民间藏书家展,让世人看到了大量的作家手稿、字画,震动了藏书界。那一次,韦力展出的宋代与明代藏品,对后来的学术研究起到了某种推进作用。此后,藏品研究被文学界高度重视,文本研究与物品研究互为参照,催生了一些新的成果。这个事情其实也说明,"北京学"呈现的路径千千万万,今人与后人可耕耘的领域实在是很多。

孙　郁　北京作家协会副主席,中国人民大学文学院教授。

在第二个百年努力胜出

王光明

蓦然回首,从"五四"开始成为主流的中国新文学已经有一百多年的历史。记得它刚满十年之际,赵家璧主编"中国新文学大系",胡适负责编选最初十年的理论批评成果,取名为"建设理论集",期待建设现代中国的文学理论。如今过了十个十年,中国的新文学早已今非昔比,大学与研究机构的有识之士联合举办文艺批评高峰论坛,提出"重建文艺批评中国话语体系"不仅是情理之中的事,也可以说是当务之急:国家进入新时代,中国的文学理论批评理所当然要站在时代的前沿,向世界发出中国的声音。

一百多年来的中国文学理论批评,在晚清以来中国社会现代转型的历史进程中,始终是现代意识形态和现代价值观念最积极的推动者,而它自身,也在现代化的进程中完成了历史性蜕变:从诗话文话的评点理论批评走向了现代文艺理论体系的自觉构建,有了一些出色的成果,造就了一批优秀的文艺理论批评家。不可否认的是,当时中国是被动加入世界的现代化进程中的,既要面对救亡图存的历史压力,又要寻找具有中国特色的发展道路,发动社会革命和制度重建。因此,在很长一段时期,现代中国的文学理论批评更多被时代的实用理性(或者说应用性)所牵引。拿来的东西多，自己的声音少。整整一个世纪，先是良莠不分地一股脑儿"拿来"，接着是跟着苏联走，后来又追着西方的现代主义跑，一直未能把建立现代中国文艺理论批评体系的工作提上议事日程。这时的中国文学理论批评除了具有自己时代色彩的意识形态，既少见现代中国学者提出的理论批评概念，也少见其自洽的论述体系，因而基本上没有自己的中国特色。加上当时没有正常的文化交流，世界也听不见中国学者的声音，好长一段时间，欧美学界似乎只知道哈佛大学东亚系的几个学者在研究中国现代文学。而这几个学者，学的是西方人的理论，受的是西方大学的训练，虽然也带来崭新的视野与观感，但由于理论前提与方法都是别人的，其有效性就难免被打了折扣，其理论或许成为理论批评领域"第二次发明的自行车"也未可知。

在中国文学现代转型的第一个百年，我们是被西方的坚船利炮逼着进入现代的快车道的。别人已经捷足先登，我们不得不跟着跑，或者说追着别人跑，学习、跟风或许在所难免。然而现在第一个百年已经过去，不再是学着跑、跟着跑的时代了。我们是不是追上了别人，甚至是不是一定要追赶别人？我不敢妄言，但经过一百多年的修习，对现代跑道和跑法，我们现在应该还是熟悉和了解的。近日我给研究生讲"百年新诗的主要问题"，就跟喜欢诗歌、研究诗歌的年轻人说，当年被胡适命名、被朱自清定义为"学习新语言，寻找新世界"的中国新诗，实际上是在传统中国社会向现代转型过程中寻求现代性的诗歌运动，与其说"新诗"是一个被改变词性（在传统中"新诗"指"新写的诗"）的现代名词，不如说它是一个动宾词，即"革新诗歌"的意思。它所寻求的现代性，不完全是西方意义上的现代性，更不是现代主义。经过一百多年的图变求新，中国诗歌已经由学习西方的现代性，认为现代性就是价值和目标，发展到把现代性作为一个问题，自觉地反思与实践，探索自己的现代性方案了。到了这个阶段，所谓的"新诗"，就与它转型之初学别人、追别人不一样了。不只是简单求新求异，割断历史，以彰显自己与传统的不同,而是希望成为价值的体现,在不断延伸的时间中发光。因此,后现代时期的诗歌立场与寻求现代性初期相比已有重大的调整,不是与古典对抗,而是正视差异、关联与互相牵扯的境况,寻求活力与超越的可能性。所以,在与传统的关系上,已经不是新与旧、"活"与"死"的势不两立,而是发现让彼此互相关联、互相通约的因素,在互勘互见中展望未来。而在与西方的关系上,也从过去的"拿来主义"阶段过渡到平等相向、互通互动的阶段。

由于一个世纪的现代转型,中国文学的现代化有了百年实践与积累,我们在另一个百年重新出发的时候,真的已经到了与世界文学平等对话,发出中国声音的时代。我们完全可以有这种文化自信。2017年秋,我出席"中美诗学对话",对以下三种现象是比较有感触的。

一是中国文学和文化的译著已经越来越多。我们参观俄克拉荷马大学的文学翻译馆,看到了庞德1915年翻译出版的《神州集》(*Cathay*)、韦利1917年出版的《汉诗一百七十首》(*A Hundred and Seventy Chinese Poems*),以及从《诗经》到北岛、多多的诗和莫言、王安忆的小说的英文译本。这些英译中国文学作品改变了我自己对中国文学传播的一些感受。在二十世纪八十年代,我也曾埋怨,西方对中国文学的兴趣不在文学,而在政治。实际上经过几十年的改革开放,我们真的不能说西方与中国文学是有隔膜的了。以前《人民文学》的主编、诗人韩作荣说中国诗歌在国外的影响不小,我还将信将疑,现在耳濡目染,已经相信他说的是实情。

二是看到一些颇有影响力的国际文学奖的获奖者中有中国作家的身影。我去的俄克拉荷马大学所在州盛产石油,基金会实力是比较雄厚的,所资助的《今日世界文学》(*World Literature Today*)是有九十多年历史的世界文学杂志,2010年又增办了副刊《今日中国文学》(*Chinese Literature Today*)。该大学与《今日世界文学》杂志共同主办的"纽斯塔特国际文学奖"(the Neustadt International Prize for Literature)是享有很高声望的国际文学奖,有"小诺贝尔"之称,自 1969 年以来每两年颁发一次,每次一人,目前已举办了二十几届。获奖与被提名的作家中有27 人后来获得了诺贝尔文学奖,可见这个奖的影响力。先后被提名的中国作家则有巴金、戴厚英、北岛、莫言和残雪等,而中国诗人多多于2010 年成为当届的唯一得主。该大学另一个"纽曼华语文学奖"(Newman Prize for Chinese Literature)是专门面对当代汉语文学的,自2010 年设立以来已经举办五届,得奖者分别是莫言、韩少功、王安忆,以及中国台湾地区的作家杨牧、朱天文。这两个奖自有其价值尺度,不一定能充分反映当代中国作家的文学成就,但它一方面体现了世界对中国文学的关注,另一方面也让我们看到,北美人眼里的当代中国文学现在不再局限于台湾地区、香港地区的视域,已经有了比较全面的观感;而且,在美国有影响力的研究中国文学的学者,也不局限于从台大外文系赴美留学后在美国大学任教的教授了。

三是中国文化传统的当代意义得到了更多的关注。当今的美国社会,已经进入后工业后现代阶段,反思现代性是比较流行的文化思潮。而在这种思潮中,东方文化和东方智慧也是他们借用的一种思想武器。说来有趣,二十世纪六十年代"垮掉派"流行的时候,不少美国诗人喜欢上了中国唐代的寒山诗;如今反思现代性的问题,美国思想文化界的一些学者在谈论尼采、海德格尔、德里达、德勒兹、福柯、利奥塔的同时,也热衷谈论中国的老子、庄子以及佛教。在"中美诗学对话会"上,就有学者提出庞德向美国社会介绍中国文化虽然有很大功劳,但庞德介绍的主要是儒家文化,而美国社会现在更需要道家文化和佛教文化。他认为老子、庄子和佛教中的"虚无主义"是反思现代性和为人道主义危机解困的重要思想资源。我半开玩笑地跟他们说,老子、庄子和佛教的精髓是辩证法,所谓"无",实际上是相对"有"而言的,就像人生不能只知获取,也要懂得放下,这样才能让身心得到解放。他们也非常同意。在后现代语境中,西方的价值观和理论越来越难以主导世界,而中国经过几十年的飞速发展和改革开放,已经赢得越来越多的注目者和聆听者。实际上,改革开放这几十年,中国在打开国门看世界的同时,世界也重新发现了中国。

因此,可以认为,中国跟世界的关系,已经不是追随世界潮流和"拿来"的关系,也不是学生和老师的关系了,已经是平等的、对话的、相向互动的关系了。对于世界,中国渐渐学会了鉴别与选择;而面对中国,世界也不敢小觑,开始凝神注视,侧耳静听。所以说,当代中国的文学批评既要发出我们自己的声音,也要体现我们的大国风范和中国情怀。一方面,它理所当然是有鲜明的中国特色的,能体现博大精深的中国文化传统,能反映出被伟大的东方文明滋养的民族的感知方式和思想风貌;另一方面,它也一定是世界格局中的文学理论批评,能够体现在一百多年现代转型后我们对世界的认识,我们对世界文明成果的吸纳转化。换句话说,它不再是闭关锁国、封闭时代无知无畏的理论批评,不是为了与世界抗衡,而是能够在多样的世界和多元的理论批评中脱颖而出。

王光明 首都师范大学文学院教授。

寻找观察北京叙事的新角度

张清华

2022 年 10 月,北师大文学院召开了一个题为"世界文明视野中的北京书写"的研讨会,我有幸听了一场发言,启发良多。

与会的专家从不同角度谈了北京文化的多个界面。有的专家从"满汉全席"的形成,谈到了北京饮食和"中国饮食"的形成,以及其中的政治因素,认为北京之所以成为元明清以来的都城,与北方民族和中原汉族之间的地域争夺、政治与文化博弈,与北京的自然地理、气候环境、物产结构、漕运条件、饮食结构等都有密切的关系。这给了我们这些从事文学研究的人很大的启发。因为这与新文学的形成、北京叙事的形成,几乎有着同样的原因。没有外来的异质文化的影响,显然就不会有老北京特有的风俗、饮食、文化与权力的结构特色,也不会有曹雪芹、老舍这样的作家出现。

没有比《红楼梦》更能够代表中国文化和中国人心灵的文学作品了,也没有比《红楼梦》更能够代表中国美学与中国传统精神的文学作品了。一个中国人,有着黄色的皮肤,还不一定是真正的文化意义上的中国人,他如果没有读过《红楼梦》的话,就不能够完全理解中国文化的精髓,也不懂得什么是中国人的精神。显然,谈北京,不只是谈一个地域概念,还是谈一个丰富的历史概念,一个文化杂糅与交混的概念,一个南北方不同民族在东亚特定的大陆性气候与地理条件下,在漫长的交往、融合、博弈过程中不断变动的概念。在这样的北京看北京的文学,就有了不一样的视角。

曹雪芹显然没有狭隘的民族主义心理——那个时候还没有现代意义上的民族意识,曹雪芹在文化上完全认同了中原文化,将之融合在一起,通过《红楼梦》参与建构了真正的"中华文化",并写出了最典范的中国文化作品,今天我们可以称之为"中国故事"。

还有一位专家谈到了不同时期北京的民间世界的娱乐活动——在北平沦陷的时期,有一个"隔音空间",其中"戏照常演"。所谓的隔音空间,也就是剧院、茶社之类的地方,其实就是与政治区隔的日常生活、民间生活的空间。抗战时期,北京的演艺活动居然也相当丰富。他举出了日本和西方人的著作,展示了他们对于大历史之外、之内、之下的老北京的日常生活观照,这同样也是一个观照文学的好角度。事实上所谓的"新时期文学",如果我们历史地看,应该有两个源头,一个是政治性的发端,就是1978年年底刘心武发表的《班主任》,这是始于北京作家对大历史的召唤与回应的产物,相似的还有从维熙的《大墙下的红玉兰》、谌容的《人到中年》等;还有一个就是非政治性的发端,或者叫民间的发端,1979年邓友梅发表《话说陶然亭》,随后他在二十世纪八十年代初,又相继发表了《寻访画儿韩》《那五》《烟壶》等,写的是老北京的三教九流,不入流的边缘人物,但正是这些民间社会中的人物,开启了"风俗文化小说"的进程,这一进程成为后来"寻根文学"的源头,也是使文学回归日常生活,成为"文化"(而不纯然是政治)的一部分的先声。所以,某种意义上,北京书写作为"新时期文学的开端",其实包含了官方和民间两个层面,它对这两个空间都起到了开启和引领的作用。

显然,北京既是一个特别敏感于时代的地方,又是一个特别接近古老传统的地方。到二十世纪八十年代中后期,以《钟鼓楼》的发表为标志,刘心武由时代弄潮儿式的作家,变成了对传统更情有独钟的作家;而更年轻的王朔,则成为具有新的时代敏感性的作家,他对于"新北京话语"的创造性使用,应和了变革时代中国人的语言方式以及语言构成之变的生动进程,他是一个特别具有时代意义的作家。

北京是一个富有创造性的地方,新旧文化的激荡在北京最具有代表性,这不但决定了北京的传统性、时代性和丰富性,而且决定了它在政治性与民间性互动层面的复杂性,而这正是文学的最佳土壤。也正因为如此,我们不仅获得了对之前的北京书写、北京叙事、北京文学的更多研究视角,而且对当下和未来的北京文学的发展也寄寓了更多期待。

张清华 北京文艺评论家协会副主席,北京师范大学文学院教授、国际写作中心执行主任。

和写作相关的几组概念

石一枫

　　说实在的,我不是很喜欢"创作谈"这个说法,总觉得那有"教人怎么读自己的小说"之嫌,而小说一旦沦落到需要教人怎么读,就已经落了下乘,也丧失了这个大众文体的本意。小说这门艺术门槛虽低,门道却深,我想我也应该把自己的想法梳理一下,总归是个自我反思和自我鞭策的过程。

　　我近些年来的创作,或许是伴随着几组概念或几组关键词进行的。

　　第一组概念应该是"故事"和"现实"。假如小说是讲故事,那么现实题材的小说就是讲那些来自现实、与现实高度相关的故事,这是字面上的粗陋理解。有时也会想,故事多了,干吗一定要讲现实的故事呢?干吗一定要讲现实中的小人物的故事呢? 大人物的故事、跳出三界外不在五行中的故事不是讲起来更加信马由缰,听起来更加惊心动魄吗?事实上我们古典小说中的故事总是离现实,尤其是离普通人的现实很远。滚滚长江东逝水,浪花淘尽的是英雄,而不是我们这些凡人。但这又涉及意义的问题了:在人类进入现代社会以后,恰恰只有现世凡人的生活才是最值得关注和反思的。原来我们就是那淘人的浪。过去学历史,还知道有个年鉴学派,不大看重帝王将相的丰功伟业,而是把贸易规模、交通方式和食谱构成当作决定历史发展的动力,但从文学的角度来看,历史学多少还是有点儿明确的目的,它想要探究真相。而对写小说的人来说,真相好像也无所谓,关键在于我们认同什么,把什么看作是有价值的。

但又面临一个问题:什么样的故事是对我们现实生活的恰当反映呢?这也关乎真实,因为故事本身就是对现实的提炼和改编,那么要怎样提炼和改编才不至于失真呢?另外还有个说法:现实永远比小说精彩。媒介的发达让现实膨胀了,扑面而来,假如突然发现编的都不如真的有意思,你编它干吗?这时候好像就有必要让"现实"跟"主义"发生一点儿联系了。我在《当代》杂志当过一些年的文学编辑,看稿子最怕看到有"现实"没"主义"的,那感觉就跟《舌尖上的中国》里混进一个差劲的厨子似的——天蒙蒙亮,这哥们儿就"开始了一天的劳作",可惜上好的食材只会收集不会收拾,干脆来个乱炖吧,多放味精。说得粗陋点儿,现实主义需要写作的人对现实有看法,关键不在现实,而在那点儿看法。而在小说里,什么是看法?故事本身就是看法。从这个意义上来说,故事写的还真未见得是现实,而是我们对现实的看法。我们总在找寻着一个故事,它能够自我生长,也能够带领我们生长,每一次生长的结果,都让我们眼中的世界不再是它原有的模样了。看法贵在有穿透力,因而故事也贵在有穿透力,只不过获得穿透力的途径各有不同。目前对我而言,似乎那些强烈的、具有戏剧性的故事更能穿透现实的表象,帮助我找到它层层外壳之下的内在肌理,或许因为这个原因,我并不排斥那些有着传奇甚至极端色彩的故事。前两年写的《心灵外史》和《借命而生》皆是如此,《漂洋过海来送你》也有这样的特质。故事大量使用了"无巧不成书"和"说时迟那时快"的演进方法,写的时候我自己也会心虚:这太"过"了吧?然而再一琢磨,为了让我的看法在故事中成立,似乎也只能如此。为了表面的、掩饰出来的圆熟而牺牲故事的力度,在我看来是不值当的。当然得承认,一旦只能如此，恰恰就暴露了我作为作家的火候不够，而继续追寻"那一个"完美的故事，似乎也是我这种职业的本分了。这是令人沮丧的，也是令人振奋的。

以上泛泛而论，或许还涉及了"写小说"这件事情的本源意义。我可能属于那种有点儿溯源癖的作家，对小说里的事儿不溯清源流就没法儿写，对写小说这事本身不溯清源流好像也干不下去。也有作家更加本能一些，不用考虑这样的问题也能写作，对人家我只有羡慕的份儿。接下来我想讨论"熟悉"与"陌生"这对概念。

这里的"熟悉"与"陌生"得分成两个层面来说，有浅有深。浅的层面在于你"能写什么"和"写什么才像"。我们说的广阔的现实、无边的生活，归根结底都是属于别人的，是属于人类这个群体的，而个人的经历与感受其实很有限。一群看似到处乱窜的蟑螂，其实只在各自的地盘上窜，厨房的不去卫生间，卫生间的不去储物间，一不留神还被粘板给粘住了。但写小说和写统计表、写报告、写新闻稿都不一样，它得在一定程度上还原现实，起码让读者"相信它是真的"，所以只有熟悉的东西才能下笔，不熟悉的没准儿写着写着自个儿先吐了。在某些文学理念中，"经历丰富"是创作的先决条件之一，不过随着社会分工对人的固化越来越严重，大部分人经年累月从事的营生也变得越来越有限了。作家协会动不动就组织大家"采风""体验生活"，想来也是针对这个问题，不过多少又有点儿急就章的意思。既然我们的时代已经不大可能产生海明威那样的作家，那么比来比去，没准儿最不值得羡慕的"作家"或者"文化人"反而值得羡慕——因为他闲，闲得没事儿就会操心人家的事儿，操心来操心去，陌生就变得熟悉起来了。当然，真能做到替别人操心，可能也是一种职业素养。过去听老编辑聊天，说中国的作家大部分属于"自传型"的，所以好多人写着写着也就觉得没意思了。我当然也不觉得"笔耕不辍"是个多大的美德，不过我一直避免当个自恋的人，所以心里想，以后写东西得写别人的故事，不要以自我为中心。而别人的故事，也得从自己熟悉的地方出发，一点儿一点儿地把陌生变成熟悉。

而"熟悉"和"陌生"的深一点的层面，恐怕仍然和意义有些关系。有时候想，就算写的都是熟悉的事儿，就算把陌生的也变成熟悉的了，到头来又有什么意思呢？就像从电线杆子上摘下一块口香糖放嘴里，还对人显摆，你看，我从来不挑食。在这个角度上考量写小说这件事情，它固然是个手艺活，语言的铸炼、结构的安排之类都很重要，但终归也是题中应有之意，也是个熟能生巧的功夫。没有题中之意就不是手艺活了，有时越熟越不巧，它需要我们把熟悉的东西再变得陌生。有了陌生，也就有了新知，纯然陌生的新知是学习，熟悉中得来的陌生是发现。当然不止文学如此，在很多国家天经地义的事情在其他国家就像行为艺术一样。就小说而言，假如一个作品中的场景看似熟得不能再熟，都是从生活中来的，但又总能让读者看出未曾有过的新鲜气象，那就是把熟悉变回陌生。"熟悉"和"陌生"的两个层面，从"陌生"到"熟悉"，再从"熟悉"到"陌生"，有点儿像前人的看山之说，只不过顺序变了，在我这儿是先"看山还是山"，然后才"看山不是山"。

而让"熟悉"变回"陌生"，似乎又有两条路径：一是在旧题材上有观念上的突破，二是在新题材上有观念上的发现。我希望能从大家都已熟悉的当下生活中找到一点新的发现，并且我想，我们所经历的"当下"也随着年龄的增长而延长，开始具有其独特的历史价值。我是改革开放造就的一代人，而改革开放已经四十多年了，长度上超过了现代文学史，近年的一些作品当然也是在这种兴趣的影响下写出的。

此外再谈谈另一对概念——"复杂"和"单纯"，这与写作的心态有关系。在某种意义上，小说当然是复杂的好，因为现实生活本来就很复杂，如果看不到那些复杂，那么可能不太适合写小说。当然也得恭喜单纯的人，因为他没准儿生活得很幸福。但仅仅复杂就够了吗？小说中的人物自然有复杂的，也有单纯的，他们有他们的自我逻辑，然而我们这些身在小说之外又与小说密切关联的人,应该以怎样的状态去面对小说所呈现、提炼甚至夸张了的生活的复杂?这个问题也关乎我们阅读、写作小说时的底色。作家的本质不同,也许正是在小说中流露出来的底色不同。我所喜爱、佩服的作家,好像有一个共同的特点,就是他们能看到生活的复杂,但又不畏惧或屈服于那种复杂,而是能以尽可能单纯的目光去审视复杂。他们泛舟海上却能锚定自身,这近乎一种修为。当然,这种复杂与单纯的关系似乎也在人类进入现代以后变得越来越复杂了,罗曼·罗兰还能直说“认清生活真相之后还能热爱生活”,我们却要再三考虑是否认清,是否热爱。我的作品难免触及道德甚至信仰的问题,虽然体现在人物身上可能是变形的道德和变味的信仰,但在宏观的维度上问题还在。既然问题成立,也就没必要回避,答案本身有没有价值另说,但不放弃思考我想还是有价值的。只不过我在找到了故事的内在动力之余,也在怀疑这种动力体现得是否有点儿一厢情愿了?换句话说,可贵的单纯是否伤害了可贵的复杂?和前面的几个概念一样,这对关系也值得我在以后的写作中去认识和深化。

以上拉拉杂杂,是我近来对写小说的一点想法。总而言之,可能并未跳脱出前人的智慧,尤其是“现实主义”写作的基本原则。原则都在书本上写着,不过能否时刻考量与运用就是另一回事了。

石一枫　北京老舍文学院专业作家。

九十年代：记忆、建构与反思

杨庆祥

一、记忆：场景与时刻

二十世纪九十年代对我们来说意味着哪些镜头和画面？当我们离这个年代的物理时间越来越遥远，记忆的选择机制将变得越来越不那么不言自明。生活在二十一世纪的人们，除了出生于千禧年以后的 Z 世代，其他的几个世代都或多或少地是九十年代的"同时代人"。即使如此，同时代的记忆依然受制于这些世代在此时此刻的社会角色、身份和地位，当然也受制于个人的经验和偏好。但只要历史还没有彻底等同于小说，那么，记忆就不得不服从于某些事实的逻辑。对一个时代或时期的理解，也不得不从这些记忆的地基出发。在记忆的大厦里，如果我们将细节和气味交给叙述，那它的骨骼和结构就必须交给"大事记"——大事始终是时代的典型征候——即使它看起来显得冷酷且单调。我们当然需要一部百科全书式的大事编，这样才能超越个人记忆的褊狭——这是历史研究的前提。但是在我的这篇小文中，我只能聊举数例,以说明九十年代以及九十年代记忆的斑斓驳杂。

让我们将记忆的场景定格在 1992 年 6 月 28 日,位于中国南方、毗邻香港的深圳市在深南大道上竖起了邓小平的巨幅画像,上面还写了一行标语:"不坚持社会主义,不坚持改革开放,不发展经济,不提高人民生活,只能是死路一条。"这一记忆勾连的是九十年代中国经济发展的面向,与此记忆相关的还有 1990 年 10 月 8 日,中国内地第一家麦当劳餐厅在深圳开张;1992 年 5 月 21 日,上交所股价全面放开;1999 年11 月 15 日,中美两国签署关于中国加入世贸组织的双边协定;以及一系列金融、公司、价格等制度的改革。中国以积极的姿态加入世界经济秩序,并获得其货币资本和象征资本。如果记忆再稍微深入一些历史的幕后,也许一部分人会对 1994 年 9 月 3 日的一幕难以忘记,这一天中俄签署协议,同意不再以核武器互相瞄准。与这些记忆相关的或许还应该包括 1996 年的中俄联合声明;同年中国进行最后一次核试验,并宣布从 1996 年 7 月 30 日起暂停核试验。这意味着二十世纪六十年代以来的冷战遗产得到了清理,"相互制约的摧毁"由以核威慑为主导的军事竞争转变为以经济发展为主导的综合国力的竞争。但这并不意味着世界秩序就完全按照"理想的原则"来运行,在九十年代记忆的另外一部分,我们发现了"反向"的幽灵如影随形:1995 年 7 月 21 日,台海导弹危机爆发;1998 年 10 月 28 日,国航 905 航班被劫持;1999 年5 月 8 日,北约轰炸中国驻南斯拉夫大使馆,三名中国记者遇难……交流、互动、接纳、阻隔、反弹以及剧烈摩擦同时发生,九十年代由此迸发出各种火花:世界主义与霸权单边主义,全球化与新的民族主义,到世界上去与"中国可以说不"……经济的增长催生了对财富的渴望,成功主义开始流行,日常生活从禁欲走向纵欲,大众文化以向下的姿态开启着另外一种启蒙。对于生活在二十世纪九十年代的人来说,表面就可以是一切,这一表面在日常生活中主要是更好的衣服、食品、房屋、旅游、美容和教育,当然,同时也可以是洪灾、空难以及大迁徙中的渴望和乡愁。对我个人来说，正如我在《九十年代断代》①一文的开篇所提到的：乘坐一艘巨大的开往未来的慢船成为我最深刻的记忆，在那个时候我相信，这艘慢船可以载着我完成对世界主义和世界公民的想象和实践。

记忆理论往往与证词、责任等联系在一起，在一种狭隘的历史研究中，也往往被抽象为一种叙事的类型，比如创伤，这正是卡鲁斯所提醒的："让历史成为一部创伤的历史意味着这样的历史只能是参考性的，因为它完全没有按真实发生的历史被充分感受到；或者用稍微不同的话来说，历史只能在其发生无法被接触的情况下被把握。"②因此，如果要充分感受"九十年代的历史"，那就应该包括全部的记忆——记忆在此构成了一种权力，尤其在某种单一记忆模式覆盖的今天，充分释放了记忆的全部知觉：既包括理性的大事记，也包括感性的日常生活的实感，这多重互构的记忆术，是进入九十年代的前提，在此前提下，才有可能讨论九十年代的历史形式和问题范式。

二、建构：理论和小说

詹姆逊对六十年代的整体判断也许可以作为一切年代学研究的出发点，"历史乃是必然，六十年代只能那样地发生，其机遇和失败相互交错，不可分割，带着一种特定历史情境的客观制约和种种机遇"。③

---

① 杨庆祥：《九十年代断代》，见《鲤·我去二〇〇〇年》，北京：民主与建设出版社2019年版。

② Caruth, Cathy. *Unclaimed Experience: Trauma, Narrative and History.* Baltimore, MD: The Johns Hopkins University Press, 1996.

③ 弗雷德里克·詹姆逊：《60年代断代》，张振成译，见王逢振主编《六十年代》，天津：天津社会科学院出版社2000年版。

这句话如果将对象置换为九十年代,也完全兼容,詹姆逊提供的方法论是,先承认一切真实发生的历史,但同时不放弃对这些林林总总的历史进行叙述,"只有在某种程度上先搞清楚历史上所谓的主导或者统识(hegemonic)为何物的前提下,特异——雷蒙·威廉斯所称之为'残存'或'崛起'——的全部价值才能得以评估"。① 如此说来,在保证记忆的权力并能够平等地处理各种基于不同的价值和立场而产生的"证词"的前提下,历史学研究还需要提纲挈领的归纳法,来对某一断代的政治、经济、文化甚至是生命感受进行综合性的处理。

对九十年代来说,最通行的归纳来自政府的表述。在1992年10月12日召开的中共第十四次全国代表大会上,时任中共中央总书记的江泽民作了《加快改革开放和现代化建设步伐,夺取有中国特色社会主义事业的更大胜利》的大会报告。报告的要点有三:第一是集中精力把经济建设搞上去,尤其制定了九十年代的经济发展目标,由原定的国民生产总值平均每年增长6%,调整为8%~9%;第二是明确了我国经济体制改革的目标是建立社会主义市场经济体制;第三是确立了邓小平建设有中国特色社会主义理论在全党的指导地位。这些表述通过媒体、教材、考试等形式广为传播,在重复的讲述中成为一种"通用知识"。

知识界以更理论化和更科学的方式来捕捉九十年代。正如在二十世纪八十年代召唤"个人主体"的历史势能中,知识界选择了青年马克思和康德;在九十年代召唤"市场经济"的历史势能中,他们选择了哈耶克。自1991年以来,哈耶克的《个人主义与经济秩序》《通往奴役之路》《自由秩序原理》《法律、立法和自由》等著作的中文译本先后出版发行,《通往奴役之路》虽然在六十年代就有"内部发行本",但直到九

---

① 弗雷德里克·詹姆逊:《60年代断代》,张振成译,见王逢振主编《六十年代》,天津:天津社会科学院出版社2000年版。

十年代,它才被奉为"市场经济"的圣经而大受追捧——作为一本理论著作,它在中文的阅读语境中简直可以媲美流行读物。① 哈耶克的经济理论自有经济学专家予以专业评说,但他在九十年代的中国语境中超越了"经济学家"的身份,发挥着启蒙思想家的功能。可以说,哈耶克就是九十年代的康德,知识者从他这里想要获得的并不是市场经济的运行规则和一般原理,而是对在新的环境下如何继续推进"个人性"的思考和实践,在这个意义上,一个被高度中国化的哈耶克构成了九十年代的一个元问题。但是在另外一方面,对无限膨胀的市场以及在这一秩序下无限膨胀的"经济人"的警惕也没有中断过,在九十年代,哈耶克还拥有一个他的"镜像",那就是波兰尼,不过在二十世纪九十年代"新自由主义"占据思想市场的情况下,他几乎没有获得关注:"1984年,我从国外第一次把这本书(指波氏代表作《大转型》)带回国内,说这本书非常好,希望有人有兴趣把它翻译成中文。……1986年,我又带了一本回来,但还是没有人感兴趣,在当时的知识界看来,这本书与中国没有什么相关性,因此没有什么价值。"② 一直等到九十年代结束,尤其是2007年亚洲金融危机爆发后,作为哈耶克反题的波兰尼才开始受到重视,"如果波兰尼是在今天进行写作,就会有额外的证据支持他的结论。例如,在东亚——整个世界中发展最成功的一部分——政府扮演了真正的中心角色,并且或明或暗地承认保持社会团结的价值,以及不仅致力于保护而且还努力提高社会和人力资本"。③ 在我看来,无论是对哈耶克还是对波兰尼的解读,都并非纯粹的"科学分析",而是"历史处理",其夸大和遗漏都带有典型的意识形态征候,但指向的是

---

①　根据王绍光在2008年的检索,在英语世界,有近98万个网页与哈耶克有关;在中文世界,有30多万个相关网页。参见王绍光:《波兰尼〈大转型〉与中国的大转型》,北京:生活·读书·新知三联书店2012年版,第7页。

②　王绍光:《波兰尼〈大转型〉与中国的大转型》,北京:生活·读书·新知三联书店2012年版,第7页。

③　同上书,第130页。

一个相同的"合题",即探索一种在后发历史势能下的中国特色现代化之路。今天看来,九十年代是这一长征的关键一环,而且可能是最生机勃勃的一环。

老歌德说:理论是晦涩的,生命之树长青。无论是社会学还是历史学的理论类型,都无法解释全部的生活实感和生命情状。好在叙事会弥补这一缺陷,重新打开和激活固化的认知。关于九十年代的文学书写可以从两个方面去讨论,一方面是九十年代的写作,比如陈忠实的《白鹿原》、贾平凹的《废都》、王朔的小说、王小波的杂文、张承志的散文,等等。这些写作从不同的侧面传递出九十年代的社会现实和生命意志,具有极强的现场感,尤其是王朔,他是真正属于九十年代的作家——即使是 2022 年出版的历史长篇小说《起初·纪年》①,呈现的也是九十年代的美学形式。另一方面是二十一世纪关于二十世纪九十年代的书写,也就是更年轻世代的作家对九十年代的书写。比如路内的长篇小说《雾行者》和周嘉宁的中篇小说《浪的景观》,这些小说的写作者同时具有亲历者和局外人的视角,这使得这些关于九十年代的书写既有一种亲密感,同时也有一种疏离感——这构成了一种富有张力的历史感觉。如果确实存在着一种历史研究的平行论的话,在这一平行论中,艾略特的诗歌与英国的辉格党政治是同一的,鲍勃·迪伦的歌曲与美军的南方战场关联密切,那么在《雾行者》这样的长篇小说中,也可以看到哈耶克式的政治哲学,甚至可以说,《雾行者》是全然哈耶克式的:对流动性的渴求,对个人自由的执着,对历史和人的有限性的体察。

---

①　王朔:《起初·纪年》,北京:新星出版社 2022 年版。这是一部以新北京话写汉武帝故事的历史题材小说,但呈现的是一种完全当下的日常生活景观,我为其入选"华文好书"写的评语如下:王朔以一种完全当下的方式演绎历史并敷衍为长篇小说。在《起初·纪年》里,我们完全看不到正史那副严肃的面孔——这一面孔是维护霸权和独占的假面——王朔将这些人从史书的高位上拽下来,吃喝拉撒、柴米油盐酱醋一锅炖,大格局不过是小心机,江山万里也抵不过阴谋算计。如此,王朔再次确认了他的文化立场:一切都是平民的、日常的,也因此是人性的。

三、反思：起源与终结

需要注意的是，断代史的意义并非在于其"断代"，而在于其可以不断超越"断代"，在历史的结构里反复产出。《伊甸园之门》的作者莫里斯·迪克斯坦记录了这样一个场景：1974 年 1 月，鲍勃·迪伦在美国麦迪逊花园举行广场音乐会。"音乐会接近尾声时，全场到处亮起了火柴和打火机——每个人都为自己的不朽点燃了一支蜡烛——随着迪伦演唱《宛如滚石》，彬彬有礼的人群怀着同代人团结一心的激情向前涌去……人们沉浸在一片狂热中，经历了一次罕见的、充满自发的激情的时刻。或许六十年代的生气犹存，应当从这些虽然别扭但令人愉快的回忆的仪式中得到挽救……"①对于莫里斯来说，这是一个关键性的场景，他的六十年代断代史研究由此获得了一种当下的在场感。那么，有没有这样的关键性场景来为九十年代的当下在场充当证词呢？可以串联起来的场景不是太少了，也许是太多了，我在开篇提到的每一个记忆片段都有理由来为九十年代赢得其当下性。但是在 2022 年，也就是物理时间意义上的九十年代已经过去了二十多年后，有两个场景让我惊讶不已——原来九十年代在我们身上依然如此顽强地存在。一个是歌手崔健在 2022 年 4 月 15 日举行了首场线上音乐会，在线观看人次多达 4 400 万，那一夜朋友圈和各大社交媒体出现了少见的团结一心，就像 1974 年大家向鲍勃·迪伦致敬一样，2022 年中国的智识阶层通过崔健获得了短暂的文化认同。另外一个场景同样发生在 2022 年，8 月份深圳一家商场举行香港歌手黄家驹的纪念演唱会，没想到现

---

① 莫里斯·迪克斯坦：《伊甸园之门》，方晓光译，北京：新星出版社 2019 年版，第 237 页。

场观众远远超过了预计,相关部门不得不紧急叫停活动,但是已经到场的观众不愿离去,在上下数层的环形楼梯里,大家打开手机,一起唱起了 Beyond 的经典歌曲。这两个场景在历史的记忆里或许稍纵即逝,却自有其价值,这是发生在二十一世纪的九十年代"运动",虽然借助了新的媒介和新的环境氛围,但是,对生命意志的自由流动和自由表达的渴望却是来自九十年代最重要的遗产之一。在这个意义上,谈论九十年代的终结需要极其谨慎,如果指认九十年代以后有一个从"市场社会"向"社会市场"的"转型",并认为这一转型是一种成功的政治转向,那么,这一转向是否符合正义的基本原则,依然是一个需要追问和反思的问题。即使是在历史学的谱系研究中,终结也必然与起源密切相关,这是互为前提的两个向度,没有起源就没有终结。但是,对于九十年代来说,起源究竟意味着什么?

无论如何,九十年代已然成为一个反复出现的结构性存在。在经济体制的维度,市场经济依然构成基本的配置并发挥着巨大的绩效功能;在日常生活的层面,人民群众对物质和文化的需求继续日益增长,它要求一种更正义有效的生产机制和分配机制;即使在最难以被量化的虚构写作方面,以陈春成、黎幺、东来、路魆、栗鹿等为代表的年轻世代作家,他们真正内化了博尔赫斯、卡尔维诺、卡夫卡和昆德拉——也即内化了"世界文学"并因此成为世界文学写作的一部分。在这个意义上,对于九十年代的断代史研究,不能是简单的资料搜集和整理。目前历史研究有一种庸俗的史料化倾向,实际情况是,如果不能够解离并建构出一个时代的心灵形式和精神模型,那么局部的史料不但不能够获得历史感,反而会架空历史,成为一种零敲碎打的"伪学"。更恰切的方法也许是,将九十年代理解为一个动态的结构性存在,记忆、理论、叙事都是这一结构性存在的组合部件,但这些组合部件不是为了加固九十年代这一历史的脚手架——正如那些小资料只能是这个脚手架上的螺丝钉一般——而是为了不停地重新搭建。

对我来说，九十年代巨大的慢船并没有搁浅，它只是偶尔在旋涡中回旋，灯塔虽然有时候黯淡，但光线一直没有消失。如果说万里长路近于一次巴别塔的搭建，遗憾的是我们并没有找到一种叙述九十年代的恰切的语言和语法，但幸运也同样在此，因为不同的语言和语法，巴别塔才没有指向"单一性野蛮"。我因此赞赏并陶醉于这千差万别的生命活体，并再一次确认自己是"九十年代之子"——也许它并不愿意认领我，但我愿意指认它。

杨庆祥 北京文艺评论家协会理事，中国人民大学文学院副院长、教授。

京味、京情、京风

——2012 年至 2022 年北京文艺鉴赏札记

王一川

我想在这里尝试考察 2012 年至 2022 年间北京文艺的发展状况。提起北京文艺,京味文艺无疑是必要的和重要的环节。但是,不应该把北京文艺仅仅局限在京味文艺上,而是应当同时看到,在京味文艺之外,北京还存在其他多种文艺形态。笔者认为,在京味文艺的旁边,还应当有京情文艺和京风文艺两种形态。也就是说,可以考虑把北京文艺简要地区分为三种基本形态:京味文艺、京情文艺和京风文艺。京味文艺以北京话为支撑点,讲述北京长住民释放北京泥土味的故事;京情文艺讲述发生在北京地缘环境中的世情百态;京风文艺讲述身在北京的作者内心生发的不限于北京地缘环境的有关中国和世界各地的生活想象及其风貌。当然,京味文艺的创造更多依赖于生长在北京的地缘优势和会说北京话的特长,而很多在北京生活的文艺家并没有这样的先天条件优势和生活体验,他们要表达自己生活在首都北京时的独特生活体验和观察眼光,就不一定创作京味文艺,而是另行创作京情文艺、京风文艺了,因而后面这两种也应当属于北京文艺范畴。

还应当指出,这十年北京文艺的社会环境、思想文化氛围以及相关文艺政策和机制等都有了显著的改变。随着党的十八大以来"中华民族伟大复兴""全面建成小康社会""传承和弘扬中华优秀传统文化""五位一体布局""社会主义文化强国""文化自信""筑就中华民族伟大复兴时代的文艺高峰"等相关方针和政策的颁布及其在北京文艺活动中的落实,北京文艺发生了显著的变化。假如这样的认识有一定的合理性,那么,可以看到,2012 年至 2022 年这十年里北京文艺在京味文艺、京情文艺和京风文艺三方面已经取得了新构型。

一、京味文艺：忆旧时与开新篇

京味文艺依托北京话而展现出新构型的鲜明姿态。但这种新构型也体现为两种趋向：一种是忆旧时,另一种是开新篇。

在忆旧时方面,具备社会影响力的作品当数一批电视剧作品。《正阳门下》(2013)讲述北京胡同青年韩春明作为下乡知青返城后的经历,通过他摆摊卖服装、积累财富、被骗、遭暗算、企业成功、建立私人博物馆等曲折经历,展现出北京人在改革开放时代的顽强成长和文化开拓。《情满四合院》(2015)以食堂师傅何雨柱、工人秦淮茹、放映员许大茂、"三位大爷"等人物关系为主线,展示了北京胡同家庭生活、邻里关系的演变,揭示了仁厚、正义、友善、宽容等传统美德在胡同邻里关系协调中的积极能量。《正阳门下小女人》(2018)通过叙述主人公徐慧真经营小酒馆几十年的故事,再现了北京胡同生活的变迁,阐明了仁爱、正义、宽容、坚韧等品质的当代价值。话剧《簋街》(2022)以北京美食地标"簋街"为题材,以簋街第一家饭馆"酒盈樽"的历史和未来命运为中心事件,聚焦于主人公李一刀与李国华之间的父子冲突及其艰难的协调过程,塑造出李一刀的仁厚而又倔强的性格,还穿插了北京琴书演唱,并在情节中点缀多种京味美食,让北京胡同生活在改革开放时代释放出新京味。电影《老炮儿》的主人公六爷是一位京城胡同顽主,面对急速变化的生活而不思进取,跟几个老哥们一道固守往昔生活方式,在儿子被人扣留时奋起召唤老哥们协力营救,借此过程述说了仁义、亲情和友情等的宝贵。它们都致力于重构中华人民共和国成立以来北京生活的新变化,但不变的是传统的绵长魅力。

就文学而言,老一辈京味文学作家刘一达和宁肯在 2017 年分别出版散文集《胡同范儿》和《北京:城与年》,前者以原汁原味的北京话去描摹二十世纪中后期北京胡同大院的风俗画卷,后者为这座城市半个多世纪的变迁谱写了基于自身视角的沧桑回忆。它们都更加自觉地释放出北京城浓郁的京味传统。

与这些作品主要表达忆旧时的京味不同,新一代京味作家脱颖而出,主要有石一枫和侯磊,他们的着眼点在于讲述当前新时代的新北京人生活,也就是主要在京味文艺上开新篇。石一枫中篇小说集《世间已无陈金芳》(2016)包含两部中篇,即《世间已无陈金芳》和《地球之眼》。《世间已无陈金芳》讲述失意小提琴手赵小提眼中的新北京女性陈金芳的故事,这位初中时才从湖南迁居北京的女子,为了在京城过上"活得有点儿人样"的生活而不懈地奋斗,作为艺术品投资商尽力求取成功,但难免归于失败,颇有中国式"女版盖茨比"的某些特点。《地球之眼》叙述道德理想主义者安小男与享乐主义者、"官二代"李牧光之间的尖锐对立的故事,以及新兴数字化监控系统对个人私密生活的无所不在的监视,同时也解剖了文化骗子庄博益的文化犬儒主义的人格病象。中篇小说《特别能战斗》(2017)刻画了胸怀正义、疾恶如仇、充满斗争精神的北京大妈苗秀华的"特别能战斗"的形象。作为她的鲜明对照,其女儿雅乔受够了这种充满紧张、恐惧的生活而渴望过上安宁的日子。苗秀华这一形象可与侯磊笔下的"积极分子"张雅娟形成一种类似"互文性"的融通关系。长篇小说《心灵外史》(2017)描写了大姨妈王春娥与杨麦之间的心灵交往过程,从大姨妈引导杨麦以朝圣般的态度苦练气功到大姨妈后来误入歧途而选择集体自杀,再到杨麦在过上主流生活后重新发现自身心灵缺失而重新寻找大姨妈,直到自己陷入精神恍惚的困局,由此写出了当代普通北京市民的灵魂变迁历程与追寻史。《漂洋过海来送你》(2022)叙述了男主人公那豆在意外发现爷爷的骨灰盒被错换后执着地寻找和调换回来的故事,涉及北京北新桥一个胡同中那家、阴家和姜家等三家人之间的恩怨情仇、中国居民与美国的交往,揭示了守护家族亲情和祖先灵魂对于当代人的重要性。小说注重刻画酒店服务员那豆、酱油厂退休工那豆爷、殡仪馆工人李固元、赴美留学的青梅竹马邻居阴晴、移民美国的青年黄耶鲁等众多人物形象。这两部长篇小说的共通点在于书写新北京人的个体灵魂的失落与救赎以及重新寻找的艰难历程。

侯磊中短篇小说集《冰下的人》(2017)描写了北京当代中下层市民的日常生活,展现出他们在北京城社会变迁中的命运与挣扎,洋溢着北京胡同味。第一篇《冰下的人》写了十六子(援朝)在 210 中学上初中时爱游泳和看冰而不爱上学的生活往事,也写了他后来折了胳膊、不便外出活动而只能静坐读书的转变过程。《女司机》写了一名女出租车司机过去当知青而如今被单位、丈夫和出租车等诸多烦恼所拖累的生活场景,以及最终在迷糊中强行开车而与超长大卡车相撞的不幸结局。《积极分子》(2016)讲述了北京北新桥街道香儿胡同大妈张雅娟在五六十年代作为“积极分子”的生活往事,她文化程度不高、办事不精明,但天生一副热心肠、爱掺和、多管闲事,其实在胡同里连居委会成员都算不上。《少年色晃儿》描写了九十年代后期北京不良少年色晃儿、杜杜和晓征等人恍惚迷离的生活经历。

在忆旧时和开新篇之间,还存在一些京味作品,例如话剧《活动变人形》(2021)根据王蒙同名小说改编,再现了北京居民倪藻对于自身家族史的反思,塑造出父亲倪吾诚、母亲姜静宜、姨妈姜静珍等三位现代中国的跨文化杂糅式典型形象。这里将北京话、河北话、普通话和外国话等杂糅在一起,显示了新旧北京之间的精神变迁轨迹。

可以看到,这一时段京味文艺在北京话方面有新拓展,主要表现为不限于胡同北京话,而是呈现出胡同北京话、大院北京话、小区北京话与普通话、外地方言甚至外国话的多元交融态势,让人联想到巴赫金式杂语喧哗格局。这些应当标志着京味文艺发展到第四代了(第一代以老舍为代表,第二代有刘绍棠、韩少华、邓友梅、汪曾祺、陈建功等,第三代有刘恒、王朔、刘一达等),应另作专门研究。

二、京情文艺:多层级京城生活际遇

京情文艺叙述首都北京发生的世情百态,既有国家领导人的活动,也有普通北京市民、外地移民、外地游客、外国游客的活动,涉及多层级的京城生活际遇。

电视剧《觉醒年代》《海棠依旧》《香山叶正红》把镜头对准在现代中国历史上产生重大而深远影响的知识分子和国家领导人。《觉醒年代》中展现了陈独秀、李大钊、毛泽东、鲁迅、蔡元培、胡适、辜鸿铭、黄侃等"五四"时期典型形象;《海棠依旧》中展现了周恩来勤政为民的总理风范和高洁的人格。电影中则有《革命者》通过构建李大钊就义前夕的想象性情境,展示这位革命伟人为普天之下的黎民百姓开创新世界的豪情和悉心关怀民生的广阔胸襟;《长津湖》在刻画伍千里、伍万里和梅生等普通指战员形象的同时,也注意塑造国家领导人毛泽东和志愿军司令员彭德怀的形象。与此不同,《我和我的祖国》中的《前夜》和《北京你好》分别叙述旗杆设计师和出租车司机的故事,突出的是普通人在北京大事件中的奇遇,其中也讲述外地人来京的遭遇。话剧

《香山之夜》构想出 1949 年毛泽东入住北京香山双清别墅时期的内心活动,以他与蒋介石隔空对话的方式,别出心裁地凸显了毛泽东领导中国革命取得胜利的历史必然性和正义性。

徐则臣的一些作品中的主人公是生活在北京的外地人,展现了外地青年在北京的生活际遇。《跑步穿过中关村》(2015)汇集三部中篇《跑步穿过中关村》《天上人间》《居延》。其中,《跑步穿过中关村》的主要人物敦煌和夏小容都是盗版碟片贩卖者;《天上人间》中的周子平、子午、文哥等都是假证贩卖者,作品特别叙述了子午以外地人身份想在北京成家立业,在同北京姑娘闻敬领证结婚前夕被人杀死的悲剧;《居延》写海陵女子居延在北京寻找突然失踪的爱人胡方域时与同乡、房产中介唐妥结缘成家的故事。《北京西郊故事集》(2020)收入了《屋顶上》《轮子是圆的》《六耳猕猴》《成人礼》《看不见的城市》《狗叫了一天》《摩洛哥王子》《如果大雪封门》《兄弟》等九篇作品,着力描写来自外省"花街"的青年行健、米箩、木鱼、宝来等的"京漂"生活。

这里再现的是作为当代中国特大流动型城市的北京的多层级生活际遇。特别是新一代外地人在新北京的生活境况,突出了"强起来"的中国在走向强盛时的特定生活景观。

三、京风文艺:北京人的中国和世界想象

所谓京风文艺,当然不一定专门描写北京本地生活,但总会体现新时代北京文艺家对于中国和世界的想象及其风貌。

老作家梁晓声、中青年作家徐则臣和周晓枫的作品,跨越北京地缘范畴而展开高远的遐想,发掘这个时代中国和世界的宽阔且深厚的生活意味。长篇小说《人世间》(2017)展现了久居北京的居民周志刚对

于其早年故乡哈尔滨的家族生活的回忆和想象,通过虚构的家族史展现近半个世纪的风风雨雨,特别是其中周秉义、周蓉和周秉昆三兄妹及其子女的生活和奋斗,传达出当代中国人民坚韧顽强的生存勇气以及古典心性智慧的当代融通力量。《耶路撒冷》(2014)写北大博士初平阳为筹集求学耶路撒冷的学费,返乡出售老宅"大和堂",引出以运河、花街和天赐之死为中心的故事,叙事围绕他的几个"发小"舒袖、易长安、杨杰、吕冬、秦福小等人物而展开,塑造出这批生于七十年代的人物群像。他与他们从小生活在"花街",后来再次相遇,早已拥有了不同的人生轨迹。原来他们都曾直接或间接地导致了玩伴景天赐的死亡,因此而一直背负原罪感,怀着隐秘的救赎渴望。这里有关人物原罪感以及灵魂救赎愿望的表达,突出了当代中国人灵魂救赎的重要性。《北上》(2018)写意大利人小波罗和马福德兄弟与京杭大运河的情缘,在近现代中国历史发生巨大变迁的背景下串联起谢、邵、周、孙、胡等五个家庭的往昔和当前生活,京杭大运河沿岸多个家族的命运轨迹和恩怨纠缠令人印象深刻。周晓枫散文集《它们》包含三部曲《巨鲸歌唱》《幻兽之吻》《有如候鸟》,虽然没有专门描写北京本地生活体验,但分别从海、陆、空三个地理方位去观照她的体验和想象中的世间百态,抒发了带有中国式天地人"三才"观的宇宙意识和生命兴怀。这里展现了京籍作家的广阔深沉的生命体验和对于人类命运的深度思考。

一批北京出品的影片,集中展示了北京电影人对于京外其他地域的丰富想象。我国的科幻大片《流浪地球》一改西方流行的抛弃地球去流浪的套路,构想出未来太阳系遭遇毁灭之灾之际,刘培强和刘启父子等中国人带着地球去流浪而另觅新家园的故事,为世界科幻大片的发展贡献中国美学智慧。《一秒钟》在电影中反思电影胶片的社会影响力及其与现实的亲属关系之间的替代性关系,为电影艺术与现实人生之间的关系提供了新的解答。《悬崖之上》在惊险和悬疑的类型片模式中刻画了中共特工的英勇、坚韧和机智等品质。《守岛人》通过主人公王继才三十余年岁月中一系列平凡细节的叠加,展现出其平凡中的不凡。《你好,李焕英》展现了大学生贾晓玲穿越到八十年代初期,与未婚的母亲李焕英相遇而发生的奇幻故事,通过那时与当前社会的想象性对比,表达了当代人对超越功利、竞争、浮躁而回归纯真、淡泊、平和的心境的渴望。

舞剧《五星出东方》由北京演艺集团和新疆维吾尔自治区共同出品,通过想象汉代西域多民族交往的故事,让精心编排的汉代中原舞蹈和西域舞蹈在观众中产生了动人的力量,为铸牢中华民族共同体意识而作出舞蹈艺术家的独特建树。舞剧《只此青绿》由地处京城的故宫博物院、人民网股份有限公司、中国东方演艺集团有限公司等机构联合出品,想象性地抒发了宋代青年画家王希孟的青绿山水情缘,设计出展卷、问篆、唱丝、寻石、习笔、淬墨、入画等篇章,构想出故宫展卷人与王希孟之间的跨时空古今对话。舞剧原创性地将画家胸中的青绿山水幻化为宋代女性高入云际的发髻造型之美,倾倒了当代观众,有效地唤起他们的悠悠思古情。这部舞剧的独创性体现在,从中国传统绘画名作中提取创意元素而激活新的舞蹈艺术创造,向当代人展现古典艺术传统的深长魅力。

这十年北京文艺新成果还有不少,但因个人阅历及篇幅有限,就先谈这些吧。尽管如此,仍可以看到北京文艺在京味文艺、京情文艺和京风文艺三方面都呈现出果实累累的气象。要全面地概括其特点比较困难,这里暂且指出其中一点,即形塑出一种"流溯"的现代性的文艺特质。与齐格蒙特·鲍曼《流动的现代性》一书阐述的"流动的现代性"主要指向现代性生活的流体性或不确定性内涵不同,流溯的现代性指的是这样一种文艺现代性特质:一方面体验到日常生活的不停奔涌、流逝,从中领略社会生活的流动性、变化性或不确定性;另一方面自觉地返身,向往昔传统寻求确定性支撑,从中获取未来生活的稳定性、导向性或确定性依托。这两种力量相互交融,产生出既向前流动又向后回溯的交汇体验,在流变中寻找不变,在不确定性中寻求确定性。如果说这十年前的北京文艺在急速向前流动中似乎难以寻觅稳定性元素及其根源,那么,这十年中的北京文艺逐渐地找到了自身的稳定性源头,那就是以中国文化传统为核心的传统力量。流溯的现代性,正代表一种在流变中溯洄传统从而获取生活方式的稳定性的文艺新特质。生活在流动,未来在急速地变成现在,现在则快捷地成为过去,而过去也有可能会成为开启未来的钥匙。尽管一切都在变,但只要有传统倚靠,生活就会有定力。这大约正是流溯的现代性带给我们的一点启示吧。

　　王一川　中国文艺评论家协会副主席,北京市文联副主席,北京文艺评论家协会主席,北京师范大学文艺学研究中心教授。

机制与重构：跨文化背景下中华传统文化的国际化叙事

胡正荣

伴随新冠疫情的驳杂与新变，经济全球化进程直驱向前，不断冲击世界各民族文化模式与地域文明格局。面对国际局势的动荡与世纪疫情多变的传播态势，亟待厘清以下基础性问题：其一，中华传统文化作为华夏文明的精髓积淀，是彰显中国形象的文化切面，中华传统文化的传承与发展不仅与其对自身内涵的扬弃相关，更与当下传播载体与媒介技术的迭代创新相连。媒介融合所促动的跨文化数字媒体，在丰富中华传统文化的国际传播形式、突破传播时空限制、打破文化传播体系壁垒等方面，仍有待深耕改善。其二，西方国家长期主导以信息流动为主要特征的国际传播格局，中国长期以他者身份被言说和被定义，世界听到的往往是西方版的中国故事和中华传统文化，中华传统文化传播的失真问题有待探讨。由于文化传统与传播历史的差异，中西方对外传播的媒体话语方式迥然不同：西方媒体注重新闻信息与观点意见的分离；中国媒体擅长以比喻和隐喻表达观点。这也为中华传统文化的国际传播中存在的叙事接受问题奠定了探讨契机。在全球化进程加快与媒介技术更新的双重背景下，中国故事的国际接受与传统文化建构问题亟待探讨。

　　基于此,跨文化背景下的中国文化国际化叙事传播机制探究为化
解现实难题提供了有力借鉴。自远距离通信技术广泛应用以来,国际
传播舆论场中媒介技术与时空融合日益加快,麦克卢汉的媒介信息论
仍作用于当前传媒界,并焕发出全新的媒介学意义:媒介对人类与社
会发展起决定性作用,中华传统文化走向世界依凭于现时的资讯媒介。
该观点对中华传统文化的国际传播路径有所启发,即中华民族共同情
感历程与审美经验结晶的对外传播,有利于化解消费主义至上、霸权主
义传播垄断的现代性困境。从传统文化、国际传播以及媒介等传播元
素着手,探析疫情常态化时代的跨文化背景下的中国文化国际化叙事,
有利于加强中华传统文化的国际传播能力建设,尤其是在媒介技术与
时空融合急遽加快的当下,更能促进视听媒介与讲好中国故事之间的
纵深联合。

一、跨文化视域中的中华传统文化传播

　　置身多文化、多语言的时代,中华传统文化的国际传播是当前传播
学热议的论题。一直以来,国际主流的交际方式以两种或两种以上不
同文化背景群体的跨文化交际和跨语言交际为主,而不同背景下的文
化存在诸多差异。与传统传播相异的是,跨文化的国际传播"是来自
不同文化背景的群体通过合作和协商构建共享意义的象征性过程",
其间蕴含种族、族群、群体传播等侧重点,彰显出文化传播所面临的时
空距离、观念不一以及文化区隔等危机。简言之,跨文化视域中的中华
传统文化具有怎样的传播主体与传播受众、国际传播中的中华传统文
化会演变为何种新文化等问题还有待深入探究。

（一）"西方的中国故事"：定型化中国文化叙事

世界把文化-精神作为"社会发展之起源"。随着现代西方工业文明的扩张，世界渐渐成为霸权国家与民族的话语场域，这套庞杂的话语体系与霸权逻辑，揭示出西方所建立的"东方主义"的凌驾之势，即视西方文明为衡量、重构和控制"东方"诸文明的标准。

自近代以来，中华传统文化伴随封建社会的分崩离析而日渐趋向现代转型。传统文化赖以存在的社会条件消逝或瓦解，致使彼时的国际传播失去本土话语的土壤，而沦为国际传播场域中被凝视的"异质文化"。这一动态的文化过程包含两个侧面：一是传统文化的解体，二是现代传统文化的"东方主义"的生成。而西方传播镜像中的中国传统文化，俨然已打上"弱国"标签。纵览西方现代文艺传播中涉中的影视文艺作品，由于传播差异仍能发掘诸多带有偏见的原型，这些西方现代化进程中的现实主义书写，实质上早已先验地将强／弱、东／西这套二元对立的传播范式厚植其间，并对西方社会的东方态度产生重大影响，因为"这些传媒产品比严肃新闻更贴近普通人的生活，因此在形塑中国及中国媒体形象时同样拥有着巨大的影响力"。于是，不论是西方以工业文明发展建构全球霸权的政治、军事霸权，还是隐蔽、精微的传播话语霸权，都内置了"西优东劣"的虚妄论调，由西方传媒主导的国际舆论，更是将中国视为西方的镜像，并借此实现东西文明的区隔。

新冠疫情的暴发，击溃了看似繁盛的西方霸权话语表象，以美国为首的西方国家将中国视为其转移舆论矛盾的对象，进而开始对中国展开粗暴、强硬的遏制，以此保持其在全球舆论场域中的绝对话语权。由此，西方媒体不断依凭其话语霸权，使用"语言陷阱"舆论战术，利用语言的主导地位、西方媒体的强大传播力以及将词语或形象嵌入传播受众的观念,始终以"西优东劣"的地域、种族主义加以透视,形成一种难以察觉的操纵性力量,始终将"中国故事"呈现为一种"有缺陷"或"奇观式"的定型化奇观范式。

(二)"东方的中国故事":国际化叙事与接受

作为对西方镜像传播的回应,讲好中国故事无疑是我国化解西方话语霸权的重要传播策略。中华传统文化一度遭到西方列强的"霸权凝视",在现代化进程(与西方世界"接轨")中,以东/西、传统/现代这两个维度成为构筑"自我"国家形象,实质是东方主义逻辑架构的复制和搬用。而就中华传统文化的传播与传承问题而言,国内流行民族主义的危机论、自由主义的普遍价值论和介于两者之间的中间论三种观点,诸多论争都揭示出中华文化之国际传播"是传播,还是传承"这一有待深入探讨的悖论。

不同文化的交融,必将面临"改变"的选择,是选择融入现代文明的其他因素,还是坚持传统文化中已有的其他因素?答案是"'全球本土化'的发展方向使得中国能够将自己的文化置于国际文化语境中重新定位"。因此,现代社会中的视觉传播也凸显出主体的叙事与接受问题。也就是将视觉传播格局中的观看视为一个历史文化问题加以思考,共同呈现出中国故事在国际化叙事方面所做的改变,这种改变与历史进程中不断变化着的视觉传播体验相关,侧面印证了中国故事在视觉文化传播活动中所采取的"看与被看"的辩证逻辑。实质上,伴随这种逻辑而来的,是中国国际传播叙事的历史化转向,要以古鉴今,为重新认识现代文化传播开启新的认知。

回顾西方镜像中的中国文化与传统文化的国际化叙事可发现,分解、汰选、融入是中华传统文化融入现代文化进程时的一般性理论概述与总结。虽然真实的传播境况远比这一论述更为复杂和多变,但通过历时回顾与共时阐述，能更全面地呈现中华传统文化发展、更新的现代化历程，实现社会学家费孝通所谓的"文化自觉"，更为纵深地探看中国故事与西方历史元素的跨媒介建构，发挥新时代中国特色社会主义文化建设中中华传统文化的资源优势，并借此促动中华传统文化的复兴之旅。

二、中国故事与西方历史元素的跨媒介建构

不论是西方镜像中的他者，还是本土传统文化的改写，都面临着重要的中介——媒介、话语与权力交织与建构的问题，两者各自所在体系的建构，都不能简单地挪用或移植，而是依循其内在传播逻辑与跨媒介路径的融合，关涉传播主体与传播受众的接受等问题。

（一）传统文化故事话语与新媒介传播权力嬗变

传播或传承这一难题，在新媒介的传播中演变为一种传播权力的话语逻辑。纵览整个中华传统文化传承与传播史，自口语时代的口口相传开始，民族史诗的传承与传播就成为最古老的传播方式，彼时的中国故事话语源于民间，附着于媒介–仪式场域的传播权力在整个传播链中产生影响的范围较小，呈现为一种单向度的、可移动复制的传播模式。随后印刷时代的图文传播，传播媒介形态的更新演变，有力促进了中华传统文化在印刷媒介传播中的现代性转化，拓展了其媒介化生存的创新路径。电子信息时代，多元传播方式兴起，传播主体去专业化，传播受众通过丰富的多媒体传播形式表达个体观点，展示关注重点，不断更新个体对传统文化的理解和自由选择。新媒

体传播迅速席卷并改变以往的传播方式,全面调动人的全觉感知,重构新型的双向多维的立体传播模式,处于这一媒介环境下的传播受众,不但成为传播的客体,更是作为文化传播链条中的一环参与信息的生产与传播。可以说,媒介融合时代的中华传统文化传播,不仅是一种专业性的单向度的线性文化输出,而且是一种去专业的、与受众深度互动的文化输出和一种新型个性化生产。处于该时期的传播方式与高度发展的技术赋权相结合,从被动接受到自主参与,在极大发挥传播受众的感受和体验、认同和接纳的基础上深度理解中华传统文化。

(二) 跨文化视域中的"自我与他者"叙事

厘清不同时期中华传统文化的传播形态转化以及权力演变,更能明晰地呈现跨文化视域中的"自我"与"他者"的媒介表达。相较于本土,国际传播视域中的中国故事建构更侧重于对轻松的"历史元素"的书写,因为"大多数海外受众乐于接受轻松愉悦的东西,排斥刻板、教条、说教式的文化内容。即便是受教育的东西,大多数海外受众也是'寓教于乐',或是乐于在轻松愉悦的环境下快乐受教"。国际传播中中国故事的严肃、说教的文化因素被改写或是被摒弃,反映出中华传统文化在国际传播中的国际化叙事的模式或机制尚待创新。

首先,随着后疫情时代中国经济的稳步发展,技术带来了传播媒介形态的变化。新媒体信息中的文化传播更契合当前人们的心理特征,而中西媒介的使用差异,致使传播者和传播受众的信息媒介素养与媒介形态呈现参差不齐的状况,这与二十世纪后期西方国家消费主义盛行有关,也与政府的引导相连。西方社会看似实现了技术升级,实质上却依然陷入东/西的二元对立传播范式中,仍从镜像中理解东方与中国传统文化。其次,现代化进程中的中国,对文化传播、国家形象、文化软实力的纵深建设等举措是近来的考量,经济与文化的耦合作用不言而喻,西方经济学家马克斯·韦伯就曾对西方资本主义国家迅速发展的原因展开论述,认为是这些资本主义国家拥有被他称为资本主义精神层面的东西,例如敬业、诚信、勤劳以及百折不挠的进取精神在起作用。最后,全球化在吸收其他民族的文化时,总会根据自身情况进行选择与转化。这种全球本土化(Glocalization)的国际化叙事模式,既保留了自身文化的独特性,又对超越自身文化的本土语境展现出更为深广的传播的内在诉求。

三、中华传统文化国际化叙事传播机制重构

新时期以来,中华传统文化的国际传播模式与传播格局呈现新特点。这不仅与当前传播文化语境相关,更与中华文化的国际叙事模式的变化相连。电子数字媒介更新影响下的社会心理思潮变迁,致使后疫情时代个体用户的社会交往的重要方式发生改变,即从昔日的"媒介的延伸"转至"沉浸的媒介",个体与媒介已深度捆绑,而视觉传播机制所代表的文化符号系统已成为传播生存环境的重要组成部分。当前传播范式从"以文字为中心向以图像为中心"(世界媒体文化研究者和批评家尼尔·波兹曼语)转化,视觉与听觉以及文字传播的融合,重构了视听一体化的国际化叙事传播机制。

(一) 国际精准传播：打破文化群像的刻板认知

亨廷顿提出未来世界格局中的主要冲突将是"文明的冲突",身

处"社会全面视觉化"的时代,人的视觉、听觉等感官被调动起来,营造了一个跨文化传播视域下的语境,影响了意义的传播与接收过程。中华传统文化走向国际场域时,依循以下四个策略展开中华传统文化的国际化叙事重构:一是赋予新意,即对中华传统文化要素赋予新含义,创造新载体或新形式以符合当前社会的传播接受。二是揭示隐含意义,即充分挖掘传统文化要素中与现代文化相容但此前并未被凸显的意义,加以现代意义的阐释,使之成为具有主要地位的含义。三是二次阐释,即通过对旧的文化要素的内容引申、变义等方式展开新的阐释,获得新的意义。四是意义重构,即基于旧的文化要素建立新的文化要素联结,通过改变所处结构使之发生性质上的变化,如中华传统文化中的精粹"仁""礼"在现代文化语境中的功能延续。应立于跨文化视域,以客观的传播态度,尽力打破西方自工业文明以来对东方文化群像的刻板认知,赋予新时代传播策略以鲜活的时代内涵与历史承续,以精准的视觉国际传播,实现本土文化世界化的继承转型与创新性转化,探寻世界范围内各民族文化的共性,实现文化之间的"和"与"同",为传统文化的国际传播与接受提供助力。

(二)表征与实践:化解国际传播技术单向度难题

化解国际传播中的"偏见"尤为重要,所谓"偏见""有其存在的现实合理性,在国际传播中,偏见一直扮演着抑制传播效果的角色"。与传统单向度传播方式有别,当下的网络视听媒体矩阵正是一个极其多元、丰富的生产体系,它由专业生产内容(PGC)、用户生产内容(UGC)、专业用户生产内容(PUGC)等诸多网络视听内容构成。若能在视觉文化传播背景下,更大程度地发挥其个体的"传播权力",那么基于媒介融合的互联网移动与在线数字文化传播,就可缓解后疫情时代各国之间文化交流锐减、人际隔离等中华传统文化国际传播的物理空间壁垒。正如英国文化研究学者戴维·莫利曾指出的，我们越来越需要根据传播和运输网络及语言文化这样的象征性边界——由卫星轨道或无线电信号决定的"传播空间"来划定互联网传播场域中的文化共性范畴，共同化解国际传播技术单向度难题，以当前主流的媒介形式为重点，突出多元传播创作主体的丰富表现形式，创新文化国际传播创作的运营机制，以文化精品共享带动全球传播共同体"媒介矩阵"的"共振效应"。

新媒体语境下，中华传统文化传播模式的路径创新应基于流动的、变化中的媒介，不仅吸收传统文化遗留下来的丰厚历史元素，也注重凸显文化中的个性和特色，增强中华民族的文化自信和文化自觉，在多元媒介发展的情境下，充分发挥新媒体技术，激发传播受众自主创作的热情与动力，增强国家文化软实力，将中华传统文化的传承与传播融入现代传播体系，化解当前国际传播局势中的困境和难题，从而实现中华传统文化的创新性转化和创造性发展。

结　语

综上所述，立身全媒介时代，中国特色话语体系应回归中国传统思维方式，依托"加强国际传播，讲好中国故事"，借助地方文化，实现世界文化的联动，以及由本土到国际的辩证、双向的创新互动，促动中国故事在全球传播中的"双向传播"和"双向互鉴"。要从综合思维和整体思维出发，以包含历史元素、本土化元素和娱乐化元素的中国故事，促动中华传统文化的特色话语体系建构，实现中国式的价值观阐释。要持续深入地挖掘、研究、实践中华传统文化传播。现今看来，对中国故事的国际化书写,是实现跨文化国际传播创新机制的可行之道,为中华文化"走出去"提供有待拓展与深耕的媒介理论借鉴。

胡正荣　中国电视艺术家协会副主席,中国社会科学院新闻与传播研究所所长,中国社会科学院大学新闻传播学院院长。

论"网络剧场"的内容生产、文化传播与
工业美学探索*

陈旭光　张明浩

近年来,网络视频平台的"网络剧场"①成为各大平台竞相探索的重要剧集经营模式。比如,爱奇艺推出"迷雾剧场""小逗剧场""恋恋剧场";芒果 TV 推出"季风剧场";优酷推出"宠爱剧场""悬疑剧场""合家欢剧场""都市剧场""港剧场";等等。

所谓"网络剧场"模式即视频平台将风格大抵一致的作品统一纳入一个"剧场",或根据"剧场"风格来"定制"相关作品。比如爱奇艺"迷雾剧场"首次亮相时便使用具有悬疑感的海报进行宣传,相继推出《十日游戏》《隐秘的角落》《非常目击》等具有悬疑特质的作品,并且一直按照"悬疑""探案"的"迷雾"风格来自制作品。如 2021 年的《八角亭谜雾》《谁是凶手》,2022 年的《猎罪图鉴》《暗夜行者》等作品不仅具有比较一致的类型化剧集风格,而且在制作时也按照"剧场风格"来确定制作方向。

* 本文系国家社科基金艺术学重大项目招标课题"影视剧与游戏融合发展及审美趋势研究"(项目编号:18ZD13)的阶段性成果。

① 陈旭光、张明浩:《网上剧场有好剧》,《人民日报(海外版)》2022 年 6 月 24 日。

视频平台"网络剧场"模式引发了较大的社会反响,影响力、话题性颇高。无疑,受众看到"XX剧场"作品时,会自觉形成接受美学中所说的"期待视野",成为作品宣传的"自来水"。如2022年爱奇艺"迷雾剧场"的《猎罪图鉴》《暗夜行者》,优酷"悬疑剧场"的《重生之门》《回廊亭》,优酷"宠爱剧场"的《请叫我总监》,芒果TV"季风剧场"的《江照黎明》等作品都在上映前便因其所属"剧场"而吸引了很多受众,在上映过程中社会话题性颇高,成为热议之作。

"网络剧场"使受众形成"期待视野"的深层原因为何?它又是如何满足受众的"期待视野"的?剧场模式的影视文化产业的意义是什么?剧场模式的运作逻辑为何?剧场模式对剧集的创作产生了什么样的影响?探索这些问题,不仅有利于解开剧场模式背后的"吸引力法则",更有利于今后影视产业的发展。

显然,打造"网络剧场"最先的出发点可能是便于打造品牌和"可持续发展"。而树立品牌、扩大品牌、维护品牌,离不开内容生产层面一以贯之的高质量创作,离不开文化层面对受众产生的高度"粘合"效应,更离不开产业层面的品牌维护。所以,从内容生产、文化传播与产业制作等维度剖析"剧场"成功法则,能够使我们透过"品牌"的表象探索品牌创作的深层逻辑,探析品牌形成的"多元决定"。①

---

① 法国哲学家阿尔都塞以历史的"多元决定"(Overdetermination)概念来重新理解因果律,美国文化理论家杰姆逊阐释道:"任何历史现象、革命,任何作品的产生、意识形态的改变等,都有各种原因,也只有从原因的角度来解释,但历史现象或事件的发生不只有一个原因,而是有众多的原因,因此文化现象或历史现象都是一个多元决定的现象。如果要全面地描写一件历史事件,就必须有各种各样的原因,类型众多地看起来并不相关的原因;任何事件的出现都是与所有的条件有关系的。"(弗·杰姆逊:《后现代主义与文化理论》,北京:北京大学出版社1997年版,第70–71页。)

一、内容生产:"类型化"探索、"猎奇化"
策略与精品化战略

网剧剧场模式依托的是近年网剧的蓬勃发展。网剧的审查相对于台剧而言较为宽松,这为网剧的多元题材创作尤其是悬疑、涉案、奇幻等题材的创作提供了便利。那么,网剧"剧场化"或者说"为剧场生产"后,"剧场"模式如何影响网剧的内容生产?网剧创作又发生了何种变化?

(一)"类型化"生产策略:"类型"限定与规约形成

相对于以往网剧的内容生产,剧场模式下的网剧生产最明显的变化就是有了对剧场题材或风格的限定。每一部剧不再是独立的,而是被纳入以剧场为核心的作品系统。如爱奇艺"迷雾剧场"中的作品都是围绕着"迷雾"这一关键词而开发的,主要定位在涉案、刑侦、悬疑、破案等题材或类型,如《隐秘的角落》《八角亭谜雾》《谁是凶手》《猎罪图鉴》等,这些作品都给受众一种"迷雾"之感:整体气氛悬疑、压抑,涉及探案、解密等。

剧场这种"风格化"生产模式与电影领域的类型生产异曲同工,即遵循一种风格生产某一类作品,以此与观众形成某种约定,并形成自己的类型特色。正如大卫·波德维尔与克里斯汀·汤普森所言:"类型片最好被认为是观众和电影制作者凭直觉进行的粗略分类。这一分类既包括无可争辩的影片,也包括一些较含糊的影片。"①也就是说,经过一种类型生产之后,生产者和观众之间会形成一种默契来进行类型创作或类型选择。再如郝建认为类型电影是"按照外部形式和内在观念构成的模式进行摄制和观赏的影片"②;路春艳认为类型电影是"制作者与观众的一种交流"③。也就是说,类型是电影生产中形成的一个具有自身文化意义的惯例系统,也是一套与制作、生产、工业程序相关的模式。类型电影生产是在惯例系统"无形的限定"下的有一定规范、方法的生产模式的产物,类型能够起到沟通生产者与消费者的作用。

　　笔者曾总结过类型片的程式特色、规约属性:"类型片特指那些已形成一整套相对稳定的叙述模式和生产机制的商业性影片,如动作片、喜剧片等。普遍而言,类型片往往拥有易识别且易分类的特定影像,在情节结构、人物塑造甚至场景设计上都形成了一套约定俗成的程式。在类型片的生产与消费过程中,观众会逐渐形成对某一类型影片的类型期待;而影片的创作者则在尽可能满足观众需求的基础上,加入陌生化的材料来创造新的刺激感——由此,观众与创作者之间也达成一种默契。"④

　　正是基于类型的规约,生产者能够更加明确作品创作的风格、目标受众与技巧,也使消费者(受众)能够根据类型下的这种规约、默契来选择自己喜爱的作品。

　　而剧场这种类型的生产策略无疑是一次互联网影视与时俱进,形成能够吸引网络受众的新型剧集(非院线大屏幕,非家庭电视剧)传播模式。

----

　　①　大卫·波德维尔:《电影艺术:形式与风格》,北京:北京大学出版社2003年版,第41页。

　　②　郝建:《影视类型学》,北京:北京大学出版社2002年版,第60页。

　　③　路春艳:《类型电影概念及特征》,《北京社会科学》2005年第2期。

　　④　陈旭光、石小溪:《中国当下类型电影的审视:格局与生态、美学与文化》,《民族艺术研究》2017年第6期。

类型电影生产也是电影工业美学的重要原则之一。① 笔者认为网络剧场的这种接近类型化理念的"可持续性"生产模式,与电影领域的类型化生产颇为相似(当然绝不一样),可以视作"类型美学"在网络剧领域的延伸。剧场的命名限定,题材、风格上的规约相当于类型的一系列文化、主题、内容、情节方面的程式,在这些程式规范引领下的生产制作则成为一系列独特的生产模式。两相结合,成就了网络剧场生产之工业／美学,文化／市场,体制／作者的凝结与融合。

这种与电影"类型化生产"的"神似"是网络剧场"吸引力法则"的关键之处,也是剧场模式带动网剧探索类型化、风格化的工业美学生产的有效实践。

(二)"奇观化"内容生产与青年消费满足:陌生化策略与想象力满足

马克思曾言,"消费的需要决定着生产"。② 显然,剧场模式的成功之道不止于某种"类型化",类型化生产只是为其提供与观众的心理规约,有助于观众的选择取向。内容为王,品质为王,口碑为王,"剧场"若要持续保持消费者的期待,更为重要的是为受众输出好作品,这样才能真正满足网剧受众主体——青少年主体的审美消费需求。

如今网络上的受众多以"网生代""游生代"为主,他们与网络相伴,熟悉网上各种新潮流、新内容、新议题及新玩法,有着强大的"想象

① 陈旭光:《"电影工业美学"的现实由来、理论资源与体系建构》,《上海大学学报(社会科学版)》2019 年第 1 期。

② 马克思、恩格斯:《马克思恩格斯全集》(第 46 卷),北京:人民出版社 1979 年版,第 37 页。

力消费"的需求。① 另有研究表明,网络青少年受众猎奇心理十分明显。② 所谓"猎奇心理","泛指人们对于自己尚不知晓、不熟悉或比较奇异的事物或观念等所表现出的一种好奇感和急于探求其奥秘或答案的心理活动"。③

我们一般说美国好莱坞电影的一大法宝是"奇观化",这一"奇观化"美学更多与视听觉奇观相关,而网络观看对视听觉奇观消费的要求有所减弱,于是通过事件、题材、人物、职业等的"猎奇化",来满足青少年网络受众的"猎奇心",就愈发重要。

展现这种新奇事物需要采用"陌生化策略",即"把事件或人物那些不言自明的,为人熟知的和一目了然的东西剥去,使人对之产生惊讶和好奇心"。④ 在提到陌生化应如何选材时,布莱希特认为"戏剧必须提供人类共同生活的不同反映,不仅是不同的共同生活的反映,而且也要提供不同形式的反映"。⑤ 也就是说,陌生化大体通过三方面来营造:一是将现实人物或事件进行陌生化处理;二是选取现实生活中的少数生活进行展现;三是呈现同一种生活的不同形式。

以往网剧出品相对宽松,很多网剧多依靠离奇的故事或魔幻奇观,或奇特情节、非逻辑性故事、天马行空的想象来吸引受众。但现在剧场运营恐怕不能仅仅如此了。剧场作品在营造"猎奇"影像时所采用的"陌生化手段"有其独特性:剧场中的作品多为现实题材(目前还没有科幻、玄幻、魔幻剧场),且以悬疑、恋爱类为主,这就要求剧场作品要在现实中找到能够让受众产生猎奇心理的陌生化方式。

---

① 陈旭光、张明浩:《论电影"想象力消费"的意义、功能及其实现》,《现代传播(中国传媒大学学报)》2020 年第 5 期。

② 匡文波:《网络受众的定量研究》,《国际新闻界》2001 年第 6 期。

③ 汪解:《青少年性猎奇心理辨析》,《中国教育学刊》1991 年第 3 期。

④ 贝托尔特·布莱希特:《论实验戏剧》,选自《布莱希特论戏剧》,丁扬忠、李健鸣译,北京:中国戏剧出版社 1990 年版,第 62 页。

⑤ 同上书,第 7 页。

大体而言,剧场模式下网剧的"猎奇式"影像生产具有几方面特质。

首先是在题材内容上,多基于现实,但选取的内容为现实中不常见的,具有独特魅力与吸引力的内容。比如,《隐秘的角落》讲的是"儿童犯罪"。剧中儿童似乎拥有"上帝之眼",有计谋,更懂设计。以往的儿童作品展现儿童的善良、单纯,而此剧的儿童无疑会对普通人的认知产生冲击,进而形成一种猎奇感。《谁是凶手》以"医生"这一白衣天使为主人公,却讲述医生如何逃避犯罪、协助犯罪、依靠心理控制别人犯罪等。这便是剧场内容生产的第一重法则——对普遍认知中的人或事进行"超乎寻常"的陌生化处理。

其次是选取现实生活中具有"猎奇性"的人群或职业为主人公。现实中很多职业不被大众熟知,却有神秘色彩,能满足受众的猎奇心理。比如爱奇艺"迷雾剧场"中的故事尽管都为"现实题材"故事,但题材多为涉案、犯罪、侦探。《猎罪图鉴》为刑侦、破案、悬疑片,讲述警察破案的故事,但此片所关注的警察却是"画像师"。显然,几乎没有以"画像师"为故事主人公的作品,颇具陌生化和神秘感,使这个故事充满趣味性,也促使很多受众带着对画像师的"好奇"而观剧。此外,该剧的创意之处还在于,通过案件将社会现实串联,以两集左右为一个单位讲述社会议题,这种设置不仅满足了受众对"画像师"的好奇心,更能使受众在故事创意之中体会人生百态。再如《谁是凶手》关注的是"心理医生"的故事。心理医生因其职业本身的神秘性而被诸多群众津津乐道,而影视作品很少。如此选材能够勾起受众的猎奇心理,且满足青少年受众游戏、探案、解谜的消费诉求。

最后是在现实之中加入奇观元素,即基于现实或呈现现实生活,但故事充满想象力,具有奇幻感和超现实性。爱奇艺"恋恋剧场"、优酷"宠爱剧场"常将奇幻、科幻、电竞、游戏、推理等元素融入故事,刷新受众的想象。《司藤》的主体故事发生在现代社会,但将"古代"的司藤妖引入现代社会,讲述现代人与半妖司藤的爱情故事,这一故事不同于以往"人妖在玄幻世界谈情说爱"的设置,而是以"现代人"+"古代妖"的创意设置搭建故事,满足受众"如果古人来到当下会如何"的猎奇心理。《我的巴比伦恋人》也发生在现实空间中,却以天马行空的想象力讲述现代女性与自己十二岁时"日记本"中的虚拟人物的趣味故事。其故事核心是:当成年的我遇到十二岁的我的想象世界,进入儿童时期的想象世界中,我将会如何?《循环初恋》的故事创意为:当我的身体与另一时空的异性身体产生共鸣、通感后,我的生活会如何?《喵,请许愿》故事创意为:我与外星人谈恋爱会如何?这些作品大多呈现的是现实空间发生的故事,却采用一种为现实空间注入奇观元素的策略来形成独特风格。也正是这些奇思妙想,使"剧场"作品十分有趣,并且常常能够刷新受众的想象。这种"满足想象"又"超越想象"的体验,是"剧场""吸引力"的重要法则之一。

(三)"精品化"内容生产战略:简约集中但富有张力的叙事

从最初爱奇艺将剧场作为一种平台符号推出以来,剧场便一直追求"精品化策略"。相对于以往网剧质量的参差不齐,剧场要维持品牌效应,所以在内容生产上更追求精品化。因为品牌尽管能够吸引受众,但真正能够使受众"养成"习惯,让受众认可品牌的,还是作品质量。

以《隐秘的角落》的内容生产为例,在资金投入方面,该剧"每集的制作成本都是 2019 年悬疑剧中最高的"。① 导演辛爽称此项目为"一

---

① 360 娱乐:《〈隐秘的角落〉背后的"隐秘"故事:主创人员专访亮点合集》,https://yule.360.com/detail/700258,2020 年 7 月 6 日。

场近两年的极限运动"。① 无论是大投资,还是导演的极致用心,都足以看出平台打造剧场精品的决心。

在剧作方面,《隐秘的角落》导演称该片的成功并非审美的成功,而是"剧作的科学",他表示"从一集 3 000 字的大纲,到大约一集 30 000 字的具体执行,我和编剧团队只要没事,就关在屋子里,拉出白板整理故事。因为该剧是社会派推理剧,环环相扣,有时线索安排到中间,发现崩塌了,那就重新来,崩塌了再来,我们致力于在这部剧里实现全面'蒙太奇'效应"。② 从导演的剧作理念中我们可以看出,该剧成功的关键是追求一种科学化、工业化、流程化的剧作生产方式。

而这种剧作精品化的追求,在其他剧场作品之中也有体现。比如《谁是凶手》以心理医生与警察的计谋较量为戏剧性中心,在女医生如何反侦察以及运用对方心理障碍为自己洗脱嫌疑等方面都处理得十分细致,如女主角利用男主角怕红色血液的心理障碍成功营造不在场证明等,每一个计谋的设置都让人眼前一亮。再如《猎罪图鉴》在讲述"画像师"画像时,展现了画像师运用光学、物理学、解剖学、视觉反应理论、人体应激理论、艺术想象等各种学科知识,通过"推理""对比"进行"理性画像"的过程,不仅每次画像都有迹可循,而且还为受众普及了诸多科学知识,这都体现了精品化追求。

在制作方面,《隐秘的角落》《八角亭谜雾》的画面质感还被受众评价为具有"电影感";《暗夜行者》被受众称赞为如看新主流电影一般震撼,该剧涉及很多大场面,包括枪战、船战等,总体色调偏于暗黑色,视觉冲击力很强。

此外,值得一提的是,剧场的精品化策略与普通网剧的精品化策略

① 360 娱乐:《专访导演辛爽|〈隐秘的角落〉:与观众共创"国产第一悬疑剧"》,https://yule.360.com/detail/746068,2020 年 7 月 6 日。

② 澎湃新闻:《专访|〈隐秘的角落〉导演辛爽:这不是审美,是剧作的科学》,https://www.thepaper.cn/newsDetail_forward_8108229,2020 年 7 月 4 日。

还有所不同：以往的网剧精品化策略大多是在制作上注重主题、投入等，但剧场在制作上更多吸纳网络受众的观影习惯，追求一种简约、集中但富有张力的叙事模式，也就是在集数上保持适中，在故事上不拖泥带水。

首先，剧场作品多追求"短小精悍"，即集数短但剧情紧凑，一环扣一环。其实，网剧因考虑到网络受众的观看习惯，曾探索过"集数精短"的网剧生产，但并未形成风潮，因为很多网剧依靠注水而获取利益。但剧场延续了网剧集数上的精品化探索，并且将"短集"推向正统。这无疑对网剧生产产生较大的冲击。另外，这也是对当前短视频时代"短、快、精"审美的一次呼应。因为在短视频时代，受众倾向于观看短小的作品。爱奇艺迷雾剧场中的作品大部分都是12集，再比如芒果TV"季风剧场"的作品也多为短集作品。《我在他乡挺好的》仅用12集便生动刻画了几位不同境遇的"北漂青年人"的酸甜苦辣，剧情紧凑，引人入胜。爱奇艺迷雾剧场《猎罪图鉴》仅20集，但故事环环相扣，并且每两集便涉及一个社会议题，将人物成长与探案解谜巧妙结合，并且将艺术与破案、心理学与探案学、社会学等融合。

其次，与很多网剧目标仅为"逗人一笑"不同，不少剧场网剧传递了一种共情性主题，关注具有时效性与话题性的社会议题。一方面传递爱情、友情、家庭等积极正能量，如《司藤》传递浪漫爱情观，《我在他乡挺好的》传达青年奋斗观，《非凡医者》传递医生无私奉献观。另一方面关注并反思当下社会问题，如《我在他乡挺好的》关注青年焦虑、女性议题、青年职场、青年漂泊等现实话题，《猎罪图鉴》反思AI伦理、职场PUA、电信诈骗等社会议题，《隐秘的角落》反思家庭教育与儿童成长，《婆婆的镯子》思考现代婆媳关系，《八角亭谜雾》则思考家庭矛盾。

二、文化生产与文化传播：青年文化表达与
青年想象满足

　　剧场火爆的背后蕴含了青年文化消费观。鲍德里亚在谈到现代消费时认为人们不再消费具体的、具有使用价值的物，而是消费"物"的符号价值，并彰显自己的"圈层"："人们从来不消费物的本身（使用价值）——人们总是把物（从广义的角度）当作能够突出你的符号，或让你加入视为理想的团队，或参考一个地位更高的团体来摆脱本团体。"①也就是说，消费具有消费者"象征性权利表达"的功能。消费的背后，是消费主体借助被消费物的符号、文化、圈层来彰显自己，进行自主编码化。所以，青年在消费"剧场"作品时，也是在寻找属于自己圈层、部落的同类人，借消费行为而彰显个人的独特身份。

　　因此，剧场与青年文化之间的关系是相互的。一方面，剧场依靠传达青年文化吸引网络青年受众，并且扩大了影响力，增强了品牌号召力。另一方面，青年受众也借助"剧场"来进行文化消费、阶层划分、部落划分与文化表达。

（一）"网络剧场"的青年文化表达

　　从某种角度讲，网络剧场是网生代汇聚的家园、部落、社会，也是各

---

　　① 让·鲍德里亚：《消费社会》，刘成富、全志钢译，南京：南京大学出版社2000年版，第48页。

种青年文化的演武场和集散地。

首先是青年游戏文化。网生代青少年是网络的一代、游戏的一代。游戏具有互动性,常以寻找线索、解谜、闯关、团队作战等为构架。当下火爆的剧本杀、密室逃脱等游戏都说明"游戏文化"在青年群体中的重要位置。如今的剧场,也着力推出悬疑、破案、探案类作品,以满足青少年闯关消费的诉求,并且表现出一种团结合作、不断尝试、寻找真相的游戏文化。在《隐秘的角落》之中,几位儿童与大人斗智斗勇,思考大人的行为,以此设计圈套或反圈套,这类似于游戏之中的团队打怪——团队为闯关各抒己见,也表现出一种团结协作、敢于反抗的游戏文化。《猎罪图鉴》中,两位男主角就像是游戏搭档,两人拥有不同的技能(类似于游戏之中不同的游戏角色),以此互补,通过探案、解谜、抓凶手闯过一个又一个关卡,最终无限接近最大的 BOSS。这种闯关、协作、思考的精神,是一种游戏文化的表达。所以,剧场中很多作品具有游戏思维,传递了一种团结协作、不畏艰难、屡败屡战的游戏精神。

其次是青年恋爱文化。一些剧场以"恋恋""宠爱"命名并生产爱情类作品,传递单纯的恋爱观,展现一种为另一半不惜奉献自己的纯爱思维,比如《变成你的那一天》《循环初恋》等作品让主人公在身体互换、时间循环等"游戏"之中恋爱。而这种恋爱文化也是一种青年文化的表达——倡导一种自由、单纯、甜蜜的恋爱文化。这也表现出剧场作品的浪漫性——这也是青年文化中的重要特征。

再次是青年"逗趣文化"。部分剧场作品表现出青年文化中的逗趣文化,如爱奇艺的"小逗剧场",尽管题材涉及古今,但都展现了青年一代别具一格的人生观与逗趣感。《破事精英》展现"打工人"在职场生活中的乐观态度、自我打趣的积极心态,不仅表现出青年一代职场人的苦乐,更表现出青年人的豁达,以"逗趣"对焦虑的化解。他们尽管知道生活很难改变,但依然逗趣自己与身边人,在现实社会中找到乐趣。

最后是青年主流文化表达。青年实际上是想要被认可,被展现以及融入社会的。当下大部分剧场作品,都展现了积极向上、正能量的青年形象、青年理念。一是塑造青年英雄,展现青年的社会意义与价值。无论是古装剧、悬疑剧还是都市剧、偶像剧,其中的青年主人公都依靠自己的优势(比如熟知游戏、拥有积极心态)或多或少地改变着社会或虚拟世界。《猎罪图鉴》中两位男主角便是依靠青年的血气、勇气及超凡的魄力不断破案。《谁是凶手》中的青年警察也帮助走在边缘的女主角不断纠正轨迹。这好像是进行一种青年"宣言"的表达——青年能够依靠独属于青年的文化优势拯救众人、改变世界。二是展现复杂多元的青年生活,让受众真正理解青年的焦虑、困苦与无奈。《我在他乡挺好的》表现青年在"他乡"奋斗的辛劳及焦虑。三是展现青年的理念,为大家塑造积极向上的青年形象。在优酷"宠爱剧场"中,《司藤》的男主角以当下青年爱情观中的执着、友善与真挚打动了"司藤"这一冷血的角色,与其结为夫妻;《心跳源计划》中男女主角坚守"科研道德""科研底线",最终取得社会认同;《请叫我总监》表现女青年初入职场的无奈,但依旧表达了青年女性的独立精神;《猎罪图鉴》中的青年警察处理事情时并非用简单的二元对立,而从犯人生平入手,从根本上感化犯人;《暗夜行者》中的青年男主角深入虎穴卧底;《谁是凶手》中的青年警察在调查中试图感化罪犯。这些都表现了宽容、博爱、温馨的青年文化与青年形象。

(二)"网络剧场"的青年"想象力消费"

"想象力消费"是青年受众的消费诉求的共性,所谓想象力消费是——在互联网语境下,"受众(包括读者、观众、用户、玩家)对于充满想象力的艺术作品的欣赏和文化消费的巨大需求"。①

剧场在三个方面满足着青年的想象力消费诉求。

首先是满足青年"超验层面"的想象,即通过玄幻、游戏类作品满足青年对视觉奇观或故事奇观等的想象力消费。《喵,请许愿》《循环初恋》《满月之下请相爱》等奇幻、穿越、身份互换、游戏游玩类作品涉及未来科学或星球科幻元素,刷新着青年对未来世界的认知,满足了青年穿越时空或走向宇宙的消费心理。另一方面,部分剧场作品或在叙事上"烧脑"、呈现"谜题",或如游戏一般(如穿越到游戏中、游戏通关等)需要受众进行"身体扮演",或让人物"上天入海"打"BOSS",这些"游戏化"设置,无疑可以满足网络受众的游戏消费诉求。

其次是满足青年"经验层面"的想象。剧场中悬疑、惊悚、侦破以及高智商犯罪类作品可以满足年轻人成为"英雄"的想象诉求。青年无疑是具有英雄梦,想成为英雄,想被社会认同的。很多剧场作品,恰好满足了青年这种心理诉求。以《猎罪图鉴》为例,该剧主人公都是身怀绝技的青年。两位青年破案、解谜,拯救犯罪分子,凸显出青年的宽容心、社会责任感与英雄气概。《暗夜行者》《非凡医者》中的青年都是现实中的"救世主",被现实认可、接纳,且才气、能力突出。

最后是满足青年符号的消费。如前文所述,青年受众消费这些探案、甜宠、青年成长类作品并且在"弹幕空间"②发声、留言、讨论,形成"微博话题"的时候,就是青年在通过消费来彰显身份——依靠弹幕结交与自己有相同爱好的同类人,并且通过发微博讨论、发朋友圈讨论等

---

① 陈旭光:《论互联网时代电影的"想象力消费"》,《当代电影》2020 年第 1 期。
② 谭雪芳:《弹幕、场景和社会角色的改变》,《福建论坛(人文社会科学版)》2015 年第 12 期。

来"打造人设"①,彰显自己独特的"青年文化符号"。

三、产业价值:工业美学探索与品牌化战略

剧场成为"品牌",离不开视频平台对"剧场"的品牌化打造与工业美学探索。工业美学理论强调影视制作的类型化生产与"大众为王"等制作理念②,而剧场模式的生产方式也表现出工业美学的特点。

(一)网络剧场的工业美学探索:类型生产、联合投资制作与网络化营销

第一,注重"类型化"生产。"类型"具有相对规律的制作方式,能够促使作品在剧作创作上流程化、系统化,提升制作速度,尽可能保证制作质量。这是类型生产的工业优势与产业优势。大部分剧场都以一种统一的类型为主,比如爱奇艺"迷雾剧场"以悬疑类型为主,推出《谁是凶手》《八角亭谜雾》《隐秘的角落》《猎罪图鉴》等悬疑类作品;"恋恋剧场"主打甜宠类型,《月光变奏曲》《变成你的那一天》《循环初恋》等都是甜宠剧;优酷宠爱剧场以爱情类型为主,推出《司藤》《我的巴比伦恋人》《请叫我总监》《一见倾心》等爱情剧。这些剧场作品上映速度都比较快。无疑,按照统一的题材、风格样式来制作作品,能够提升制作速度。类型化的生产,能够使剧场快速高效地按"类型"模式进行

---

①　段俊吉:《打造"人设":媒介化时代的青年交往方式变革》,《中国青年研究》2022年第4期。

②　陈旭光:《论"电影工业美学"的现实由来、理论资源与体系建构》,《上海大学学报(社会科学版)》2019年第1期。

"工业化"制作。

第二，注重联合出品与生产协作。剧场作品很多都是视频平台与其他影视公司联合投资制作，然后由视频平台独播。如《八角亭谜雾》由爱奇艺与冬春影业联合出品，《致命愿望》由爱奇艺与五元文化联合出品，《谁是凶手》由爱奇艺与星光国韵、不好意思影业联合出品，《猎罪图鉴》由爱奇艺与柠萌影业联合出品。优酷、芒果 TV 也是如此，比如芒果 TV"季风剧场"《我在他乡挺好的》由湖南卫视、芒果超媒与芒果 TV、麦特文化联合出品；优酷宠爱剧场《司藤》由优酷、悦凯影视、时悦影视联合出品。联合投资出品一则风险共担，二则可以互相制约，彼此"妥协"，稳健保险，实现规范化运作。

第三，注重"粉丝经济"，尊重青年受众粉丝文化与粉丝市场。剧场模式下的作品基本上由当红演员主演，比如白宇、金晨、赵丽颖、虞书欣、丁禹兮、张新成、任宥纶、施柏宇等，他们都具有青年号召力与粉丝效益。尤其是恋恋剧场、宠爱剧场，其主演配置多为当红演员，比如《月光变奏曲》由虞书欣、丁禹兮主演，《变成你的那一天》由张新成、梁洁主演，《循环初恋》由施柏宇、陈昊宇主演。

第四，系列、品牌化生存。剧场自觉运用品牌来吸引受众、扩大影响，并且常常出系列品牌作品，这有利于剧场保持流程化、系统化生产，也是其工业美学特质的重要表现。

第五，"网络化营销"。剧场作品常常会借助抖音、微博等媒介进行系统化、工业化营销。比如爱奇艺"迷雾剧场"每次上映新剧，在各大媒体上都能看到各种解读、分析，如在《猎罪图鉴》上映时受众就纷纷找到剧集中的画作来对比分析，并以此宣传该剧注重艺术与探案结合的优点。此外，《谁是凶手》《我在他乡挺好的》《回廊亭》等热议之作，都与营销的成功分不开。这些"病毒式营销"表现出剧场注重网络化生存与工业化营销的特质。

（二）网络剧场的品牌化策略：自觉塑造品牌与"议程化"品牌

品牌具有一种吸引力，能够最大程度减轻系列作品的营销难度，并且能够形成品牌、IP 矩阵，促进相关文化产业的形成。

在产业运营方面，视频平台如何让"剧场"变成"品牌"？大体有如下两方面的探索：

第一是"自觉"打造品牌。品牌需要塑造，需要在昭告天下后产生热议。剧场遵循此种"立品牌"的策略。以爱奇艺为例，2020 年，爱奇艺将"奇悬疑剧场"升级为"迷雾剧场"，于 5 月 22 日发布了包括白宇、金晨、鹿晗、刘奕君、倪大红、秦昊、王景春等 25 位演员在内的群像海报（海报带有浓厚的悬疑特色），并相继推出《十日游戏》《隐秘的角落》《非常目击》等"短剧"作品。爱奇艺在这一过程中做了"立品牌"（通过发布海报昭告天下）、"展品牌"（通过明星演员阵容与海报使受众对其充满期待）与"树品牌"（以最快速度推出系列作品，让品牌意识留存于受众心中）的工作。这一过程不仅使"剧场"轰轰烈烈地成为被万众期待的"话题集合"品牌，更为之后的品牌维护、品牌上新、品牌解读等开辟了空间。

此外，芒果 TV"季风剧场"也是在嗅到剧场品牌效应之后，模仿爱奇艺打造品牌的策略进行的剧场宣传。芒果 TV 在 2020 年 9 月宣布打造"季风剧场"，并于 2021 年 5 月正式播映作品，相继上线《我在他乡挺好的》《天目危机》《婆婆的镯子》《沉睡花园》等作品，而《我在他乡挺好的》也在真正意义上成为"季风剧场"的"出圈之作"，使其品牌立了起来。当然，在诸多剧场进行类型生产与类型定位的同时，"季风剧场"的品牌策略并非限定于某种题材或风格，而是将诸多类型纳入一个剧场中。但也正是"季风剧场"定位的这种模糊性，使它一直处于一种"不稳定"的发展之中。

第二是采用"议程设置"思维宣传品牌。马克斯韦尔·麦克姆斯在《议程设置：大众媒介与舆论》中提出"议程设置"，认为"通过日复一日的新闻筛选与编排，编辑与新闻主管影响我们对当前什么是最重要的事件的认识"。① 也就是说，当某事物被编排到显著位置且常常出现时，受众便会自己感觉此事为大事，并将其设置为个人"议程"。而视频平台正式采用此种方式，让大众感觉到品牌的"存在"与"无处不在"。比如爱奇艺会将新推出的自制剧场作品放到爱奇艺 App 的首页进行循环播放，如在《谁是凶手》《猎罪图鉴》《隐秘的角落》《八角亭谜雾》等作品上映时，爱奇艺都将其海报置于主页显著位置，吸引受众点开选项，增加受众期待。当受众每日看到带有"迷雾剧场"标签的新剧时，自然早已在"议程设置"的影响下将迷雾剧场视为重要品牌，并不断加深对品牌的印象。制作方达到了宣传品牌、树立品牌、使品牌成为受众日常的目的。

在这种策略下，剧场成为品牌，更成为视频平台的一种标签与形象。比如爱奇艺的"迷雾剧场""小逗剧场""恋恋剧场"表现出爱奇艺对青春品牌调性的追求。优酷的"宠爱剧场""悬疑剧场""港剧场"体现了平台"给热爱以专注"的宗旨。芒果 TV 的"季风剧场"彰显了平台与时代共振、与社会谐行的品格。

（三）网络剧场的品牌优势：成本优势、高抗风险能力与品牌拉动力

剧场模式具有较好的成本风险管控力，能够减少剧作成本、宣传成本与人力成本，成本风险管控意识贯穿前期生产制作到后期宣传发行

---

① 马克斯韦尔·麦克姆斯：《议程设置：大众媒介与舆论》，郭镇之、徐培喜译，北京：北京大学出版社 2008 年版，第 1-2 页。

的全流程。剧场品牌下的作品在剧作上因为有题材、风格的参照,后续剧本创作可以依据观众的期待"有心栽花",所以在剧作上能够减少时间成本与制作试错成本。另在宣传发行成本上也可以减少。剧场品牌已经有固定的播放平台,在发行对接等方面能省去大量的"人力成本"。同时,后续上映的作品在宣传时能够借助品牌号召力来节约"宣传成本"。比如《八角亭谜雾》在还未上映时就借助《隐秘的角落》及"迷雾剧场"的强大号召力而"未播先火"。

其次是剧场模式具有品牌的及时反馈性,能够使视频平台根据品牌表现及时调整产业布局。剧场品牌往往是多部作品在相近时间相继播出,相对于单一系列作品动辄几年的制作周期而言,剧场品牌的反馈度、受众黏性会更牢固。如受众看了《我在他乡挺好的》后会立刻反馈,观看该剧场的下一部作品。如果剧场某一部作品出现问题时,剧场也能够根据受众反馈及时调整今后的产业布局。比如《八角亭谜雾》因为内容晦涩而被诸多受众诟病,"迷雾剧场"紧接着就推出其他快节奏、叙事明了、情节紧凑的剧集。在《八角亭谜雾》之后播映的《谁是凶手》《猎罪图鉴》《暗夜行者》等作品都尽可能地避免了其内容晦涩的缺陷。

再次是"剧场"品牌效应强。剧场品牌为剧场作品提供了宣传便利与受众基础。如今很多剧场似乎已经成为"质量、精品"的代名词,受众会自觉认可剧场后续作品。如受众对"迷雾剧场"充满期待,纷纷在《八角亭谜雾》上映前主动宣传。另一方面,剧场内部单一作品具有较强的整体品牌拉动力,一个作品的火爆可能会直接让整个剧场火爆。《隐秘的角落》的大火就直接助推了"迷雾剧场"的火爆。《我在他乡挺好的》出圈也使"季风剧场"影响力极速提升;《江照黎明》使季风剧场的悬疑特色得以彰显;《重生之门》《回廊亭》,以及正在热播的《庭外》则使优酷的"悬疑剧场"备受瞩目。

最后是"剧场"品牌还有自我愈合能力。剧场中若出现负面作品,剧场品牌的恢复时间要比单一系列品牌短。如《八角亭谜雾》导致爱奇艺"迷雾剧场"低迷，受众满意度低，但爱奇艺紧接着推出了《谁是凶手》《猎罪图鉴》等作品，缓解了低迷并且恢复了品牌影响力。

当然，剧场品牌一旦初步树立，维系与发展势必成为更大的难题。剧场模式需要做好品牌维护、IP 运营、类型创新，警惕题材同质化问题。如果质量有问题、叙事不精彩，即使作品能够借势而未播先火，也很快就会遭遇口碑滑铁卢。毕竟，"质量为王"。同样，剧场模式下部分甜宠剧的"霸道少爷爱上我""刁蛮公主遇到爱""灰姑娘穿越遇到白马王子"等陈旧套路叙事，也需要不断创新和突破，走出同质化和模式化的怪圈。

结　语

至此，我们总结近年网络剧场品牌化内容生产与产业经营的"吸引力法则"即有益经验或教训如下：

内容上，应以确立的剧场平台为风格题材的定位而进行一种"类型化"的创作生产，在主打"类型"的基础上亦可适度进行类型融合；注重以取材、塑人方面的新奇与现实的奇幻化等"陌生化"策略来营造不常见的"猎奇化"影像，追求精品化内容生产。文化上，应注重青年文化的表达与青年想象力消费的满足。制作上，应联合制作，重视受众市场，进行工业化营销等工业美学探索。总之，应在产业多元竞争的态势下自觉进行品牌化打造，依靠品牌优势力求"可持续发展"。

毋庸讳言，视频平台"网络剧场"模式是网络平台的一次"工业美学化"的生产尝试，也是"大电影"或"大影视"行业的一次重要探索，对国内发展得并不太好的影视品牌化建设来讲具有先行探索意义。坚持精品化、工业化、品牌化策略,做好品牌维护与 IP 运营,防止品牌的过度消费与品牌内容的同质化等,都是品牌化运营中必须关注、面对和解决的。

应该说,网络剧场作为一种新现象、新模式,仍在探索之中,也出现了很多问题。但有一点可以肯定:剧场的成功与否都并非偶然,而是时代发展、媒介新变、受众细分化和青年文化消费诉求的必然结果。"网络剧场"模式所传递的青年游戏文化、恋爱文化、主流文化、亚文化与"逗趣文化"等,在向我们展现当下青年文化的独特性和丰富性的同时,也有力证明了当下青年已成为网络世界之主体。毫无疑问,我们要充分尊重青年受众主体的巨大存在,不惮于表现属于他们的想象力美学、游戏文化与探案解谜游玩心理,鼓励"想象力消费"类网络剧集作品的开发,并进行工业美学式的"平衡"与"折中"。要融合青年游戏文化、想象力文化与社会关怀、现实议题,既尊重市场、受众、青年文化,又尽力接上社会生活的"地气",进行在美学／工业、艺术／市场、青年文化／主流文化、想象／现实、超验／经验这些"二元对立"之间充满张力的艺术探索。

在一定程度上,网络剧场的产业化运营也呼应并拓展了笔者近年来所提出的"电影工业美学"理论。就像青年学者秦兴华把电影工业美学理论拓展到电视剧领域,探析"电视剧工业美学"①一样,现在则将其进一步拓展到了网剧、网上剧场等领域,自然,这也可以说是电影工业美学的一次"知识再生产"。

总之,从"互联网+"全面加速,"元宇宙"呼啸袭来,"网络剧场"模式应运而生且潜力无限的发展态势看,我们有理由展望未来中国"大影视产业"的发展前景。在一个良性运行的,有必要的体制制约

---

① 秦兴华:《电影工业美学之后:中国电视剧工业美学的生成语境与理论构想》,《未来传播》2020 年第 1 期。

也有创作自由度,有产业规范也有道德自律的产业中,工业化水平、类型化和品牌化程度、艺术表现力、社会关注度、青年文化表达的丰富性等都各得其所,美美与共!让我们期待中国影视文化繁荣发展的高峰!

陈旭光　北京大学艺术学院教授,北京大学影视戏剧研究中心主任。

张明浩　浙江大学传媒与国际文化学院 2022 级博士研究生。

从高原攀向高峰

——电视剧这十年创作刍议

高小立

党的十八大以来,中国电视剧进入了黄金十年发展的繁荣期与高潮期。尤其在 2014 年习近平总书记在文艺工作座谈会上的重要讲话发表后,在"以人民为中心"的创作导向和"扎根人民、扎根生活"的创作方法的指引下,中国电视剧将马克思主义文艺观与中华美学精神相结合,坚定文化自信与民族自觉意识。十年来,从电视剧的创作数量和质量,从艺术创新与时代审美的结合,从弘扬中华优秀传统文化和讴歌新时代新征程的恢宏气象,从现实主义创作浪潮在重大革命历史题材与当代现实题材电视剧中的风起云涌,从关注民生题材体现的人文精神,从电视剧愈加强调文学性与哲学思辨等多个维度看,中国电视剧迎来了从创作高原迈向高峰的新局面。

一、电视剧创作生态的持续优化

电视剧作为传播最为广泛、受众最多的艺术形式,始终和国家的发展、社会的进步、人民的追求同频共振。分析中国电视剧十年来的发展与成就，离不开十八大以来中国在政治、经济、军事、文化、民生等领域飞速发展的时代背景。而改革开放四十年、中华人民共和国成立七十周年、中国人民志愿军抗美援朝出国作战七十周年、决胜全面建成小康社会决战脱贫攻坚、建党百年、冬奥会成功举办等重大历史节点和中国社会大事件的叠加效应，无疑对中国电视剧创作的题材拓展、艺术创新等都产生了重大影响。与此同时，随着人民群众物质生活和精神生活的极大丰富，人们的价值取向、审美趣味、文化需求亦发生重大变化，对于中国电视剧的创作自然提出了更高要求。此外，国家及主管部门持续整治"饭圈文化"，对电视剧高昂的明星成本祭出"限薪令"，对低俗以及粗制滥造的电视剧提高准入门槛，从国家到地方都出台了一系列优秀电视剧生产全环节的扶持政策。因此，这十年来中国电视剧创作生态持续优化，催生出一大批优秀电视剧，使弘扬中华美学精神、讴歌时代精神的优秀电视剧占领荧屏，达到良币驱逐劣币的效应。电视剧创作生态的持续优化，使得这十年成为中国电视剧提升质量的重要的机遇窗口期。

二、高扬现实主义精神的电视剧独领风骚

改革开放四十年、中华人民共和国成立七十周年、中国人民志愿军抗美援朝出国作战七十周年、决胜全面建成小康社会决战脱贫攻坚、建党百年等一系列重大历史节点，成为体现现实主义精神的电视剧创作取材的富矿，十年中涌现了一大批优秀电视剧，如《外交风云》《觉醒年代》《跨过鸭绿江》《大浪淘沙》《香山叶正红》《鸡毛飞上天》《在远方》《山海情》《大江大河》《超越》等。这些带有献礼剧性质的电视剧，为

何在口碑、收视率、社会效益与经济效益上能获得巨大成功？其核心原因就是"以人民为中心"的现实主义创作理念。这些献礼剧不是简单地讴歌赞美，而是深入生活、植根百姓，以客观真实的历史脉络、艰难岁月、人物情感，以及始终奋发的民族斗志和浓烈的家国情怀来打动人心。电视剧《外交风云》首度揭秘中华人民共和国成立初期，中国老一辈革命家与外交人员为中华人民共和国争取更大国际空间而殚精竭虑、折冲樽俎；电视剧《觉醒年代》深度挖掘党史，以辩证唯物主义的客观公正的艺术态度，再现陈独秀对我党建立做出的重大贡献；电视剧《跨过鸭绿江》不再单纯地从激情英雄主义层面去刻画抗美援朝，而是通过普通战士的视角，真实再现战争的残酷，挖掘人物如何战胜对死亡的畏惧，以自我牺牲换取身后祖国人民的和平生活，谱写了一曲悲壮战歌。电视剧《鸡毛飞上天》中"鸡毛换糖"的经商基因种子的开花结果，电视剧《在远方》从传统快递到与电商携手，都真实再现了改革开放给个体命运带来的巨大改变。正是这种情感上的共鸣以及与时代重要历史节点的共振，使得献礼剧中出现了一部又一部具有重大社会影响力的爆款剧。

十年来，现实题材电视剧创作高扬现实主义精神，紧贴时代，直抵民心。以《人民的名义》《巡回检察组》《安居》《猎狐》《小舍得》为代表的体现民生利益重大关切的优秀电视剧不断涌现。中国现实题材电视剧在一段时间内"重私轻公"的创作手法，让现实题材电视剧更多关注家长里短、一己私情，而忽略了对公共领域的现实批判，缺乏对反腐、住房、医疗、教育、养老等民生热点的聚焦和对人性的拷问。因此，大量都市婚恋题材剧、职场剧、青春偶像剧充满脱离生活的伪现实主义悬浮感。电视剧《人民的名义》的横空出世，呼应了长久以来人民群众对于腐败的深恶痛绝，也传达出我们党打击贪腐的决心，正是这种对于民生热点的重大关切，让该剧突破中老年观众同温层，形成包括九〇后、〇〇后在内的观剧热潮。电视剧《安居》则直击高房价给普通群众（尤其是都市适婚青年)带来的择偶、婚恋、生育等方面的巨大压力。电视剧《小舍得》聚焦中国幼儿教育问题,以及由此引发的普通都市家庭父母在物质与精神层面的焦虑。《猎狐》在讲述追踪经济犯罪故事的同时,揭示了个体人性的复杂。在聚焦于决胜脱贫攻坚、抗击新冠疫情、礼赞英雄与时代楷模等重大事件时,采用了单元剧的创新形式,《在一起》《石头开花》《功勋》都获得了收视与口碑的双赢,也勾起了观众对中短篇电视剧的回忆。此外,这十年来现实题材电视剧还高度关注人类与自然和谐共生的环保主题。电视剧《最美的青春》《春风又绿江南岸》以及一大批农村题材电视剧,从荒漠化治理到绿色经济的可持续发展视角,体现了绿水青山就是金山银山的环保理念,也反思了人类在文明高度发展进程中如何与地球母亲和谐共生的人类命运主题。

三、中国电视剧的艺术创新进入快车道

十年来,得益于中国经济的飞速发展与文化艺术事业的空前繁荣,拥有强大聚能效应的中国电视剧创作从量变走向质变,其间最为突出的变化就是艺术创新进入快车道。电视剧艺术是视听语言的大众艺术,中国电视剧在发展进程中,受限于资金、人才、技术等因素,在视听效果层面一度差强人意。而这十年,随着电视剧产业的蓬勃发展,在星网一体化传播方式下,电视剧收益多元化带来了边际社会、经济效益,文化艺术资金蓄水池功能也日益凸显。在资金、人才、技术的加持下,电视剧视听层面的艺术创新与突破日益显现,其中大制作所青睐的军事题材电视剧和古装故事剧表现得尤为突出。在深受观众喜爱的军事题材电视剧领域,《绝命后卫师》《跨过鸭绿江》《大决战》《深海利剑》《和平之舟》《特战荣耀》等电视剧,从战争场面营造、题材拓展、人物塑

造等艺术创新角度不断带给观众新的感受。随着中国重工业战争片如《战狼》系列、《长津湖》等影片的好评如潮，具有较强影视联动的中国军旅题材电视剧的制作越来越强调战争场面的镜头语言与强视听效果。重工业、大制作下的战争场景加上凌厉的剪辑，使悲壮的战争场面兼具纪实性的即视感。与此同时，随着中国军队现代化建设不断加强，中国展现了维护世界和平、保护海外华人权益的大国担当，包括国际反恐、救援的地缘政治改变，中国军旅题材电视剧不断拓展，其视野转而面向世界。如《和平之舟》《深海利剑》等电视剧，其背景就是中国海军由浅海迈向深蓝，讲述了中国海军执行国际反恐、国际人道主义救援等任务，维护海外华人合法权益的故事。《维和步兵营》将真实的维和过程首次搬上荧屏，《埃博拉前线》以国际人道主义精神展现了中国形象。这些基于真实素材创作的军旅电视剧，做到了年轻化叙事策略与时代审美的同频共振，丰富了军旅题材电视剧的内涵与外延，在提升军旅题材电视剧观赏性的同时，更容易从民族情感与家国情怀上激发观众的共情体验。

以《大明风华》《知否知否应是绿肥红瘦》《延禧攻略》《如懿传》《清平乐》为代表的历史故事剧，其服化道从借鉴戏曲服装的大红大紫，变为专业团队深入历史考究下的莫兰迪色、高级灰，辅以极具东方古典风韵的碧瓦红墙，以及以琴棋书画为代表的中国传统文化的镜头再现，无不体现精良制作下的匠心独具。出圈效应让此类电视剧火遍中国港澳台地区以及韩国、日本甚至东南亚地区，中华优秀传统文化的溢出效应更是火爆于网络和流媒体。而电视剧《大秦帝国》系列、《大军师司马懿之军师联盟》再现了气势恢宏的军事战争场面，同时，合纵连横、诸子百家所蕴含的中国哲学思想，在军事、政治、经济层面的深入解读，传递出了中国文化的博大精深，这背后正是电视剧主创愈发强烈的民族自觉意识与文化自信。

正剧侧重"修身、齐家、治天下"的重大历史事件，古装青春偶像剧侧重人物情感世界,过去的历史剧基本上是以这两大类型来有效抵达目标观众,而这十年来历史故事剧的主流与非主流,正在围绕中国传统文化的叙事核心走向相互融合。如表现中国古代商业文化的《赘婿》,表现中国传统饮食文化的《尚食》,表现女性励志的《梦华录》,突破了以往历史剧或古装剧的叙事模式,多方位、多角度地展现了中华文化的博大精深。

如果说服化道、题材拓展上的艺术创新,是在技术层面与选材上的表象突破。那么,对于电视剧人物的去扁平化塑造,强调人物多维度刻画的立体展现;镜头语言具象与意象艺术表达的交融,对于戏剧张力和留白空间的情境营造;剧情演绎与矛盾构成更加注重内在逻辑关联的缜密性……则是中国电视剧这十年来在艺术内涵本体创新上的突破。在历史题材电视剧中,我们很少再看到"向上天再借五百年"这样刻画帝王将相丰功伟绩的作品,电视剧更加关注在具体历史语境背景下,个体命运与国家、民族命运的勾连,更多站在平凡人的视角去剖析人物性格和命运,人物不再是非黑即白的简单的脸谱化塑造,而是强调剧中人物在事业、家庭、婚姻等不同社会关系中的角色担当,注重多维度的立体刻画。在重大革命历史题材电视剧《觉醒年代》中,将革命中大写的人与生活中充满烟火气的人结合起来,面对为革命走向绞刑架,李大钊可以慷慨激昂地留下"高尚的生命常在壮烈的牺牲中",在生活中,当他从日本回国,却会满含深情地对妻子说:"憨坨回来了。"同样,剧中陈独秀作为五四运动旗手、中国共产党的创始人,拥有"出了研究室便入监狱,出了监狱便入研究室"的豪迈革命情怀,面对儿子的无政府主义信仰以及生活中的叛逆却显得无可奈何,革命先驱的伟大与父亲角色的平凡跃然而出,从而使人物的刻画鲜活立体。

在以往的一些电视剧中,往往从重大事件、剧情内容角度,以及正反角色之间的矛盾铺陈来推进叙事,多是一种具象化的艺术呈现。而近几年的中国电视剧在艺术呈现手法上,越来越通过镜头语言的具象与意象交融的艺术表现手法,以类似国画留白的方式预留给观众更多想象的空间,例如电视剧《白鹿原》中极具象征意义的鹿的出现;电视剧《觉醒年代》中蚂蚁、独轮车、城墙等大量蒙太奇镜头语言的出现;电视剧《数风流人物》中虚构张国焘、李达、包惠僧在陈独秀墓前的祭奠,以类似舞台间离艺术手法的方式,描述三人有关信仰与背叛的对话。真实的历史人物、事件与虚构的艺术情境交汇叠加,让观众在理性思考与心灵通感的撞击中,体察剧情所要表达的艺术内涵。

四、电视剧艺术对文学精神的倚重

电视剧是编剧的艺术,一剧之本很大程度决定着一部剧的成败。这十年来,从国家广电总局、中国电视艺术家协会,到北京、上海等地,都把相当一部分的资金用在了对剧本的扶持上。而剧本成败的关键在于剧作的文学性。"文学是电视剧的天然母体",文学更侧重由文字带来的人物精神层面和意向空间的营造,在刻画人物上是其他任何艺术无可比拟的。二十世纪八十年代到九十年代初期,中国电视剧的创作与文学性之间的关联性是很高的。但是,随着中国电视剧商业化的不断发展,资本的深度介入,电视剧靠流量明星获得经济效应,一度使得中国电视剧出现了轻剧本、重明星的倾向。过度迎合市场的电视剧商业化生产模式,忽略了电视剧作为一种艺术形式的独立性思考。曾经被专家、媒体诟病的大量玄幻、穿越、甜宠、青春偶像电视剧不断出现。伴随流量明星+IP 的工业化复制生产,此类电视剧出现创作跟风化、内容空洞化、剧情悬浮化、台词口水化、演技幼稚化、审美肤浅化的倾向,上述问题的原因就在于忽略了电视剧作为综合性艺术,作为精神产品,和戏剧一样,文学性是其最为重要的本质属性。

十年来,随着《平凡的世界》《白鹿原》《大江大河》《装台》《三叉戟》《理想之城》《叛逆者》《人世间》等由当代著名文学作品改编的电视剧的播出,我们欣喜地看到,中国电视剧在文学性回归道路上的前行。笔者在《哪怕是微芒也要散发光和热——评电视剧〈人世间〉》一文中指出:"梁晓声是站在'上帝的第三视角'用文字俯视人间的苦难凉薄,却又以人性深处仍坚守的良知、善良,让读者在微茫中感受希望。而对于属于大众艺术的电视剧来说,电视剧《人世间》主创在文学转化成影视的过程中,以人物命运的向阳而生,以浓浓亲情、友情的温度,以哪怕是微茫也要散发光和热的力量,诠释人间真情大爱。"可以说,电视剧《人世间》的巨大成功,离不开原著文学性所折射的强烈人文关怀精神,也离不开编剧王海鸰对文学精神一如既往的坚守。电视剧作为大众艺术,我们并不讳言它的娱乐性,但既然是艺术,就不能简单地以迎合市场为终极诉求,它依然需要在艺术创作中以思想的深刻性与灵魂深处的触动为己任,从而激发观众的深度思考,引领时代审美,仅从这点看,电视剧文学性的内涵属性就应站在突出位置。这十年中国电视剧在文学性的强化上,一是诸如《平凡的世界》等作品由优秀文学作品改编而来,但具有原创文学性的优秀电视剧剧本还不是很多;二是对一剧之本的地位强化和精心打磨。当然电视剧行业在编剧地位提高、优秀原创剧本扶持、重要电视剧奖项设置等方面,仍需做很多工作。

五、存在的问题与建议

当下在电视剧创作尤其在当代都市题材电视剧创作中,伪现实主义创作所带来的悬浮感,不接地气造成的与观众真实生活感知的割裂感,是当下电视剧创作的突出问题。有些剧中的主角,一边住在一线城市带有大飘窗、独立卫生间、北欧风的精美大开间,一边向观众展现青春励志的打拼奋斗,观众自然难以形成情感共鸣。这种过日子还不如邻家大妈会算账的艺术创作,无疑是在沙中建塔,缺乏生活真实的牢固底座。而在一些职场剧中,缺乏对于剧中行业的深度剖析、挖掘,剧中人物的职业、工作似乎成了悬浮的背景画,只是衬托各种偶发、刻意营造的情感戏的绿叶,这种本末倒置的艺术创作,其核心原因就是缺乏对生活的深度积淀,缺乏对现实生活细致入微观察下的生活提炼和艺术升华。主创的注意力过度集中于戏剧冲突、矛盾铺陈、意外反转的技术层面,因此,我们看到为了戏剧冲突对人物、剧情进行的拼盘式组合,看到各种残缺家庭替代正常原生家庭,看到情感戏的突发、偶遇替代合理的自然生长。这种种现象的出现,一个原因是主创自身的问题,这种问题是发展中出现的。但是,值得我们思考的是,随着资本、大数据在电视剧生产中话语权的不断膨胀,传统以编剧、导演、演员为核心的创作,让位于流量+IP+大数据分析下的工业流水线创作。一句话,资本与大数据分析精准锁定的观众不是你们。

为了解决上述问题,在观众审美、欣赏趣味的不断升级中,电视剧创作主体在竞争中要与时俱进,加强提炼生活的能力,增强艺术审美的维度。而针对资本与大数据在电视剧生产中深度介入的趋势,则要采取疏导与机制漏洞补缺的方式加以引导。要以有效的管理而不是单纯的打压,让资本产生自我矫正的内生动力。此外,国家和地方对于弘扬中华文化、讴歌时代精神的优秀电视剧在全环节生产流程中应加强扶持力度,在各大电视剧奖项评选中,要始终将电视剧的思想艺术性和社会效益放在评价体系的核心位置。

高小立　北京文艺评论家协会理事,北京市文联签约评论家,《文艺报》社艺术评论部主任、编审。

宝箱里面有什么

——电子游戏视听内容与用户创作内容

陈京炜

　　说起电子游戏,读者脑中可能会联想起激烈的对战、炫酷的特效或者轻松的玩法、无尽关卡的挑战,可能还会有感人的故事、激动人心的旅程以及在游戏世界中快乐同行的朋友。无论我们带入了哪一个游戏或哪一段经历,都不能否认的是:游戏不同于其他作品形式,它依赖于玩家的主动参与,且这种参与会直接影响其走向与结果。因此,文艺作品所追求的"沉浸感"和"心流",在电子游戏中更加容易得到实现,电子游戏的玩家也比其他类型作品的受众更加容易忘记时间,更加容易投入情感。

　　电子游戏自二十世纪七十年代正式作为商业娱乐媒体加入娱乐工业以来,一直不断发展。从科技发展的角度来看,电子游戏从最初只能单色显示并进行有限交互,发展到当下最先进的显卡和运算技术与游戏引擎相互成就,不断挑战更好的显示效果与更优化的硬件负担,这使得电子游戏获得了更广阔的创作空间,更少受到硬件机能的限制,而将创作重点集中在内容的表现上。我很清楚地记得,在六七年前的课堂上,我设计了专门的"移动游戏"专题,请同学们在机能受限的情况下设计吸引人的玩法。而短短几年之后,这个专题就没有存在的必要了——硬件在使用场景上的差异仍然存在,但所受的技术限制已经所剩无几。

纵观艺术科技的发展史,大多数创作应用型的科技都有从"小众专业者"向"大众爱好者"普及的过程,无论是数字绘画、电子音乐、数字视频还是电子游戏。相应地,电子游戏的视听内容的发展也带动了用户创作内容的生长。不同于影视剧,当下极少有对用户创作内容持反对态度的电子游戏,这与游戏更需要通过玩家交互才能实现其完整形态和全部价值有关,当然也与游戏的盈利方式不同于影视作品有关。

与电子游戏相关的视听内容,更像是电子游戏中最常见的道具——宝箱,在打开之前总是充满期待,打开之后却会发现,宝箱里藏着的"宝物"可能总会出乎我们的预料。

宝箱一:游戏中的预制动画

不同的游戏玩法能够带给玩家交互的快乐,但想要真正与玩家建立情感联结,使玩家获得更深层的感受,就亟需调度叙事。游戏为了叙事需要,往往会暂时剥夺玩家对于游戏角色的控制权,转而采取预制动画,以设计好的镜头与叙事节奏展开剧情铺陈。这种预制动画在多年前受限于游戏运行硬件机能,多以预渲染的方式呈现,而近年来则更多地根据展示玩家特色需要或叙事需要而选择即时渲染或预渲染。

游戏动画对游戏世界的背景有极强的补充作用,玩家通过动画来获得游戏操作之外的信息和故事,为自己的行为赋予意义,进而对游戏世界和交互行为有更深刻的认同。因此,游戏动画的质量很大程度上会影响玩家对游戏的评价,也有了被调侃为"用心做动画,用脚做游戏"的暴雪、育碧等行业一流企业。

极少有游戏官方会将优秀的游戏预制动画直接搬到网络视频平台播放,而开发者对于玩家将游戏动画录屏发布到网络视频平台的非营利行为,由于客观上促进了游戏良好口碑的传播,一般也不会追究侵权责任,这一行为反而成为连接开发者与潜在玩家的桥梁。

宝箱二:游戏相关衍生动画与音乐会

基于游戏的良好品质,开发者往往会制作宣传视频(即 PV,Promotion Video),最常见的是基于情节的剧情 PV 和基于人物的角色 PV。作为宣传手段,PV 最大限度展示了角色在游戏中的游玩状态与个性特色,尤其在付费抽角色类型的游戏中,发挥了重要的作用。角色 PV 总会尝试将玩家"基于角色数值能力选择角色"的理性判断拉向"基于对角色的认同与喜爱"的感性冲动,提升玩家为角色付费的可能性。以《原神》的经典角色"钟离"为例,2020 年 11 月底,其角色 PV《钟离:听书人》在 bilibili 上的播放量超过 3 000 万,在海外视频平台的播放量超过 2 000 万。在视频的评论中,不少玩家会提到看这个 PV 已经成了习惯,在他们看来,这个不到两分钟的视频已经超越了角色 PV,甚至不亚于电影带来的震撼与深意。无独有偶,尚在制作中的《黑神话·悟空》凭借优秀的制作技术与极具中国特色的角色设计让不少海外玩家除了叫得出"Monkey King",对于《西游记》中的其他神仙妖怪也开始感兴趣;而《昭和米国物语》更是开创了"讲中国故事何必讲的是中国的故事"的先河,用我们对于美国、日本的刻板印象创作游戏,用国人的角度和语言讲述架空世界的故事。加之游戏的中文配音与中文传达的意境是英文难以翻译到位的,不少海外的原神玩家学起了中文,一边看着游戏画面,一边看着学习中文的书籍,一边记着笔记写着拼音,让人不禁想起自己年少时候沉迷日本漫画的样子,也让不少中国玩家不由得感慨,游戏成了建立文化自信的新途径。

在具有广大受众的基础上,游戏开发者制作衍生动画已非个例,独立的动画叙事的连续性与视角的变化,能够从另一个侧面将游戏世界补充完整,甚至从其他讲述者的角度解读同一段故事,更加丰富游戏世界,将游戏世界从一个平面拉伸为立体多面,建立其虚拟宇宙,为游戏IP 的进一步利用打下基础。

作为游戏重要的组成部分,音乐长期以来都是不可或缺的。优秀的音乐作品、独立演出的音乐会已经是作品成熟的标志之一。无论是早年的 FC 游戏音乐会、《最终幻想》系列作品音乐会、暴雪游戏音乐会,还是当下最受玩家关注的《原神》音乐会、《明日方舟》音乐会、《王者荣耀》音乐会,都拓展了游戏文化的边界。在 QQ 音乐等平台,可以看到听众在游戏音乐的评论区留言:"一听到就仿佛置身某地。"与游戏画面、交互密切关联的音乐不仅仅是视听体验的一部分,更是玩家情感的寄托,是玩家与游戏共鸣的记忆点。而线上音乐会更成为全球玩家的又一个关注点,原神第一次线上音乐会在 Twitch 直播平台上吸引了超过 33 万人同时在线观看,其相关视频一天内就突破 200 万播放,随后使用民族乐器的"映春华章"线上新春音乐会不仅直播人气达3 380 万,甚至发挥了音乐的跨语言交流能力和感染力,尤其是云堇的《神女劈观》,更让国外观众重拾了云堇剧情 PV 带来的震撼,再次成为传播中国声音的优秀范例。

宝箱三:游戏外的用户生产内容

包括游戏预制动画、衍生动画与音乐会在内的视听内容,都是游戏开发者官方或明确授权的创作。用户生产内容(UGC, User-generated Content)伴随 web2.0 而生,是用户作为信息提供者、内容创作者所原创的内容。但在 ACG 领域长期以来都存在的"同人"文化,使得基于游戏内容的用户生产内容出现得尤为自然。

根据创作者的兴趣、能力的不同,游戏 UGC 内容也分外多样,有天马行空的文字故事,有基于角色特点创作的漫画,有在游戏中编演自创故事录像配音的视频,有游戏游玩直播和反映视频,也有精彩战斗和攻略视频,甚至还有利用游戏 bug 将本不能见面的 NPC 聚集在一起拍照留念的视频,可以说汇集了玩家的各种奇思妙想与热情。UGC 本身已经为游戏带来了话题、流量与热度。衡量一个游戏是否被玩家喜爱,其 UGC 作品数量与质量已经成为一个重要指标。随着创作工具的普及化,越来越多的玩家得以创作自己的 UGC 作品,而最重要的核心仍然是对游戏原作的内容支持。

《神女劈观》发布之后,快速掀起了全球玩家对于京剧的热情,不仅使原视频播放量激增,更有很多具有音乐才能的普通玩家和观众进行翻唱、演奏。随着热度的增加,这个游戏视频真正实现了"出圈",从 2022 年 1 月中旬国家一级演员、梅花奖得主曾小敏老师的粤剧翻唱开始,京剧梅派传人梅葆玖先生的入室弟子郑潇老师,国家一级演员、梅花奖得主、淮剧名旦陈澄老师,上海越剧院旦角、傅派传人裘丹莉老师,国家一级演员、成都市川剧研究院副院长王玉梅老师,国家一级演员、梅花奖得主、秦腔四大名旦之一的齐爱云老师,国家一级演员、梅花奖得主、温州市瓯剧团当家小生方汝将老师,国家一级演员、梅花奖得主、国家级非物质文化遗产评剧代表性传承人罗慧琴老师,国家一级演员、著名评弹表演艺术家、曾获文化部最高奖"文华表演奖"的袁小良老师,上海昆剧团刀马旦、武旦演员钱瑜婷老师,国家一级演员、梅花奖得主、越剧演员舒锦霞老师,国家一级演员、京剧老生傅希如老师等超过 20 位国家级演员,7 位梅花奖得主参加了《神女劈观》的再创作,掀起了国内青年观众关注了解各种传统剧目的热潮。

正如《神女劈观》中的那句唱词："曲高未必人不识,自有知音和清词。"传统文化并非故步自封,而是乐于不断与当代文化结合、创新。让传统文化在当代通过游戏视频焕发新的活力,吸引青年观众,这是当代电子游戏从业者能够做到也应该承担的责任。电子游戏的视听内容不仅在游戏内,在整个互联网视听中也能发挥更大作用。

陈京炜　中国传媒大学动画与数字艺术学院副院长、教授。

全媒体环境下剧集产业新格局建构、问题与发展路径[*]

赵　晖

　　习近平总书记在 2014 年文艺工作座谈会上指出，"互联网技术和新媒体改变了文艺形态，催生了一大批新的文艺类型，也带来文艺观念和文艺实践的深刻变化"。这意味着，数字平台的发展催生了新文化理念的建构，网络视听平台的持续拓展推动了剧集产业观念的巨大变革。在全媒体环境下，新技术加持融媒体，剧集内容产业正处于重要的转型期，传统电视剧和网络剧之间的隔阂正在消解，中、长、短视频塑造了错落有致的新生态视听格局，剧集品牌效应带动剧集高品质发展，形成了多平台、跨媒介的传播矩阵，新的剧集文化格局初具规模。

　　布尔迪厄曾在《艺术的法则》一书中对"场域"（field）概念进行了界定，并对不同的场域进行了区分。他提出，"场域"是相对独立的，并且有自身的法则，具有与其他领域不同的特性，因此"艺术场"（artistic field）与其他场域是互相区分的。学者丁亚平在《艺术新发展理念：传

　　* 本文系国家社科基金艺术学项目"移动短视频现状、问题与发展趋势"（项目编号：21BC045）的阶段性成果。

媒艺术学的建构及其评价》中指出"媒体改变了艺术的性质,大众传播及其影响使得传媒艺术在某种意义上超过了传统艺术的边界"。大众文化传播场域中的电视剧(网络剧)剧集艺术,其创作的边界早就超越了艺术叙事本体,其与传媒应用场域有着不可避免的紧密联系。网络视听平台与传统卫视之间从割裂走向融合,长、短视频平台从对立走向妥协,微短剧的风起云涌、中长剧的突围变革,剧集衍生产品的开疆拓域,主流价值的亚文化表述,重大主题创作的破圈传播等现象都预示着全新的剧集文化格局的到来。

在全媒体背景下,应研究剧集内容产业新文化格局建构,激活剧集内容产业内部和外部的互动,促进生产与消费之间的有序互动,增强电视剧(网络剧)剧集在"文化强国"中发挥的效用,探寻剧集内容产业良性可持续发展的路径。

一、剧集创作凸显社会效益,发挥主流价值的引领功能

网络视频平台经过十年狂飙突进式的发展,剧集产业在收视率造

假、税收造假、资本泡沫等市场乱象之中逐渐突围与清醒,经过近些年相关政策调控、市场清洗等一系列文娱治理与舆论引导,逐渐重新回归艺术创作理性,摒弃原先唯流量论的评价标准,尊重艺术创作规律,以精品战略引领剧集内容的高质量发展,彰显文艺创作的社会责任,在引领社会主流价值方面发挥了重要作用。

国家广电总局颁布的《"十四五"中国电视剧发展规划》显示,在国家政策的整体引导下,剧集产业经过文娱综合治理,迎来了新的历史发展阶段。随着网络视听平台的重心迁移和影视资本的结构性调整,剧集内容产业发生了重大而剧烈的变化,电视剧(网络剧)产业进入深度调整期,表现出剧集创作回归艺术标准、剧集形态与表达的创新拓展、剧集类型的垂直细化与深耕、剧集传播的多渠道并行等特点,剧集内容产业进入多元融合又错落有致的新文化生态格局。电视剧(网络剧)精品创作生产体制机制和现代产业体系已具备坚实基础,但发展不平衡不充分现象仍然存在,精品供给和需求不完全匹配,电视剧产业竞争力不强。新问题的出现意味着要寻找新的解决途径,乃至建立新的剧集评价标准。

国家广播电视总局发布的《2021年全国广播电视行业统计公报》(以下简称《公报》)显示,2021年全国制作发行电视剧194部、6 736集,制作的影视剧类电视节目时间达7.52万小时。全国播出电视剧20.89万部,播出的影视剧类电视节目时间达884.33万小时,同比增长1.28%。《山海情》《觉醒年代》《功勋》等电视剧"刷屏""破圈",《跨过鸭绿江》《大浪淘沙》《理想照耀中国》《光荣与梦想》等电视剧持续热播,口碑与收视双丰收。同时,2021年获得上线备案号重点网络剧有232部,广播电视行业总收入首次突破1万亿元,为11 488.81亿元,同比增长24.68%。其中,广播电视和网络视听业务实际创收收入为9 673.11亿元,网络视听收入为3 594.65亿元,同比增长22.10%。

近些年,反映时代呼声、展现人民奋斗、振奋民族精神、陶冶高尚情

2017-2021电视剧生产完成情况

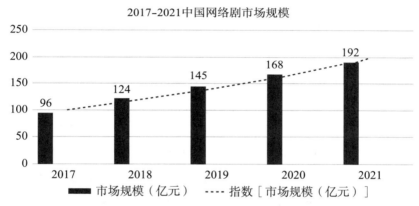

2017-2021中国网络剧市场规模

操的"高峰"之作接续涌现,形成创作与接受、投资与消费的良性循环。电视剧创作生产繁荣,题材类型丰富,创新创意活跃,总体质量水平大幅提高,精品创作量质齐升。重大题材电视剧创作进入黄金时代,迎来创作高峰期。以《觉醒年代》《山海情》为代表的重大主题剧破圈传播,成为不可忽视的剧集创作新现象。《觉醒年代》以饱满鲜活的人物角色和具体的历史细节激发强烈共鸣,成为重大革命历史题材剧的创作标杆。此外《山海情》《功勋》《光荣与梦想》《理想照耀中国》《我们的新时代》《大决战》等大剧聚焦新历史时代,见人见事见时代见思想,彰显家国情怀,引发民族共情,其叙事实现几代人的跨媒介对话,体现了文艺作品扎根人民群众、为人民群众服务的宗旨。

从 2019 年至 2021 年豆瓣评分 8 分以上的剧集题材 TOP5 对比当中,可以看出重大题材明显的"增量提质"——剧集数目增加、高声量剧集增加、剧集总占比增加、剧集质量提升、剧集评分提高、高分剧集占比提升。

2019 年			2020 年			2021 年		
剧目	题材	评分	剧目	题材	评分	剧目	题材	评分
我在未来等你	都市奇幻	8.4	沉默的真相	悬疑	9.1	山海情	脱贫攻坚	9.3
小欢喜	家庭伦理	8.3	大江大河 2	年代	8.8	觉醒年代	重大革命	9.3
宸汐缘	仙侠玄幻	8.3	隐秘的角落	悬疑	8.8	功勋	重大现实	9.1
长安十二时辰	古装历史	8.2	棋魂	都市玄幻	8.7	山河令	古装武侠	8.6
/			在一起	时代报告	8.5	大浪淘沙	重大革命	8.5

在国家广播电视总局迎接党的二十大重点电视剧创作暨现实题材电视剧创作工作推进会上,徐麟指出,"电视剧创作要坚持现实主义创作手法,以真实、平实、朴实的艺术风格描绘人民群众的智慧和创造,真情讴歌新时代人民群众的新风貌、新奋斗"。涌现了《人世间》《心居》《装台》《在一起》《我在他乡挺好的》等一大批现实题材剧目,这些作品深度聚焦现实生活,让观众在时代变迁、社会发展中感受到中国精神与中国力量。

二、剧集创作持续垂直深耕,网络传播确立分众格局

网络平台剧场将系列网剧进行分类整合,体现出极强的垂直创作

特色,促进分众格局的形成。从 2018 年开始,头部视频平台就开始有意识地打造自己的 IP 剧场,爱奇艺相继推出爱青春剧场、奇悬疑剧场,其中,奇悬疑剧场又在 2020 年升级为"迷雾剧场",开启了国内视频平台剧场化的风潮。

目前,剧场化趋势已经有效辐射至全国各地剧集产业,例如芒果TV 的"季风剧场""都市剧场",爱奇艺的"迷雾剧场""恋恋剧场"以及柠萌影业《小舍得》《小欢喜》等组成的"小系列"、《二十不惑》《三十而已》等组成的"年岁系列"。优酷对于剧场化的探索其实更早,早在2013 年与土豆视频联合后,优酷就推出过"阳光剧场""青春剧场"等,2015 年也曾推出"放剧场",但由于投入少,加上网络剧与融媒体尚不发达等多种缘故,都没有形成很大的声量。在爱奇艺成功推出"迷雾剧场"之后,优酷平台也紧随风潮继续打响"宠爱剧场""港剧场""合家欢剧场"等垂类品牌。

剧场品牌观念的确立不仅延续了传统卫视在编播电视剧上的优势,同时,充分发挥了网络视听平台的受众观看的分众特点,通过剧集的垂直内容建构了各自独立又有所联通的社交圈层,剧场品牌加速了内容制作的垂直深耕,同时较为精准地锁定了目标用户,利用大数据有效强化了用户虚拟社群的黏性。

三、剧集传播渠道的多维建构,布局全媒介矩阵

媒介技术的每一个重大变革,都会引发艺术审美形式的变化。在短视频平台上,剧集作为一种媒介物质载体的视听内容衍生品,通过知识的分享,实现精神价值的交流,进而实现知识的变现。剧集产品在短视频平台成为产业视频化时代下,媒体链接其他产业的媒介物,剧集的

社交黏性被凸显出来,形成剧集内容的破圈传播。

剧集产业经过六十余年的发展历程,经历了从以传统电视为主导到以网络视听平台为主体的播出渠道变化。近些年,随着短视频平台的崛起,剧集创作的审美形态、传播格局乃至整个剧集产业生态环境都发生了史无前例的变化。这表现为传播媒介的多层次和营销模式的多场景,以及互动分享与分众化趋势所引发的叙事创新,这些共同建构了剧集产业的新生态格局与多元共生的发展路径。

中国互联网络信息中心(CNNIC)发布的第 48 次《中国互联网发展状况统计报告》显示,截至 2021 年 6 月,网络视频(含短视频)用户规模达 9.44 亿,短视频用户 8.88 亿,网络直播用户 6.38 亿。较 2020 年 12 月增长 1 440 万,占网民整体的 87.8%。短视频用户成为网络视频用户的最强增长点,用户规模和网民使用率仅次于即时通信。

"视频全民化"的理念在短视频平台上得到落实,视频制作门槛持续走低,媒介的工具性特征在短视频平台被放大,虚构性故事叙事不再是影视制作机构的专属,在"万众皆媒"的语境下,人人都是视听故事的讲述者、传播者与接受者。剧集内容产品被日益增长的平民叙事能力所扩容,大量的 PGC、UGC、PUGC 和 MCN 制作机构成为新生态格局下剧集内容叙事的主体。短视频平台上微短剧剧集内容从形式到内容的翻新改写了剧集叙事的原始定义。

在 2021 年关于短视频用户喜爱观看的电视节目类型的调查中,我们发现电视剧以 72.4% 的用户喜爱度排在首位。以"抖音追剧"为代表的短视频追剧方式已然成为目前最受年轻人欢迎的追剧方式之一。短视频平台追剧为网友在较短时间内了解长篇电视连续剧提供了一种途径,同时短视频平台也为电视剧的营销、互动方面提供了广泛而庞大的潜在观众群。

可以说,短视频平台对长视频平台用户注意力时间的争夺,使得大量的用户选择以一种碎片化的方式追剧,而通常情况下,具有高话题

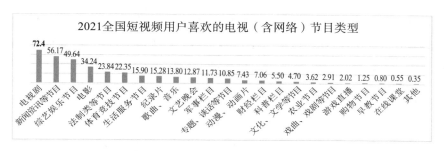

性、强情节力和深度情感黏合力的片段成为新的剧集衍生爆款,这些短视频爆款对剧集本身而言又是新一轮网络营销,甚至带动其他周边衍生品的开发,同时,新的观剧模式也带动了剧集创作与制作理念的变革,这与长视频平台推出的剧场在本质上有着相似的追求,即对剧集题材垂类生产与分众传播的重视。

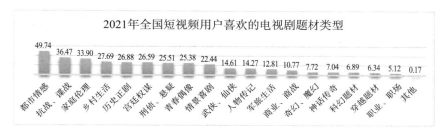

根据上表数据,短时间平台上排名前三位的剧集题材分别是都市情感、抗战谍战和家庭伦理。这些电视剧以碎片化的方式进行二度创作与传播,重视话题的重新建构,增强了用户之间的分享机制,同时搭建了一个基于同一话题剧情内容的社交群落。在这个以剧集为媒介内容的社交虚拟社群里,借助长剧的话题黏性,加大了社交半径。从抖音剧集榜单来看,最热的短视频《一生一世》热度达到 715.2 万,官方账号中"富二代撩妹翻车现场"等话题点赞量超过 175 万。《乔家的儿女》官方账号中视频话题#乔四美你清醒一点#也带动了网友剪辑热潮,话题播放量达到 4 776.3 万次,形成了社交热点话题。

短视频平台的崛起,引发了电视剧制作机构、版权方对剧集衍生品的开发热潮。电视剧《三十而已》在播出期间,其在抖音上的官方账号

发布了 246 支短视频,平均点赞量是 24 万,总播放量 35 亿次,累计点
赞量达 5 600 万,累计粉丝 290 万,上了 83 次热搜,搭建了具有剧情黏
性的社交圈层,实现了电视剧在短视频平台的前期预热、中期宣发和后
期衍生开发。

电视剧类长视频在短视频平台宣传已经成为一个广泛而热门的营
销方式,其传播内容及定位的选取在一定程度上影响着短视频与长视
频的共同发展。短视频由电视剧衍生品向独立的内容形式发展,互动
剧、竖屏剧、小说改编剧、电视剧先导片等大有市场。然而,平台也应该
注意到,短视频与长视频之间有着惊人的差异性,无论是平台的底层算
法还是整体运营机制都截然不同。长视频平台通过视频内容产品的销
售和传播赢得用户注意力和占有市场份额,而短视频平台则是一种在
国民经济垂类基础上的视频化生产与呈现,其消费的是视频本身,但是
联动的是视频背后的产业经济,由此引发的产业视频化直接引发了媒
介社会化的深刻变革。

说到底,长、短视频平台的短兵相接实质是流量之争。从长视频平
台的立场分析,剧集产业是一种以质取胜的大众审美产品,其盈利模式
相对传统,广告与流量是核心盈利点。而短视频平台归根结底不是以
买卖视频产品为核心的视听平台,视频产品在短视频平台上只是一种
媒介的物质载体,通过这种载体构建网络社交圈层,进而实现商业产品
的交换。

四、微短剧的异军突起,促成剧集多元共生格局

在媒介融合背景下,剧集内容产业已经形成了以传统长剧为基础,
以微短剧为驱动,以剧集衍生品为辅助的多元化剧集生态格局,有必要

探究剧集新文化格局的建构并总结出其发展的路径。

微短剧从 2018 年初露锋芒到 2021 年快速增长并迎来井喷，究其原因，除了与短视频平台自身的强势发展有关，还与传统剧集产业自身在发展中遇到的困境相关，这包括视听平台和电视台经营不善的问题，也包括疫情反复、资本退场、行业查税等问题。在这样的产业环境下，很多制作公司投身于微短剧的制作，使得微短剧在剧集产业格局中从边缘逐渐走向了主流，甚至成了一种不容小觑的剧集叙事形态。

就其创作理念和功能而言，微短剧与长剧存在本质的差异性。微短剧创作重话题、重人设、重 IP 孵化、重剧星 KOL，这使得微短剧区别于传统剧集创作理念，是影视表演人才和达人的孵化器的有效载体。短视频平台制作的微短剧，一般以竖屏剧为主，时长在五分钟以内。目前微短剧的形式丰富，主要以两大类型为主：一种是与网文平台合作，根据网文小说进行改编，以微短剧的形式展现其精彩片段；另一种是单元微短剧，每集具有相对独立性，通过一些简单的人物设置与情景构造进行拍摄。就目前各短视频平台发展状况来看，平台自制微短剧发展前景广阔，各大平台推出政策加以支持，以甜宠、古装和悬疑魔幻为创作重心。

以快手为例，2019 年推出"光合计划"，2020 年推出"星芒计划"，2019 年上线了"快手小剧场"，截至 2022 年 5 月 25 日，其粉丝数达 2 193.8 万，获赞 4 522.7 万。2021 年 6 月 8 日，快手短剧媒体沙龙召开。目前，在快手每天看短剧的人数超过 1.2 亿，观看总时长达 3 500 小时。

抖音也推出了一系列活动来激励微短剧创作者，2020 年 2 月的"百亿剧好看计划"就是一次征集优质微短剧，为创作者助力的活动。主话题#百亿剧好看计划#播放量高达 1 352 亿次，视频作品数量高达 37.3 万。@马小、@御儿、@幻颜当铺等微短剧账号多次登上活动榜单。2021 年 4 月，开启短剧新番计划，MCN 和个人用户在抖音首发 1—5 分钟的剧情片，每周更新不少于 4 集，60 天内更新完，就能解锁百亿流量复制计划和百亿现金。2021年6月10日,抖音召开"抖音很有戏"短剧发布会。

相比较长剧集的制作与传播,微短剧的前期投资风险小,制作准入门槛低,在题材上范围广且灵活度大,内容注重垂类生产和社会话题性。在技术手段上,微短剧偏爱新技术,涌现出像《柳叶熙》这样的主打虚拟现实二次元风格的艺技融合作品。在传播上,基于算法基本能做到用户精准推送,以互动点赞加强社交黏性,具有圈层传播的媒体特点。

短视频平台微短剧在一定程度上有其草根性,具有成本低、周期短、变现快的特点。按题材对微短剧进行分类,可大致分为生活喜剧、恋爱婚姻、职场生活、奇幻悬疑、古装剧情、文化科普类等。微短剧在剧集新格局建构中突出表现了两方面的特点:

一方面,微短剧成为网络IP的孵化器。微短剧作为剧集生态格局中的新的叙事类型,多由网文、漫画改编,比如《权宠刁妃》《河神的新娘》等改编微短剧在快手平台上受到极大关注。

相较于网络IP与长视频平台的合作,微短剧与网文的合作模式则显得更为灵活。对于长剧集来讲,在使用网文开发剧集产品之初,需要进行版权的购买,对于网络大神级的文学作品来讲,版权费被炒作得居高不下,甚至网文IP挤压了原创作品的生存空间。在短视频平台上,微短剧与网文的合作则相对灵活,其往往不偏爱大IP,更喜欢选择中腰部IP。这是因为,对于网文平台来说付费阅读的模式很容易失去大批用户,其通过版权授予的方式将网文中的精彩章节免费供制作机构开发成微短剧,以故事视频化的方式重新吸引网友回归阅读。同时,这种开发模式又促成了网络IP的影视孵化。比如,快手与米读的合作,截至2021年,米读改编的短剧在全网播放量超8.8亿次,单集播放量超4 200万次,平均点赞率破百万。

除了孵化了大量的网文IP,微短剧还对孵化剧星KOL起到了至关重要的作用,微短剧成为影视表演人才和商业带货达人的孵化器。

另一方面,微短剧促进了剧集内容的垂类生产。短视频平台微短剧多以单元剧的形式存在,每一集单独存在,或者以共同主题下的合集的形式存在。截至 2022 年 5 月的快手数据显示,生活喜剧、恋爱婚姻类账号如@ 莫邪 MM 的粉丝量达 3 132.9 万,《感情研究所莫邪》系列视频的播放量超过 50.3 亿。@ 人生回答机拥有粉丝 380.3 万,《人生回答机》剧集播放量达 6.8 亿次。古装剧情类以账号@ 御儿为代表,粉丝 1 963.7万,制作了《锦瑟华年》《跨世遇到爱》等短剧,《七生七世彼岸花》播放量达 2.7 亿次。抖音上,幽默搞笑类账号如@ 祝晓晗,拥有抖音粉丝量 4908.6 万,以单元微短剧的形式共收纳四个合集:《换个星球去相亲》《一天不整我爸》《小魔王祝晓晗》《父女搞笑趣事》,其中《换个星球去相亲》以短剧的形式进行连载,已收获 3.9 亿播放量。还有奇幻悬疑类账号如@ 都市奇妙物语,恋爱婚姻类账号如@ 大狼狗郑建鹏 & 言真夫妇、@ 魔女月野,职场生活类账号如@ 朱一旦的枯燥生活等,都凭借短视频、微短剧方面的创作斩获大量粉丝。

微短剧在叙事上所形成的话题大于剧情、人设大于情节的特质,使得其在题材内容选择方面尤其看重剧集内容的垂类生产。比如,快手上的原创微短剧以“小剧场”的形式存在,其中被分为恋爱、短片、高甜、校园、都市、古风、魔幻、正能量、影视综合和悬疑十个板块,并通过“热门榜单”“必看 TOP50”等设置吸引了大量粉丝与流量。相较长视频平台,比如爱奇艺的“迷雾剧场”“恋恋剧场”,短视频平台作为互联网视听内容的呈现平台,表现出植根于网络的剧集内容的制作与传播策略。

同时,微短剧在发展中表现出的问题也是不容忽视的。微短剧因为审查制度相对宽松,制作准入门槛也比较低,其艺术质量也就良莠不齐,尤其是一些 MCN 机构为了追求利益最大化,在价值观上将媚俗、低俗、庸俗进行到底,在制作上粗制滥造,哗众取宠,以低成本、恶趣味博得眼球,这样的创作趋势是必须及时遏制的。比如,在微短剧的人物标签中,总裁、妃子、王爷、秘书、学生、保镖等身份成为热门。"霸道总裁爱上我""手撕渣男""女子复仇""穿越成王妃"等桥段引发价值争议,这对于整个剧集生态系统都会造成负面效应。另外,微短剧在创作上存在抄袭成风的趋势,剧情人物固定且模式化,叙事缺少动力,这些都亟需影视领域专业性的指导。

微短剧的风口已至,微短剧产业将促进头部制作公司与内容平台形成相互支持的良性生态。微短剧的生产也将是未来短视频平台发展的一个重要方向。从某种程度上讲,这将缓解短视频平台用户对故事性叙事消费的需求,也将疏导由于长短平台版权之争引发的对传统剧集内容的抢夺。

随着短视频的发展,监管部门也加大了对微短剧的监管力度,以减少短视频门槛低、视频质量良莠不齐所带来的一些负面网络影响。微短剧和长剧为影视行业带来多元化的呈现,逐渐向差异化方向发展,同时刺激长视频向精品化方向发展。

短剧的盛行从某种程度上讲,体现了当前电视剧产业在新产业格局建构中的探索,随着愈来愈多的专业电视剧制作机构的入局,短剧的质量也会有所提升。但是,如果让长剧的采买模式凌驾于短剧市场格局,势必适得其反。从本质上讲,短剧与长剧的分歧不是叙事时长的差异,而是本体属性的差别,短剧作为短视频平台虚构性叙事的产品,其天然地与短视频平台的属性同频共振,其与产业经济之间有着天然的纠缠,这就意味着,短剧的盈利不是来自购片采买模式,它是产业故事性叙事的视频呈现。

五、剧集内容的合法"二创"促进剧集衍生产业开发

短视频平台、长视频平台、电视台和社交网络等媒介形成新的媒体

矩阵与传播矩阵,助力电视剧的营销与破圈传播,电视剧观剧模式也悄然发生了变化。"追剧在抖音"这种剧集消费模式触及长视频的利益底线,引发了长短平台之间围绕着盗版侵权的争斗。

短视频平台在剧集产业的开发上表现出四个维度:剧集的短视频营销、剧集内容的二创、微短剧的生产和影视知识的普惠。以抖音为例,短视频剧集已有较为成熟的生态模型。营销公司、制片方、播出平台、主演艺人、影视账号、观众达人等六大板块联结成剧集营销场。营销公司向制片方提供玩法和活动,制片方向播出平台提供内容输出,通过官方账号运维,向主演艺人提供内容输出,引导流量转化;主演艺人参与热点、制造热点,并向影视账号传达内容,影视账号通过内容发酵、热点点缀,制造并向观众传递互动追剧+吃瓜追剧的效果,达到内容生产+消费的模式。在营销场的运作过程中,向外以内容搭建、玩法发酵、互动参与、口碑引导、商业转化等形式输出,形成高效、和谐的剧集生态模型。

以 2020 年播出的《以家人之名》为例,在抖音平台粉丝逾 300 万,共发布作品 236 个,获赞量达 5 951.3 万。动态作品共分为 4 个合集,分别为"家人·干一杯""添油加醋小剧场""家人·上硬菜""家人·组个局",大致内容分别为感情戏泪点剪辑、戏里戏外明星轶事、片花预告宣传和剧情回顾。其中合集"家人·上硬菜"更新了 110 集,播放量达 15.9 亿。它将电视剧每一集的内容片段剪辑为 3-5 个短剧集,并把大致内容作为小剧集的名字,如"陈婷见凌霄,欲把前嫌消""嘴上说不想眼泪很诚实,心疼贺子秋""奇葩外婆为难凌霄,李尖尖机智解围"等。巨量算数发布的 2020 年短视频用户画像数据显示,抖音平台中女性用户占 48%,用户年龄分布主要集中在二十五至三十岁,其中十九至三十五岁年龄段的用户群体超过 70%,其他短视频平台使用用户的年龄也集中在中青年。而该用户特征年龄段与《以家人之名》主要受众中女性占比 78.46%,三十四岁以下用户占比 76.98% 的特征基本重合,因此通过短视频平台的宣传,能够吸引更多目标观众,也能拉近与目标观众的距离。

短视频平台上的建立在版权合法基础上的"二创"以打造复合型、沉浸式追剧场域为目标,通过氛围式追剧、独家热点、多产品玩法和官方渠道赋能四种方式进行。同时电视剧(网络剧)剧集在短视频平台的衍生开发模式可分为混剪盘点、花絮记录、解说评论、配音音乐、行业热点等五大类型。

混剪盘点是电视剧短视频衍生内容产品开发中数量最多的一个类型。它以剧情片段和艺人视频的衍生开发为主要内容,可按其内容将其分为话题类、剧透类、艺人类、官宣类、粉丝类等五大类型。话题类一般设置议题如剧情话题、社会话题、节庆话题,选取一部或多部剧进行混剪;剧透类将电视剧经典片段进行混剪,可以单一,也可以混合,构成一段剧情叙事;艺人类有单个剧目艺人碎片化剪辑,单个艺人花样式剪辑,多个艺人混搭剪辑等;官宣类则顺应艺人舆论,采取艺人视频与剧情片段相结合的方式;粉丝类则主要满足粉丝心理,以爆料艺人和混剪电视剧片段为主。混剪盘点类视频衍生内容开发要点在于重在话题设置、赢在魔性混剪、胜在剪辑技法、贵在整体和谐、成在智能算法。

首先,花絮记录类中艺人花絮、搞笑花絮是热点,官方拍摄现场花絮、工作人员自拍花絮等都能受到用户的追捧,如《以家人之名》《下一站是幸福》等官方账号中都存在热点花絮视频。其次,艺人经纪催生明星带货,剧中人物加入直播间、明星直播带货等方式也成为热潮。

解说评论类又可以分为解说类、专业评论类和娱乐吐槽类。这类剧集视听衍生品更为注重解说者的风格特征和影视素养的专业性。当前,这类作品的数量众多,但是高品质的剧集评说产品还明显不足。

配音音乐类则体现出再创作痕迹,电视剧的片段被重构、搞笑配音是常见类型,呈现出音画分离的特点。

行业热点也是衍生开发模式的类型之一,这一类型触及影视剧行业热点话题,为行业发声、为行业代言。

　　总体而言,剧集产品在短视频平台的衍生开发中表现出如下特点:创意为王、话题优先、内容垂直、经典重现、混搭解构、声画分售、剧情剧透、标题吸粉、标签归类、个性评说、话题互动、场景模拟等。

　　电视剧(网络剧)的衍生开发对剧集产品的营销、经典老剧的重现和影视文化的普惠起到了比较重要的作用。但要注意的是剧集产业在短视频上的二度创作引发的版权之争,无论是长视频还是短视频,尊重原创、合理使用剧集内容都是剧集产业衍生开发的前提。利用区域块技术建立健全电视剧短视频开发版权保护是解决剧集版权之争的科学有效之路。

　　从剧集产业的整体上看,长、短视频在剧集产品衍生开发上的争论体现了阶段性矛盾,中、长、短视频各有特点与优势,它们共同构成了网络视听产业的多层次、多结构、多垂类、多圈层的生态系统。尤其是短视频平台也在微短剧试水中找到了一条新的商业叙事之路,这为剧集生态的新格局建构提供了内容支撑。

六、技术加持长短平台,创新剧集新生态

　　随着 5G 时代的到来,媒介进入新一轮革命。人工智能、大数据算法不断发展,AR、VR、MR 等新技术将重新定义媒介的平台属性。新的媒介环境下,剧集产业在发展中会出现新问题,辩证地对出现的问题进行研究,将更有利于剧集文化新格局的建构。长视频平台也日益感到来自短视频平台用户争夺的压力,在剧集创作上也推出了一些应对措施。在新格局的建构过程中,AI、VR、AR 等智能技术对于剧集内容产业的发展路径起到了十分重要的作用。互动剧和竖屏剧出现,电视剧(网剧)叙事当中出现沉浸化、游戏化、互动化倾向,剧集内容创作愈来愈表现出对新技

术的依赖。数字技术正在改变剧集生产、播出的方式以及观众的习惯。

长视频平台在剧集创作上表现出两个"短"。一是剧集集数缩短，偏向季播模式，比如，2020年2月6日国家广播电视总局发布《关于进一步加强电视剧网络剧创作生产管理有关工作的通知》，明确指出对30集以下短剧创作的鼓励。2020年上线的网络剧中，12集、24集的短剧成为主流，占比超过50%。以《隐秘的角落》《我是余欢水》《沉默的真相》为代表的网络短剧实现了流量和口碑的双丰收，剧集的浓缩也是电视剧走向精品化发展的重要一步。其次，除长视频剧集缩短外，微短剧、竖屏剧也成为长视频平台一个新的致力点。自2018年起微短剧在网络上渐渐获得热度，长视频播放平台纷纷推出自制的微短剧，如腾讯于2018年11月搭建"yoo视频"平台，推出了《抱歉了，同事》《史密私》等作品，爱奇艺2019年推出竖屏剧《生活对我下手了》。微短剧、竖屏剧符合用户碎片化时间利用以及手机阅读的习惯，目前已拥有一部分较为稳定的用户。目前爱奇艺、优酷、腾讯等主流视频平台在合作上保持积极态势，主要采取采买、定制、分账等盈利模式，多与网文IP进行合作，提炼核心要素后进行影像视觉化制作，利用投资小、周期短、变现快的特性实现网文IP与竖屏微短剧进行的新型合作。

此外，平台也在探索互动剧的发展。2018年，美剧《黑镜·潘达斯奈基》走入大众视野，中国于2019年出现《古董局中局之佛头起源》《明星大侦探之头号嫌疑人》等一批互动剧。[①] 观众参与剧情的走向、主宰人物命运的形式受到了年轻观众的追捧。如芒果TV互动剧《明星大侦探之头号嫌疑人》以一起凶杀案的现场作为开场，需要观众在案情介绍、相关人物回忆的过程中配合点击选项，以收集线索等方式与剧中人物一起侦破案件，通过增加观众的参与，也增加了剧情对于观众的吸引力。互动

---

① 谢尔琪：《互动剧：视频内容创新开启新赛道》，《中国新闻出版广电报》，2020年5月6日。

剧目前发展并不成熟,模式与结构都较为简单,但有着较为广阔的发展空间。

在技术加持、创作突围的趋势下,剧集发展向新生态、新形态、新格局方向拓展。剧集产业在短视频平台的发展在一定程度上带动了电视剧、网络剧新的生态格局的变革,甚至引发了平台之间在中视频创作领域的争夺。无论是借助短视频平台进行衍生开发的剧集内容,还是依托短视频平台制作生产的微短剧,都需要在尊重原创的基础上向精品化、专业化方向发展。

媒介融合时代,剧集产业进入剧烈调整期,网络视听平台的式微、影视资本泡沫的破裂和短视频平台的强势入局,迫使电视剧(网络剧)剧集产业进入深度调整期,剧集叙事艺术回归艺术的标准,剧集产业形成了以长剧、微短剧、中视频和长剧集视听衍生品为内容主体的新文化生态格局。新技术加持剧集产业,AI、VR、AR 等智能技术全面渗透剧集制作,互动剧、竖屏剧、游戏剧等多种叙事方式形成内容的多样矩阵,剧集创作表现出沉浸性、垂类性特征,在传播上,体现出互动分享与分众化趋势,呈现出创作主体的多元化、叙事方式的多样化、传播媒介的多层次和营销模式的多场景等特征。

总体来说,剧集产业革命正在经历产业生态的重大调整,创作主体的多元化、叙事方式的多样化、传播媒介的多层次和营销模式的多场景都将极大地促进剧集新生态格局向纵深发展,使我们迎来剧集产业发展的新格局。

赵　晖　北京文艺评论家协会理事,中国传媒大学戏剧影视学院基础部主任、教授。

新时代话剧：历增岁月，春满山河

宋宝珍

十年前，习近平总书记庄严宣示："人民对美好生活的向往，就是我们的奋斗目标。"从 2012 年到 2022 年的十年，中国人民战胜重重困难，取得历史性成就，发生历史性变革，全面建成小康社会，迎来建党百年庆典，向着第二个百年奋斗目标进军。文艺是时代的号角，是民族心声的表达。这十年，话剧艺术作为文艺事业的重要组成部分，在新时代努力赓续民族文化，不断探索、创新，勇于承担使命。话剧工作者在时代精神的感召下，在日新月异的发展形势的鼓舞下，坚持以人民为中心，坚持"双百"方针，深入生活、扎根人民，记录新时代、书写新时代、讴歌新时代，从民族心灵史诗和人民创造精神中汲取灵感，从艰苦卓绝的革命历程和社会主义建设的崭新成就中寻找资源，创作并演出了一大批优秀的话剧艺术作品，努力以典型形象和艺术情境，为民族培根铸魂，为时代明德立传。

一、描绘新时代的精神图谱

中国共产党历来高度重视文艺发展。2014 年，习近平总书记在北京主持召开文艺工作座谈会，发表重要讲话，从国家文化复兴的伟大战略出发，引导人们反思文艺创作中所存在的现实问题，号召文艺工作者创造时代文艺、攀登文艺高峰。2018 年，全国宣传思想工作会议在京召开，习近平总书记在会上指出，"必须自觉承担起举旗帜、聚民心、育新人、兴文化、展形象的使命任务"；"把提高质量作为文艺作品的生命线，用心用情用功抒写伟大时代"；"讲好中国故事、传播好中国声音，向世界展现真实、立体、全面的中国，提高国家文化软实力和中华文化影响力"。2021 年，习近平总书记在中国文联十一大、中国作协十大开幕式上的重要讲话中指出，"新时代新征程是当代中国文艺的历史方位"，"把文艺创造写到民族复兴的历史上、写在人民奋斗的征程中"，为新时代新文艺的发展指明了前进方向。

习近平总书记关于文艺工作的重要论述，始终强调社会主义文艺必须坚持党的领导，在艺术标准上要坚持"思想精深、艺术精湛、制作精良"的目标导向，在创作立意上要坚持"有信仰、有情怀、有担当""有筋骨、有道德、有温度"的价值取向，在艺术追求中要坚持"为时代画像、为时代立传、为时代明德"的艺术理想。总书记强调了社会主义文艺的时代性、人民性、现实性、创新性，也强调了它所特有的传统的继承性、文化的自觉性、艺术的规律性、精神的引领性、价值的恒久性。

党的十八大以来，国家发展的重要节点、重大庆典接踵而至，主题性话剧创作取得良好成绩。围绕纪念中国人民抗日战争暨世界反法西斯战争胜利七十周年、纪念红军长征胜利八十周年、庆祝中国人民解放军建军九十周年、庆祝改革开放四十周年、庆祝中华人民共和国成立七十周年、庆祝中国共产党成立一百周年等一系列历史性、纪念性重要活动,创作、展演了一系列优秀话剧作品。这些作品立足新发展阶段,贯彻新发展理念,回望历史征程,塑造鲜明人物,展望光辉前景,主题突出、形象鲜明。

2013 年,第十届中国艺术节在山东举办,其中话剧《红旗渠》《共产党宣言》《枫树林》获得文华大奖。2016 年,第十一届中国艺术节于陕西举办,话剧《兵者,国之大事》《麻醉师》获得文华大奖。2019 年,第十二届中国艺术节在上海举行,话剧《谷文昌》《柳青》获得文华大奖。2022 年,第十三届中国艺术节由京津冀联合举办,话剧《塞罕长歌》《桂梅老师》《主角》获得文华大奖。此外,每两年举办一次的中国戏剧节,也汇集了大量的优秀话剧剧目。还有,中国原创话剧邀请展、首都剧场精品剧目邀请展演、上海国际喜剧节、老舍戏剧节、乌镇戏剧节、大凉山国际戏剧节等政府与民间举办的各种戏剧节日,都汇集了来自不同国家和地区的风格多样、形式新颖的优秀剧目。

二、续写红色历史和英雄传奇

中国共产党在百年伟大历程中,留下了许多可歌可泣的英雄事迹,也书写了革命历史传奇,成为文艺创作的重要资源。近年来,革命历史题材的话剧创作不断增多,对历史文献的解读、对党性意识的强化、对革命理想的追求,在话剧舞台上形成了新的突破点。建党百年之际,中央宣传部、文化和旅游部于 2021 年组织了"庆祝中国共产党成立 100 周年优秀舞台艺术作品展演",展演中既有红色经典的复演,也有原创话剧的呈现。在新时代文艺号角的召唤下,中国的话剧创作欣欣向荣。

十年来，《从湘江到遵义》《香山之夜》《林基路》《八百里高寒》《老西藏》《前哨》《浪潮》《上甘岭》《今夜星辰》《柳青》《路遥》《深海》《桂梅老师》《直播开国大典》等优秀话剧作品层出不穷，激发了广大人民深厚的民族情感和爱国之情。

以井冈山革命斗争时期三湾改编的历史事件为素材创作的话剧有《三湾，那一夜》和《支部建在连上》，它们都表现了在革命的危急关头，毛泽东以雄才大略，力挽狂澜，引领中国革命走向了正确道路。这两部话剧各有特色，它们都没有把"三湾改编"做全景式展现，而是展现前委会议上，以毛泽东为代表的革命家、战略家与余洒度等军事将领的路线斗争，浓墨重彩地表现了革命的危急关头党的领导的重要性与必然性。

《从湘江到遵义》表现了红军长征时期的艰苦岁月。红军北上抗日行至湘江时，战斗异常惨烈，鲜血染红了江面。遵义会议确立了毛泽东的领导地位。党中央带领红军辗转迂回，甩开敌人，开始大踏步前进。此剧不仅成功塑造了毛泽东、周恩来、朱德等重要历史人物，而且多场面、多声部、多时空地展现了革命历史的雄浑壮阔。

《雨花台》展现了二十世纪三十年代在雨花台上牺牲的恽代英、许包野、施滉、郭纲琳、袁咨桐、石璞等革命英烈群像。此剧取材于真实的革命斗争历史，舞台上所展现的故事、场面、人物都有历史原型，编剧还将革命烈士的文献资料，包括书信、诗抄、文章等进行挖掘整理，追求契合历史逻辑的细节真实。《前哨》和《浪潮》都以左联五烈士的英勇牺牲为素材，站在当今的文化立场思考牺牲精神、理想追求、家国情怀、人生意义。这些英烈用他们的血肉之躯谱写了感天动地的正气歌，表现出与日月同辉、与山河同在的精神品质。

《香山之夜》以解放战争为背景，以现实时空的艺术并置成功地塑造了人民解放军占领南京之夜，毛泽东与蒋介石的精神对决。以革命历史和哲学思辨证明，一个政党、政权的成败是得道多助，失道寡助的。

历史上的革命先烈值得我们永远铭记和敬仰,社会主义建设时期的英雄模范同样值得我们书写和讴歌。焦裕禄、钱学森、黄旭华、谷文昌、柳青、路遥、张桂梅、毛丰美、廖俊波以及众多在平凡岗位上默默奉献的劳动人民,经过艺术家的精心创造,成为伫立在话剧舞台上的光辉形象。《柳青》讲了这位现实主义作家辞去县委副书记职务,在陕北农村神禾塬上一住就是十四年,他想农民之所想,急农民之所急,把个人命运与中国农民的命运紧密联系在一起,成为人民心声的表达者、时代旋律的奏鸣者。《路遥》的情节主线围绕路遥创作《平凡的世界》展开,展现路遥在生活中的艰难、困顿与烦恼以及他不屈不挠的奋斗、求索,努力还原一位具有人民情怀、扎根于黄土地的人民文学家的真实境遇和高尚的人文情怀。《深海》表现了中国核潜艇专家黄旭华"干惊天动地事,做隐姓埋名人"的奉献精神。《上甘岭》展现抗美援朝战争时期志愿军战士以坚如磐石的毅力坚守阵地的光辉形象。《八百里高寒》描绘了中华人民共和国铁路建设史上的无名英雄,他们战胜极寒天气,在大兴安岭上架设起铁路桥梁。《谷文昌》歌颂了优秀共产党员、县委书记谷文昌心系人民、大公无私的高尚品格。《塞罕长歌》表现了塞罕坝林场工人战天斗地的英雄壮举。《红旗渠》讲述林县人民在极端困难的情况下凿山引水的故事。《干字碑》塑造了让乡亲们过上好日子,自己却累死的村支书。《今夜星辰》刻画了为祖国和人民不惜牺牲一切的"两弹一星"元勋……他们的英名镌刻在共和国的丰碑上,其真实、生动、感人的艺术形象令人过目不忘。

三、观古知今,讲好中国故事

"社会主义文艺,从本质上讲,就是人民的文艺","我国作家艺术家应该成为时代风气的先觉者、先行者、先倡者,通过更多有筋骨、有道德、有温度的文艺作品，书写和记录人民的伟大实践、时代的进步要求，彰显信仰之美、崇高之美"。十年来，话剧工作者深入生活、扎根人民，不断取得艺术上的进步和突破。面对百年未有之大变局，文艺工作者如何"以文弘业、以文培元，以文立心、以文铸魂"，话剧作品如何助力中华民族的伟大复兴，在新时代新征程上发挥"聚人心、暖民心、强信心"的作用，这是在艺术实践中必须回答的问题。

中华民族的文明历史如大江大河，奔流不息。继承中华民族优秀文化传统，讴歌历史上的文人志士的高风亮节和文化精神，是话剧工作者的文化自觉和责任担当。一系列以古代、近代历史叙事和民间故事为素材的话剧，如《杜甫》《司马迁》《北京法源寺》《兰陵王》《哭之笑之》《苏东坡》《共同家园》等，在舞台上以现代科技手段和创新方法，不仅显示了中华历史文化的丰富与璀璨，而且显现出中华民族的艺术积淀和美学神韵。

与此相关，出于丰富创作资源、重视文化传承、提升艺术品质的需要，近年来，以优秀文学作品为基础改编创作的话剧作品数量可观，如《白鹿原》《平凡的世界》《主角》《一句顶一万句》《繁花》《推拿》《酗酒者莫非》《狂人日记》《活动变人形》《过海》《山羊不吃天堂草》《送不出去的情报》《我不是潘金莲》等，成为话剧演出的新热点。而经典剧作、保留剧作翻新上演，如《雷雨》《日出》《原野》《茶馆》《雾重庆》《上海屋檐下》《商鞅》《四世同堂》《哗变》《德龄与慈禧》等，呈现出常演常新的局面。

改革开放是中华民族从站起来到富起来的历史开篇，在庆祝改革开放四十年的日子里，中国话剧也书写了恢宏的历史记忆。《家客》《陈奂生的吃饭问题》《玩家》《长安第二碗》等，以个体的生命视角以及个人命运的变迁，彰显着时代的进步、社会的发展、人民生活的幸福。

近年来，反映时代、讴歌人民的现实题材戏剧创作取得了突破性成果，创作和演出总量呈上升之势。2020年，我国脱贫攻坚战取得全面胜利,以精准脱贫、决胜全面建成小康社会为主题的戏剧创作明显增多,出现了话剧《闽宁镇移民之歌》《村里新来的年轻人》《情系贺兰》《金色的胡杨》《八步沙》等。创作者发掘时代生活的底蕴,塑造精准脱贫过程中涌现的先进典型,在创作手法和表现形式上创新探索。此外反映我国工业建设和科技发展的戏剧也不断涌现,如《追梦云天》《苍穹之上》《为我先锋》《大国重器·月上东山》《多瑙河之波》等。

2020 年,在抗击新冠疫情的过程中,话剧工作者与人民同心同德,发挥艺术的社会功能和振奋人心的作用,迅速投入创作,反映抗疫过程中的众志成城、人民精神风貌和必胜信心。全国多地戏剧院团创作演出了一大批抗疫题材的戏剧,如《鸽子》《因为有你》《逆行》《人民至上》《生死 24 小时》等。

"文章合为时而著,歌诗合为事而作。"新的时代需要新的文艺作品,需要以艺术的方式反映民族的新面貌、新精神。话剧工作者应不忘初心,不负使命,在守正创新的道路上不断前进。

宋宝珍　北京戏剧家协会副主席,北京市文联特约评论家,中国艺术研究院话剧研究所所长、研究员。

京腔京韵更多情

——回眸新时代北京曲艺的创新与发展

蒋慧明

提起"京腔京韵"的文艺作品,可能大家首先会想到一首传唱度极高的歌曲——《前门情思大碗茶》。这首歌由阎肃作词,姚明作曲,李谷一演唱于 1990 年的央视春晚,很快便风靡全国,同时深受海外华人的喜爱。这首歌之所以能够传唱至今,除了词曲作者和演唱者的深情演绎之外,很大程度上还得益于它在音乐旋律中融进了大量京韵大鼓、北京琴书等曲艺音乐元素。伴随着这韵味醇厚的旋律,歌曲中蕴含的乡情乡音乃至家国情怀就这样深深地印在了我们的脑海里、心田上。

之所以用大家耳熟能详的一首歌曲来开始我今天的发言,是想引起大家的关注——我们今天要谈到的曲艺艺术,是广大人民群众所喜闻乐见的一种艺术形式,它历史悠久,底蕴深厚,是中华优秀传统文化中不可或缺的组成部分。曲艺源于民间,于中国老百姓而言有着天然的亲和力,它形式简便,风格多样,故而有着极为广泛的群众基础。然而,或许正因为曲艺艺术所具有的通俗易懂的特点,人们往往很容易忽略它本身所蕴含的人文内涵。曲艺是独立的一个艺术门类,由于各种各样的原因，大家对于它的认知还不够准确和全面，甚至经常将它与戏曲混淆。这也提示我们，在曲艺的普及与传播方面，曲艺的理论工作者和评论工作者还要沉下心来更加努力。

今天论坛的主题是——新时代北京文艺的价值向度与艺术创新，作为第三单元"戏韵舞台与空间北京"的话题参与者，非常荣幸能够有机会在这里向各位老师分享自己关于曲艺的一点心得体会。时间有限，下面我就从三个方面，结合这十年间北京曲艺发展进程中的几个小切面，向各位老师做一个简要的汇报。

一、守正：新时代北京曲艺的传承之路

在昨天的论坛上，聆听了一川主席的精彩发言，深受启发。一川主席关于北京文艺新构型的精辟概括——京味、京风、京情，言简意赅又内涵丰富。其实，我们北京曲艺同样也体现出这样的特点，就像题目中所写的"京腔京韵"，最能代表北京的特色。许多大家耳熟能详的舞台剧中，都有我们曲艺的元素，比如北京人艺的话剧《茶馆》《全家福》。许多京味影视剧中更是屡屡出现曲艺的音乐旋律，像《什刹海》等，而电视连续剧《四世同堂》的主题歌《重整河山待后生》就是运用京韵大鼓旋律创作的歌曲，电影《有话好好说》的主题曲则是关学曾先生演唱的北京琴书。近些年在北京舞台上演出的多部舞台剧作品中，也有多位曲艺演员参与演出，比如黄盈编导的《福寿全》，张一驰编导的《三昧》《二把刀》等，就是直接取材于曲艺人的故事。凡此种种，皆说明北京曲艺自身所具有的浓郁的地域特色和天然的民间性，反映了曲艺艺术的独特魅力和深入人心。

这里暂且不去追溯北京曲艺丰厚的历史脉络，回到我们曲艺艺术

自身,丰富多样的曲种构成了北京曲艺的总体风貌。与此同时,依托于北京特殊的人文、地理和政治生态,北京曲艺呈现出与其他地方曲种不尽相同的独特性,其大致可归纳为:幽默诙谐的语言底色,清新雅致的表演风格和与时俱进的精神追求。相声、京韵大鼓、单弦牌子曲(包括岔曲)、联珠快书、梅花大鼓等产生于北京地区的重要曲种,无论是题材还是内容,乃至曲种的表演形式,都充分反映了北京的人文地理、风土民情,流传至今的经典曲目众多,演员和弦师亦名家辈出,且传承有序,进而辐射全国。

新时代的北京曲艺,在人才培养、阵地坚守、曲种传承等方面,都有不少可圈可点之处。比方说,在众多北京曲艺人的努力下,鼓曲恢复了驻场演出,檀板弦歌不断,让一度不甚景气的鼓曲演出市场再度恢复生机,老观众在茶馆中品味经典,年轻观众则从中了解到,曲艺的形式原来那么丰富多彩,而不是只有相声、快板,从而喜爱上了鼓曲。再比如,一年一度的"听曲艺,品京味"北京曲艺精品节目系列展演,已经成为北京曲协的品牌活动之一。老中青几代曲艺演员为观众展现了京韵大鼓、北京琴书、铁片大鼓、河南坠子、西河大鼓、梅花大鼓、单弦、数来宝等曲艺形式,演绎了一大批描写北京人、北京事儿、北京市井民俗的经典节目和反映新北京的人和事儿的新创节目,得到了新老观众的高度评价,同时也给坚守在曲艺阵地的青年演员极大的鼓励,激励这些从业者继续弘扬传统文化,传承、保护、发展北京曲艺。

此外,我们每年都会策划一系列纪念老艺术家的专场演出,今年就有纪念关学曾、王世臣、高凤山的专场,前辈艺术家的艺品人品通过这些纪念活动得到彰显和弘扬。特别值得一提的是,我们历时五年精心组织编撰的《北京相声史话》一书于2019年正式出版。该书系统研究相声的起源、发展、传承、技巧等多方面的内容,重点介绍了北京相声发展历程中涌现出的一大批代表性人物和重要团体,以及为北京相声的发展做过一定贡献但已不为人所知的相声人,对具有清新雅致之总体风格的京味相声予以整体的观照与总结,以期达到"正本清源,致敬先贤"的目的。

二、创新：新时代北京曲艺的发展之道

北京曲艺这十年,产生了不少令观众满意的优秀作品,同时,无论是题材的开掘还是形式的突破,颇有值得称道之处。

这些年,在许多全国性的文艺赛事中,北京的曲艺人都取得了很好的成绩,频频获奖,特别是通过央视春晚或者一些收视率极高的电视综艺节目的传播,高晓攀、李寅飞、金霏、陈曦等这些年轻演员都已成为知名度颇高的年轻一代笑星,在年轻观众群体中大受欢迎。他们的成长,与这十年来京城小剧场曲艺市场的成熟不无关系,一方面培养了大批的青年观众;另一方面,长期的舞台艺术实践,也让他们迅速成长为文艺两新群体中的佼佼者,与国有专业院团中的曲艺人一起构成了北京曲艺队伍的中坚力量。

曲艺艺术在反映现实生活方面,素有"小、快、灵"的特点。比如新冠疫情刚开始肆虐的时候,我们曲艺人就是最早行动起来的一批文艺工作者。曲艺人运用多种曲艺表演形式,编演了大量的曲艺作品,宣传防疫政策,讴歌抗疫英雄,起到了鼓舞士气、稳定民心的积极作用,如《站哨台》等作品不仅时效性强,而且艺术质量也属上乘。

2021年,正值建党百年的重要时间节点,涌现出了一大批优秀的红色题材曲艺作品,曲艺人用鲜活的艺术形式为观众奉献了一堂堂生动形象的曲艺党课,体现了曲艺人的责任和担当。

与此同时,北京的曲艺舞台上还出现了不少主题鲜明、形式多样的新创节目,比如北京曲艺团的《古城暗战》《驼峰行动》,反映城市建设新

风貌的"回天计划"题材的相声剧《依然美丽》等,其中体现出的"跨界"融合特色令观众耳目一新,为传统的曲艺形式增添了契合时代语境的崭新态势。这些大胆的尝试与探索,既承继了曲艺艺术历来具备的观照现实、关注民生的优良传统,也令传统曲艺在当下呈现出具有新时代特征的崭新样貌,同时也折射出北京曲艺人与时俱进、勇往直前的精神风貌。

三、格局：新时代北京曲艺的未来可期

紧扣时代脉搏,说唱人民心声。北京曲艺的这十年,人才辈出,新作不断,尤其是近年来,北京曲艺人积极融入建设全国文化中心这一中心任务,在"一城三带"主题文艺创作、"大戏看北京"等重要活动中,深入基层、"蹲点式"采风,创演了一批令群众满意的优秀曲艺作品,如单弦《银锭观山》《飞天彩虹》,相声《献给北京的歌》《这儿是居委会》等,其中反映"回天计划"题材的小品《办公室的故事》还获得了第九届北京文学艺术奖。

新时代北京曲艺所展现出的风采,激励着北京曲艺人不断开拓视野,增强自信,为开创北京文艺事业的崭新局面而继续拼搏奋进。守正创新,是新时代北京曲艺传承、发展的必由之路,与此同时,面对机遇与挑战,北京曲艺未来的发展重心一定是创作并演出更多更好的具有鲜明时代特色的曲艺精品,正确处理好传承与创新的辩证关系,培养更多优秀的曲艺人才,让传统曲艺艺术在新时代绽放更加璀璨夺目的光彩,这也是北京文化建设的重要组成部分之一。

蒋慧明 北京文艺评论家协会副主席,北京曲艺家协会副主席,中国艺术研究院曲艺研究所副所长、副研究员。

关于戏曲现状的四个问题

张之薇

二十世纪九十年代中期和后期,在《中国戏剧》和《上海戏剧》南北两大主流戏剧刊物上,都曾经组织过"面向二十一世纪——对当代中国戏剧新思考"的专栏大讨论,各路戏剧人士纷纷建言,提出自己对中国戏剧前景的思考、忧虑以及展望。至今令我深深感慨的是1999年末发表在《中国戏剧》上刘厚生的《世纪初的思考——戏曲当前存在的几个问题》。① 他提出创作为谁服务的问题,传统戏曲的整理挖掘问题,以及艺术本体、剧种发展、戏曲理论对实践指导的滞后等问题,对即将迈入新世纪大门的戏曲界人士敲响了警钟。如今斯人已去,这些问题又该如何作答呢?

---

① 刘厚生:《世纪初的思考——戏曲当前存在的几个问题》,《中国戏剧》1999年第12期。文章中大致提出了九个问题,它们分别是:1. 多年来一直缠住我们创作思想不散的"为政治服务"的问题没有解决。2. 戏曲文学中一个大问题是究竟如何对待成千上万的传统剧目的问题。3. 对传统剧目整理改编太少,相对的是对现代题材剧目的创编下的功夫太多。4. 进入二十一世纪后,舞台美术方面经历了日新月异的变革,但戏曲的本体还有不少的问题。5. 剧种应该如何发展的问题,各剧种之间的全局性发展构架还没有形成的问题。6. 戏曲与电视或影像传播的关系问题。7. 戏曲人才流失的问题。8. 理论与实践脱节,理论落后于实践的问题,是二十一世纪初必须解决的问题。9. 整个戏曲队伍的文化素质问题。

一、戏剧为谁服务？

刘厚生开篇即对普遍存在于创作者思想中的"为政治服务"的观念提出了自己的忧虑,这是一位经历了"为政治服务"的"大跃进"现代戏创作和"文革"样板戏创作的畸形生态环境的老人所发出的忧虑声音。他意识到这种"为政治服务"的思维已如深深嵌入戏曲创作肌体的芒刺,长期下去必然造成戏曲艺术的凋零。其实,戏剧究竟该为谁服务？如果我们把戏剧当作一门真正的艺术,而非工具的话,这实际上就是一个伪命题。因为,所有的艺术形式,它本身并不需要为谁服务,它的创作冲动本应来自创作者对自我的发现,而戏剧活动就是根植于人性内在需求的一种艺术活动,这其中的密匙就是个体的人。

其实,对个体意识的向往,在艺术孩童时期——古希腊的艺术中就奠定了基础。在古希腊有那么多惟妙惟肖的人体雕塑,有《被缚的普罗米修斯》《安提戈涅》《俄狄浦斯》这样极度张扬个性、藐视权威的戏剧,其实就是例证。所以,对个体的人的书写,就是艺术创作的初衷。那么,或许有人会问,在戏剧中,如何来体现每一个人所处的时代,如何来平衡家国叙事和个体叙事之间的关系呢？这或许是一个好问题,但吾以为,这或许又是一个过度解读的问题。人终究是时代中的人,当真正深入地挖掘一个人、一群人的精神状态的时候,又怎么可能不带有时代的背景呢？是的,在人面前,时代永远应该是底色,而当个体命运与时代交缠在一起,最终落脚到一个民族的情感上时,这部作品就算真正成功了。比如,最近几年胡宗琪导演的作品《白鹿原》《尘埃落定》《陈奂生的吃饭问题》《贵胄学堂》《主角》就是最佳的例证。而我们的一些编剧却错把人的精神和时代的精神本末倒置,把对时代的关注置于个体之上,从而忽视了更重要的人的精神。于是,大量看起来"在努力服务,实际极少成效"①的作品就层出不穷了。于是,舞台上的苍白就难以避免。

当然,近年来在革命题材的戏曲作品创作上,如张曼君这样在世纪之交脱颖而出的导演,也在寻求艺术观念的突破。他们努力从个体的情感出发去挖掘英雄更接近普通人的那一面,他们努力从革命信仰的激情中去探触风起云涌遮蔽下的平凡与日常,他们还努力寻求一种舞台审美的"陌生化",从而打造出一个更生动的革命切面,这应该是新世纪以来的一个重要进步。

二、戏曲的文学性究竟是什么?

刘厚生世纪追问的第二个问题,也是当代戏曲创作中一直存在的软肋——戏曲文学的问题。戏曲,因为其"以歌舞演故事"的特质,更因为其类型化和行当化的特点,常常被人们认为是文学性不足的,今人甚至认为为了戏曲的表演,文学性可以适度忽视。其实,这种观点完全是偏狭的。且不说阿甲先生曾经以"戏曲表演文学"②来界定戏曲表演的特质,就是传统戏曲文学本身也是广博而丰富的,而蕴含在其中的文学性更如一座巨大的宝藏,取之不尽用之不竭。可惜的是,我们却缺少发现和开掘这座宝藏的热情和定力,而宁愿临渊羡鱼。最终,我们的原创戏曲创作也难逃文学性不足的现状。

---

① 刘厚生:《世纪初的思考——戏曲当前存在的几个问题》,《中国戏剧》1999 年第 12 期。

② 阿甲:《戏曲艺术最高的美学原则——戏曲程式的间离性和传神的幻觉感的结合》,《戏曲表演规律的再探》,北京:中国戏剧出版社 1990 年版,第 181 页。

那么,戏曲的文学性究竟是什么? 或许翁偶虹先生在创作现代戏《红灯记》时说过的一段话可以给我们启示,他说:"一般所谓的'文采',摛藻撷华之句,妃黄俪白之辞,并不能完全体现剧本的文学性和艺术性;相反,本色白描的词句,经过艺术加工,组织成艺术的语言、艺术的台词,就能从艺术的因素里充分地体现文学性。"①可见,在这位写了大半个世纪的职业编剧心中,文学性绝不只是看起来华丽的辞藻,而是在符合人物性格身份的语言下让人物活起来,所以,即使是看起来本色白描的语言也离不开文学技巧、艺术因素。更何况,戏曲中除了人物的念白,还有更重要的唱段,这一切更离不开诗这一媒介。于是,早已将中国传统文学化为血脉的翁先生在写现代戏时给自己定下一条标准——"力弊辞藻,不弃平凡",但是,对于对中国传统文学乃至诗歌的亲近度有限的我们来说,深度理解什么是戏曲文学性,然后扎进传统剧目的宝藏中被浸润、熏陶,甚至是拿来、吸收再创造,或许才是改善当下戏曲文学现状的一个途径。

北方昆曲剧院近几年来在这一方面值得关注,《赵氏孤儿》《风筝误》《救风尘》《玉簪记》等一批在传统剧目的基础上重新整理改编的作品已经搬上了舞台。以根据关汉卿的元杂剧《赵盼儿风月救风尘》改编的昆曲《救风尘》为例,一部关于勾栏瓦舍的下层女性被压迫的故事,经过今人整理改编后面貌为之一新。主创保留了关汉卿笔下的赵盼儿、宋引章、周舍的人物性格与人物关系,以及"风月"救人的戏剧情境,当然还有关汉卿语言的本色和古意,这实际上是今人站在了大师的肩膀上,保留了关汉卿的智慧遗产。主创在继承之下进行了充分的创新,他们打破了关汉卿原著中"四折一楔子"的结构和"一人主唱"的规制,吸收了传奇的剧本特点,以七折段落铺排故事,将唱段分布在不同

① 翁偶虹:《翁偶虹文集》(回忆录卷),天津:百花文艺出版社2013年版,第475-476页。

的人物身上,这是出于对当代戏曲观众的欣赏习惯的适应。更为点睛的是,主创还全新创作了赵盼儿为了搭救好姐妹而雪夜急行的"趲行遇雪"一折,充分发挥昆曲唱做并举、载歌载舞的表演方式,将赵盼儿急迫救人的心情凸显出来。这样的再创造无疑是值得大力发扬的,也是容易成功的。正如刘厚生先生所说:"整个戏曲史都能证明,基础良好的传统剧目的反复整理加工,不断上演,是优秀剧目重要来源之一。坐吃山空当然不对,但拥有宝山而不挖掘更是对祖先遗产的极大浪费,这是个必须解决的问题。"①

其实,无论是对传统剧目文学的挖掘,还是对经典小说文学的再利用,都不失为助力戏曲剧本的文学性上一个台阶的捷径。二十一世纪以来一些优秀的戏曲作品,无论是古装新编戏还是现代戏,大多离不开经典文学改编这条路,如王仁杰的《董生与李氏》,姚金城的《香魂女》,罗怀臻的《典妻》,陈涌泉的《程婴救孤》等。好的戏曲作品需要文学性,在一定情况下更需要借助外力,这个外力或者是文学的,或者是传统戏曲的经典剧本。恐怕唯有如此,才能打破戏曲类型化的刻板印象。

三、戏曲应该如何前行?

刘厚生在 1999 年提出的诸多问题,实际上在今天依旧是值得大家讨论的,其中,还有面对现代舞台美术的介入以及音乐剧、歌剧等其他艺术类型的冲击时,戏曲人该如何坚守戏曲本体的问题。老人的超越性在于,在他眼中,坚守戏曲本体绝非笼统而言回归传统,而是由保持

---

① 刘厚生:《世纪初的思考——戏曲当前存在的几个问题》,《中国戏剧》1999 年第 12 期。

戏曲主体的稳定性和发展性两个方面共同完成的。① 之所以强调稳定性，是因为他看到面对日新月异的"新"，属于"旧"的戏曲表演正在被挤压，被丢弃；之所以强调发展性，是因为他看到了时代、观众的变化，认为戏曲必须向前走。这是一种辩证统一的关系。

　　新世纪初，最令戏曲人兴奋的是，戏曲人终于迎来了"非遗"这一生存语境，对传统的提倡和重视，让戏曲有了更大的生存空间。而当"传统"成为一些标榜保守主义的戏曲理论家口中的神圣圭臬时，戏曲的创新也就成了一些理论家口中戏曲发展的"罪"。此种观点一度一呼百应，拥趸甚众。其实，这样的观点就是忽视了戏曲本体中发展性的一面，因噎废食了。以京剧的发展为例，无论是在京剧萌芽的阶段还是京剧成熟繁荣的时期，吸纳与变化都是它赢得观众、赢得市场的关键，而京剧的历史，一言以蔽之，也可以说是由无数极具创新精神的伶人写就的。所以，如果今人因为标榜自己敬畏传统，而仅以对传统老戏的复刻和模仿为最高目标，那实际上是一种观念的误导；同理，那些因为不懂，或者主动抛弃了剧种自身的艺术规律而高扬创新旗帜的创作者，同样也会造成戏曲创新的乱象。所以，在二十一世纪戏曲应该如何前行？吾以为，戏曲人最需要敬畏的不是恒变的、模糊的传统，而是属于戏曲（剧种）的不变的艺术规律、法则，要在谨守规律和法则的前提下去创造、生发出属于自己的领地。这一点，江苏省昆剧院的张弘、石小梅无疑是先行者。

　　石小梅工作室十多年来以"春风上巳天"打造自己的昆曲品牌，这

---

　　① 刘厚生：《世纪初的思考——戏曲当前存在的几个问题》，《中国戏剧》1999 年第 12 期。文章中说："进入二十一世纪后，舞台艺术方面很可能呈现从一桌二椅到大制作，从程式化到生活化，从写实到新潮的百花齐放多元竞争的景象。这种景象现在已显端倪，这是大好事。那么在这种局面中还有没有戏曲本体，还有没有主流？如果应该有，那么戏曲本体和主流应具有哪些特征？这也就是要找出中国戏曲同其他任何戏剧样式不同的艺术体系特征。这种艺术体系特征在审美情趣、美学标准上应当是稳定的、鲜明的，却又必须是发展的、变化的，我们将怎样前行？现在关于戏曲、歌剧、音乐剧、戏曲音乐剧等议论纷纷，实验种种我们能否对未来一二十年的趋向有个大体设想，尽量少走弯路？"

支依托江苏省昆剧院的团队,从全本《桃花扇》《牡丹亭》《白罗衫》到《桃花扇》"一戏两看",从原创折子戏《红楼梦》系列到继承张弘先生衣钵的后继者罗周编剧的《哭秦》《世说新语》折子戏系列,一路走来,践行着在保持昆曲稳定性的同时推动昆曲发展的道路。张弘先生是懂得"场上"的编剧,且极其注重以文人情趣入戏、以行当审美来写人,而且他的作品皆取折子戏化形于场上的思维,将文学性与昆曲的表演性充分捏合于一体,所以,其作品往往在表演、行当、音乐、排场冷热、舞台规制等各个方面都谨守传统昆曲的规范,但又是全新创作的。可以说,他们的创作在充分体现昆曲这一剧种的稳定性的同时,从经典名著中挖掘、提取、再造,然而又不落痕迹地融合现代审美,完美诠释了何谓昆曲的创新。

然而,谨守戏曲规律就一定意味着拒绝新手段吗?我不这么认为。张庚先生曾说:"戏曲要发展,要提高,要使新的戏曲在观众中获得新的感受,必须吸收新的手段。……但要注意,用新的表现方法是为了更加发挥戏曲的特点。……我们不能自设关卡,自筑藩篱,限制自己的发展,把全世界可用的艺术手段都运用到戏曲中来而仍不失戏曲的本色,那才是本事。要使戏曲既保留发展了几百年的艺术特征,同时又驯服各种新的艺术手段为戏曲所用,使戏曲艺术的综合统一达到新的高度,我们需要做的事情还多得很。"①用新的手段创造戏曲的目的,不是消弭戏曲的特点,而是为我所用,实际上,每一个剧种都可以在自己的范畴之内迎接多层次的选择。戏曲人要充分理解戏曲无所不在的音乐性、唱腔的戏剧性、身段的可舞性之综合特点,在此基础上,要有更开阔的观念,更强大的创造力,更自信的胆魄,唯有如此,戏曲才能在二十一世纪真正前行。

① 张庚:《戏曲规律与戏曲创新——在全国戏剧美学学术讨论会上的发言》(1986年5月),载《张庚文录》(第五卷),长沙:湖南文艺出版社2003年版,第152—153页。

四、什么是好的戏曲评论？

刘厚生的世纪九问最终还是不出意外地落到了戏曲理论的问题上，这的确是戏曲实践创作中的一个无法忽视的问题。很长一段时间，戏曲创作者对理论是不够重视的，理论问题仅在理论界内部获得关心，而艺术主创人员也仅仅关注领导的好恶，对戏曲的基本理论关心甚少，所以刘厚生提出"理论与实践的脱节，理论落后于实践，是二十一世纪必须解决的问题"。[①]

进入新世纪以来的二十年，一个值得注意的现象是，政府对艺术批评给予了前所未有的重视，这不仅表现为各大主流媒体、新媒体艺术评论版面大幅上升，还表现为国家层面的文化机构开办的戏曲评论的研修班开始大量招生，也表现为戏曲实践的从业者开始重视戏曲理论者、评论者的声音，并与评论者建立了良好的关系。一时间，资深的戏曲评论人受到重视，而年轻的评论人也如雨后春笋般冒出尖来，本属于艺术生产末端环节的戏曲评论一时间成为"显学"。原本，理论人与实践创作者的亲密交往，对于解决理论脱离实践这一问题是有帮助的，然而，令人奇怪的是，好的戏曲评论依旧属于稀缺品，这就不得不令人思考原因。

什么是好的戏曲评论？这个问题极其模糊，但是需要正视。实际上，这又回到了刘厚生所言的戏曲理论的问题上。当评论一窝蜂而来的时候，真正好的戏曲评论人不仅具有深厚理论素养，而且能够在反刍

---

① 刘厚生：《世纪初的思考——戏曲当前存在的几个问题》，《中国戏剧》1999 年第12 期。

理论之后，用其解决戏曲创作问题。也就是说，好的评论文章不在于不疼不痒地捧杀创作者，而在于提出问题、总结问题。吾以为，心怀问题意识才是好的评论文章的关键。它不仅可以从观念上去引导创作者，同时，它也是引导观众赏析的一座桥梁。而现实是，当评论场成为热闹的神仙会，当评论成了创作的锦上添花，当评论人与创作人的关系成为从属关系，评论也就失去了应有的价值。更有甚者，当太多麻醉式的表扬充斥当下，让创作者自我满足的时候，那些有思想、有见地、独立而专业的戏曲评论之声反倒引来挞伐。这的确是一个怪现象。

    二十一世纪第三个十年已经开启，刘厚生提出的所有问题还在那里，时代在变好，戏曲呢？

张之薇 北京市文联签约评论家，中国艺术研究院戏曲研究所副研究员。

北京舞台艺术的新面貌与新特点

景俊美

一、红色题材戏剧的成熟化与多样化

我国创演红色题材戏剧有优良的传统。京剧《红灯记》《智取威虎山》,歌剧《党的女儿》《洪湖赤卫队》,芭蕾舞剧《白毛女》《红色娘子军》等,创造了一座座艺术丰碑,被我们视为红色经典。近年来,恰逢中华人民共和国成立七十周年和建党百年,全国上下创造了大量红色题材戏剧作品,文学上的探索、题材上的开拓和舞台美术的全新展现,使得红色题材戏剧的艺术水平不断攀升,并逐渐呈现出多类型、多层次、多维度、多手法的丰富和厚重。2022 年举办的第十三届中国艺术节,便是一次有效的检验。如国家京剧院展演剧目《红军故事》和竞演剧目《风华正茂》均为红色题材。二者虽同为红色题材,但艺术的切入点和表达方式却大相径庭。京剧《红军故事》以一名普通红军战士的视角,回望了红军长征时三个平凡而伟大的故事——《半截皮带》《半条棉被》《军需处长》。故事虽然平凡,涉及的人物也都是革命历史时期中的普通人物,但是通过这些故事和人物,观众可以真实可感地触摸到那个时代的人文内涵和时代精神。京剧《风华正茂》关注了党和国家领导人如何从青年时代走到国家领导人之路这一特殊领域。剧中以青年时代的毛泽东为圆心,以亲情、爱情、友情、同道情、师长情等情感线为径,画出了一个有时间轴又有空间轴的立体的圆。无独有偶,北京人艺展演的话剧《香山之夜》也有伟人视角,但聚焦的维度和表达的方式均十分特别。从表达方式上看,《香山之夜》用时空"对话"的方式探索了中华人民共和国成立前夕毛泽东与蒋介石的不同心理、动作和语言。从聚焦维度上看,该剧仅用两个演员去展现关乎中国未来走向的重大历史事件。这种打破常规,努力创造舞台表演艺术新的呈现方式和审美表达的探索,实现了一种别样的艺术自由。此外,红色题材川剧《江姐》、昆剧《瞿秋白》、京剧《李大钊》、苏剧《国鼎魂》、锡剧《烛光在前》、舞剧《永不消逝的电波》等都以全新的面貌,展现了革命历史时期从革命先烈到普通民众身上所蕴含的百折不挠、敢于牺牲的伟大精神。

二、现实题材戏剧的时代性与生活性

作为反映现实生活的重要艺术形式,戏剧永远应该与时代同步。因此,现实题材戏剧创作是时代的必然,也是社会发展的必然。不过因为这种天然的"宿命",现实题材戏剧创作往往陷入写真人真事、好人好事的表面"现实"之中,而忽略了跳出当下的局限去探索强烈的时代诉求和深刻的现实意义。相比之下,在众多现实题材中开拓出更加聚焦、更加凝练的"典型"故事,进而充分反映社会生活中的某些本质属性并具有较高审美价值的作品尤其值得深入分析。近年来,河南豫剧院再次铆足了精神推出了多部好戏,比如《村官李天成》《香魂女》《焦裕禄》等。其中,河南豫剧院三团最新创演的两部戏就值得深入分析和探索,一部是《重渡沟》,一部是《大河安澜》。《重渡沟》有别于一般现实题材作品的主要特征,重在立体性的人物塑造。特别是主人公马海明的人物形象,是建立在"情理交织""人事交织""生活真实与艺术真实交织"这三重坐标上的深刻呈现。《大河安澜》再次全方位证明了三团的艺术实力,该剧不仅改写了豫剧善演"农村题材"的历史,而且将黄河文化与中原文明融入普通百姓的生活,以年代剧的方式展示了一幅波澜壮阔的守河画卷。同是对黄河的书写,舞剧《大河之源》诠释的是生态保护,该剧以"第一人称"的视角,探索了人类命运共同体和人与自然命运共同体的可能性和可行性。国家话剧院的展演剧目为话剧《谷文昌》,该剧的艺术取舍巧妙而真诚,即紧紧围绕最能反映主人公的思想高度和精神世界的两件事进行有始有终的深描:一是努力把敌伪家属变成壮丁家属,还历史以公正、还百姓以公平;二是决心根治东山的风沙,让老百姓过上好日子。该剧双线索交织地叙述主人公"想百姓所想,急百姓所急",更加立体地开掘了故事内容的丰富性,进而系统地展现了主人公的内心世界和人生信仰。同样是现实题材,首都创作或进京展演过的话剧《主角》《兵心》《柳青》《喜相逢》《桂梅老师》,河北梆子《李保国》《人民英雄纪念碑》,歌剧《马向阳下乡记》,彩调剧《新刘三姐》等,均以深度的艺术挖掘展现了广阔的社会层面,在舞台空间和观演关系的探索上,既展示出自身的独特性,又推动了具有规律性的艺术创作手法和整体性艺术构思。

三、激活传统的精致化与现代性

中华民族是最善于回顾历史、总结历史的民族。五千年华夏文明史和五千年中华优秀传统文化是我们取之不尽用之不竭的创作源泉。无论是以"古装"形式还是以传统精神去创作艺术,在戏剧史上都书写了不朽的辉煌。且不说戏曲艺术中演不完的杨家将、说不尽的包公戏,就是话剧、舞剧、音乐剧等其他舞台艺术形式,也都从传统中汲取了无限的能量。现象级舞蹈诗剧《只此青绿》和舞剧《五星出东方》均是首都舞台艺术的佼佼者。

《只此青绿》的艺术起点是王希孟的《千里江山图》,这本是一幅青绿山水的名画,转换成动态的舞蹈需要很多"重构",比如古典美学的当代转换和创新性发展,当代舞蹈的叙事结构与语言策略,以及文化传播的方法与路径等。编导深谙传统之精神,以展卷、问篆、唱丝、寻石、习笔、淬墨、入画的章节,回望了历史上的非物质文化遗产传承者的艺术精神,这种精神上可通达文人的"山水精神",下可接续民族民间技艺体系。这是一个最全面也最立体的中国,也是被我们忽略了的美学空间。其创作源于一种高度的文化自觉与自信,集中展现了本土题材、现代意识和当代转化。最终,"诗性""沉浸"和"跨媒介"成为该剧最具创意的表现形态。莆仙戏被誉为"宋元南戏活化石",传统剧目多达五千多个,有着深厚的文化传统和艺术传统。莆仙戏《踏伞行》脱胎于传统莆仙戏剧本《双珠记·逃难遇亲》,并汲取了"走雨""留伞"的表演和情节,在充分挖掘、继承传统的基础上,又融入当代人的审美与哲思,最终呈现出喜而不闹、雅俗融通、意蕴丰厚却不艰涩的机趣与诗意。这种高度尊重传统后的"化腐朽为神奇",体现出主创的精神旨趣和审美追求,即创造性转化古典美,创新性发展传统文化。同样关注传统题材的戏剧还有京剧《嫦娥奔月》,话剧《林则徐》《于成龙》等。整体来看它们都从不同层面激活了传统,并在舞台呈现上实现了精致化追求和现代性表达。

景俊美 北京市社会科学院文化所副所长、副研究员。

从工业题材到工业叙事

陶庆梅

二十大报告把"中国式现代化"置于引领中华民族复兴的必由之路。与此同时,在电视屏幕上,我们隐约看到一种"工业叙事"在默默地崛起。在最近热播的《麓山之歌》《沸腾人生》《大博弈》等电视剧里,久违的工厂厂房、蓝色工装……出现在屏幕上。不过当前这些带有工业色彩的电视剧,似乎更多停留在"工业题材"的类型框架内,还没有足够的叙事方式去超越题材类型,让人们对"工业"本身产生浓厚的兴趣,也不足以引发人们对于"工业叙事"的集中讨论。但工业化是现代化的物质基础,要讲好"中国故事",讲好"中国式现代化"的故事,工业叙事一定是其中的重要基础。因此,当这些自觉选择了工业题材的电视剧出现在屏幕上时,理解分析这些电视剧的特点,探讨其发展方向,也是评论者特别需要关注的。

首先我们要看到,在题材上,如果说工业题材电视剧不是对一直以来"霸屏"的"职场剧"的一个有力狙击,至少也是对这一题材类型的有效补充。

现在所谓的职场剧,大多展现的是写字楼里的"职场"。诚然,写字楼是今天年轻人生活的一个主要场景,但工厂,却是支撑着中国发展的一个重要场域,是中国走向现代化的基础性力量。展现大众文化的职场剧,几乎本能地会选择靓丽的街景、高级写字楼、标准的工作间、温馨的咖啡馆等,作为要呈现的物质对象。在一段时期内,这些职场剧,确实塑造了一个个白日梦,给了很多年轻人进入大城市工作的动力。而随着越来越多的青年走向"职场",白日梦逐渐变得"悬浮"——青年们早就发现,没有人天天在宜家的样板房里谈恋爱,也没有人天天上班就是喝喝咖啡以及钩心斗角。因此,各种工业题材电视剧的出现,让我们在甜腻腻的大众文化中,"看到"了中国生活不一样的场景,看到了工业化的大厂房以及在厂房里工作的工人。当这些与城市白领不一样的景象与人物形象出现在荧幕上时,从题材到视觉都是新鲜的,也都有着无限可能。

但要在当下的创作环境中异军突起,创作出中国式的工业叙事,工业题材的电视剧恐怕还有着很长的路要走。

当前的职场剧很多被吐槽为"悬浮"之作——创作者对自己所写的电视剧所涉的具体行业不熟悉,恐怕是根本原因。比如《玫瑰之战》,虽然有美剧《傲骨贤妻》为故事基础,但太脱离中国语境下的律师行业竞争逻辑与办案流程,再大牌的演员都救不了场。而我们的工业题材电视剧,目前好像在创作方法上也仍然延续着职场剧这一"类型剧"的创作模式。比如说《沸腾人生》,感觉就是把职场的故事放到了工厂这样的特殊场景之中。虽然有工厂场景以及工厂的发展历程作为背景,但故事重点还是人物之间的情感纠葛。

更重要的一个问题体现在创作思想上。现有的工业题材电视剧,大多延续着改革开放初期的情感模式,过于强调企业家的个人奋斗,强调企业家精神,而忽略了工业发展是一个非常复杂的过程。中国工业的崛起,不仅少不了企业家的创新精神,还少不了各级政府的推动,更重要的是,少不了企业家及其团队的集体拼搏。没有工人团队与工人集体的贡献,只有企业家精神,是支撑不了中国的工业叙事的。

比如周梅森编剧的《大博弈》。在这部以某大型重工企业为原型的作品中,周梅森塑造的孙和平、杨柳与刘必定这三个企业家,围绕着谁能控制重卡全产业链的博弈,这本身是非常精彩的。周梅森在这部电视剧里塑造了三种不同的企业家:孙和平是当代国企改革的代表人物,改革之初即锐意进取,改变国企生产效率低下的毛病,并不断扩展企业发展空间;刘必定是草根崛起的资本家,擅长资本运作,虽不乏坑蒙拐骗之弊,但总的来说也是要把中国企业做大做强;杨柳作为国有企业集团老总,不仅更为看重集团的整体利益,而且要兼顾集团内部落后生产力与先进生产力的平衡,因而不能容忍孙和平把企业一做大就要脱离集团的做法。这三个人的较量,既是不同类型企业家的较量,也是不同个性企业家的较量。也因此,我们在剧中看到的更多的是企业家的个性,是企业家克服重重困难,突破重围的勇气。但是,除去口号般的"减员增效""扩大融资"之外,我们看不到企业家经营的工厂的故事:看不到在改革开放之初是什么原因造成了工厂的困难重重,看不到工厂如何革新,从濒临破产到迅速脱困,并很快在香港上市,更看不到工厂员工如何参与企业革新的过程。在叙事中,似乎只要大家一持股,工厂产品技不如人的短板就能完全克服。这对今天熟悉中国工业艰难成长过程的年轻观众来说,是缺乏说服力的。

相比之下,《麓山之歌》在这方面有很大突破。《麓山之歌》也是以某重工企业为原型,开篇也是企业在不得已的情况下要剥离不良资产,以"重工换金融"的方式来挽救企业。但在这个过程中,《麓山之歌》非常清晰地描述出工业企业面对的现实问题:产品的核心技术由外企掌握,一旦企业对这一核心技术形成依赖,外企就通过迅速提价的方式,抬高生产成本;而中国企业在核心技术上稍有一点突破,外企就毫不手软地继续以降价的方式,挤占市场。随着外企的步步紧逼,在《麓山之歌》里,我们看到的不仅是企业领导的思考与拼搏,也有从工程师到工人队伍面对国际资本围追堵截时的不甘心。在电视剧中,从宋春霞到金燕子的两代一线工人，不仅出于对生长于斯的工厂的感情，更重要的是出于对自己所掌握的工业技术的热爱，凭借自身的技术能力，助力企业突破国外的技术壁垒，实现重装工厂的新生。在这里，工人不再只是每一个上任的厂长、书记因为"减员增效"而要解决的"麻烦"。他们不只是被动等待施救的"困难群众"，而是因热爱技艺而自强不息的新工人。当我们看到在国外企业的重重干扰之下，宋春霞仍然克服种种障碍，靠自己的双手完成了高难度的车工工作，让外国资本收回对中国技术的指控，我们对"大国工匠"的尊重就油然而生。

这种尊重工人群体的具有主体性与创造性的叙事，让《麓山之歌》在年轻观众中收获了许多赞誉。原来的观众群体对于改革英雄有很大的好奇心，但在一个上升通道逐渐收窄的时代里，年轻观众对于独树一帜的改革英雄，恐怕不再那么好奇。《麓山之歌》里高扬着的自强不息的精神，对每一个普通个体的主体性与创造性的尊重，恐怕是与今天的青年观众沟通的密码吧。

从某种意义上说，电视剧这样的大众文化，几乎必然会"自动"选择"类型剧"的架构。因而，我们现在看到的工业题材电视剧，很难一下子摆脱类型剧的框架，也很难立刻突破原有的情感逻辑。但中国毕竟是有着现实主义文艺创作传统的国家，其文艺创作方法的多元性，还是给了我们突破以精巧编剧法为支撑的类型剧的局限的空间。当中国的改革开放进入新的历史阶段，当"中国式现代化"引领我们去探索人类文明新形态，我们的创作者就应回到现实本身，理解工业企业自身的运作逻辑，寻找当下工业题材与青年观众沟通的思想桥梁，这样工业叙事也许会创造出中国电视剧的新空间。

陶庆梅　北京文艺评论家协会副主席，中国社会科学院文学所研究员。

以人民视角谱写新时代中国故事

肖向荣

新时代以来，我参与并执导了庆祝中国共产党成立一百周年大会天安门广场活动、大型情景史诗《伟大征程》、庆祝中华人民共和国成立七十周年天安门群众游行等。参与这些重要文艺演出活动时，我一直在思考的就是如何寻找创作的切入口。

过去我们的一些文艺演出往往更注重技术，用一些科技手段、华丽的灯光舞美来烘托舞台效果，带给观众一些感官刺激、视听享受，而今天我们的文艺演出活动中，为人民创作的主旨更加鲜明，尤其是在国家级重要文艺演出中，实际上已经形成一种以人民为中心的史诗创作方向。在具体实践中，我一直在探索如何在史诗框架之下，充分表现平凡又鲜活、具有无穷生命力的个体老百姓形象。

这个创作的切入口就是人民视角。如果说"人民"还是一个比较抽象的概念，那么我们在创作中更愿意把它具象为一个普通人的视角、今天的中国人的视角。比如2019年，在策划庆祝中华人民共和国成立七十周年天安门群众游行活动时，我的创作视角就是"谁的故事谁来讲"，农民的故事农民来讲、工人的故事工人来讲、学生的故事学生来讲，快递小哥、外卖小哥骑着车就过来了，广场舞大妈也热热闹闹地上场了。我们把这些普通老百姓的社会身份彰显出来,让每个人的故事更加清晰、可信。

在这些演出活动中,以情动人是很重要的。在 2019 年庆祝中华人民共和国成立七十周年天安门群众游行时,我们用了《今天是你的生日,中国》;在党的百年华诞之际,我们选择《唱支山歌给党听》,实际上就是想用最纯真的方式向党告白。在呈现这首歌的时候,我们通过无伴奏的合唱,用最纯净的声音表达对党最质朴的情感。刚开始我们创作了好几个气势磅礴的版本,但最终还是选择了无伴奏版本,因为它有一种细致入微、春风拂面的效果。我们希望对党的感情是非常纯粹、不带任何杂质的,只有最单纯的元素才能代表最广大人民群众的心声。

如果用我们原来那种混声合唱的版本,实际上就回到了音乐厅的范畴。近年来,学界广泛探讨广场艺术,我更愿意把它当成一种文化行为,它不再是一个简单的、发生在音乐厅或剧院里的文艺作品,而是一种体量更大、更接地气的文化行为,因此在创作时我们必须更加慎重地考虑哪一种声音能代表大多数人的期望和心声。

大型情景史诗《伟大征程》是继《东方红》《中国革命之歌》《复兴之路》《奋斗吧中华儿女》等大型文艺演出之后又一个里程碑式的作品。从"大型音乐舞蹈史诗"到"大型情景史诗",《伟大征程》在艺术形式上进行了具有创新意义的探索。一方面,是外部层面。过去十年里,随着经济社会、科技、互联网的飞速发展,我们与世界的联结方式发生了巨变,观众获得文艺信息的渠道和手段极大地丰富,促使我们改变了讲故事的方式。面对波澜壮阔的党的百年历史,我们不能再满足于用几段舞蹈、几首歌曲将它串联起来,必须"突出重围",找到全新的、能承载这个时代信息容量的表达方式。另一方面,是艺术的自觉。当前的艺术创作正在发生整体艺术、系统艺术的转变,一个好的作品不再满足于单纯的视觉或听觉呈现,它在向影像、乐舞一体的方向发展。《伟大征程》就是站在整体艺术观的角度,把音乐、舞蹈、影像、戏剧以及各种科技手段、多媒体手段融合起来,呈现一种历史与现实、影像与现场、艺术与科技相结合的"情景史诗"形态。

《伟大征程》第三篇章《激流勇进》讲述的是改革开放以来当代中国的故事。其实离我们越近的故事越难写,我不想把自己拘泥于某个具体的事件或场景中,我想用一种更浪漫、更有想象力的方式来讲述改革开放。于是我用色块来表现各个主题,比如一开始的舞蹈《春潮澎湃》和歌曲《在希望的田野上》,我让画面从一片绿油油的麦浪开始,然后逐渐转为蓝色的海浪,用浪潮的声音衬托这些绿色的舞者,同时用影像让十一届三中全会、1977 年恢复高考后发布的一个又一个重要文件在浪潮中奔涌而出,以一种大写意的方式唤醒一代人的记忆。即使是没有经历过那个年代的观众,也能感受到勃勃生机,被那种汹涌澎湃的激情感动,我希望这种形式能很好地把各个年龄段的观众都带入我们营造的情景中。

还有一个重要的情景舞蹈《党旗在我心中》。在千呼万唤、千万只手的托举中,一面党旗像旭日一样在人群中缓缓升起,凝聚起所有的温暖和力量,象征着"哪里有党旗,哪里就有希望"。最开始设计这个环节时,导演组认为,鸟巢那么大,只有一面党旗很难呈现出激动人心的效果,但我一直坚持,就只要一面党旗。我们不断调整,光音乐就做了不下十稿,我说:"只能有一面党旗,而且它不是作为一个符号、一种仪式出现,它要真正在人民心中出现。"正式演出那天,下着暴雨,一面湿漉漉的党旗从人群中升起来,水珠在抖动,全场几万名观众一起高喊"中国加油",所有人紧紧地簇拥在党旗周围,成为一个经典的画面。

我新近创作了舞剧《冼星海》,关于冼星海,以前的作品更多的是表现某个具体事件,比如他是如何创作出《黄河大合唱》的。舞剧《冼星海》,是想用一种更现代的语言呈现这位人民音乐家波澜壮阔的一生,让更多人了解他以前是什么样的人、后来为什么去了苏联、如何战斗到生命最后一刻。我不想把冼星海塑造成一个遥不可及的英雄,我希望他就像我们身边的人一样亲切。首先他是个儿子,我们就写他和母亲的关系;他是在海边的劳工背上长大的孩子,这奠定了他为穷苦人创作的基调,我们就表现他在海边的成长;后来在延安、莫斯科他又成了一名战士,我们把历史文献的记载、艺术的想象和今天的情绪勾连起来,用大约九分钟的时间呈现了冼星海在延安的一场音乐会。没有一个场景是特别写实的,我们用一种强烈的抒情方式来挖掘冼星海的心灵是如何变化的,力求把他澎湃的创作激情和能量表现出来。

肖向荣　北京师范大学艺术与传媒学院院长、教授。

杂技叙事的进一步演进

——部分新创杂技剧表现一览

徐　秋

　　近年来,在党的文艺政策的引领和感召下,红色杂技剧的创演成为一道亮丽的风景线,数量质量双双提升,不仅显示了杂技剧创作题材上的极大开拓,而且用超越以往的艺术水准精彩地讲述了戏剧故事,使杂技剧这样一种新型的杂技表演方式再次闪亮于人们的视野,引发了人们的惊叹和好评。

　　杂技是展示超常技巧的艺术,杂技中的技巧既是内容也是形式。为了与时俱进、不断创新,杂技开始尝试让技巧成为一种纯粹的形式,去模仿万事万物、表达思想感情。戏剧的永恒主题是爱与恨,杂技中有团结协作的技巧,可对位爱情、亲情、友情;有抗衡征服的技巧,可对位战斗、争斗、竞争;杂技可以以技巧模仿生活、展示冲突,当然其难度不亚于练成一手技巧绝活儿。

　　杂技人想"表达更多"的愿望由来已久。二十世纪五十年代,杂技肩负着人民外交的使命,需要在表演中展示"站起来的中国人的形象"。限于条件,这种展示只能在两个层面上进行。一是物质上的丰裕,为杂技加上明亮的灯光、悦耳的音乐、整洁美观的服化道。二是精神面貌上的昂扬,这是由内而外的,著名车技演员金业勤在回忆中谈到他的表演心得:他不是在表演车技,而是骑着骏马驰骋在祖国辽阔的大地上,内心充满自豪与喜悦,浑身有使不完的劲,他使自己的每一个技巧动作都利索、帅气,以展现中国人的勤劳、勇敢、灵巧、智慧等优秀品质,但是可以看到,这时的观念展示是间接的、联想式的。

二十世纪九十年代,随着舞台技术手段的丰富、多种姊妹艺术的融合,杂技进入主题晚会阶段,杂技技巧开始表现时代心声。比如《金色西南风》,杂技融合带有民族风情的服饰、音乐、舞蹈,展现了西南地区少数民族的多彩生活。《悠悠山水情》中杂技以造型、动律结合现代舞美,表现了云贵高原的自然地理风貌。《中华魂》中杂技节目与兵马俑、长城等文化符号相结合,反映了中华文化的灿烂辉煌。主题杂技晚会中,杂技反映万事万物的语言是大写意式的,诗性而跳跃。

主题晚会再往前走一步便是杂技剧了。2004年,第一部杂技剧《天鹅湖》由原广州军区政治部战士杂技团创演成功,剧目是在新创杂技节目《东方的天鹅——芭蕾对手顶》的基础上延展出来的,"芭蕾上身"这一杂技和舞蹈水乳交融的新技巧,带来了杂技技巧前所未有的细腻动人的表意功能,指引着创作者将杂技和舞蹈进一步密切结合,并综合各类杂技以及各种可能的艺术手段,讲述了一个王子与天鹅的童话故事,为中国杂技剧开拓出第一块关于爱情的表现领域。此后各杂技团体都有跟进,杂技剧的大批创演由此开始。相比主题晚会,杂技剧是在用技巧营造另一个时空世界,表现方式是连贯而完整的。

早期杂技剧题材以古代历史、神话传说为主,质量良莠不齐,有些剧与主题晚会相似,缺少剧味——节目是表现剧情的主体,并且要把团里所有的重点节目都编进去,可想而知,这样的剧的结构会怎样散乱,表现会是怎样的"两张皮",缺位、错位部分又要用怎样的非杂技手段来弥补。杂技与剧情的双双不彰使杂技剧创作一度广受争议。

对于艺术领域的开拓,杂技人表现出了同以往攻克高难技巧时一样的决心、信心和恒心，他们锲而不舍、不断探索，终于摸索到了一些规律，进行创作上的调整，使杂技剧的创作质量不断提升。

如今的杂技剧把剧情发展、人物塑造摆在了第一位，杂技本体的展现有所节制。

一是在运用节目时，不再粗放地以节目为单位，而是将节目拆分成一个个技巧，根据剧情需要对其进行挑选重组。如《战上海》"青春誓约"一节，男主人公回忆起与女主人公的爱情过往，以往这样的情节多用一个完整的双人节目来表现，但剧中用了《滚环》《对手顶》《绸吊》三个节目来表现，三个节目都不完整，却简略勾勒出三个重要的节点：《滚环》的活泼旋转展示了少年时的相互吸引，《对手顶》的平衡支撑表现了青年时的坚定携手，《绸吊》的空中相连、生死相托代表了主人公对于未来两人关系的期许。观众通过三个节目一下子就了解了这段感情的深厚以及其在主人公心目中的位置。

二是遇到剧情需要而团里没有相应节目时，不再想办法绕过，而是正面出击，创作新的节目来补位。如《渡江侦察记》里的"扬帆渡江"，《桥》里的"桥墩抢险"，《战上海》里的"软梯攻城"，都是根据剧情而新创的节目，先设计出符合场景的道具，再开发出附着于上的肢体技艺。

三是打破了技巧表演一次成功便告完成的惯例，自由配置技巧的完成次数。比如《聂耳》中，编导为聂耳设定了"上高"和"倒立"两个专用技巧，它们成为角色形象的伴生物，一激动便会出现，聂耳经常会一下子就上到好朋友叠起的"人柱"的最高处，或者在不同的地方做出姿态矫健的倒立，连拉小提琴都会在朋友头上倒立着进行，这些技巧表现了音乐家的出众才华和青春活力。

四是融合魔术、滑稽、马戏等特色杂技门类，给杂技剧的表现带来意外的亮色。比如《呼叫4921》"水下救人"一节，民警发现群众落水，立刻跳入水中营救，用的是杂技的空中技巧。由于加了一些魔术的遮蔽手段，整个表演就像在水里游泳一样。观众像在看水下摄影，了解到事情发展的全过程,但这种表现又不全是写实的,而是带着主观感情色彩,就像一种久久的凝视,是痛惜的、崇敬的。观众看着民警力气用尽后下沉消失,一顶警帽在水中漂动,渐渐上升,情景十分感人。马戏元素的运用也是一样,《战上海》中飞到英雄雕像顶端的鸽子、《呼叫4921》中的来回奔跑的警犬都为剧情的推进增添了难忘的一笔。

　　杂技剧从诞生到今天刚刚十八年,其艺术形态仍在建构中,并没有最终完成。十八年来,它所有的追求都是像个剧,是个剧。正如杂技人所说,杂技剧首先是个剧,因此它的剧之形态一定是中规中矩、不做逾越的,杂技的巨大创新落到戏剧身上就多了些保守。我们期待它未来进一步发展,超越对经典戏剧的模仿,以杂技的别开生面开戏剧新风,为戏剧的深刻思想、精湛艺术做出杂技的独特贡献。

　　徐　秋　北京文艺评论家协会副主席,中国文联杂技艺术中心原副主任,《杂技与魔术》原副主编。

歌诗的历史传承及时代担当

宋青松

党的二十大报告中提出：推进文化自信自强,铸就社会主义文化新辉煌。

我们的文化自信从何来？一是悠久灿烂的传统文化(历史文化)；二是激昂悲壮的革命文化(红色文化)；三是丰富多彩的社会主义先进文化(时代文化)。在不同时期的文化中,诗词始终是文化的主要内容,甚至是一个时期的文化标识和精神象征。正像第十次文代会、第九次作代会报告中论述的那样:"在每一个历史时期,中华民族都留下了无数不朽作品。从诗经、楚辞、汉赋,到唐诗、宋词、元曲、明清小说等,共同铸就了灿烂的中国文艺历史星河。"

一、铸就灿烂中国文艺历史星河的歌诗

在上文提到的"中国文艺历史星河"中,诗经、楚辞、汉赋(汉乐府)、唐诗、宋词、元曲……都是以诗词为主,在历史上这些诗或词是为

歌吟而存在的,一部分是可以吟诵的诗,更多是可以唱的歌,所以我将其统称为"歌诗"。

回溯历史,我国的歌诗从上古的歌谣到诗经、楚辞、汉乐府、唐诗、宋词、元曲,始终是文化的主流,而且这些作品大都是可以歌唱的。概括起来有以下特点。

一是来自生活。我们的歌诗文化与劳动和生活密切相关,来源于人们的生产劳动实践,例如上古歌谣(上古时期的民歌、民谣,我国古代以合乐为歌,徒歌为谣)中有一首《弹歌》,其内容为"断竹,续竹;飞土,逐肉"。这就是一首反映原始社会狩猎生活的二言诗。

二是题材丰富。作品的题材和主题不断丰富,从诗经的风、雅、颂三个方面,到唐代形成山水田园诗派、边塞诗派、浪漫诗派、现实诗派等不同的流派,反映了自然、政治、劳动、生活、爱情、亲情、友情、个人情怀等方方面面,可以说无时不入诗,无事不成歌。

三是创作主体多样。古代歌诗的创作者有官员、文人,也有平民,他们形成了互存互补互促的良好关系。不同时代都会有官方或文人对民间创作进行搜集整理,如《诗经》《汉乐府》等。这种传统也延续到了今天,二十世纪八十年代开始的"三套集成"中就收集了《中国歌谣集成》,现在的非物质文化遗产保护也将原生态民歌作为重要保护对象。

四是结构不断演化。上古歌谣是以二字句为主,诗经是以四字句为主,楚辞是以语气助词"兮"为承转,汉乐府以五字句为主,唐诗从歌行体逐渐形成了以五言、七言为主的格律诗,宋词、元曲又打破了这些结构,为满足音乐需要形成了不同的词牌和曲牌。句式、格式不断固化又打破,继承与创新是永远的追求,而这些追求是服从于其艺术思想性和社会需求的。

五是文学性和音乐性相互促进。我们看到从上古歌谣和诗经开始,诗与歌就是密不可分的,但随着其文学性、思想性的加强,诗慢慢独立起来,形成了叙事长诗和律诗等形式,但是为了传播和音乐的需要,又逐渐演变成了词、曲。我认为无论何种句式和文体,歌诗始终注重其内在的节奏感和音律性,为音乐创作打下了基础,或者说有些作品就是为音乐而创作的。有位前辈说,新诗的出路在歌词,我想说歌词的提升在诗意。只有文学性、音乐性更好地结合,才是歌诗的最好出路。

二、铸就百年来民族精神的歌诗

自新文化运动特别是中国共产党成立以来,歌诗以新的内容、新的形式、新的语言焕发出新的活力,成为不同时期民族精神的新支撑。我党高度重视文化建设,包括毛泽东主席在内的许多共产党人创作了大量优秀诗词表达自己的情怀,唤醒民众的革命意识,一批艺术家也创作了许多优秀歌曲,民间音乐也充实了新的内容,如《十送红军》《浏阳河》等。

特别是抗战时期,歌曲成为动员全民抗战的号角,涌现了大批至今仍广为传唱的作品,如《松花江上》《黄河大合唱》《大刀进行曲》《游击队歌》《歌唱二小放牛郎》《义勇军进行曲》等激扬着民族精神的优秀歌曲。《义勇军进行曲》还成为我们的国歌,成为我们民族精神的象征。

在建设时期,涌现出大批反映人民自豪感的歌曲,如《咱们工人有力量》《老司机》《我为祖国献石油》等,有些歌曲也表达了对祖国和党的热爱,如《歌唱祖国》《唱支山歌给党听》等。

改革开放后,歌曲创作更加活跃,涌现出《在希望的田野上》《年轻的朋友来相会》《春天的故事》《我爱你,中国》等有时代特征又为群众喜闻乐见的优秀歌曲。

三、铸就社会主义文化新辉煌的歌诗

我们的歌诗是有悠久历史的,也担当了时代的重任,那我们今天如何实现"推进文化自信自强,铸就社会主义文化新辉煌"呢? 其实报告也给了我们答案。即"围绕举旗帜、聚民心、育新人、兴文化、展形象建设社会主义文化强国","坚守中华文化立场,提炼展示中华文明的精神标识和文化精髓,加快构建中国话语和中国叙事体系,讲好中国故事、传播好中国声音,展现可信、可爱、可敬的中国形象"。

具体到歌诗的创作,我认为应该从以下几个方面做起,可简称为"五个度"。

一是加强学习、提高站位,提升思想和作品的高度。思想境界的高度决定了作品的高度。大家都熟悉的毛泽东的《沁园春·雪》,就是有地理高度、思想高度、历史高度的好作品,他从地看到天(千里冰封,万里雪飘),从南看到北(长城内外,惟余莽莽),从东看到西(大河上下,顿失滔滔),从古看到今(数风流人物,还看今朝)……而蒋介石组织创作的作品无论如何也无法超越,因为他们只有文采没有思想,是无法拥有毛泽东的胸怀和胆略,因而也无法达到毛泽东的精神高度的。

二是深入生活、扎根人民,筑牢创作的根基和深度。与人民群众同命运、共呼吸是对每个作者的基本要求,就像歌中唱的那样:"到人民中去,把身俯下去亲吻大地,把心贴近在一起呼吸;到人民中去,让灵魂再受一次洗礼,用一生报答她的养育。"深入生活,不是一句空话,你是不是真的去采访了,采访时是不是被感动了,你自己知道,别人读你、听你的作品时也会感受到。这里举一个我参加北京文联组织的去南水北调采风活动的例子。去之前我们看了专题片,在我的创作计划中我准备写一首反映移民干部的歌词,我写了一首《好干部》,但在采风中我觉得这种泛泛而写的作品不具体、不感人,真正深入基层采访一周后,我才含泪写出了让自己感动,也能打动别人的《老刘》。实践证明:根扎得越深,与人民走得越近,作品才会越动人。

三是紧随时代、保持激情,让作品有温暖有热度。每个时代都有自己的特点,我们的时代更是多彩多姿、日新月异的,我们既要追随时代的热度,又要开发心底的热量,写出有温暖、有热度的作品。我的师友蒋开儒先生就是一位有激情、有热情的作者,他虽历尽坎坷,但对生活充满热爱,他在北大荒工作生活时写出了很感人的《喊一声北大荒》,退休到深圳后又写出了《春天的故事》《走进新时代》《中国梦》等成为时代标识的优秀作品。他现在年近九十,依然精力旺盛,正像他在歌词中写的那样:"总想对你表白,我的心情是多么豪迈;总想对你倾诉,我对生活是多么热爱。"正是这种自豪感和对生活的热爱让他有了强壮的身心和创作激情。

四是扩大视野、拓宽题材,增加作品的广度。唐诗之所以成为中华文化的高峰,不仅是因为它有像李白、杜甫这样的可以称仙封圣的大家,也在于它有浩如烟海的不同题材的优秀作品,既有浪漫又有现实,既有边塞风情又有儿女情长,既有鸿篇巨制又有短小诗章。我们的时代更加丰富多彩,可是我们的歌诗语汇还多停留在农耕文明时代,新科技、新行业如何进入歌诗语汇是我们应该探讨的。作为一个曾经的中学物理老师,我尝试创作了"学科诗乐"系列作品,得到了人教社和教育工作者的支持,现在已有《谁叫雨雯》《我爱数学》《喜欢物理》《元素周期律》《笛卡尔坐标系》等系列作品创作完成,并在部分中学传唱。

五是善于观察、发现创新,找准作品切入的角度。从不同的视角看到的风景是不一样的,好的视角可以让作品更有带入感、更有感染力。我们举一个同是写祖国、同是以水为切入点的例子,看看我们的前辈是如何选择切入角度的。《祖国颂》(乔羽词)起句是:"太阳跳出了东海、大地一片光彩,河流停止了咆哮、山岳敞开了胸怀。"作者是站在地平线上对太阳、大海、山河进行眺望,可以说是全视角的。《我的祖国》(乔羽词)起句是:"一条大河波浪宽,风吹稻花香两岸,我家就在岸上住,听惯了艄公的号子,看惯了船上的白帆。"作者从一名战士的角度,在上甘岭极其残酷干渴时对家乡的一条大河的深情回想。而《我和我的祖国》(张藜词)写的是:"我的祖国和我,像海和浪花一朵,浪是那海的赤子,海是那浪的依托。"作者通过浪花与大海的关系道出个体与群体的辩证思考。由此我们可以看出,只要用心,从每个角度都会发现不一样的美。同样是划时代的作品,《东方红》是从天上的太阳升起写起的,《春天的故事》是从南海边上的一个圈写起的,《走进新时代》是从我心中的表白写起的,《江山》是从"打天下、坐江山、一心为了老百姓的苦乐酸甜"写党和人民的关系的,《不忘初心》是从"万水千山不忘来时路"的追忆寻根写起的……只要我们从"心"出发,就会找到表达自己心声的角度。

历史给了我们教材,先辈给了我们榜样,人民给了我们素材,时代给了我们机遇,我们要努力谱写出无愧于历史、无愧于先辈、无愧于人民、无愧于时代的新篇章。

宋青松　词作家、诗人、儿童文学作家、研究馆员。

点唱机音乐剧及其生产模式：消费社会对音乐创作的挑战*

毕明辉

一、"点唱机音乐剧"所引发的挑战性问题

点唱机音乐剧（Jukebox Musical）"是一种没有原创乐谱的作品，使用已存的音乐来创作情节、故事或概念，从而集合成一个有前因后果的音乐作品。自二十世纪八十年代末出现以来，它已超越了传统音乐剧场的界限，被广泛用于餐馆、酒吧和咖啡馆。某些点唱机音乐剧的唱片甚至超过原曲专辑成为被热捧的收藏，唤起老辈和新辈几代乐迷对'美好旧时代'的联想"。① 中外音乐史上从来不缺旧曲翻新的佳例，然而，像点唱机音乐剧这般轰轰烈烈、大张旗鼓地使用老歌的做法，却并不多见。这一无限接近甚至等同于流行歌曲演唱会

　* 本文写作得益于北京大学教育学院林小英副教授的大力帮助，在此深表谢忱。
　① Olga-Lisa Monde，"Jukebox-Musical：The State and Prospects"，*European Researcher*，2012（27），pp. 1277–1281.

的艺术形式,撼动了人们关于音乐剧的传统认识。其因音乐创作上对选取老歌毫不回避的实用性,宠溺听众、通俗易懂的"傻瓜"审美取向,情节简单到可有可无的叙事手法,而与"剧本音乐剧"和"概念音乐剧"忠于原创、意在出新的初衷背道而驰。诚如莎拉·拉森(Sarah Larson)所说:

> 点唱机音乐剧可能是一个令人尴尬的现象:一个栩栩如生的流行音乐蜡像馆。它可能是轻松或随意的,自带一种被《泰晤士报》称为"不由自主欢呼鼓掌"的力量。它可以像拉斯维加斯讽刺剧(Renue)那样将您最快乐的回忆重新打包,以出色的编曲以及像《美国白痴》(American Idiot)那样的实唱(Belting)唱法令那些出名的流行歌曲变得面目一新。自从《妈妈咪呀!》(Mamma Mia!)于2001年轰动以来,点唱机音乐剧开始占据音乐剧市场的主导地位。鉴于那些身价不菲的作曲家还在埋头苦干创作伟大的原创作品,点唱机音乐剧的大红大紫不免令人唏嘘。①

这种尴尬现象也令评论家感到为难。查尔斯·伊舍伍德(Charles Isherwood)曾以犀利的口吻总结2013年音乐剧创作,认为点唱机音乐剧"无疑是当代舞台剧体裁中最应该被嘲笑的一个",却又将两部点唱机音乐剧——《午夜之后》②和《这一切关于什么?》③列入十大新作名单。④ 这种表面上一分为二的客观态度,隐含着一种关于流行性的争鸣,令如何评价点唱机音乐剧成为一个富于挑战性的问题。点唱机音

① Sarah Larson, "Let's Rock: In Defense of Jukebox Musicals".
② *After Midnight*,该剧讲述的是伟大爵士音乐家埃林顿公爵的音乐人生。
③ *What's It All About?*,该剧讲述的是音乐家 Burt Bacharach 和 Hal David 其人其乐。
④ Sarah Larson, "Let's Rock: In Defense of Jukebox Musicals".

乐剧确如"蜡像馆主题秀"甚至舞台化的"博物馆主题展"，其最为人诟病之处正在于创作方式的"倒行逆施"和"大开倒车"，其"人为设局"和"命题作文"的套路，很难不被人质疑为原地打转式的低水平重复。相比"剧本音乐剧"和"概念音乐剧"力图求得流行性与原创性的平衡，点唱机音乐剧的流行性几乎等同于易逝性，那么，它具有独立艺术价值吗？这不是在艺术上"自甘堕落"吗？尽管"只要做得好，点唱机音乐剧就算出身流行歌曲，也照样可以成为音乐上乘且富于戏剧深度的音乐剧。我想我们不必觉得它们在制造尴尬，我倒是希望制作人和剧作家继续使之变得更好。伟大的流行音乐值得我们鼓掌和欣赏"①，然而，民间草根本色与上层精英标准的对抗、平民消费群体与创作者艺术追求的矛盾、以歌曲为主体还是以戏剧为主体的争辩以及票房收入与文化价值的纠缠，令点唱机音乐剧在人群、技术、资本、媒介和观念等方面凸显为一道复杂景观②，也是不争的事实。时至今日，在创作、传播、消费等全流程生产模式上愈发成熟的点唱机音乐剧已后来居上，占据音乐剧产业的核心地位。点唱机音乐剧毫不避讳的商业化、大众化和重复性带给音乐创作怎样的危机或时机？点唱机音乐剧对"音乐创作"从观念到方法又引发了怎样的本体论问题？本文尝试就其中最关键的几个问题展开讨论，以期全面理解点唱机音乐剧及点唱机生产模式在当代的价值。

---

① Sarah Larson, "Let's Rock: In Defense of Jukebox Musicals".

② 阿尔君·阿帕杜莱提出了文化流动的五个维度：人种景观(Ethnoscapes)、技术景观(Technoscapes)、金融景观(Finanscapes)、媒介景观(Mediascapes)和观念景观(Ideoscapes)。阿帕杜莱认为它们相互关联、共同作用，组成了当代文化的复杂样貌。见 Arjun Appadurai, "Disjuncture and Difference in the Global Cultural Economy," *Global Culture: Nationalism, Globalization and Modernity* ed. Feather M. (London: Sage, 1990), p. 296。

二、回溯：点唱机音乐剧的历史语境

　　梳理并建构点唱机音乐剧的历史语境有助于增进我们对其本体的理解。作为一种音乐戏剧舞台制品，音乐剧是音乐喜剧或音乐剧场（musical comedy，musical theatre）的简称。如果说 1866 年的《黑驼子》（*The Black Crook*，另译《黑魔鬼》《黑巫师》）和 1893 年的《欢乐女孩子》（*Gaiety Girls*）开启了音乐剧形式探索之旅且渐趋成形的话，那么，二十世纪前十多年的美国流行音乐的兴起则为音乐剧的迅猛发展提供了最佳温床。当时，来自欧洲的众多移民作曲家担纲音乐剧的创作，将欧洲轻歌剧、轻音乐的感觉和经验引入美国。他们不仅高质量地创作了大批多愁善感、旋律动听的歌曲，还确立了以单曲编号（Numbers）的连缀方式展开剧情、以带表演的歌曲演唱为主的演剧风格等原则，从而极大地推动了音乐剧的成形。

　　二十世纪二十年代至三十年代，美国黑人音乐在此阶段从南向北传播，雷格泰姆（Ragtime）、蓝调（Blues）等黑人爵士音乐风格从新奥尔良一路挺进芝加哥，进而东传至纽约，西传至洛杉矶和旧金山，为音乐剧风格的多元异质提供了不可或缺的艺术养分。在此期间涌现的代表作曲家尽管多为白人，但他们既重视廷盘巷（Tin Pan Alley）的白人音乐风格，又不排斥爵士乐的黑人音乐风格。在如此风云际会、白黑文化互为认同的过程中，听音乐剧、看电影、泡爵士酒吧，成为当时的平民消费文化。伴随着流行音乐越发凸显其文化与市场价值的时代潮流，音乐剧成为流行音乐中最具海纳百川、兼收并蓄意义的综合剧场艺术，与电影一道成为美国文化最重要的代言形式，更成为美国民族音乐和美国民族文化身份认同的一部分。

　　二十世纪四十年代，音乐剧这一概念所指涉的一切要素，例如音乐性、戏剧性、喜剧性、浪漫性等，在此期间都趋于成熟。这一时期也是音乐剧主题从轻松娱乐向具有深刻社会文化批判性的方向转型的关键时期，关于音乐剧过去一个时期的功过得失，在此时出现集中反思。一方面，针对早期作品剧情肤浅幼稚、无病呻吟的弊病，主创者尝试自觉修正，力求在娱乐性和思想性之间实现平衡，以剧情的起伏跌宕激起观众心灵共鸣，卓有成效地探索了音乐剧主题立意不足的解决之道；另一方面，音乐剧创作者主动借鉴歌剧的成功经验，广泛使用主导动机贯穿全作的手法，以编号单曲全剧通唱的方式，成功实现了音乐的有机统一。此外，主创者充分发挥舞蹈的表现作用，由此确立起音乐剧"歌舞乐三位一体"的模式。

　　总体而言，二十世纪三十年代至五十年代是音乐剧发展的黄金年代，这一势头到二十世纪六十年代开始衰落。其后音乐剧出现多元化的发展趋向：摇滚化风格、歌剧化风格、讲究灯光与布景效果的视觉刺激风格、针砭时弊的讽刺风格、遥想故国往事的怀旧风格、追求宏大制作的奢华风格等，可谓争奇斗艳，令人目不暇接。各种元素的多元组合，显示出音乐剧这一形式继续被探索、被突破的本质。音乐剧甚至动用一切真实场景还原的手段与复杂、高科技的声光效果，令人产生身临其境的现场参与感，代表了新世纪音乐剧发展的某些特点。

　　进入二十一世纪的音乐剧创作，面对市场已无力大规模投资开发《歌剧院魅影》《悲惨世界》这样的大制作，体量适中的小型表达自然是明智之选。当那些在流行歌曲陪伴下长大的听众已有些年纪，"与往事干杯"的怀旧情结更是顺理成章。在市场转型、文化自救等多重因素的共同作用下，点唱机音乐剧出人意料地重拾血统中的歌曲连缀法宝，利用在"剧本音乐剧"和"概念音乐剧"中所积累的丰富经验，以全新的设计重新包装老歌，为音乐剧的新世纪转型创出新路。《妈妈咪呀!》《杰西男孩》(*Jersey Boys*)等点唱机风格音乐剧就是在此历史语境下发展起来的新生力量。

三、辨析：点唱机音乐剧的风格取向

回顾一个多世纪的进程,音乐剧的发展呈现出体裁进一步拓展、代表曲目和衍生产品不断生发,以及基于核心剧目不断进行令人惊艳的二度创作等种种风貌。对历史上出现的诸多音乐剧做一个完整的分类是困难的,我们大致可以从音乐剧的概念入手,把"音乐"和"剧"当作连续统一体的两端,对某一剧目的音乐成分和叙事(即"剧")成分做大致对比,尝试将音乐剧分为如下三个类型。

音乐 ◄———————————————► 剧

点唱机音乐剧　　　概念音乐剧　　　剧本音乐剧

音乐剧的类型示意图

剧本音乐剧(Book Musical),顾名思义是一种所有构成要素均以剧本为出发点的音乐剧,它凸显了强调剧本的核心地位、淡化领衔歌舞明星作用的特点。从创作角度而言,一部符合标准的剧本音乐剧必须呈现鲜明的叙事完整性。它的最大特色在于故事情节的现实主义、构成要素及其组装手法的合情合理,序曲、唱段、歌词、台词、舞蹈、动作相互间有机连贯、相辅相成、彼此作用、共同推动剧情发展。简言之,个体服从整体,叙事高于一切。从欣赏角度而言,首先,剧本音乐剧往往会给欣赏者留下故事线索清晰的印象,剧情陈述有明显的戏剧冲突,结构安排有明确的起承转合,这也是剧本音乐剧也会被翻译为叙事音乐剧的原因。其次,相比歌剧,音乐剧将舞蹈的表现作用提升到一个前所未有的认识和实践高度，只是，剧本音乐剧反对明星本位、空降歌舞、自娱自乐、置角色于不顾的做法，要求舞蹈、歌唱、对白都必须来自角色，严禁跳脱人物，杜绝离题万里。大多数研究者认为剧本音乐剧的代表作当推《演艺船》(Show Boat)。

概念音乐剧往往会有一个并不明确的主题，情节是次要的或者根本不存在，隐喻或暗示的手法与音乐、情节、台词、舞蹈的作用同等重要，观赏中更强调个人体验，有明显的实验色彩。如果分别用一个词来界定剧本音乐剧与概念音乐剧的叙事手法，最合适者莫过于"写实"与"写意"。如果分别用一个词来描述二者的欣赏状态，最合适者莫过于"被动接受"与"主动参与"。如果分别用一个词来定位二者的创作取向，最合适者莫过于"因循"与"反叛"。如果分别用一个词来定性二者的文化特质，最合适者莫过于"传统"与"现代"。有研究者认为概念音乐剧较早的代表作是罗杰斯和汉默斯坦二世(Rogers & Hammerstein II)创作于 1947 年的《快板》(Allegro)。

相比之下，点唱机音乐剧的概念及其类型有着明显不同。在音乐剧的类型示意图中，我们清楚地看到它更加偏向于音乐、远离叙事的风格取向。就制作的角度而言，点唱机音乐剧所使用的歌曲常常来自某一位歌手或某一个组合，更多情况下是对不同歌手的不同音乐进行编排。这种带有一定目的性的编排与点唱机随机杂烩的方法相同，只是在处理歌曲时，有的音乐剧原封不动地使用原版歌曲，有的则会重新编曲，还有根据剧情重新填词的情况。从唱法的角度来说，点唱机音乐剧的有些歌曲会基本保持或接近原版风格，有些则根据歌手自身嗓音特点和角色所需发生较大改变。从编剧方式角度而言，点唱机音乐剧存在三种情况。其一，根据歌曲编排剧情，例如 1999 年的《妈妈咪呀!》(歌曲来自瑞典流行阿巴乐队〔ABBA〕)、2002 年的《我们要撼动你》(We will Rock You，歌曲来自皇后乐队)、2010 年的《放飞》(Come Fly Away，基于歌星弗兰克·辛纳特拉的歌曲)。其二，根据某个歌星的生

平,以纪录片的方式编排剧情、使用歌曲,例如 2006 年的《杰西男孩》
[基于"四季组合"(Seasons)主唱弗兰克·瓦里(Frank Valli)的生平编
剧]。其三,任意主题下,根据歌曲选编,形成剧情,例如 2009 年的《时
代的摇滚》(Rock of Ages),所有歌曲一概是二十世纪八十年代的摇滚
名曲。而从对待素材的角度而言,"剧本音乐剧"和"概念音乐剧"尽管
也存在借用或挪用的情况,然而,相比点唱机音乐剧那理所当然的拿来
主义,它们望尘莫及。

四、点唱机音乐剧的异军突起:音乐剧的
商品化和大众化

点唱机音乐剧的风格取向背后表现出明显的商业性和大众性,换
言之,在另外两种音乐剧均试图尽可能靠拢精英文化艺术标准时,点唱
机音乐剧果断地走向了更为彻底的商业化与大众化,这就是它异军突
起的奥秘所在。对此,诞生于 1983 年的《妈妈咪呀!》堪称最佳范例。

英国伦敦西区音乐剧制作人朱迪·克里莫(Judy Craymer)在与二
十世纪下半叶瑞典摇滚乐组合"阿巴乐队"的两位歌曲主创布约恩·
乌尔瓦斯(Bjorn Ulvaeus)和本尼·安德森(Benny Anderson)的会见中,
提出 "阿巴乐队"《赢者得一切》(The Winner Takes It All)等金曲具备很
大的音乐剧价值。因两位原创对之未置可否,此事暂时搁浅。1997
年,朱迪旧事重提,力邀凯瑟琳·约翰森(Catherine Johanson)根据"阿
巴乐队"所有歌曲编写音乐剧剧本,并借用 1975 年阿巴金曲《妈妈咪
呀》作为剧名,略加改动后以"Mamma Mia!"作为英文剧名注册。1998
年,在著名音乐剧导演菲立达·劳埃德(Phyllida Lloyd)的执导和"阿
巴乐队"四位成员的全程参与下,于次年首演,一炮走红,至今依旧长

演不衰。2008年大腕云集的电影版本中，著名电影演员梅丽尔·斯特里普（Meryl Streep）和007扮演者皮尔斯·布鲁斯南（Pierce Brosnan）等出演重要角色，为这部音乐剧带来更大的影响和收益。

但凡获得成功的点唱机音乐剧总体上必备两个特点：其一，所选歌曲多为浪漫主题，朗朗上口、热情奔放、令人放松；其二，剧情简单，完全不必投入太多脑力，开幕不久就可以将故事走向猜个八九不离十，是不是听得懂歌词亦不重要。分析《妈妈咪呀！》的成功可以进一步细化点唱机音乐剧风格表现：第一，动听的旋律；第二，易懂的歌词；第三，清晰明快的声音结构；第四，迪斯科舞曲的身体感觉；第五，精彩的编曲；第六，以故事情节弥补流行歌曲的不足，给歌曲提供一个叙事的容器；第七，从单曲变成点唱机音乐剧，从音乐风格的角度来说，实质相当于常见的歌曲联唱（Medley）或唱片专辑汇编或集锦（Album Collection / Hits）。这些特点都令点唱机音乐剧进一步亲近流行市场与流行听众，从而进一步转化为具备重复使用价值的商品推动力。

市场与艺术的结合在音乐发展历史上的关系一直十分暧昧，《妈妈咪呀！》的成功使我们看到，二者既要名正言顺地保持相互间的距离，又必须因为钱而紧密结合在一起。如前所述，点唱机音乐剧不仅更加鲜明地表达了对后者的态度，更重要的是，决定性的生产资金（成本）等分地来自每一个消费者，也就是市场，而不再是古典音乐小众圈子的"恩主"——这些人以近乎施舍的方式一次性投入大笔资金且并不索取更多的经济回报。音乐生产与消费关系的变革，令点唱机音乐剧将音乐作为商品流通的那些"道德遮羞布"尽数抛弃，明确宣称自己的存在价值就在于可以被反复消费的重复性。

点唱机音乐剧的发展时间跨度不过几十年，被人批评最多之处就是技术上的重复性及其流行音乐在美学上的同质性。历史地看，点唱机音乐剧明显是唱片录音技术与音乐剧演艺形式的结合，这是现代工业社会赋予音乐的基本特征之一——几乎所有音乐都具备一定的工业属性。正是在技术进步和产业模式的双重作用下,点唱机音乐剧才获得发生和发展的条件。然而,作为工业化、市场化制品的点唱机音乐剧,如果去除重复性与同质性,其批量生产的可能几近于零,换句话说,缺失重复性与同质性必然导致音乐无法成为商品。此外,转换一下问题的思考角度,点唱机音乐剧难道有悖继承-创新的理论公式吗?生物学中的"移花接木"与"基因重组与编辑"的技术难道不可以用于艺术创作吗?老歌连缀的做法、旧曲填词的传统在中国音乐历史上比比皆是,为什么点唱机音乐剧这样做就成了犯禁?类似中国古代文学中的"唐诗集句"在西方音乐历史中也不鲜见,点唱机音乐剧的集歌编剧又有何不可?点唱机音乐剧的制作采取"歌-舞-乐"多媒介一体化的综艺策略,这种做法也同样出现在《东方红》和"央视春晚""拉斯维加斯娱乐秀""迪士尼主题动漫秀"中,相比之下,点唱机音乐剧远没有它们奢华宏大,却为什么因此被指摘以至于成为莫名其妙的"替罪羊"?

从点唱机音乐剧的大众参与性来说,重复性与同质性也是必不可少的因素。点唱机词源内涵中本有的重复性特质,恰与点唱机音乐剧尤其欢迎大众主动参与的开放性关系密切。点唱机(Jukebox)音译为"朱克包克斯"。"Juke"一词最早出现在二十世纪四十年代的美国南方海滨地区,当地黑白混生克莱奥尔人(Creole)用这个词表达"杂物乱堆"或"乱堆杂物的场所"(Juke Joint),很有杂货仓库的意味。"Juke"一词的本义是缺乏秩序、闹哄哄、没有规矩。随着时间的推移,该词又逐渐用来称呼一种包括歌舞、游戏、饮宴等在内的民间联欢娱乐活动,其形式和内容充分体现了"乱哄哄"集会的意思。在这种几近于中国"广场舞"的活动中,往往很难有乐队为跳舞伴奏,随着二十世纪电唱机的发明,一种以投币选曲的方式播放唱片的大型点唱装置出现并很快风靡起来。用这种机器播放跳舞伴奏音乐的舞会被统称为朱克舞会,这种与后来的卡拉OK工作原理相同的机器被称为点唱机或点播机。从词源和功能的角度不难看出,点唱机最大的作用和价值恰恰就在于其重复性，如果不是得益于重复的技术，不仅点唱机音乐剧不可能诞生，关于音乐创作方式的改变也是难以想象的。

社会学家贾克·阿达利认为，"音乐变成一项工业，而音乐的消费也不再是集体选择的结果。畅销歌曲、演艺事业、明星制度入侵我们的日常生活，而且完全改变了音乐家的地位。音乐宣示符号已经进入了一般经济，以及再现的混乱"。十八世纪之前的西方音乐作为产品的最大的内在特色在于其"再现"，简单地说，这是基于个体差异性的创造性发展。十八世纪以来，这种特色在工业技术的冲击下迅速式微，"录音技术推翻了人们整个的认知……对生命复制条件的研究已经导引出一个新的科学典范"，科技将"再现"演变为"重复"，命题核心出现变化。而"到二十世纪中期，再现虽然曾使音乐得以成为一个自足的艺术，对于宗教与政治用途之外，却已经不再满足新一代中产阶级消费者的需求或是符合财富累积的经济条件：为了要累积利润，有必要出售可以储存的符号生产，而不仅只是它的景观。这项变化即将彻底改变每一个个人与音乐的关联"。①

与剧本音乐剧和概念音乐剧的商业运作模式和创作表演模式存在明显不同，点唱机音乐剧毫无保留地将音乐剧引入一种完全"重复"的境地，一切表演活动一旦无利可图或兴味不再，生产者便会终止投资。历史上的音乐剧，还没有哪一种像点唱机音乐剧那样，令听众获得对音乐作品生产的主动"投资权"。对音乐的爱好，一种对音乐消费的强烈渴望，无法在表演之中找到留声机唱片所提供的贮存、在家中堆积以及任意将之摧毁的可能性，都使得音乐剧的传统生产模式在音乐大众面前难以为继。② 平民生活混乱的环境使参加娱乐活动成为所有人都跃跃欲试

---

① Jacques Attali, *Noise: The Political Economy of Music*(Minneapolis/London: University of Minnesota Press, 1985), pp. 88-89. 译文参考贾克·阿达利《噪音：音乐的政治经济学》，宋素凤、翁桂堂译，上海：上海人民出版社2000版，第124-125页。

② 贾克·阿达利：《噪音：音乐的政治经济学》，宋素凤、翁桂堂译，郑州：河南大学出版社2015年版，第183-184页。

的探险,随处可以进行的表演成为点唱机的窗口,人们成为重复的支持者和推广者。随着点唱机音乐剧被更为先进便捷的播放与传播技术设备取代,普通大众对它的接受速度和喜爱热度也随之加速,这便进一步摧毁了以"再现"为使命的"剧本音乐剧"和"概念音乐剧"。

美国音乐剧研究专家雷蒙·柯乃普指出,音乐剧作为美国文化符号,深刻反映了这个国家对民族身份与个人身份的双重认同。[①] 事实上,音乐剧早已跨越原生地的疆界,随着题材范围的扩大、音乐语言的多元,在全球传播中表现出不同于本土化的特征,更因巨大的经济收益成为全球文旅产业不可或缺的重要组成部分。根据百老汇联盟(Broadway League)的说法,百老汇点唱机音乐剧的观众主体不是本地纽约人,而是外地游客。点唱机音乐剧的生产者在考虑制作什么剧目时,优先考虑的就是他们的目标消费者,这是旅游业、文化产业的基本原则,也是这些原则的具体应用。无论是美国的商业剧院还是中国拥有大型现场演出的综合性景点,音乐剧制作所产生的收入都是最多的,这保持了剧院和景区的活力和繁荣。[②] 这个现象促使我们思考,将点唱机音乐剧置于无关紧要的地位无疑是一种封闭的、精英的思维。可以想见,如果商业剧院和景区的唯一表演艺术产品是严肃的传统/经典剧目,那么旅游业便有可能迅速衰退。令我们警惕的是,音乐剧有可能会变得更难以接近公众,只留下专业音乐研究领域的学术重要性,形成一种极其封闭的循环和囿于自我的肯定。点唱机音乐剧的商业性与大众性,对商业剧院的艺术经济至关重要,我们理应适当地跳出纯粹艺术的范畴

---

① 参见 Raymond Knapp, *The American Musical and the Performance of Personal Identity* (Princeton: Princeton University Press, 2009); *The American Musical and the Formation of National Identity*(Princeton: Princeton University Press, 2018)。

② 例如,《印象·刘三姐》年均收入 2.6 亿,《印象·西湖》年均收入 1.4 亿,《印象·海南岛》年均收入 1.04 亿,《宋城千古情》年均收入 2 亿,《长恨歌》年均收入 5 000 万。《丽水金沙》《金面王朝》《天府蜀韵》《云南映象》等年均收入 3 000 万。数据来源:《全国各地演艺项目汇总》,https://wenku.baidu.com/view/18a357154a2fb4daa58da0116c175f0e7dd11961.html,2021-02-05。

来多角度研究音乐剧，特别是点唱机音乐剧的价值。

五、音乐感知的代际唤醒：点唱机音乐剧与时代记忆

　　点唱机音乐剧相比剧本音乐剧和概念音乐剧，其制作的成分高于创作，剧本原创的成分高于音乐原创，风格照搬或微调的成分高于风格创新，歌曲集锦或旧曲填词翻唱的成分高于词曲新创，市场运作的成分高于艺术创意。然而，优质的点唱机音乐剧，往往恰如其分甚至有时出人意料地使用了历史上的老歌。旧曲不见得不能翻新，被点唱机音乐剧使用的大量老歌，经过重新编排，因剧情产生新的变化，令人耳目一新。新一代听众没有机会听到的旧日老歌，因点唱机音乐剧的缘故，突然找到与自己的前辈跨越时空对话的机会，也大大改变了音乐剧场的年龄结构。于是，出现在点唱机音乐剧中的歌曲和旋律大多是听众耳熟能详、随口可唱的"老朋友"，听众在低门槛甚至无门槛的卷入式体验中，轻松实现个人与音乐的合体。在观众那里，被声音所激发的身体与心灵的双重记忆，令观剧成为青春的自我见证；舞台上的载歌载舞和富于冲击力的视听效果，令观剧成为个人的回忆，也成为时代痕迹的集合。这些作品对人类音乐史至关重要：它们不仅使一些著名作曲家、歌手、音乐家、唱词家和表演家的记忆永垂不朽，而且还仔细保存了与特定历史时期有关的器乐和声乐的风格。① 点唱机音乐剧通过追溯这些作品是如何通过情节、音乐、场景变化、人物发展以及观众对讽刺和怀旧的渴望而创造出过去和现在的反差历史，这使得在日常生活中存在巨大代沟的人们居然

---

　　① Olga-Lisa Monde, "Jukebox-Musical: The State and Prospects," *European Researcher*, 2012(27), pp. 1277-1281.

能够一同面对点唱机音乐剧而形成共鸣和共同的记忆。

　　笔者数次亲见《妈妈咪呀!》在百老汇和伦敦西区音乐剧场内上演,白发长者和青涩后生一同兴奋,与古典音乐厅或歌剧院听众老龄化的情况完全不同。"阿巴乐队"一共存在了十年(1972-1982),四位成员都是二十世纪四十年代人。他们的歌曲在七十年代风行全球时,中国尚未改革开放,中国听众对流行音乐的了解与世界基本脱节,对约半个世纪以来的西方流行歌曲非常陌生。改革开放后,在中国大陆流行音乐大规模补课中的大批歌曲里,"阿巴乐队"极为重头。大量中文填词翻版歌曲中,"阿巴乐队"的歌曲名列前茅。1999年版《妈妈咪呀!》歌单对四〇后到六〇后中国听众来说,因青春的记忆被瞬间唤醒而感到亲切,歌曲成为风华正茂的见证;对七〇后到新千禧的听众来说,这既是以音乐方式学习知识、接触历史的机会,也是与前几代人分享人生体验的艺术通道。故而,《妈妈咪呀!》在中国被热捧,几代中国听众怀着共同的期待,同坐在一个剧场里欢呼雀跃,反映着音乐剧在当代中国特殊的代际情感和文化变迁。

　　点唱机音乐剧的参与性与情感性的怀旧相互应和,成为一种大众音乐文化景观,也给音乐剧的研究提供了独特的议题。在点唱机音乐剧的表演现场,当表演者和观众一起唱歌时,他们在互动交流时需要密切关注表演的本地先决条件的全貌,特别是在"观众与表演者共享空间本身并不保证任何形式的亲密、联系或表演者和观众之间的交流"时,"相反,是一种附加在现场的社会文化价值"。① 这就是为什么不仅要分析剧院里纯粹的表演元素,还要分析是什么激活了现场表演。在技术创新的基础上,随着大众文化在日常生活中的快速转型,特别是在数字化的今天,音乐剧的整体面貌正发生翻天覆地的变

　　① Auslander Philipp, *Liveness: Performance in a Mediatized Culture*(New York: Routledge, 2006), p. 66.

化,在形式不断被迫跟上的情况下,大众音乐剧的本质可以用这种方式来描述。[1]

当然,事情还有另外一面。点唱机音乐剧的怀旧魅力,正是格兰特(Mark Grant)所说的"麦当劳音乐剧"(McMusical)产生的原因。任何有数百万美元余钱的人都可以制作一部百老汇音乐剧,如果制片人看到一个机会能够引发大众的熟悉感或怀旧感,他们就有可能会投资。一旦点唱机音乐剧的制作、编写和表演遵循大众的感觉至上原则,那么音乐剧的购票者就会把点唱机音乐剧等同于黄金时代的标准,留下的只是一些充斥着杜撰色彩故事的著名流行歌曲。[2]

在当今社会不断受到危机事件的威胁、经济活动低迷、国际关系阴晴不定的情况下,公众似乎越来越厌倦宏大主题。点唱机音乐剧为生下来就得到温饱的一代又一代人提供了一种逃避过去和逃避现实的选择。谢尔顿·帕丁金在《无腿,无笑话,无机会》一书中谈到了影响音乐剧变化的时代因素:我们生活在一个对麻烦的回应越来越暴力的时代。当太多的单个社区对更大社区的利益来说显得太孤立时,当人们似乎害怕或使用了太多的东西时,当太多的人试图不去深切地感觉,或者试图用流行语、粗俗、语焉不详和感性来掩饰自己的感觉时,帮助我们超越这种时代,有时帮助我们思考问题,有时帮助我们完全不思考,就是艺术和娱乐的最重要功能之一。音乐剧(无论是严肃的还是喜剧的)过去都做过这两种事情,它得跟上一个国家的情绪和时代的不断变化,笑着或深刻地感受这两者,抑或两者兼而有之。当然,不需要几年时间和一大笔钱就可以制作出一个节目,这仍然是可以做到的。[3]

---

① Rina Tanaka, "A Jukebox Musical, or an 'Autro-Musical'? -Cultural Memeory in Localized Pop Music(al)," *I am from Austria* (2017).《西洋比較演劇研究》,2019(18), pp. 1-20.

② Charles D. Adamson, *Defining the Jukebox Musical Through a Historical Approach: From The Beggar's Opera to Nice Work If You Can Get It* (Texas: Texas Tech University, 2013), p. 30.

③ Sheldon Patinkin, *No Legs, No Jokes, No Chance: A History of the American Musical Theater*(Illinois: Northwestern University Press, 2008), p. 531.

　　大众是回应时代和社会的第一力量,大众更是国家和民族审美表达的记忆主体。点唱机音乐剧代表着大众需求,代表着公共审美的价值。我们往往看到,对音乐评论的专业圈子来说,批评大众审美趣味是很容易的。太多的时候,音乐剧总是与精英主义者联系在一起,大众不太容易接触到,更谈不上与音乐剧实践联系在一起。中国爱好旅行的观众早就知道,各大旅游景点推出的“印象系列”(如《云南印象》)和“又见”系列(如《又见平遥》),其中点唱机音乐剧的风格成分相当大,但并没有多少观众能意识到自己看的是一出音乐剧。他们更关心其中的剧情和演员的表演,以及景区宣传页所描绘的著名导演的幕后故事。音乐剧在支付高额票价的观众眼里反而从不被提起,甚至连留下“音乐剧”这个概念的机会也不曾有。笔者曾在2016年7月观看过《又见平遥》的大型现场视听表演节目,其中从头到尾贯穿的歌曲和旋律就是《桃花红,杏花白》这首山西民歌。然而,从头到尾的演唱都没有采用真正的中国民歌或山西民歌的演唱风格,而是用了删去了几乎所有“润腔”的流行歌曲唱法。时至撰写本文的当下,《又见平遥》的体裁、品类依然令人觉得模糊不清,无法辨认。留在笔者心中的一个问题是:中国普通大众对音乐剧有几分认知和了解?事实上,无论“印象”还是“又见”,在形式上都是一种点唱机音乐剧,它们吸引了更多观众,创造着全新的人人参与的现场感。大众文化的魅力故在于此:不论如何批评,它总有自己的轨迹和走向,评论家并不能完全为大众行使选择权。大众消费音乐时是不是在乎专家的意见?如何面对大众文化,是“屈服”还是“吸纳”?点唱机音乐剧无疑向专业音乐界提出了需要注意的重要问题。

六、点唱机音乐剧对音乐创作来说是挑战还是机遇?

　　如果说概念音乐剧是剧本音乐剧发展到一定阶段的自然演进,那么点唱机音乐剧就是对二者的折中处理，其受欢迎程度超出制作者预期，从百老汇至今依旧在推出这类音乐剧，便可看到其在当下的生命力。就目前来看，随着点唱机音乐剧的发展，音乐剧表现出一定的"剧将不剧"的趋势，对歌曲的重视超过对剧情的重视。剧本音乐剧和概念音乐剧始终保持的音乐至上、剧本至上的传统，因点唱机音乐剧而动摇。有人批评点唱机音乐剧不过是另一种形式的歌曲串烧，这种做法无疑是创作力退步的表现。

事实上，点唱机音乐剧不仅是创作者的个人反映，也是对当时社会经济气候和大众心理的回应。"作者的世界是固定不变的，而观众的世界是不断变化的。"①这提示音乐创作者在创作新作品时，除了考虑"再现"自己的主观动机以外，还需要进一步了解点唱机音乐剧的观众所迸发出来的需求或愿望。

从二十世纪五十年代到九十年代，点唱机音乐剧与百老汇舞台上的传统音乐剧之间的区别在于乐谱。马克·格兰特在《百老汇音乐剧的兴衰》一书中也声称，点唱机的概念并不是一个新概念，他们是在用自己的音乐排行榜创作音乐剧。② 在今天更是如此：点唱机音乐剧是围绕已经流行的歌曲制作的。一个剧本是围绕这些歌曲写的，而这些歌曲原本不是要放在一起的——点击量和流量是重要的筛选因素。

对于正统的音乐创作者来说，围绕已经流行的歌曲库制作音乐剧的过程简直不可思议，但对于现在的百老汇音乐剧制作人来说这司空见惯，其优势是很明显的。

首先，歌曲、电影等已经是众所周知的商品，拥有固定的受众基础。就像百老汇作曲家迈克尔·约翰·拉齐乌萨在他对歌剧新闻（Opera

---

① Bruce Kirle, *Unfinished Show Business: Broadway Musicals as Works-In-Progress* (Carbondale, Illinois: Southern Illinois University Press, 2005), p.34.

② Mark N Grant, *The Rise and Fall of the Broadway Musical* (Boston: Northeastern University Press, 2004), p.27.

News)中的点唱机现象的评论中所言,潜在的观众是很多的,许多歌迷买张票只是为了听歌曲,就像他们听演唱会,对剧情几乎不关心或根本不关心。① 布鲁斯·基尔支持拉齐乌萨在早期和当代音乐体裁中把情节(plot)作为次要关注点的概念:"歌曲通常与情节没有什么关系;它们不一定是人物的反映,但表达了表演者和词曲作者感到舒适的情感。"②布鲁斯·基尔相当支持点唱机和电影音乐剧流派,他认为:今天的音乐剧在艺术的流动性和形式的活力上,涉及从一切事物中借鉴。③

其次,对于任何音乐剧的表演来说,舞台并不只有演员和表演,还有大量的舞美设计,除了配合剧情需要而设置以外,更重要的功能在于让那些对剧情和演唱不感兴趣的观众的心思有安放之处。总而言之,要让观众认为票有所值。马克·格兰特认为,二十一世纪的百老汇已经回到了它轻浮的根源,放弃了"以文字作为戏剧性的基准,而以视觉饱和来取代"。④ 就算是《猫》这样的经典音乐剧,在大型声光电的舞台视觉刺激面前,公众的"耳朵和眼睛受到攻击,而大脑却麻木和麻醉"。格兰特将点唱机音乐剧称为"麦当劳音乐剧",并支持音乐剧回归非思维形式的概念:"你不能让人们在看画时,在他们的脸上闪烁着令人眼花缭乱的光,同时还能欣赏伟大的绘画。同样地,在剧院里用高分贝和抢耳的声音,所有的微妙都被消除了。这样的节目告诉我们,当代音乐剧是一种媒介,不是一种使人们难以置信的媒介,而是一种使人们无法思考的媒介。这是剧院的权力下放,与数百年的艺术实践背道而驰。"⑤

点唱机所代表的类似设备已经成为当今商业音乐生产流水线的一

① LaChuisa, Michael John, "The Great Grey Way," Opera News, August 2005.
② Bruce Kirle, *Unfinished Show Business: Broadway Musicals as Works-In-Progress* (Carbondale, Illinois: Southern Illinois University Press, 2005), p. 36.
③ Ibid., p. 76.
④ Mark N Grant, *The Rise and Fall of the Broadway Musical* (Boston: Northeastern University Press, 2004), p. 309.
⑤ Ibid.

部分推力。如今，迪士尼、卡梅隆、道奇等公司都是音乐剧的生产机器，他们对主题公园类的娱乐项目非常精通，其作品在视觉上令人叹为观止。尽管他们的良好意图和进一步发展音乐剧流派的说辞不容否定，然而，"这些组织并不鼓励个别创作者的艺术探索。他们不把编剧、词作家和音乐剧作曲家当作创造性的艺术家，而是把他们当作商品的提供者，为越来越呆板的观众提供商品"。① 创作者不再关心以往最关注的创新问题，自知创作在这里不过是简单加工和陈词滥调，而观众也本能地感知到这里的艺术都是虚假而表面化的，所以，这就需要更多的钱、更精心的噱头、更壮观的服装和华而不实的编曲来掩盖几近空洞的事业。② 这使得音乐剧制作的成本飙升。在讲究成本控制的事业中，提供创意的艺术家被先行"牺牲"，音乐剧的制作人一方面去满足观众的需求，但另一方面何尝不是在诱导他们忽略音乐剧的艺术性而全力刺激他们的感官体验呢？说得好听一点，这种制作机制不仅造就了天文数字般的生产成本，而且也影响了艺术形式本身——艺术越来越昂贵！为艺术而艺术，可能出师未捷身先死，目标永远是远方。其实，就人类实践的历史来看，艺术根本上起源于一分钱不花的人类的游戏天性。

　　点唱机音乐剧避开传统的路数，在人物、场景、剧情等方面的连接上几乎没有任何积极的尝试，有的只是将各种因素凑在一起。但谁能说音乐剧必须是一种"已完成"的"完整"的作品呢？音乐向来被认为是洞察社会变迁的预示器，是先驱者，因为社会在改变之前，变动已先铭刻于噪音之中。③ 音乐家用音乐来再现自己的主张，概念音乐剧在这方面无与伦比。然而，音乐剧与文旅行业交织在一起后，游客大老远赶过来，支付了高额的票价，怎么可能希望进入剧院跟随作曲家去思考一些严

---

① Mark N Grant, *The Rise and Fall of the Broadway Musical*(Boston: Northeastern University Press, 2004), p.308.

② Elizabeth Swados, *Listening Out Loud*(New York: Harper and Row, 1988), p.120.

③ 贾克·阿达利：《噪音：音乐的政治经济学》，宋素凤、翁桂堂译，郑州：河南大学出版社 2015 年版，第 16 页。

肃而深刻的主题?！点唱机音乐剧豪华的现场和画面感都间离了剧本音乐剧和概念音乐剧的叙事性和思想性。与其说点唱机音乐剧在迎合当代社会无脑无心而又愿意掏钱的观众,不如说它是这个纷繁社会甚至是杂乱无章的审美趣味的直接反映。远道而来的观众所需要的,不是发人深省的余味不绝,而是单纯而连续地被取悦;不是被深刻表演产生的思想震撼,而是令人欢快的感官振奋。然而,传统的音乐美学观仍大行其道,仿佛音乐不食人间烟火,听众无须购票入场,通过种种资本及象征资本(即符号资本,symbol capital)体制的运作,才能进入某一特定场所(如国家歌剧院),聆听引人入胜、令人如痴似醉的音乐①。显然,今天的听众和观众并不完全接受这种美学霸权。就这一点而言,点唱机音乐剧也该成为音乐创作的一种社会参照,艺术家从中可以探测一下自己所在社会的政治、经济、文化中的春江水暖,而不总是从历史脉络中寻找确认。

点唱机音乐剧把愿意花钱买票的观众和职业的音乐评论家并置起来。有些音乐剧受到评论家的追捧,但观众并不买账;有些"网红"音乐剧的演出十分平庸,但游客能持续多年去买票观看并在网上点赞。花了不菲票价的观众更愿意看"大场面、大制作",他们感叹目力所及之处的视觉刺激,但对听觉的收获不以为意,更不用说严肃的、脑力的、思想性的冲击了。点唱机音乐剧在此备受攻击,因为试图通过歌曲来实现角色的丰满度,实际上是一种妄想。而剧本音乐剧是以基于人物和情节为动机的歌曲推动剧情向前发展,而不是要求人物自发地唱起歌来。点唱机音乐剧正好本末倒置,这一点,也是批评家很难接受它的根本原因。

如果我们不必按照音乐剧的历史发展来看待点唱机音乐剧,只是把

---

① 廖炳惠:《导读:噪音或造音》,贾克·阿达利:《噪音:音乐的政治经济学》,宋素凤、翁桂堂译,郑州:河南大学出版社2015年版,第5页。

它当作当下音乐剧市场甚至大众音乐市场的一种风向标，那么，我们的观点大可退一步：音乐剧、歌剧本来就是歌曲的放大，与其说是开历史倒车，不如说是阶段性的返璞归真。而对于欣赏者来说，人声音乐的根本形式就是歌曲，点唱机音乐剧在传播和欣赏好歌方面所发挥的作用是不可低估的。不仅仅如此，在过去的几十年里，点唱机音乐剧已经形成了一个完整的独立的趋势，其种类包括小品文音乐剧（essay musical）、音乐会音乐剧（concert musical）、话剧音乐剧（drama musical）和集锦音乐剧（anthology musical）等，"百花齐放"成了一道独特景观。在很大程度上，故事是语义的，而只有让相应的表演风格及服装、布景、道具、音响、特效等众多手段共同发力，才有可能最大程度地接近当时的真相，再现具体场景的氛围。因此，点唱机音乐剧所展示的音乐历史图像，难道不是真正体现了"活过来"①（come-alive）一词的精义吗？

结　语

点唱机音乐剧作为一种在市场上备受欢迎而在学术界备受批判的音乐剧类型，为我们提供了一个反思过去与观照当下的机会。当代关于点唱机音乐剧的学术探究主要分布在表演研究领域，本文试图从社会经济学、音乐人类学的角度切入，提供一种与以往不同的理论化方法，以期帮助我们对点唱机音乐剧的认识和理解，也有利于中国音乐剧创作的发展。本文倾注相当笔墨回顾并分析了音乐剧的简要发展过程及大致分类，希望以点唱机音乐剧为聚焦点，在将之与剧本音乐剧和概

---

① Olga-Lisa Monde, "Jukebox-Musical: The State and Prospects," European Researcher, 2012(27), pp. 1277-1281.

念音乐剧进行比较的基础上，进入音乐剧的商品性、社会性和价值性等方面的宏观讨论。

回归音乐剧的黄金时代、回归音乐的古典时代都是不可能的，但这并不影响点唱机音乐剧成功跻身美国百老汇音乐剧生产模式之列。令音乐创作者感到庆幸的是，具有里程碑意义的点唱机音乐剧几乎都是由同时担任制作人的艺术家创作的，从而赋予作品不少艺术上的分量。① 尽管未曾做过严格统计，我们能否大胆推测，不论对市场价值还是对艺术价值来说，点唱机音乐剧的大受欢迎并未削弱传统音乐剧的分量？如果把点唱机音乐剧当作一种音乐剧类型的增量，那么它的最大贡献正在于让音乐剧变得更为多元化且更具亲和力。如果把点唱机音乐剧作为一种吸引大众走进音乐剧天地的入口，在是否有助于大众欣赏音乐剧这一问题尚未得到印证之前，我们是不是也可以认为它最大的作用是好歹让观众主动掏钱去体会和享受一种可以被称为“音乐剧”的艺术品种？这一点对于中国音乐剧的创作、传播、欣赏而言，意义格外突出。诚然，人们在生活中并不会自然而然地出产歌曲，但本文所研究的音乐生产机制是所有音乐剧生产的基本驱动力，在此基础上，我们还应当从歌曲在点唱机音乐剧中“如何有、何时有、为什么有”等方面加以进一步的考察。这些都是学术上需要解决的问题。

至此，通过从音乐的“重复”角度重新看待点唱机音乐剧带来的商品性、供需关系、创作与制作对调等方面的挑战，我们可以进一步拓展本文所研究的问题：如何将“点唱机音乐剧”的诸多特征应用到特定的音乐剧创作中，而不拘泥于某一剧目是不是属于某种特定的学术类型？点唱机音乐剧作为一种未曾通过严谨考量的学术类型尚在发展，但其艺术经验和商业业绩说明这是一种改进音乐剧创作与实践的有效方

---

① Charles D. Adamson, *Defining the Jukebox Musical Through a Historical Approach: From The Beggar's Opera to Nice Work If You Can Get It*(Texas：Texas Tech University, 2013), p. 31.

法。对于今天的中国音乐剧创作以及那些无点唱机音乐剧之名却有点唱机音乐剧之实的创作来说，它的借鉴价值和启发作用还是不容忽视的。

毕明辉　北京文艺评论家协会理事，中国音乐学院音乐学系主任、教授，中国音乐理论研究院院长。

坚持人民至上的新时代舞蹈创作观

金 浩

在党的二十大精神指引下,我们有了更多的文化底气和勇气,舞蹈艺术的实践须更加突出为人民而舞的本色,充分地体现人民性意涵,进而深耕细作,进入快速发展的新航道。文艺工作者一定要努力去适应、跟进和升华,而不只是简单地照搬和摹刻这个盛世图景,我们要知重负重再出发。

我们赞叹,进入新时代以来中国舞台剧、舞剧的产量在世界排行榜上是名列前茅的,如中央在京专业院团、北京地区等一些有影响力的业务团体每年都要推出一两部甚至更多的舞剧作品,推向国内外市场。舞蹈界国潮舞风、破壁出圈已成为文化热点现象,但我认为更重要的是精气贯注、始终坚持把人民至上的新时代舞蹈创作观作为我们前进和发展的航标。下面,我以近期北京上演的三部优秀剧作为例子进行说明。

2022 年 7 月 26 日至 7 月 28 日,国家大剧院与宁波市演艺集团联合制作的原创当代舞剧《冼星海》在京迎来第二轮成功首演,以舞蹈艺术的非凡魅力向"人民音乐家"致敬,让共产党员忘我奉献、永葆初心的英雄形象鲜活立于舞台之上,带领观众重新认识了一个未曾了解过的冼星海。现场观演那天北京下起了雨，我冒雨去看"海"——当代舞剧《冼星海》。艺术的力量在于震撼人的心灵，这是一部能够打动人心的好作品。该剧的创作突破了传统舞剧的固有模式，可谓是"出新而未出格"，它从情感出发，从情怀切入，以创新性、引领性的"音乐化交响叙事"结构再现了冼星海坎坷而壮丽的一生，以现代的、国际的舞蹈语汇展现其丰富强大的精神世界。

9月15日，第十三届中国艺术节闭幕式在河北雄安新区举行，闭幕式现场揭晓第十七届文华奖获奖名单。由北京市文旅局申报、北京演艺集团演出的舞剧《五星出东方》荣获文华大奖，中宣部第十六届精神文明建设"五个一工程"奖已入选作品正在公示阶段。2022年正月十六北京卫视有"大戏看北京"之舞剧《五星出东方》原创嘉宾访谈综艺秀，我作为嘉宾出席，大家都非常肯定这部"大戏"。该剧以我国新疆地区尼雅遗址出土的汉代护臂为起点，讲述了一段汉民族与西域各民族之间肝胆相照、生死与共的动人故事。被誉为二十世纪我国十大考古发现之一的"五星出东方利中国"护臂出土，其精美的五色纹样、寓意深远的图文应和、精湛的织锦技艺令世界瞩目，也由此引发了人们对汉代丝绸之路上国宝故事的浮想联翩。我们发现，《五星出东方》在舞段的编排上是极为用心的，其中《灯舞》《农乐》《锦绣》在流畅的舞动中散发出令人屏息的美。我想，《五星出东方》不仅是对国宝文物故事的抒怀与畅想，更是民族精神的舞蹈书写，故事里西域古国患难与共的民族兄弟，织就了一首相亲相爱的民族诗篇，以艺术形式赋能铸牢中华民族共同体意识。同时舞剧尝试着以文物讲述故事，更是在历史想象与艺术创作中向着传统文化的创造性转化与创新性发展迈进了一大步。

党的二十大胜利闭幕不久，习近平总书记带领新一届中共中央政治局常委专程前往陕西延安，重温革命战争时期党中央在延安的峥嵘岁月，缅怀老一辈革命家的丰功伟绩。这是一次值得纪念的历史行程，是一次与前辈跨越时空的对话,更是坚定理想信念面向未来的宣誓。

由国家大剧院与北京舞蹈学院联合出品的舞蹈诗剧《杨家岭的春天》作为首届"大戏看北京"展演季开幕演出,于11月5日正式登台国家大剧院戏剧场。本次展演季以"文艺展新姿、精品献人民"为主题,原创的《杨家岭的春天》响应习近平总书记的号召,以"人民至上"的创作导向为指引,生动再现杨家岭"鲁艺"的恢宏历史场面,表现杨家岭艺术家深刻的精神转型,热情讴歌杨家岭窑洞里那一簇"为人民服务"的艺术圣火。

据介绍,该剧的创作灵感来自富有延安"鲁艺"风格的木刻版画。它既有浑厚苍劲、明朗清晰的"刀木之味",又富含陕北乡土气息的别致韵味,"延安木刻"在人民群众中找到了文艺创作的意义所在,这是对"人民至上"的真理的深化和情感表达。木刻版画多以素墨为基础色调,且通过刀法的变化去塑造形象,钟情于木刻材质的肌理美感,因此在那个物资匮乏但精神富足的年代,艺术家以生动的笔触描绘出延安时期质朴而浪漫的生活与战斗场景,那些鲜活而深刻的人物和画面成为舞台创作的源泉。剧中的"艺术家"角色是作品表达的主体,他们从全国各地奔赴延安,融入火热的生活与革命实践,实现了思想的转变和精神的升华。他们全心全意地为人民服务,一笔一刀,刻肌刻骨,共同勾勒出生机盎然的"杨家岭的春天"。

整部诗剧以"厚土""破晓""永生"三个篇章为主要架构,三个篇章各有侧重,既"独立成章",又"相得益彰"。每一篇章都表现出了文艺工作者的思想转变,如同那"延安木刻"中的意境,线条硬朗简洁却感人至深。它以汉族民间舞样式、陕北风格音乐、木刻版画质感的舞美呈现,带领观众穿越时空重返延安。

业内人士常说,舞蹈编导三大件即"选材、立意、结构"缺一不可。该剧的编导认为动作素材的来源特别关键,所取材的陕北秧歌是非常有魅力的。就创作本身而论,需要发现一个特定的语境,聚焦木刻版画,从中找到舞蹈语言。编导张云峰谈到作品立意时,说自己从微观细节处着眼,"延安木刻"带给他关于"力"的创意瞬间,他感受艺术家手中的刻刀是如何把线条、画面雕琢出来的,然后再进行人物形象和环境景象的塑造。重要的是版画中的刻刀在使用过程中用力的"那一下",编导巧妙地把它作为一个创作动机固化下来,以"折"的动态手腕来演绎,与带有棱角、颗粒感的部分相互融合,直到"清晨抗旱舞"发挥到极致,在舞台视觉上营造一个远比现实"刻画"更为强劲的力学结构。只有让其呈现为物理学上"张力结构"的形态,才会让观众在感官上明显地接收到一种强有力的冲击。

剧名中的"春天"原义是勃发的生命力展示着宇宙自然运转变化中一段段特殊的时刻。而在艺术的世界里,杨家岭的"春天"则散发着神奇的魅力,引得无数文艺工作者在民族兴亡的呐喊声中,满怀赤诚奔赴革命圣地延安……自然之春有万物复苏、万象更新之景,易使艺术家沐身其中受到感染,而这些以笔为枪的文艺战士,所表现出的责任担当与忘我牺牲的壮举,同样使人感叹、钦佩、赞颂与憧憬。它寓意着思想的进步与信念更新如同自然之春一般充满了无限美好与希望。这些对"春天"生活的描绘再现了场景本身,舞者也善用身体工具来表达,因此就像万花筒般变幻出不同的质感与动作姿态来……观众能感受到动作的生动感,而这种生动感也跟"春天"这个题旨相契合。这种生动源于版画的"土味",甚至是雕塑、绘画带来的幻象。在确认动作编排风格时,专门选取了深受延安当地老百姓喜爱的汉族民间舞"陕北秧歌"的素材和审美形态来进行建构。

全剧一大特色就是具有历史的真实感,配以静态(版画)与动态(舞蹈)的相融,这是舞台化创作的理想境界。在这一静一动中,舞台上的演员获得了充分的表演空间,舞台下的观众也随景入境,激发出追溯历史的召唤力,成为舞台艺术表现力的一部分。这样一来,艺术形式的、观念的、手段的限制等反而变得无足轻重,创作的理念空间得以充分拓展,近乎"一比一"还原版画,使舞台上的"版画"元素得到了淋漓尽致的发挥,以动态舞姿让版画"流动"起来,此时"原创"的意义便凸现了。

该诗剧舞蹈动作编排巧妙、舞蹈语汇洗练,它从动律着眼,如"颤"——坐着板车的"颤颤"、扁担在肩的"颤悠"、耕田劳作的"颤膝"、亲人牺牲的"颤抖"等,动律间的相同与不同在微妙变化的创作手法中,更是被肢体表演完美地展现出来,为该剧平添了一份特别的舞台质感,给人以一种视觉与心灵的双重激荡。"舞蹈——是感觉得到的行走,或者更准确地说,是为了被感觉到而做出的行走。"全剧让我印象最深的就是那充满意味的"行走",它的动作设计看似"无意",却表露出编导的用意,登山步、十字步、小蹉步、跑跳步等特定步法,动作与动作之间连接得顺畅、紧密,细微的一举一动充分传递着舞者内心的思想情感,也具有肢体动作表意优先的旨趣。诚然,创演团队在艺术前沿上的"行走"所留下的精神的影像、情感的印迹,为"大戏看北京"增添了一道浓重的色彩。

著名编导家李毓珊曾说中国民族舞蹈创作要突出三要素,即"浓郁的民族风格、强烈的时代气息、鲜明的地域特色"。我相信,舞蹈诗剧《杨家岭的春天》都做到了。这样一部舞蹈诗剧用感性方式达到"及人、入人、感人和化人"的舞台形象塑造的效果,它是一次具有教育和鼓舞力量的观赏体验。其中第二篇章"皮影说理"和"民主豆选"段落给我留下了深刻印象,"文学家"(汪子涵饰演)参与了调解婚姻诉讼,在老百姓心中埋下民主观念的种子,也得到了文学创作的灵感。夜里,他的思绪在睡梦中幻化成一段"皮影舞",演员们迈着灯影步,伸脖端肩、甩臂提跨,相映成趣。而该剧的情感线索层层递进,讲述文艺工作者从格格不入到融入人民,最后不惜一切为人民勇敢奋战的心路历程。从"与人民在一起"到"一方父母官",最后为百姓牺牲,终将"人民至上"的信仰升华延展。尾声中那洁白的梨花飘落,掩住了殷红的鲜血,却掩不住春天即将到来的勃勃生机。

艺术的力量在于震撼人的心灵、净化人的灵魂,持久且耐人寻味。创作者把"版画"中的若干画面情节加以集中,把作品中的典型人物形象加以深化,形成迫切的自觉意志和贯穿性的肢体视觉空间。编导在经过择取的一个个有机联系的故事细节和场景中,形象而直观地将该剧的题旨告诉观众。这些细节似乎都展现出舞蹈诗剧《杨家岭的春天》创演团队的才思与意图。最后满台的红绸飘动,有助于意境、气氛、情势、高潮的渲染与促成。从人民中来、到人民中去、和人民在一起,"为人民而舞"的红绸正代表了共产主义信仰的传承和信念的永生,它将在新时代的"春天"里依然显出炽热的光芒!

"人民的乐谱"是星辰大海,是信念永恒;"石榴籽"是铸就各族人民情感的象征物,它代表了人民的心,籽粒饱满的它寓意着人民的心之所向;"延安木刻"刻画的是想人民之所想的情怀。要用情用力地领悟与契合人民心目中对优秀艺术作品的期盼。人民群众的口碑就是我们的金杯,文艺工作者将不负人民、不负时代、不负韶华,自觉践行人民至上的新时代舞蹈创作观。

金　浩　北京市文联签约评论家,中国艺术研究院舞蹈研究所研究员。

影像新时代,摄影的守望与嬗变

李树峰

2012 年后,新技术快速推进,使摄影实现了大众化、日常化,伴随"百年未有之大变局"的凸显和中华民族伟大复兴不断挺进而带来的历史意识的增强、艺术创新的呼唤,中国摄影艺术近三年的发展,体现为在守望本体与艺术嬗变两个方向上的努力和诉求。

一、影像与历史渐进视域融合

2018 年,全社会借助影像对改革开放四十年历史进行多层次、多方位、多角度的回顾,成为近三年以图证史、图史走向视域融合①的开端。

首先,是国家层面影像化的改革开放四十年历史记忆的建构,国家博物馆展出的"辉煌四十年——庆祝改革开放四十年大型展览"就是

---

① 张法:《20 世纪西方美学史》,北京:中国人民大学出版社 1990 年版,第 238–241 页。

明证和体现。这个展览以影像、图表、文字、言语和实物及模型等形式，建构起一个系统化的话语系统，与习近平总书记在庆祝改革开放四十周年大会上的讲话相呼应。在这个展览中，影像的运用极具代表性，充分发挥了摄影现场性、客观性的特征，用不可重复的历史瞬间印证了习近平总书记对改革开放的高度概括："一次伟大觉醒""一次伟大革命""重要法宝""关键一着"，并以令人信服的见证方式凸显历史进程中的节点细节。以此展为思想统领，全国各地、各行业都对本地区、本行业四十年的改革开放历史进行了影像化的回顾，所有这些，构成了"影像中的改革开放史"。

中国摄影业界在庆祝改革开放四十周年系列活动中，立足于"影像记忆"的梳理，大批纪实摄影家受邀出场或主动出场，在各种媒体上，以系列化的形式、专题性的内容，不断呈现中国社会这四十年的各个侧面，他们以自己特有的方位感、角度和时代意识，一方面重温走过的场景和道路、记忆中的人物与形象，另一方面从历史建构的角度，再次重温摄影的记录职责、影像的客观力量和摄影人的天职与任务。这其中，北京国际摄影周"时代与方位——中国当代摄影家作品展"特别在影像叙事中注重时间轴上日常生活现场的呈现，并试图在空间方面建立起摄影家的方位感。

2019 年，全社会在 2018 年借助影像对改革开放历史进行回顾的基础上，进一步把时间上溯回 1949 年，回望共和国七十年的历史。在习近平总书记在中华人民共和国成立七十周年庆祝大会上的讲话的引领下，"影像中的历史"和"历史中的影像"的交融引发人们对影像属性的进一步探究。中国摄影业界立足于历史梳理，请策展人和大批纪实摄影家出场，以系列化形式、专题内容，重温记忆中的人物与形象，从历史建构的角度，强调影像的客观力量。第十二届中国艺术节摄影展和北京国际摄影周的"影像：时间与记忆"主题展是其中的重要代表。

2019 年年末到 2020 年，新闻摄影仍在向前发展。面对抗击新冠疫情和脱贫攻坚两大主题,摄影记者拿出了优秀答卷。武汉封城期间,十余家中央媒体记者分几批奔赴一线,多角度去记录抗击新冠疫情的过程。中国摄影家协会派出摄影小分队,在一个多月的时间里,为当时在武汉各家医院的医护人员拍摄肖像,拍摄各种生活情态、各条生活保障战线上工作人员的劳动场面。卫生和健康系统宣传部门也组织了本系统全国范围的拍摄记录工作。湖北省摄协和武汉市的摄影人也组织起来,发挥近距离的优势,长时段、多方位拍摄了大量现场感强烈的作品。以上这些摄影人的努力,体现了特殊时期的担当精神。大众参与日常影像记录的广度和深度都进一步延伸了。最直接、最生动、现场感最强的影像常常来自在场的业余摄影爱好者。回顾一下,近年在网络上点击率最高和传播面最广的照片,大都是各行各业的影友拍摄的。

　　全国范围的脱贫攻坚战也如火如荼地进行着。全国各地的摄影组织,一方面记录抗击新冠疫情过程,一方面深入脱贫攻坚战一线,跟踪拍摄,有的以贫困户为线索,有的以扶贫干部为线索,有的以新农村建设为线索,展开观察和记录。不少地域摄影人,把该地的老照片与新影像进行同机位、同框比较,效果强烈。非常时期,有意识地运用影像建构集体记忆、民族记忆和国家记忆,这是历史的责任与使命。

　　将社会纪实影像加以梳理,涉及的学术话题很多,总的来看,涉及影像与时间的关系,影像与历史的相互嵌入和视域融合,社会纪实摄影的价值和当代延续,影像生成中的意识和无意识,指涉现实与虚拟现实,集体意识与个体意识,影像与记忆建构,影像与文本和传播等问题。这样的讨论和研究,对于推进摄影艺术的学术积累大有裨益。

　　影像与时间的关系是三年来摄影业界策展人和参与展览出版的纪实摄影家思考的中心点。大批从二十世纪四五十年代走过来而忽略身边现实的艺术主张者,面对众多摄影家这个时段同时拿出的系统化记录各个年代生活的照片而目瞪口呆。在内容有无的问题上,摄影家是"有胜于无"的绝对主张者。不管出于什么原因和目的,部分人坚持面对现实生活拍摄了四五十年，他们的影像作为"时间的遗址"，成为过去事物"曾在"①的证明，成为各个年代人们记忆的温床和追忆的引语。在大量类似影像中，一批文字说明全面而准确的影像还被运用到国家出版和发行的历史纪录片和历史文献中，成为话语体系和文字链中支撑性的力量。

面对来自不同方位的摄影家的影像，很少有人去比较摄影家的个人叙事风格，但有不少人不厌其烦地谈论影像与真实性的哲学关系。有人试图以哲学层面上的全称否定判断将这样的影像的价值一笔勾销；也有人试图用这样的静态默片来彻底复原历史现场，但由于其沉默而遗址般的晦涩而很难达到声情并茂的效果。这样的影像，是摆在摄影评论家、图片编辑和策展人面前的一个难题，它们是散碎的生活切片，同时散发着思想光芒；它们大多难以系统化地说明具体事物的发生发展过程，却铭刻着时间的划痕、积淀着生活的底色。在光刻和绵延的双重制约下，"过来人"能深深体悟其中透现出的中华民族砥砺前行的力量和生命存在的质感。海德格尔曾经说，艺术作品存在于"历史"和"物质"的缝隙和张力之间。我觉得这个判断可以运用于面对现实实拍得来的影像，这样的影像有说明性，连接着物化存在，也连接着主观认知；一方面它们有面对历史言说的成分，一方面又受制于电子的物理运动或胶片的化学变化。从摄影的本体属性来说，一个视点下的空间透视关系和具有整体感的主体选择，形成影像空间维度上的张力；有意识的画面营造与无意识的客观信息流露，形成美学和历史学的张力；而以瞬间的方式凝冻永恒，则体现了影像与生俱来的在时间维度上的第三种张力。

"历史"，实质上是关于历史的话语体系、文本、影片；而"物质"，指的是话语中所指涉的现实存在。无论"历史"多么完备，它与现实之间

---

① 罗兰·巴特：《明室》，北京：文化艺术出版社 2003 年版，第 135-140 页。

总有缝隙和不能接续之处。艺术,则能把这些缝隙和不能接续之处的感觉、体验,以情感与形式一体化的方式加以补充表述和呈现。"艺术和大规模视觉文化之间的区别逐渐淡化甚至消失。"①视觉文化的成果会融入历史,历史文献不会停留在文字和话语中,而是越来越多地靠影像与影像的说明和编辑来完成。影像与语言文字双重叙事中的对抗和融合是需要认真对待的技术问题,也是艺术问题。如果说历史是框架和主干,那么艺术常常体现为血肉和气息。所以,历史文本与文学、影像等文本互为语境。从各种摄影机构比较单一的宏大叙事到大众摄影进入平凡、微观的日常生活,进行活性流变式的观察,无疑是社会的进步。那些更接近百姓内心感受的影像化的个人生活史,仿佛古代的笔记小说、稗官野史,可以作为正史的补充。社会纪实摄影的价值就在于此。

此类影像的生产和传播,关乎现实、历史的描述和大众记忆的生成、建构。在当代中国形象的建构中,在人类命运共同体的书写中,影像的生产和传播,是很重要的环节。如何整理和编辑数不清的纪实性照片,如何让它们有序呈现,成为一个作品,言说一个故事,树立一个形象,有学术意义,也有实践意义。以编辑来说,新时代影像数量几何级数般增大,而立场和角度千差万别,所以在当下,如果让人们用影像述说过去,必然形成众声喧哗的广场效应,历史记忆会逐步演变为数字化的影像文件包,很难不被弄成无法清晰阐释的一摊碎片而失去主题。从这个意义上说,图像可证史,也可乱史。"在二十世纪的后半叶,我们便会面临一个悖论。一方面,录像及网络技术的时代,电子复制时代已经以前所未有的能力开发出视觉模拟和幻觉性的种种新形式。另一方面,对形象的惧怕,认为'形象的力量'最终甚至可能摧毁它们的创

---

① 克雷格·麦克丹尼尔:《当代艺术的主题——1980 年以后的视觉艺术》,匡骁译,南京:江苏美术出版社 2013 年版,第 42 页。

造者和操纵者，这一焦虑与形象制造本身一样历史悠久……图像转向的幻想，对一种完全被图像所主导的文化的幻想，现在已经成为全球范围内真实的技术可能，这已真的成为我们所处的这一历史时期所独有的悖论。"①

二、新时代影像的特征

人类社会正以加速度演化。黑格尔曾经预言散文化时代的到来和艺术的终结。海德格尔在二十世纪三十年代曾经说即将进入"世界图像时代"。马克思曾说"一切坚固的东西都烟消云散了，一切新形成的关系等不到固定下来就陈旧了"。② 不稳定性和不确定性将成为互联网和物联网贯通全球、新冠疫情发生后的世界常态。③

（一）影像的玻璃墙

2003 年，数码相机取代胶片相机占据市场产品主体地位。之后十余年里，数码相机快速普及。人类从凭借视听感官认识具体现实，转变为越来越借助于图像获取知识、了解事态。除了工作和交往的特定空间，人们都生活在网络世界里。在地铁、高铁的列车上，在广场、公园可以停下脚步的地方，在各种大小的房子里，到处都是看手机和 iPad 的

---

　　① 　W. J. T. 米歇尔：《图像转向》，参见《文化研究》第 3 辑，天津：天津社会科学出版社 2002 年版，第 16 页。

　　② 　马歇尔·伯曼：《一切坚固的东西都烟消云散了——现代性体验》，周宪、许钧译，北京：商务印书馆 2003 年版，第 122 页。

　　③ 　参见《中共中央关于制定国民经济和社会发展第十四个五年规划和二〇三五年远景目标的建议》第一部分第二段"我国发展环境面临深刻复杂变化"相关内容。

人,看的大多为图像。人们对自己所处的物理环境越来越没有感觉和记忆,沉浸在微信和抖音的世界里,自顾自地对着屏幕做出各种表情。如果你问一个从高铁下车的人,刚才身边坐着什么人,他(她)不是很清楚,充其量知道性别。在摄影家看来,摄影越来越成为一种全能方式,任何东西都可以确切地通过这种方式传达出来,任何记录和表达效果都可以通过这种方式达到。2013年微单的出现,使摄影实现了大众化和日常化。2018年后,手机摄影像素和功能跃升,人们更加依赖手机。手机逐步替代了人,成为信息与活动实体,现场自然光越来越多地让位于手机屏幕光,主体的人逐步空心化、肉身化。今后随着人工智能的发展,人在日常生活中会把越来越多对事物的分析决定权委托给越来越全面掌握着数据的手机。

人们拍摄一切的理由就在于消费影像的逻辑。正如苏珊·桑塔格所说的,人们制造影像并且消费影像,从而需要更多的影像。照相机和手机仿佛是一剂致病的药,越吃就越要多吃、快吃。速度消弭了认知的深度,从某种意义上说,影像也消费了现实。让·鲍德里亚曾说,现代社会正在无止境地生产出无原本的拟像文化,依靠电脑和人工智能的结构,以各种模式制造出比人的想象更有威力的想象产品。①

人类的认知、交往和沟通方式变了,存在方式就变了。我们一边生产和生活,一边用手机记录我们的生产和生活,于是出现两种人类:一个是物理世界中真实的人类,一个是影子世界中的人类。人类又似乎面对三个平行的世界:一个是现实世界,一个是文字和话语中描述的世界,一个是影子世界。这种变化,并非一个很普通的变化。这种变化,不但深刻地改变了世界,也深刻地改变了人类自己。影像不但是产品,也是思想;不但是记录性的信息,也是艺术作品;不但从属于我们,也左右着我们;不但是当前的现实,而且会形成视听化的人类历史教科

---

① 冯俊等:《后现代主义哲学讲演录》,北京:商务印书馆2000年版,第586页。

书。影像作为电子运动基础上的虚拟现实,渗透进时间和空间,严重影响着人们对现实世界的认识,是"第二现实",而人们越来越多地通过"第二现实"来传递信息和得出结论。影像,仿佛成为横亘在现实和人类之间的玻璃墙。

(二)影像与人类共同体

摄影从一种奢侈的手段——达官贵人的消遣或职业摄影工作者谋生的工具,变成今天这样随心所欲的行为,体现了人类社会的巨大进步。现在摄影呈现"全民狂欢"的景象,人人拍、时时拍、处处拍;每个人都可以生产图像,并下载图像,在网上传播,日夜不停!浸泡在图像的大海里,我们不出门而看天下,通过影像感知来认识这个世界。网络以平面的方式贮存、共享和无穷无尽地传播影像。一个现实世界,一个虚拟世界,"虚拟世界"介入现实空间,对现实进行阐发、复制或扭曲。这种现实空间和虚拟空间的对比、紧张和焦虑,人人都能体会到。"当摄影技术具有'一套公认的能够进行有效交流的符码'时,它的功能就像'语言'一样了。"①影像的编辑方式和操作体系似乎成为人类的第二语言,我们越来越依赖它们,又受其制约。个人的表述逻辑越来越多地被影像叙事逻辑所替代,思维深度越来越多地让位于观看速度。

影像的玻璃墙作为介质性的时空结构,因镜片及其组合的透射、折射、散射等的不同,出现了其内容与现实之间的不同,又因拍摄者的立场和文化观念的不同,在现实观念建构的过程中,近乎条件反射般影响着处于不同地理和社会位置上的公众。而编辑影像过程中的文化区隔

---

① 德波拉·切利:《艺术、历史、视觉、文化》,杨冰莹、梁舒涵等译,南京:江苏美术出版社2010年版,第188页。

可以再次强化影像内容和意义的不同指向。"影像时空"如何更加如实地说明和呈现"现实时空",是必须面对的问题。

在全球化逆流滋长的今天,物理联系在很多领域和层面都被阻隔了,但网络显得更加重要,人们对网络的依赖性更强了。穿越文字和语言的隔膜,剔除不同阶级和不同民族之间的偏见,打破经济、宗教和文化的阻隔,使"影像时空"还原"现实时空",促使不同国家和民族通过影像相互理解、减少对立,使人类更加紧密地联系在一起,建立起命运共同体,是我们需要共同为之努力的目标。

(三) 传播新特点

影像是一种介质,其传播形成个体化、直接性、旋涡状和波浪式等特点。近三年来,人类对第一现实的探索越来越多地运用影像手段,如对宇宙宏观世界、核物理学、生命科学的探索等。日常生活中,人们也越来越习惯于自拍和发送。从影像传播上看,微信、抖音、快手等网络平台的影像传播方面的特征,更加鲜明地显示出来。这些特征概括起来,有以下几点:

1. 发布者原子化,个体人的话语权获得爆炸式释放。抖音和快手,是这个方面的代表性平台。只要有网络在,一个偏僻山村的青年人,如果他的拍摄与众不同,就可能被关注,甚至成为网红。而一个事件不论在哪里发生,其参与者或在场者都可能把现场情况搬到网上,引发热议,形成舆论旋涡。世界在这个意义上从等级体系变成平等的网络世界了,各个国家的社会发展进程都因此而加快。

2. 发布者与终端对象直接互动,实时对话和对视。在地球上有网络的地方,哪怕相距再远,二者也仿佛就在身边。新冠疫情期间网络起到了全社会、全人类的组织和支撑的作用。实时视听的方式,使个体交流能够直接性实现,一个细密的电子网络地球和数字化地球正在生成。

3. 人们结成群落，聚合与分散多重流变。人越来越多地在网络上结群，现实中蜗居。这些群仿佛一个个你中有我、我中有你的部落，时聚时散、有大有小。影像充斥在各个群落中，一旦有爆炸性新闻，就会形成旋涡状的信息潮，点式爆破，群落内迅速形成涟漪圈，涟漪圈瞬间同时发送，使一个信息短时间内被以几何级数增长的人知晓，这是真正的信息爆炸。

4. 影像信息如海潮一般，呈波浪式淹没与替代。一个接一个信息点式爆破，形成影像海洋中的波浪。前一个波浪还没有到达岸边，就被后一个波浪淹没和替代。

5. 网络世界几近透明。无止无休的电子运动和思维、表达活动，在网络上，也在人心里发生作用，形成路径依赖。人一旦丢失手机，或被网络控制、被网络排除，瞬间就成了聋人、盲人，接近"社会性死亡"，肉身仍在，但日常活动陷入困境，恐惧感会笼罩着他。人运用电子网络世界，反过来却被电子网络世界左右。然而，这是一个回不去的、单向度的世界！技术一旦铺开，作为社会建构的基础，就得在既定的轨道上迅跑。

三、摄影艺术的守与望

摄影从时间的单向流逝中截取瞬间，同时框取出局部的现实空间，形成单帧的静态影像。二者是同时完成的，但从摄影者的思维活动过程看，二者要分别去操控和把握，并且相互关联和相互影响。在特定现场，改变曝光时间的设定，会影响光线入射镜头的光孔大小，进而影响景深——这直接关系到空间感觉的因素；同样地，改变镜头的光孔大小，即改变成像过程中的景深视域，必然连带改变曝光时间，进而导致运动着的现实事物的状态呈现产生变动,比如瞬间由短变长或者由长变短。由于每次拍摄都要考虑时间长短和景深问题,因此摄影过程也就是处理时空关系的过程。摄影思维的核心,是对事物发展过程中瞬间的选择和对事物整体中典型局部的选择。如何用瞬间状态代指事物变化过程,如何用局部代指事物整体,是摄影者追索的重点。

经过一百八十余年的演化和发展,摄影艺术已经形成技术性、现场性、客观性、瞬间性、机遇性和选择性这六大特征。随着新技术革命的发生,摄影艺术与其他影像方式的结合越来越多、越来越紧密。于是,摄影业界关于摄影艺术的本体发展和如何创新产生了很多疑问,形成了一些不得不回答的问题。

第一个问题是对静态摄影价值的质疑:在新时代,视听设备无处不在,全天候启动,从动态摄影中截取单幅很便捷,VR技术已经在普及,这些都已经代替静态摄影,传统的摄影艺术是否会消亡?它如何融入新时代的新形式?

回答是不会消亡,但会变革融汇。摄影,从来都以自身技术的革新和进步而不断重新定义自身。摄影诞生之初,成像依赖手工曝光控制技术,还须掌握显影过程,而最后的成像作为新奇的事物被人们看待。在摄影术逐步普及的前五十年里,由于价格、技术和工艺等原因,摄影是非常昂贵的消费,一般会用于某些被认为十分重要的事情,如达官贵人的肖像、重要社会事件的记录,等等。如此形成的影像,便成为时尚的一部分。在二十世纪的一百年里,从在大座机不方便移动的状态下取景到平视灵活移动取景,从玻璃湿版、干版曝光到120型、135型等型号的胶片曝光,从冲洗单片辑册赠人到印刷出版画册发行,总的趋势是在技术发展的道路上不断进行革新。总体上看,摄影作为一种记录方式和表达手段,在朝日常化、大众化不断迈进。

从成果形式上看,静态摄影在一百八十余年中的呈现方式,是不断在材质、色彩、版型等方面变化的悬挂式的单幅影像,不断在编辑方式上变化的成系列的画册形式,还有就是作为人文社会科学图书插图和新闻照片的影像。这种影像曾经发挥很大的认知和审美功能。比如,社会纪实摄影系列作品的画册,是我们了解、认知和体验某一地域、某一社会群体生活的直接而形象的形式,曾经被广泛传播,是引发社会高度关注的媒介形式;全球殖民主义时代的地理大发现,依靠摄影师的镜头、风景与地理地质结构特点的开掘,形成摄影作品来呈现,极大地促进了人类对地球全境的认知;历史人物,政治家、艺术家、企业家等人物肖像,还有民众生活的状态,都浮现和积淀在银盐颗粒堆积和折射的光线里……

这样的形式即使在今天也没有退出文化领域,还是作为静态影像的承载形式,在新闻出版、艺术创作、文化展演中时或出现。但是,这样的影像和媒介形式,已经很难占据文化形式的主体地位。"一时代有一时代之文学。"影像产品也是如此。1839年8月19日摄影术公布之后的一百八十余年里,在社会上流行、曾经作为时尚和占据主流地位的影像产品,依次是静态摄影、电影、电视、网络视频这几种形式,直至当下的影像形式。那么,传统静态影像的属性在当下社会文化构成中,有哪些变与不变呢?作为静态摄影的传统运用方式,其运用于记录功能的方面,技术性、客观性、现场性、瞬间性和选择性的特征与整体统一性不会改变;其运用于多媒体创造性功能的方面,如作为元素、绘画与广告设计的结合、作为视觉素材与影视制作片的结合、作为影像碎片与AR技术的结合,虽然客观性和整体性都不可追寻,但选择性、瞬间性和现场性依然存在。从技术体系的原理和内核看,自摄影术发明以来建立起来的以透视为核心的视觉主体统一性并没有变,以视听双重感觉为通道的电影和电视的叙事功能比无声的静态摄影确实强大多了,但是由静态摄影最初建立的透视法和观看方式并没有变,即使虚拟技术与现实透视多重叠加,即使"造像"越来越多地呈现于艺术领域,摄影所追求的视觉规制还是如此。从某种意义上讲,相机就是时空转换机器。摄影就是把物理时空结构转换为透视关系中可以理解的影像时空。无论虚拟与现实的叠加多么复杂,静态摄影所确立的这种时空转换关系也没有变化。

那么,在人们越来越多地拍摄视频,艺术创作越来越融合更多媒介的情况下,静态摄影的价值还能保留多少呢?我们说,静态摄影仍然不会被取代,因为静态影像依然具有独特作用。比如,像素更高、解析力更强大,其认知作用在科学领域不断深化运用,其时空可体验性在艺术方面也时常被强调和运用;特殊要求下灵活多变的机位移动、让时间停下来从而对瞬间进行萃取的功能,仍然在许多领域被使用,在艺术领域也颇有作用;为了对事物内部结构、层次加以分析和呈现而进行"大写"式的拍摄;等等。所以,随着技术的发展,静态摄影存在与其他形式融合的问题,而不是消失和失去效用的问题。在依靠光、运用光来识别、记录和构成影像、创造影像的物理属性上,无论静态还是动态,虚拟还是现实,都是一致的,在物理形态上,影像是光量子的运动。这是这几种影像能够深度融合的根本原因,技术的创新可以丰富和拓展影像的范畴,但离开了光,一切都荡然无存。

第二个问题是,风光摄影在后期随意合成的情况下,是否失去了审美价值,无路可走?对这个问题的回答,逻辑上很简单,合成的虚拟现实当然不能与实拍影像合并。但风光摄影的今后之路,确需深入反思和考量。

首先是风景与生态摄影的变化。改革开放四十年,摄影在中国旅游大开发中发挥了不可替代的作用,许多影像作品与一个地方的山水名胜形成了认知上的对应关系,如九寨沟、张家界、喀纳斯、元阳梯田、坝上、额济纳旗、雪乡等地方,都有相应的一批摄影家的努力在其中,形成了立体化地呈现西部风景的大合奏。其次是,新世纪以来,"中国人看世界"形成风潮,很多摄影人拿回了关于一个个国度、一个个地域的成套作品,如南北极、南亚、非洲、南美洲这样的地域,中国摄影人的作品结集成几千册了。新世纪后，读者和摄影人不再满足于现状，推出了一批被称为"景观摄影"的作品。这类摄影作品的主要特征，一是把镜头对准环境恶化的现实；二是多采用类型学方法，发现和摄取同类现象；三是采用异质同构的空间并置呈现方式。还有微观和航拍两极的摄影，都有人形成了作品系列。

从人数上看，中国大多数摄影人追求诗情画意，很少有地质学、建筑学、遗产学上的探究目的。他们只想找个地方拍出心中愿景，对于眼前的现实究竟属于什么性质、具有什么特点，并不关心。在西方摄影史上，风景摄影与殖民主义扩张过程中的探险和全球普查共生。摄影首先是地理探索活动，有很强的占有目的和学术目的，并不单纯是艺术创作。只不过日久天长，积累多了，在浩如烟海的影像库中，选出了一小部分艺术性强的作品，出版画册，做展览。而这些画册和展览一到中国，就被纳入艺术范畴，成为喜欢拍摄诗情画意照片的人学习和模仿的对象。大家不了解地理摄影的形成和发展过程，只拿这些美景照片作典范，于是乎，仿佛全世界的人都一样，摄影就是专拍愿景，不顾对现实的探究。

传统风景摄影是极具民族性和感性的，带着景由心生的特点；而当代中国的所谓景观摄影从西方的"景观"概念出发，在这个概念的引领下，寻找现实对应物。这在很多时候又不由自主地陷入了摆弄形式感的怪圈，使我们对眼前的客观现实熟视无睹。在中国由传统农业社会向工业化社会转型的过程中，在中国文化与世界文化碰撞、融合的过程中，民族性越强的艺术遭受的冲击越大，同时带给世界的原创元素越多。这就是郎静山的"集锦摄影"在世界上获奖的主要原因。而在另一个维度上，从西方移植过来的"景观"概念也会带给我们具有强烈现实意义的反思和启发。中国社会已经不可避免地具备"现代性"的某些特点。无视这一点，沉浸在士大夫般对愿景的追寻和拍摄里，自命这就是现代化，就是走向了世界的民族化，恐怕属于精神自慰；同时，以为凭借移植概念就能使中国大众认同你的作品,没有血肉,没有体温,也等于痴人说梦。

不管是风光摄影还是风景摄影,不管采用什么影像手段,核心是人与自然之间的关系。传统文化中"天人合一""物我无间"所达到的或混茫或澄明的境界,是主客观交融的精神境界,而非现实世界;是"澄怀观道"的心灵感应,我们可以在无为的状态里体验,却无法将其当作现实。人类文明进化到今天,在主客观严重对立,在按照"人择原理"将地球改造得面目全非的情况下,人与自然的关系究竟是怎样的呢?我们需要一种怎样的与大自然的关系呢? 是维持对客观现实视而不见的心灵感应,还是睁大了眼看,用超越极限的影像手段加以呈现? 人在改造客观世界的同时改造自身,我们的自身又出现了何等变迁呢?

从风景摄影中的观看方式来分析,借用《诗经》的分类,大场景的自然风光作品作为对自然的仰慕与礼赞,常常属于宏大叙事——"颂"的类型;而专题性、个人化的与自然的亲切对话,体现为中景与小品及其系列——属于"雅"的类型;随机性、邂逅式的直接采集,属于散片——应该纳入"风"的类型。而类型化的提炼与拍摄,体现对人工建筑的破坏,其中存在某种批判——应该属于"思"的类型。在人与自然的关系上,若恐惧、热爱和崇拜自然,拍摄中容易走上礼赞道路;抱着蔑视、掠夺和消费的态度面对自然和生态,拍摄中容易拿动植物、山水等当作艺术资源和道具,为了所谓"美"违背生活逻辑随意处理和更改;只有怀着与绿树青山共存、共活、共荣的理念,在拍摄中才能够认真对待自然,才能拍摄出与新时代合拍的新风景。

第三个问题是,社会纪实摄影是否已经过时? 在艺术发展史上,诞生过很多创作方法,如文学中近代以来的浪漫主义与批判现实主义、现代主义与后现代主义,美术史上的古典主义、现实主义、印象派、后印象派、现代主义、立体主义、达达主义等。摄影艺术中也有很多流派,有高艺术摄影、分离派、直接摄影,最后在二十世纪二十年代后形成了一个社会纪实摄影的类型。这个类型的摄影以发现和跟踪拍摄社会问题为特征，在摄影史和社会发展史上起到很大作用。其主张和观点与批判现实主义文学和现实主义美术相近，实质上是社会调查报告。这个类型有很多代表性摄影家。撇开新闻报道摄影中的披露问题的作品，中国的社会纪实摄影思想自觉发生在二十世纪八十年代后。三十余年来诞生了一批重要的摄影家。但近年来有人反复声称，这样的摄影已经过时，失去价值。这样的观点，不免失之偏颇和轻率。因为从艺术手法的创新性来说，它确实已经定型，很难突破。但是，我们不能局限于艺术方法看问题，而要立足于社会文化的大范畴看问题，只要它仍在发现问题，能起到改进某群体或某地域的生活、推动社会进步的作用，就不能判定其失去了价值。

还有的人以近年来很多高等学校摄影专业的学生众声喧哗地去创作当代影像艺术作品而很少再去做纪实摄影，来论证社会纪实摄影的过时。这种论证方法也是站不住脚的。青年一代少做社会纪实摄影，倒不是像他们所声称的那样，纪实摄影过时了，而是因为在学时四年、条件有限的状态下，很难深入生活，很难如前辈那样跟踪拍摄和积累专题几十年。而没有时间的积淀和像锥子一样切入现实问题的系统工作，很难产生有分量的作品。总体而言，作为一种艺术创作方法，纪实摄影确实不新，但其所记录和反映的内容永远应该是新的，一个摄影者伸出的视听触角所能到达的边界可以是新的。

第四个问题是当代摄影艺术创新的着力点。要沿着"摄影式观看"的本体属性，在观看方式上创新。在绘画和诗越来越倾向于描绘和表述主观感受的时候，摄影仍在利用其特殊性，努力建立与现实的关联。在这个方面，可以在内容的虚与实、表与里、寻常与不寻常、大与小、软与硬、新与旧、变与不变等方面形成思想张力，做内涵式突破。例如，近年来有在直接摄影的方法上继续推进实验的人，如杨剑川做影像山水的实验，探索影像化的色彩构成；李刚用直接摄影的方式，提炼马的意象和系列纯形式,尝试用影像建立"马"的个性化概念;陈大志在水墨山水的基础上进行影像化的笔触实验,获得很大进展;王昆峰利用超高像素视觉机器和堆栈方式对国色牡丹进行细节开掘和诗性展开;等等。这些都是直接摄影手法的拓展,还都是利用光,切入物性,构成有新意的专题。

"后现代主义所要强调的是对影像的建构、打造、摆设或捏造。艺术家对画面早已了然于胸。建构摄影所包括的内容有摄影蒙太奇、影像文本、幻灯装置艺术,以及来自土地艺术的照片。"①在观念和手法的结合上,有的摄影家用数字技术进行超现实意境的营造和观念性展开;有的进行导演,模拟戏剧化的现场;有的在古典工艺的使用中出新;有的进行装置的现场制作然后拍摄观念作品;等等。需要注意的是,二十世纪八十年代以来,艺术的主题,如身体、身份、时间、场域等,是西方艺术家关于西方当下现实所作出的反映。在他们的视野中,并没有把中国和亚洲的现实当成审视和观照对象。中国的艺术家按照西方的艺术主题,在中国做类似或模仿性的实验,其意义和价值存疑。因为中国当下的民族复兴现实和现代化道路具有自身特色。西方的主题,并不是中国的主题。这样的错位,属于明显的逻辑错误。"中学为体,西学为用"这个原则,仍需要遵守。即使是摄影艺术这样的舶来品,也已经经过百年以上的本土化,形成了自己的道路。

面对新时代的需要,摄影艺术不但要满足人民群众的需要,还要在增强人民的精神力量上下功夫。以影像方式如何增强人民的精神力量?首先要多方位、多角度、立体化地挖掘和展示山河之美、历史之厚、人民之善,以增加文化自信;其次,要利用摄影的客观性、现场性深入反映和呈现中国社会进步的需要,在宏观道路和微观情感的结合点上找

---

① 利兹·威尔斯等:《摄影批判导论》(第4版),傅琨、左洁译,北京:人民邮电出版社2012年版,第304页。

到文化母题；最后，要以摄影的发现、开掘和"大写"能力从自然与人的演化和相互适应的历史中寻找中华文化的基因，为人类文化多样化共存、文明互鉴提供资源。

就当下的摄影艺术而言，我们要在科技所拓展的视域融合里，用光的力量更深地切入物性，在物性与艺术性之间，做创新探索，在社会思想的激变中找到视觉创新的表达方式。

要不断拓宽摄影艺术的视觉维度，在光明与黑暗的搏斗中，用光明照亮黑暗；在时间与空间的结构中，体验时空转换的角度与路径；在速度与深度的对抗中，找到历史和思想厚度；在线索与方位的追寻中，体现系统性；在有与无的取舍里，选择实时拍摄的担当；于在与不在的关系里，选择适时在场。此外，还有个人与群体、意识与存在的关系。当下，人与机器、人心与软件、效率与程序、管理与自由、病毒与生命，等等，都是要思考、表现的维度和对立极性。维度拓展方向，极性撑开思想空间。总之，从这些二元对立中逃逸、奋争、挣脱的过程，需要艺术化、视觉化的呈现。

总之，摄影是无边界的艺术，具有无限拓展的空间，其内涵和外延与技术同步前行。

李树峰 中国文艺评论家协会副主席，中国艺术研究院副院长兼研究生院院长、摄影艺术研究所所长、研究员。

把竹子种在 5G 的时代

——谈谈中国画的危机与未来

吴洪亮

"把竹子种在 5G 的时代",源自诗人西川近期创作的一首诗《梦想着灵魂飞扬的文字》。西川讲的虽然是另一件事,但"竹子"与"5G 时代",正好契合我最近研究中国画时所想的问题,这里姑且借用这句诗,来讨论数字时代背景下中国画面临的挑战。

竹子在中国的文化体系中具有非常特殊的寓意和价值,它代表的虚心、气节和柔性的力量其实很像中国人,正如辜鸿铭在《中国人的精神》里所讲:"中国人的精神第一个就是温良(gentle),温良并不是天性软弱,也不是脆弱屈服,而是没有强硬、苛刻、粗鲁和暴力。"中国画的性格很像中国人的性格,中国画生发性的创作方式更像竹子,故而以竹为喻颇为恰切。东晋书法家王徽之酷爱竹,哪怕暂时寄居别人的空宅也要种上竹子,而今天我们因为太爱中国画,也希望继续把它种到如今生活的"5G 时代",希望在这个被人工智能、物联网、云计算、区块链等诸多新技术包围的时代,为古老的中国画找到新的可能性。当然,希望与现实总是有距离的。我们常常听到的却是关于当下中国画"危机"的讨论。

　　讲到"危机",要历史地看。中国画在发展历程中,其实有多次变革。二十世纪以来,中国画就曾经历过数次重大变革。从康有为提出"中国近世之画衰败极矣",到中华人民共和国成立以后中国画一度不能列入美院的教学体系,直至二十世纪八十年代关于中国画"穷途末路"的讨论……好像每隔一段时间,中国画就会在新的社会条件下出现紧迫的危机感,然而历经波折,中国画依旧安然。这样的"韧性"一定有某些深层的核心能量在支撑。首先,在理念上中国画自有其恒定性。美学家朱良志说:"中国艺术具有一种普遍的'好古'气息。"这种"古"不是为了复古,而是无古无今,是"要通过此在和往古的转换而超越时间,它体现的是中国艺术家对永恒感的思考"。从这个角度讲,对永恒的追求可以消解短期内剧烈变化带来的影响,从而进入一个相对恒定的追求系统,寻找不同阶段内不同的表达。其次,中国画一直有重要的艺术家在特殊的时刻以变求通。徐悲鸿借西方写实造型手法进行中国画改良,增强了中国画的造型能力,解决了艺术反映社会生活、表现人民群众的时代需求。林风眠将西方的现代艺术与中国水墨的境界以及民间文化的风格相融合,创造出神韵、技巧、真实与装饰相统一的画作。他们将不同形式与流派的西方艺术之花结合到本民族的绘画语言上来,收获了丰硕的果实。诚如习近平总书记 2014 年《在文艺工作座谈会上的讲话》中谈到的,"社会主义文艺要繁荣发展起来,必须认真学习借鉴世界各国人民创造的优秀文艺。只有坚持洋为中用、开拓创新,做到中西合璧、融会贯通,我国文艺才能更好发展繁荣起来"。在这个全球化无可逆转的时代,我们更应该吸收多维度的营养,将它注入中国画的血液之中,使其在新时代更具有鲜活而旺盛的生命力。

　　当 5G 时代来临,通信技术的飞速进步带动了全球经济、政治、文化、艺术之间的密切往来,也为中国文化未来的发展提供了无限可能。艺术家将会拥有更多的创作、传播渠道与展示平台。科技对于中国画,不应是敌人,科技也在创造新的机缘。比如在传统的物理空间展览里展出中国的手卷,囿于空间长度的限制,题跋部分常常无法展开。我们北京画院美术馆曾做过一个数字美术馆的展览,利用网络平台将观众很少有机会看到的陆俨少作品的题跋全部展示出来。还有很难见到的《清明上河图》《千里江山图》等,通过数字传播,大家都可以很容易地将图放大很多倍去观察自己想了解的细节。在筹备2008年奥运会开幕式时,组委会曾多次到北京画院观摩齐白石的作品,讨论山水画概念。开幕表演中徐徐展开的画轴,巨幅电子屏幕上的山水画,舞者用身体划动的线条,都是中国画的延展。综合材料、观念艺术、数字与新媒体技术等,让中国画摆脱技法的限制,摆脱语言的限制,摆脱场馆的限制,站在大的文化场域里和国际对话。只要符合中国画的内在精神,符合中国文化的内在精神,就是中国画的意象与表达。如前所述,中国画是中国人对中国哲学、历史、造化以及外物的理解和表达,追求的是"内美",是"心源",是永恒。从接受美学的角度来看,这样的艺术形式虽不一定是简单的、逻辑化的科学,但一定能触碰到人类内心中相通的、共情的部分,这是我们如今探寻让中国画走向更广阔舞台时所需要重视的。我们需要借助中国画独有的文化符号,体现人类内心的共知与共情,在传播上打破地域和国界的藩篱,给予中国画新的舞台。

在创作上,中国画需要有新的发展,需要有在数字平台乃至在元宇宙中的新表现。首先,我们要认识到,今天艺术的创作主体在发生变化。作者将从以个体艺术家为主,转换为以群体、团队为主,甚至加入人工智能。"AI对美的认识"也可能改变我们创作的手法,这将远远超越毛笔与宣纸。如今,科技上"把细胞当作墨水,用3D打印机制作内脏",以AI为笔在纷繁的虚拟世界进行创作,已不是神话。艺术的创作不止于造型与色彩,恐怕还涉及嗅觉、触觉等多维领域。在这样的背景下,对中国画价值内核的研究至关重要,如"以白当黑""迁想妙得"的理念如何在新的场景下发挥其精神与形象的优长,这正是艺术家要大胆践行的。所以,今天对艺术家的要求恐怕也发生了变化。科技不是他者，不是艺术的对立面，对于中国画而言更不是一种否定，而是生命的延续，甚至是迭代与升级。所谓"食者化其身"，新一代的艺术家不仅要吸收中国画的内核与新知，而且要"化"于身体与思想，再融于创作，不断创新。这才是对中国画创作的真正升维。

　　总之，中国画在新时代的传承与发展需要秉承开放的姿态，迈开与时俱进的步伐，走出自身的舒适圈，这样才有可能把中国画这支翠竹好好地种在 5G 时代、6G 时代，乃至未来。

吴洪亮　北京美术家协会副主席，北京画院院长。

三山万户巷盘曲，百桥千街水纵横

——《康熙南巡图》第九卷中的浙江

吕　晓

　　《康熙南巡图》（以下简称"《南巡图》"）是表现康熙皇帝1689年第二次南巡盛况的历史图卷，共十二卷，总长超过两百米。1690年，王翚应宋骏业之邀北上京师，率领弟子历时六年绘成这一鸿篇巨制，名动京师。该画是我国第一套以长卷形式表现皇帝巡游的历史长卷，画中所绘人物万余个，牛、马、犬、羊等各类牲畜数千，江河山川、城池衙署、商铺街巷应有尽有。《南巡图》后来珍藏于景山寿皇殿。光绪二十六年七月二十日（1900年8月14日），"八国联军"攻占了北京城，法军司令弗雷少将将司令部设在寿皇殿正殿之中，并大肆洗劫殿中珍宝。《南巡图》部分被盗运到法国，其中第二、四卷现藏于法国吉美博物馆，第六卷被盗回法国后分割成七段，在一个家族中流传。从二十世纪八十年代开始，第六卷陆续出现在拍卖会中，经过多次拍卖，现在分藏在两位藏家手中，2020年曾在香港苏富比拍卖公司合璧展出。第三卷现藏于美国大都会博物馆。第七卷曾由一位丹麦私人收藏家收藏，二十余年前转手给一位加拿大收藏家，现藏于加拿大阿尔伯塔大学。剩余的第一、九、十、十一、十二卷珍藏于北京故宫博物院。遗憾的是，描绘扬州的第五卷和描绘杭州的第八卷再也未曾露面。我们只能通过第九卷领略康熙在浙江的巡幸之旅。

　　康熙二十八年（1689）二月九日，康熙南巡到达杭州，相关活动在《康熙起居注》中未有明确记载，因此，我们无法推断散佚的第八卷的具体内容。十一日，康熙决定祭拜大禹陵，并谕扈从部院诸大臣曰："朕稽古省方，咨求治理，阅视河道，期底平成，凡有利于民生，必令沾夫实惠。兹行次浙省，禹陵在望，念大禹功德隆盛，万世永赖，应行亲诣，以展企慕之忱。其致祭典礼，所司即察例举行。"①礼部官员查康熙二十三年（1684）康熙第一次南巡到南京时，是遣官致祭明太祖朱元璋的孝陵后，皇帝再亲诣奠酒，认为此次也应依例行事。但康熙提出要亲自致祭，并亲撰祭文，其文曰：

　　惟王精一传心，俭勤式训。道由天锡，启皇极之图畴。功在民生，定中邦之井牧。四载昔劳胼胝，永赖平成。九叙早着谋谟，惟歌府事。行其无间，德远益新。朕省东南，道经吴越，睹长江之浩渺，心切溯洄；瞻高巘之嵯峨，企深仰止。幸矣！松楸伊迩，俨然律度可亲。特荐馨香，躬修祀事，惟祈灵爽，尚克来歆。②

足见康熙对于祭拜大禹陵的重视。同时他又谕礼部曰："祭以敬为主。禹陵僻处荒村，恐致亵慢，凡供献粢盛、礼仪诸事，着都御史马齐与席尔达同往省视。"

　　十三日，康熙乘御舟自杭州启行，渡过钱塘江，从西兴入浙东运河，经萧山至绍兴，当晚驻跸绍兴府会稽山之麓。次日黎明，康熙诣禹陵，"至外门前，步行入。率扈从王、内大臣、侍卫、部院大小官员行三跪九

①　徐尚定标点：《康熙起居注》（第四册），北京：东方出版社2014年版，第113页。
②　同上书，第214页。

叩礼,读祝文致祭。祭毕,上登窆石亭,留览良久"。感慨万千之余,康熙挥毫写下了《谒大禹庙》和《禹陵颂》两首诗:

谒大禹庙

古庙青山下,登临晓霭中。梅梁存旧迹,金简纪神功。

九载随刊力,千年统绪崇。兹来荐蘩藻,瞻对率群工。

禹陵颂

下民其咨,圣人乃生。危微精一,允执相承。

克勤克俭,不伐不矜。随山刊木,地平天成。

九州始辩,万世永宁。六府三事,政教修明。

会稽巨镇,五岳媲灵。兹惟其藏,陵谷式经。

百神守护,松柏郁贞。仰止高山,时切景行。

意犹未尽,康熙还题匾"地平天成"一块,并书楹联一副:"江淮河汉思明德,精一危微见道心。"表达了对大禹的敬钦仰慕之情。是日即回銮,当晚驻跸萧山县西兴镇。十六日又令地方官修葺禹陵、增加守祀之人,并赐银二百两给守祀之人。

康熙祭拜大禹陵的巡幸路线正好经过浙东运河①从起点西兴到绍兴的一段,两天的行程被画家记录在《南巡图》第九卷中。画卷为绢本

---

① 浙东运河又名杭甬运河,是中国浙江省境内的一条运河,西起杭州市滨江区西兴街道,跨曹娥江,经过绍兴市,东至宁波市甬江入海口,与海上丝绸之路相连,全长239千米。浙江南部多山,地势南高北低,虽河流众多,但多为南北走向,浙东运河的走向基本为东西走向,沟通了条条河流。最初开凿的部分为位于绍兴市境内的山阴故水道,始建于春秋时期。西晋时,会稽内史贺循主持开挖西兴运河,此后与曹娥江以东运河形成西起钱塘江,东到东海的完整运河。南宋建都临安,浙东运河成为当时重要的航运河道。元代至清代,浙东运河重要性有所下降,但仍然保持畅通。2014年与京杭大运河和隋唐大运河一起列入世界遗产名录。浙东运河杭州萧山-绍兴段主要包括如今的西兴运河、绍兴城内运河、绍兴护城河、山阴故水道等河段,全长约90千米。

设色,纵 67. 8 厘米,横 2 227. 5 厘米,包首题签:"康熙南巡图第九卷,渡钱塘江抵绍兴府,躬祀禹陵。"卷前题(图一):

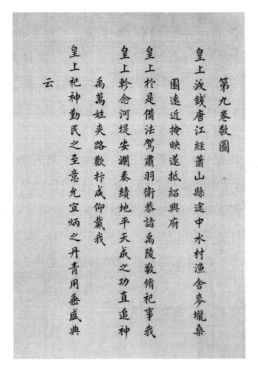

图一　清　王翚等绘　《康熙南巡图》卷九
钱塘江至绍兴段卷首题跋　绢本设色　故宫博物院藏

　　第九卷敬图:皇上渡钱塘江,经萧山县,途中水村渔舍,麦垄桑园,远近掩映,遂抵绍兴府。皇上于是备法驾肃羽卫恭诣禹陵,敬修祀事。我皇上轸念河堤安澜,奏绩地平天成之功,直追神禹。万姓夹路欢扑,咸仰戴我皇上祀神勤民之至意。允宜炳之丹青,用垂盛典云。

作为上古时代的治水英雄,中国第一个王朝夏朝的开国之君大禹被后人尊为"立国之祖"。明太祖洪武年间,大禹陵就被钦定为全国该祭的三十六座王陵之一。康熙此次南巡的重要目的之一是视察黄淮水患治理工程,以祭拜治水英雄大禹为巡视的南行终点,无疑具有重要意义。将此盛事绘之以图,正可体现康熙"轸念河堤安澜,奏绩地平天成之功,直追神禹"的功绩。康熙出现在禹陵前,"万姓夹路欢扑",尽现"祀神勤民之至意"。画面中标识的地点有:茶亭、西兴关、西兴驿、萧山县、柯桥镇、绍兴府、校场、府山、望越亭、镇东阁、大禹庙、窆石亭、大禹陵。笔者还发现了一套已经失传的第九卷稿本的照片,与正本在构图造景和人物场景布置上存在极大差异。

为了深入直观地研究画卷表现的内容,笔者近期赴杭州、绍兴考察,沿浙东运河重走康熙南巡之路。虽然随着社会经济的发展,城市和乡村面貌发生了翻天覆地的变化,但基本方位和局部面貌仍有所保留,特别是绍兴老城区格局和一些古迹保存相对完好,实景与画卷的对比,有利于我们理解当时的画家是如何描绘长达百余里的风景名胜与风俗民情的。下面我们将随着展开的画卷,来领略沿途的美景与民俗,并探寻正本与稿本之间的差异及其原因。

一、西兴

画卷从宽阔的钱塘江开始描绘,正值初春,江岸垂柳吐绿,江水浩荡,风平浪静,南巡队伍的五艘雕梁画栋的御舟在数十艘大小船只的簇拥下,驶抵钱塘江南岸。由于钱塘江水道不断北移收缩,南岸泥沙沉积,近岸处江水较浅,小舟落帆可靠岸,吃水较深的大船只能停泊在近岸处,船中物品由民夫肩扛手抬,或由牛车拉上岸,随行人员也由当地民夫涉水背上岸,马匹则被驱赶着涉水上岸。人马上岸后,再进行集中整理。有趣的是,岸边还立有不少石桩,供落轿歇息之用。(图二)

图二　清　王翚等绘　《康熙南巡图》卷九　钱塘江至绍兴段局部·过钱塘江　绢本设色　故宫博物院藏

上岸前行,出现一座城门,门洞结彩,上书"西兴关"。进入城关后就是码头,码头上人头攒动,河中停靠着许多货船,沿河是一个坊肆栉比的古镇,商旅云集,士民络绎,市容繁华,岸边一间民居上书"西兴驿"。西兴的历史可上溯至春秋时期。越国大夫范蠡在此筑城拒吴,时称"固陵"。六朝时称"西陵"。吴越王钱镠以"陵"非吉语,改"西陵"为"西兴"至今。明清时,西兴属绍兴府萧山县管辖,民国仍之。中华人民共和国成立后,萧山县划归杭州市,西兴亦属杭州,但是无论语言还是建筑,较之杭州,更近于绍兴。(图三)

西兴是浙东古运河的起源之地,西兴码头是沟通钱塘江与浙东运河的中转码头和运输枢纽。明清时期,浙东运河与钱塘江之间无法直接行船通航,西兴驿出现了大量专门负责货物、人员转运工作的"过塘行"。清代鼎盛时,西兴的过塘行达七十二家之多,每家都有专门的转运货物类型,如茶叶、烟叶、药材、棉花绸缎等。画卷中西兴的店铺多以二层楼屋为主,足见此地商户之殷实。康熙此次南巡到绍兴祭大禹陵,归途便驻跸西兴。

奇怪的是,既然康熙的御舟无法直接从钱塘江到浙东运河,那么他是如何坐船到大禹陵的呢?为此,笔者请教了一些当地人,他们说钱塘江的船只以前是通过"翻塘过坝"的方式进入浙东运河的,并提供了一些民国时期的照片。(图四)当时有专门的商行承办这个工程。人们在堤上挖了一条很宽的槽,准备拖船的时候,先有人在槽中不断地浇水,使泥土滑润。船就在这槽中被拖上堤坝,再顺着堤外的斜坡滑向海面。过坝的船左右两舷各系一条很粗的缆绳。从每条缆绳上又分出若干条绳索套住水牛。每一只牛都由一个壮汉拿着鞭子驱赶着。有一个总指挥,吆喝着号子,大家就按号子抽鞭催水牛一齐使劲。但是,老照片中均为货船或乌篷船,船体的体量和南巡的大型御舟无法相比,如果按照这种方式"翻塘过坝",南巡的队伍怎么可能在一天的时间里行进超过百余里。仔细对比发现钱塘江和大禹陵旁停泊的御舟,并不相同,

图三　清　王翚等绘　《康熙南巡图》卷九　钱塘江至绍兴段局部·西兴　绢本设色　故宫博物院藏

因此,笔者有一个大胆的推测:康熙的御舟很可能渡过钱塘江之后,并未进入浙东运河,而是由浙江地方官派船在运河中接应,换船继续前行,这无疑可以节省大量时间。

图四　民国时期翻塘过坝照片

二、萧山县

出了西兴,运河穿过一片乡野,很快来到一座带瓮城的县城,这便是萧山县。(图五)瓮城边的城墙上还有一座水门,以便船只直接进入城内。运河穿城而过,三座形态各异的桥梁横跨于运河之上,出城后还

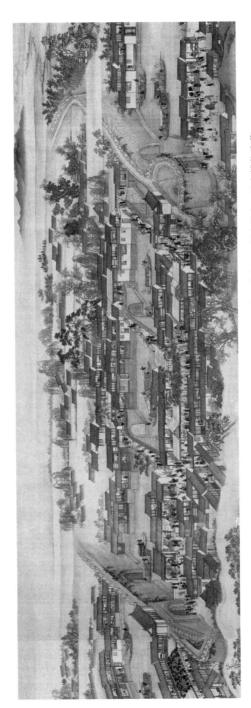

图五　清　王翚等绘　《康熙南巡图》卷九　钱塘江至绍兴段局部·萧山县　绢本设色　故宫博物院藏

有一座三拱石桥,桥头是一个商业繁盛的码头,岸边停泊着许多商船。萧山城内街市整齐,热闹非凡,主干道上搭有彩棚,为迎圣做准备。稿本中的西兴与萧山县之间的距离更近,西兴驿的末端有一座单拱石桥,桥头似有一座掩映在树丛之中的寺庙,树后便是宽阔的运河,很快便来到萧山县,并未绘瓮城,直接从一座有城楼的水门进入城内。城内屋舍沿河列布,其间布置山石苍松,云雾萦绕于树梢,远处更是山林郁茂,城市与山林交错,犹如一幅山水画,并非正本中的规整城市。现在已很难考证正本和稿本哪个更接近当时的真实情况。萧山城地势较平,西南方向有湘湖和西山、北山,如果按第九卷从西向东展开的画卷来看,的确在画的上端,如此看来,稿本似乎更符合实景。

三、柯桥镇

从萧山县城出来,是一长段郊野风光,河网纵横,蜿蜒曲折,运河中,人们摇着乌篷船,顺流而下,一些大型船只则需纤夫拉行。浙东运河沿运河建有长长的纤道,画中描绘得并不明显。河堤上,乡民三三两两行走。田间,农夫已开始一天的耕种,远处,一片片灰瓦白墙的民居掩映在雾霭之中,好一派春和景明的田园风光。如果不是几个戴着官帽的骑手飞驰而过,差点让人忘记皇帝正在巡游。(图七)

经过一座优美的三孔石桥后,行人渐稀,复又进入一集镇,这便是柯桥镇。柯桥又名"笛里",据传东汉大文豪蔡邕游经此地,于柯亭椽竹为笛,创制名闻天下的"柯亭笛",故名之。三国时,始为草市,宋为驿站,至明"开市",成为浙东重镇,清设巡检署。宣统二年建镇,名柯桥镇。柯桥古镇是绍兴县的第一大镇,也是浙江屈指可数的著名水乡集镇之一,因其经济发达、物产丰富、市场繁荣,素有"金柯桥"之美称。

图六　柯桥古纤道　吕晓摄

图七　清　王翚等绘　《康熙南巡图》卷九　钱塘江至绍兴段局部·郊野风光 绢本设色　故宫博物院藏

进入柯桥镇,运河中舟楫穿梭,桥上人来人往,街市摩肩接踵,岸上客商与小船互动交易,酒肆米行林立。运河上出现了一座高耸的三孔石桥,人们向桥头聚拢,原来,桥头有一座戏台,正上演社戏。古时"社"指土地神或祀神之所,农村在春秋两季为祭祀土地神所演的戏称社戏,用以求神祈福,绍兴水乡社戏的特点是社、祭相统一,一般在庙台或野台演出。鲁迅先生曾回忆过儿时在家乡鲁镇看过的"社戏"。《南巡图》中的社戏戏台似乎也是临时用竹席搭建的,从台上演员的装扮来看,演的很可能是《单刀会》,孙权命鲁肃向刘备再索荆州,刘备佯允将长沙、零陵、桂阳三郡交还;诸葛瑾向关羽照索,关羽不与。鲁肃情急,设宴请关羽过江,预伏部将,拟加胁迫。关羽只携周仓一人,单刀赴会,宴间历叙战功;鲁肃索荆州,关乃假醉,一手持刀,一手亲执鲁肃,东吴众将投鼠忌器,不敢轻动,关羽安然返回荆州。画中的人物虽小,但仍能分辨出赤脸绿袍者为关羽,躬身作揖者为鲁肃,后台敲锣打鼓,好不热闹。

社戏吸引了四面八方的乡民,细数不下三百人,这大概是第九卷人群最稠密之处。人们密密匝匝地围在戏台前,后排的人干脆站在高凳上,还有人搬着椅子赶来,连桥上和船上之人都伸颈眺望,画中人物虽仅寸余,但动态神情仍可分辨,成为画卷的第一个高潮。(图八)

戏台建在一座寺庙前,这便是柯桥镇的城隍庙。画中的这座三孔石桥,为融光桥。(图九)融光桥又名柯桥大桥,始建于宋代,明代按宋制重建,仍用原石料。实际为单孔,桥长17米,宽6米,高7米,净跨10米,有人认为画家在此闹了乌龙,将独拱画成了三孔,而且把急水弄的方位搞反了。① 将单孔的融光桥画成三孔的确是一个错误,画卷中出现了多座形态相似的三孔桥,这大概是画家简单处理之弊。绍兴是

---

① 《绍兴府、柯桥古镇、大禹陵……〈康熙南巡图〉重现绍兴盛景》,https://baijiahao. baidu. com/s?id=1668613415346621814。

图八　清　王翚等绘　《康熙南巡图》卷九　钱塘江至绍兴段局部·柯桥社戏
绢本设色　故宫博物院藏

一座没有围墙的博物馆，是一本漂在水上的书，素有"东方威尼斯"
之称，境内水道纵横，有水乡水城之誉。因水而有桥，因桥必有景，美
名桥乡。融光桥与八字桥、广宁桥、光相桥、太平桥、谢公桥、泗龙桥、
题扇桥、接渡桥、拜王桥、泾口大桥、西跨湖桥以及迎恩桥并称为绍兴
古桥群，列入第七批全国重点文物保护单位。这些桥梁造型各具特
色，比如柯桥古纤道上的太平桥（图十），便是由一座半圆拱桥与九
孔高低石梁桥组成，拱桥净跨 10 米，过大船，石梁桥孔径 3-4 米，过
小船，造型极为优美。八字桥建于南宋，为梁式石桥，建在三条河道的
汇合处，主桥东西向，横跨稽山河，总长 32.82 米，桥洞净跨 4.91 米，宽
3.2 米，洞高 3.84 米。（图十一）建造者根据特殊的地形，结合周边环
境，因地制宜，合理设计为三街三河交叉的四向落坡，由主桥和辅桥组
成，共有四组台阶。桥东为南、北落坡，成八字形；桥西为西、南落坡，成
八字形；桥两端的南向二落坡也成八字形。第九卷萧山与柯桥之间是
三孔石桥，画家很可能本来想表现太平桥，只可惜概念化地将之画成一
座三孔石桥。

图九　清　王翚等绘　《康熙南巡图》卷九　钱塘江至绍兴段局部·融光桥　绢本设色　故宫博物院藏

图十　太平桥　吕晓摄

图十一　八字桥1　吕晓摄

图十二　八字桥2　吕晓摄

　　笔者此次到柯桥古镇实地考察,柯桥古镇经过整治后正在招商中,部分民居已经拆除重建,但融光桥和与之相邻的永丰桥保存较为完好。两桥正好处在两条水道交会的十字路口,融光桥跨东西向的浙东运河,永丰桥连接南北向的急水弄。第九卷自西向东展开画面,融光桥的方向并未全错,但画中未能画出两河交汇的十字形,而是将河道描绘成"丁"字形,这样,永丰桥横跨的急水弄无法画出,永丰桥自然没能出现在画面之上。融光桥的另一端应该在画卷上方河道的左侧,却画成了右侧。融光桥上方那座小平桥在今天的柯桥古镇还能看到,而且还有好几座形态各异的小石桥,从其密集度来看,有些不合理,很可能是后来修建的,包括一座紧邻融光桥、横跨南北的拱桥。《南巡图》虽然再现了康熙南巡的盛况,但参与绘制的画家并未随行,目前也尚未找到画家事后去现场考察写生的记载,况且为了画卷构图的需要,将物象的方位形态进行变化的情况在《南巡图》其他各卷中比比皆是,不可以作写实绘画观。(图十三、图十四、图十五)

　　出柯桥镇后,运河渐渐流出画外,留出大片空间描绘水乡之景。近处一片翠竹掩映水村渔舍,竹篱边桃花盛开,河畔有一渡口,人们正扶老携幼登上渡船。中景为一片平整的田野,阡陌纵横、麦垄平整,园圃中桑

图十三　永丰桥和融光桥　吕晓摄

图十四　永丰桥　吕晓摄

图十五　永丰桥与乌篷船

树成排、杨柳依依。远处青山连绵如黛。这宁静祥和之景，是柯桥镇的高潮之后一段舒缓的过渡。稿本中此段并未表现柯桥镇上的社戏场景，更像是一段单纯的山水画卷。

四、绍兴府

　　继续向前，经过一个小土丘，运河再次从画卷下方出现，沿河是一条店铺林立的街道，街后还有人正在新建房屋。经过一座吊桥，便来到绍兴府。这是绍兴府西北角的迎恩门，古时皇帝巡幸绍兴必经此门，故称"迎恩门"。迎恩门建有雄伟的瓮城和城楼，城墙上还有供船只进出的水门。(图十六)历史上迎恩门是从杭州进入绍兴的主要水陆要道。二十世纪二十年代，因修建公路，迎恩门城楼被拆除。2000年绍兴市政府在原址重建了迎恩门，让人感受到绍兴古城厚重的历史气息。(图十七)

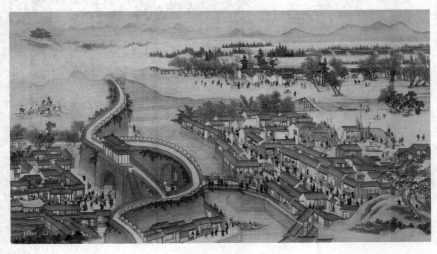

图十六　清　王翚等绘　《康熙南巡图》卷九
钱塘江至绍兴段局部·绍兴迎恩门　绢本设色　故宫博物院藏

图十七　复建的迎恩门　吕晓摄

运河在此绕了一个弯，从绍兴城西侧向南沿城墙流去，云雾中，还能见到远处有一座高峻巍峨的城楼，足见城市规模之大。这座城门很可能是常禧门，俗名"旱偏门"，是绍兴府的西门。康熙当年南巡时很可能未进入绍兴城，直接乘御舟沿城外的运河去了大禹陵。但是，绍兴城仍然做了迎圣的准备，从瓮城进城后，沿主干道搭有彩棚，远处空旷之地为校场，数匹官马正在草地上嬉戏。下方有几座青翠的山峰，这便是绍兴城西的府山。

府山又名卧龙山，与城内的蕺山、塔山鼎足而立，峰峦崛起，凹谷串联，是绍兴城内有名的风景区。"卧龙山"之名始于五代，又因旧绍兴府署衙门设此，故又名府山。府山上古迹极多，山的主峰上有一座八柱石亭，名"望海亭"。传说当年越国大夫范蠡因军事需要，在此建过飞翼楼，楼高十五丈，又名鼓吹楼、镇海楼、越五亭。唐时建望海亭。明嘉靖十五年，绍兴知府汤绍恩重建，后毁，今又修复，仍名"飞翼楼"，站在楼上可俯瞰绍兴城。光绪年间的《绍兴府城衢路图》上，此亭标为"望越亭"，很可能就是清代的名称。（图十八）

府山下有一座高阁，名"镇东阁"，位于今越城区府桥西堍宣化坊北口，原先有一座重檐翘角的高阁，是进入越国古都核心区的重要门户，也

图十八 清 王翚等绘 《康熙南巡图》卷九
钱塘江至绍兴段局部・绍兴府山上的望越亭 绢本设色 故宫博物院藏

是"越子城"的一座正东门,历史上曾有不少帝王将相、文人墨客在此留下遗迹。在吴越王钱镠时期,为镇东军军门,门有匾额曰"镇东军",为郎中吴说题写。宋代以后称"镇东阁",高五丈四尺,东西进深四丈六尺,南北宽八丈六尺。随着时代变迁,镇东阁早已荡然无存,它那雄壮浑朴的样貌,只依稀留在耄耋老人的记忆里。巧合的是,本次笔者在绍兴考察时入住的银泰大酒店刚好就在镇东阁附近,府山山下有越王台,正是绍兴府治所之地。

镇东阁后便是繁华的街市。城内河道纵横交错,满是乌篷船和画舫,沿河建有数重街道,有些房屋两面临水,甚至船从房屋下穿行,展现出绍兴城"三山万户巷盘曲,百桥千街水纵横"的水城格局和奇丽景观。城中热闹非凡,商业繁兴,街道中还有数座精美的石牌坊,宫署、园林分散于市肆之间。(图十九)远处有一座高塔,或为大善塔。大善塔现位于绍兴市越城区光明路与解放北路交叉口西北侧,原在创建于梁天监三年(504)的大善寺内,故名。(图二十)塔为砖木结构的楼阁式塔,六角七层,高40.5米,底层边长3.8米,底层每面均辟壶门,其上每层两面相对辟壶门,其余四面设壁龛,与画中之塔颇相似,只是现在外檐已毁,仅存砖砌部分,已无彩绘,塔身呈白色,显得更加纤秀灵巧。塔前那条平直的河道从一道蜿蜒的城墙中穿出城外,这便是绍兴的南门,此处的城墙极

图十九　清　王翚等绘　《康熙南巡图》卷九
钱塘江至绍兴段局部·绍兴府　绢本设色　故宫博物院藏

图二十　大善塔现状

为特别,在城墙外的河道外侧又建了一道半圆形的城墙,运河从墙下的门洞中穿过。从南门流出的这条河为府河,贯穿绍兴老城区,自隋朝开皇九年(589)至民国元年(1912),一直是绍兴府城同城而治的山阴、会稽两县的一条界河。府河自南门南渡桥流入,经舍子桥、大庆桥、大云桥、清道桥、水澄桥、利济桥,折而向东,经小江桥、斜桥、探花桥、香桥,再转北向出昌安门,流入三江口。故同处一城,河东为会稽县,河西系山阴县。(图二十一)

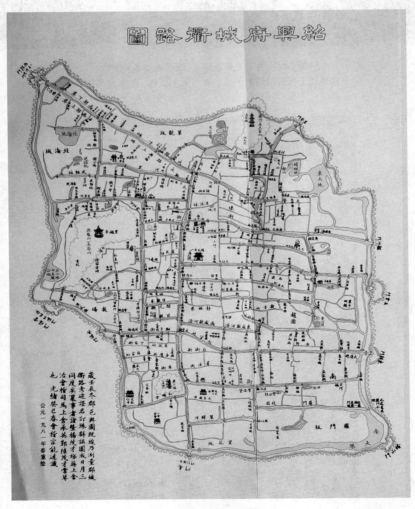

图二十一　光绪《绍兴府城衢路图》

绍兴城是第九卷最壮美的城市，难怪康熙来到绍兴后，写诗赞美道："越境湖山秀，文风天地成。南临控禹穴，西枕俯蓬瀛。容与双峰近，徘徊数句盈。我心多爱戴，少慰始终情。"

稿本中与正本对绍兴城的表现差异较大，似乎只标注了"望越亭"，城门和街道的布局也大不相同。

五、会稽山和大禹陵

从绍兴城往东南，便来到了会稽山。第九卷正本的重点是康熙祭拜大禹陵，因此，对会稽山有所压缩，出绍兴府后，只通过一片田垄和几座峻岭，便来到了大禹陵。（图二十二）

图二十二　清　王翚等绘　《康熙南巡图》卷九
钱塘江至绍兴段局部·大禹陵　绢本设色　故宫博物院藏

大禹陵，古称禹穴，是大禹的葬地。它背靠会稽山，前临禹池，距绍兴城区仅三千米。大禹陵由禹陵、禹祠、禹庙三部分组成。禹陵在中，为大禹陵的核心部分。禹陵以山为陵，坐东向西，背负会稽山，面对亭山，前临禹池。池岸建青石牌坊一座，由缓缓向上的通道入内，可见"大禹陵"碑亭,字体敦厚隽永,为明嘉靖年间绍兴知府南大吉手笔,碑亭后的享殿为复建。(图二十三)禹祠位于禹陵南侧,祠外北侧有"禹穴"碑,祠内有"禹穴辩"碑。大禹陵碑亭北侧有咸若亭和碑廊,顺碑廊而下即为禹庙,为历代帝王、官府和百姓祭祀大禹的地方。禹庙坐北朝南,周以丹墙,是一组宫殿式建筑群,自南而北,依次为照壁、岣嵝碑亭、棂星门、午门、拜厅(图二十四)、正殿(图二十五),这些建筑依山势逐渐上升,禹庙配以窆石亭、宰牲房、菲饮泉等景点。窆石亭在大殿东侧,亭中立有一块高约六尺的"窆石",顶端有一个碗大的洞。相传这块窆石是大禹下葬时所用的工具。(图二十六)整体来说,大禹陵周围群山环抱,奇峰林立,若耶清流潺潺东去,郁郁葱葱的会稽山旁依赫黄色的殿宇,屋群高低错落,各抱地势,气势宏伟。

图二十三　大禹陵　吕晓摄

图二十四　禹庙拜厅实景　吕晓摄

图二十五　禹庙正殿　吕晓摄

图二十六　窆石亭　吕晓摄

正本中,禹庙古松叶张翠盖,殿宇雄伟。康熙站立于禹池前,周围簇拥着众多身着黄马褂的宫廷侍卫,戒备森严,民众在路旁的田间跪迎,仪仗威肃。大批御舟停泊在左侧的河道之中。稿本中则表现了数万民众在会稽山下码头跪迎康熙的场景。运河中集聚了大量的船只,按照惯例,稿本并未直接描绘康熙,而是在一艘御舟的船头画了一个撑黄伞的侍卫。大概因为第七卷已经描绘了康熙在苏州阊门弃舟登岸的场景,所以第九卷正本中康熙出现在大禹陵前。由于正本和稿本康熙出现的位置不同,因此,对于大禹陵的描绘也有所不同。正本要在禹陵前安排康熙祭陵的盛大场景,对禹陵的格局便有所取舍和改变。(图二十七)

图二十七　《康熙南巡图》稿本对康熙在会稽山下登岸的描绘

正本着重描绘了禹庙,禹陵和禹祠进行了简化,方位也与禹庙平行,三组建筑似乎建在一块平地之上。实际上,禹庙前低后高,拜厅和大殿更是建在高台之上,拜厅前的台阶超过四十级,在台阶下,拜厅需仰望。只是现在阶前和阶旁的树木过于茂盛,遮住了台阶,反而削弱了拜厅的气势。另外,窆石亭建在大殿东侧的山坡上,于此可俯看禹庙。现在窆石亭是一座八角攒尖顶石亭,正本中似乎只有四根柱子,而稿本中绘成一座与大殿相似的重檐石亭,不知谁更符合康熙时期的形貌。正本对禹陵周围的环境描绘也根据构图进行了改动,使之成为背靠大山、三面环水、相对独立的平坦空间,以便容纳众多的南巡船只、随行人员及迎圣的民众,从而将大禹陵与会稽山进行了空间的分割,在卷尾以相对独立的篇幅表现会稽山之美,并以此作结。画家以典雅工丽的青绿山水描绘出会稽山"千岩竞秀，万壑争流，草木朦胧其上，若云蒸霞蔚"的美景，山间古松苍郁盘虬，山涧桃花盛开，树梢仙鹤或飞或憩，山道上樵夫满载而归，好似桃源仙境。远处的群山之间还有一抹红霞，烘托出祥瑞之境。

　　稿本则将大禹陵与会稽山融为一体进行描绘，从会稽山下码头迎圣的宏大场景开始，跪拜的民众沿码头排列，码头后便是层峦叠嶂的会稽山，南巡的队伍沿着山道一直铺排到大禹陵前。稿本也较为准确完整地描绘了禹庙、禹陵和禹祠，整体方位和建筑格局与《康熙会稽县志》卷首的"禹陵图"更为接近。稿本末段亦为会稽山，布景与正本相似，只是林间多了几只梅花鹿。（图二十八、二十九）

图二十八　《康熙南巡图》稿本对大禹陵的描绘

　　虽然由于地形地貌和城市化的进程，笔者无法对第九卷描绘的内容进行一一对应研究，但通过实地考察和查阅史料，我们发现，《康熙南巡图》第九卷基本呈现了从钱塘江到大禹陵的百余里浙东运河沿岸秀美的山水风光，尤其是浓墨重彩地勾绘了绍兴水城"三山万户巷盘曲，百桥千街水纵横"的奇丽景观。为了构图的需要，有时会对景物进行取舍和剪裁，甚至变动，将山水与历史事件完美地融合在一起。当然也有遗憾，比如，对沿途形态各异的桥梁描绘得比较程式化，很多都画成三拱石桥；对运河边的纤夫有所表现，但对绍兴独具特色的纤道却未描绘；画卷中描绘了乌篷船，却未表现绍兴独有的以脚摇橹、船夫戴乌毡帽的风俗……

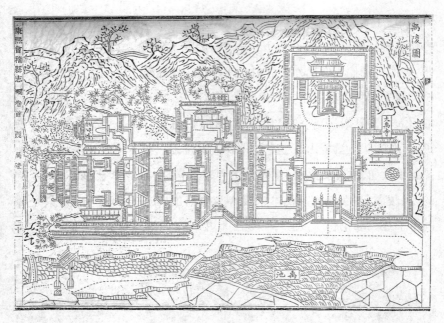

图二十九 《康熙会稽县志》禹陵图

尽管如此,《康熙南巡图》第九卷仍然是第一幅用长卷的形式描绘浙东运河两岸风景名胜、风俗民情的杰作,既是记录康熙伟业的历史画卷,亦是一卷优美的山水史诗。《康熙南巡图》的绘制,树立了清代宫廷纪实性绘画的典范。

吕 晓 北京画院理论研究部主任、研究员。

新学科目录背景下的书法批评发展

虞晓勇

2022 年 9 月,国务院学位委员会正式发布了《研究生教育学科专业目录(2022 年)》,在《新版学科目录》中,艺术学门类之下,除了艺术学这一学术型学科外,还设有音乐、舞蹈、戏剧与影视、戏曲与曲艺、美术与书法、设计六个专业学位类别,相当于六个一级学科,这就是目前书法成为一级学科这一说法的根据。对于书法发展而言,这次重大的学科调整的可关注点有二:其一,在 1301 的艺术学一级学科下,包括了美术与书法等专业的历史、理论和评论研究,这也就意味着学术型书法学科应包含上述内容;其二,美术与书法等列为专业学位类别,侧重于培养实践类、职业性应用型人才,培养的目标是从事书法创作、书法教育乃至擅长书法的应用美术等专业人员。这次学科目录调整是高等书法教育的历史性跨越,将对书法学科的发展产生深远的影响。如何及时调整思路,积极布局,打开书法学科发展的新局面,是书法工作者亟须思考的问题。书法理论是书法学研究的重要分支,狭义而言,它包含古典书论、书法美学、书法批评等方向,但在广义上,更延及因学科交叉而形成的书法文化学、书法教育学等多个领域,其中古典书论是诸研究方向的础石。从《新版学科目录》的表述来看,书法评论(书法批评)

是未来学术型书法学科的一个重要方向。

何为书法批评？即运用具有针对性的理论与方法，对书法作品与书法现象进行梳理、阐释与评判的活动（古人称为"品评"）。书法批评是基础书法理论研究的硬性考量，应反映书法学科的学术与实践互动的状态，更是引导大众书法审美的风向标。

如何进行书法批评？古今差别很大。在古代书学文献中，对书家及书作进行品评是一种重要的理论形式。"品"分其高下，"评"明其理据。书法品评还应对书法的地位、内涵与性质、审美特征与范畴等内容加以阐述。与当代书法批评的人文环境有很大的不同，古代书法品评往往围绕着内府与私人的书法（包括金石拓本）收藏进行。藏与鉴融为一体，书法品评是书法收藏的理论总结，同时由品评生成的审美观念，又会引领着书法实践的发展。古代书法品评的另一大特征是人格化倾向。古人虽视书法为小技，但书以人立，书为文兴，书者的人格修养、统治者的文化导向和时代的文化土壤，均与书法风气息息相关。当然，古代书法批评也往往富于浓郁的个人审美体验色彩，有时甚至带有较大的随意性。

书法具有极强的社会实用功能，是古人书斋生活的重要组成部分，书法批评散布于文字使用、书法收藏、书法审美、书法学习等活动之中。时过境迁，当代书法人文环境已与古代有了很大不同，受到经济飞速发展、西方文化剧烈冲击、人际交流模式全新变化等因素的影响，书法的实用功能已大幅削弱，它的当代价值集中体现在艺术展示与审美教育上。

《新版学科目录》的推出，也对书法批评研究提出了新的要求，主要表现在两方面：一方面，基础书法理论研究要符合学科化发展的要求，研究成果应成为书法批评的重要学术支撑；另一方面，书法批评与书法实践之间的互动关系亟须加强，从当前研究成果看，对古代书学文献的研究偏多，对当代书法实践与书法现象剖析不够。书法批评研究应该成为书法专业学位建设的理论抓手。

　　古代书学文献浩如烟海，概念繁复，经过两千多年的发展，书法理论形成了严密的体系与独特的范畴，它们是书法基础的重要组成部分，当代书法批评研究要以此为础石。从书法批评学科化的具体要求看，研讨书法评判标准是当前的重要任务之一。

　　近年来，书法怪现象频出，让大众对书法的标准产生了质疑。书法具有独特的艺术属性，更富于深厚的社会性与人文性，深入阐释书法评判标准问题，要兼顾以下四个方面：其一，书法标准的研讨具有很强的学术性与客观性。其二，书法批评是中国古典文艺批评的有机组成部分，只有深入理解中国古典美学的特殊性，才能对书法作品作出切实的评价。研究者要充分总结古代书学的成果，构建当代书法评论话语体系，切不能简单套用西方理论剪裁中国人的审美。其三，书法是汉字造型艺术，汉字理论与书法理论之间有着密切的联系，但二者绝不可混同。书法批评应细致辨析二者之间的关联，尤其是二者相互交叉、融通的领域，更值得研究者重点关注。其四，古人对于书法作品的评判已通过若干概念呈现了出来，但当代学界对于这些概念的解读，尚存在较大的研究空间。以经典作品的图像为参照，剔除误读，回归理论内涵的本源，尤为关键。

　　当前，书法批评还存在对当代书法实践与书法现象关注不够的问题。比如，古代并无书法展赛的形式，所谓书法展示，更多是通过收藏鉴赏、复制传播等方式进行，即便是"钟、张、二王"的名位排序，也经历了两百多年的反复研讨。当代书法展赛则不一样，在很短的时间内评委需要对数量极大的作品进行淘汰、遴选与评定。从深层次讲，这种机制也是对当代书法品评总体能力的考验。那么，如何避免随意性、经验性的评判？学科化的书法批评必须发挥学术引导作用，书法批评与书法实践之间要形成良性的互动。

　　此外，书法批评对当代书法实践的关注，不应仅仅局限于专业场域,与汉字书写相关的活动(包括具有现代性意义的书写)也要纳入研究视野中。尽管有些书写活动不同于传统书法艺术,但研究这些书写实践,对于思考当代的书法文化生态、探索未来书法发展的可能性,也具有很强的现实意义。

虞晓勇　北京书法家协会副主席,北京文艺评论家协会副主席,北京师范大学艺术与传媒学院书法系系主任、教授。

时代的脉搏

——新世纪以来的历史画创作略观

宛少军

　　新世纪以来,尤其是近十年来,主题性创作,特别是历史画创作成为主流,受业界极大关注,成为近十年来最重要的艺术现象和文化现象。这个情形与二十世纪五六十年代的油画创作状况有近似之处。

　　中华人民共和国成立后,革命历史画创作得到了党和政府的高度重视,从 1951 年开始,中国历史博物馆、中国革命博物馆、中国军事博物馆等多家单位先后组织多位画家进行了好几次革命历史画创作,涌现出一大批脍炙人口的革命历史画巨作,如董希文的《开国大典》,罗工柳的《毛泽东同志在井冈山上》和《前仆后继》,詹建俊的《狼牙山五壮士》,蔡亮的《延安火炬》,侯一民的《刘少奇同志与安源矿工》,靳尚谊的《毛主席在十二月会议上》,全山石的《英勇不屈》等。它们在社会上和艺术界产生了重要的影响力,代表了二十世纪五六十年代油画所取得的最高艺术水平。革命历史画凸显了五六十年代最主要的时代特征。与此同时,革命历史画创作从组织方式、指导思想到创作方式等在人们心中逐渐形成了一个基本的经验、认知和表现模式。八九十年代,革命历史画创作相对弱化,国家基本上没有组织过有规模的历史画创作。

一

　　新世纪之后,历史画创作再次得到国家的高度重视。在国家领导人和政府有关部门的高度重视下,相关部门相继启动了几个重大历史题材创作工程,历史画创作由此成为新世纪以来,特别是近十年来包括美术界在内的文化界和社会关注的焦点。

　　2009 年 9 月 22 日,由中共中央宣传部、中华人民共和国文化部、中华人民共和国财政部主办的"国家重大历史题材美术创作工程作品展"在中国美术馆隆重开幕。"国家重大历史题材美术创作工程"于 2005 年至 2009 年间启动和实施,该工程在策划组织、选题规划、画家组织、创作指导、专家评审、财政支持等众多环节创下了中华人民共和国之最,成为中华人民共和国成立以来最大规模的国家组织和赞助的创作工程。创作题材聚焦于从 1840 年鸦片战争至今一百多年的中国近现代历史。"国家重大题材美术创作工程"共吸引了全国一千余位画家的参与,最后入选 104 件作品,经过严格评审共展出 102 件,其中油画作品共有 51 幅,展现了中国当前历史画创作的最佳水平。其中较有代表性的作品有詹建俊、叶南的《黄河大合唱》,全山石、翁诞宪的《义勇军进行曲》,何红舟、黄发祥的《启航——中共一大会议》,许江、孙景刚、崔小冬、邬大勇的《残日——1937.12. 南京》,陈树东、李祥的《百万雄师过大江》,宋惠民、陈建军等的《辽沈战役·攻克锦州》,丁一林的《科学的春天》,杨参军的《戊戌六君子祭》等。这些作品都是鸿篇巨制,匠心独运,充分体现出油画艺术的本体特色。

　　2016 年 11 月 22 日,经中共中央宣传部批准,由中国文学艺术界联合会、中华人民共和国财政部、中华人民共和国文化部联合主办,中国美术家协会、中国国家博物馆承办的"中华史诗美术大展"在中国国家博物馆盛大开幕。"中华史诗美术大展"全面展示了"中华文明历史题材美术创作工程"历时五年的创作成果。这是又一项重大历史题材的美术创作工程。"中华文明历史题材美术创作工程"于 2012 年至 2016 年启动并实施,题材历史跨度从 1840 年上溯五千余年的中华文明历史。主办单位组织相关领域专家共策划了 150 个选题,这可与"国家重大历史题材美术创作工程"称为姊妹篇。经过多轮严谨慎重的评审遴选,最终确定入选作品 146 件,其中油画作品 42 幅。这些作品选题广泛,涉及政治、军事、文化、科技、商业、对外交流等各个方面,仅从历史画题材的丰富性来看,"中华文明历史题材美术创作工程"又达到了一个新的创作高度。较有代表性的作品有王宏剑的《楚汉相争——鸿门宴》,徐里、李晓伟、李豫闽的《范仲淹著〈岳阳楼记〉》,何红舟、黄发祥、尹骅的《满江红》,张红年的《马可·波罗纪游》,时卫平的《元代泉州港》,封治国的《明代书画家雅集图》,李晓林的《商帮兴起——晋商》,于小冬的《茶马古道》等。

除了国家组织的这两大历史题材创作工程之外,不少省市也组织了相应的地方主题性和历史画创作。此外,在"纪念中国工农红军长征胜利八十周年""庆祝中国人民解放军建军九十周年"等重大时间节点,有关部门也组织了不少相关题材的主题性和历史题材创作活动。2013 年,由中国国家画院启动的"一带一路国际美术工程"也正在实施过程中,其中的历史画创作题材涉及丝绸之路的文明历史及共建国家的历史与现实风貌,更为丰富。这些重大题材创作活动对于新世纪历史画创作的活跃和水平的提升产生了积极的推动作用,不少优秀历史画和主题性创作应运而生。

此外,在其他展览活动如全国美展中出现的,如骆根兴的《西部年代》,陈坚的《公元一千九百四十五年九月九日九时·南京》等历史画创作也给人们留下了深刻的印象。

二

　　不用说,新世纪开始后的历史画创作有着鲜明的时代特点。

　　第一,国家赞助,规模宏大。在国家层面,政府投入巨资进行资助,有关职能部门积极领导,组织有力。比如,"国家重大历史题材美术创作工程"就是由中宣部、文化部、财政部主办的。该工程获得国家财政1亿元的项目资金支持,国家以如此大规模的资金投入支持主题性美术创作,这在中华人民共和国的历史上还是首次。而"中华文明历史题材美术创作工程"由中国文联、财政部、文化部共同主办,中国美协承办,财政部出资1.5亿元投入该创作工程中,更是创下国家赞助资金之最。国家财政的巨额投入,有力地保障了美术创作工程的顺利实施。

　　第二,各方学术力量大力支持。历史画的选题得到相关领域专家的积极支持。比如,"国家重大历史题材美术创作工程"的百余个重大选题由中央党史研究室和中国社会科学院近代史研究所的专家拟定,经中办和中宣部批复同意后正式公布实施。"中华文明历史题材美术创作工程"组委会委托中国社会科学院历史研究所历史学家初步推荐创作主题,经创作指导委员会共同审核论证,并申请中宣部审核,最终确定150个重点选题。相关领域的专家,特别是历史学家积极参与,集体的智慧在一定程度上保证了历史画创作中历史题材的选择、历史的真实等问题的科学性和严谨性。

　　第三,对历史画创作进行了深入的学术研讨。由于创作工程宏大的规模和严肃的性质,在国家重大题材美术创作工程的实施过程中,有关部门组织召开了多次学术研讨会,相关领域的专家、学者和艺术家对主题性创作进行了深入探讨,更加深化了人们对历史画时代命题之价值和意义的理解和确认。比如,如何处理历史的真实与艺术的真实之间的关系? 如何把握历史的表现与艺术家个人的风格创作问题? 如何理解历史画中的崇高性、精神性与艺术家个人感情和趣味的关系? 对于这些问题的深入探讨,是此前在历史画组织与创作过程中所没有的,这些讨论从理论上有力地引导了艺术家的历史画创作。这些问题也是在新世纪的文化环境下对历史画创作提出的新问题、新思考和新认识,反映出历史画创作进入了一个新阶段。值得注意的是,张晓凌主编的《历史记忆与民族史诗:中外重大题材美术创作研究》一书,组织了多位学者研究与总结了中外重大题材美术创作的历史经验,进一步提升了当代重大历史题材美术创作的理论研究水平和认识高度。

第四,参与的画家人数众多,艺术表现形式多样化。新世纪的历史画创作采用草图竞标和特邀的形式,前后吸引了千余名各画展的优秀艺术家参与其中,每一位获得认可的画家都为此感到无上荣幸。在创作过程中,组织方充分尊重和发挥艺术家的个性,呈现出多样化的艺术表现形式。与五六十年代相比,形式语言更具丰富性和拓展性。在这些历史画创作中,既有传统的写实,也有写意性、表现性,还有超现实主义的重构等,艺术家在充分尊重历史真实的同时,也注意艺术的真实及个人风格的表现,努力吸收各种姊妹艺术的营养,包括现代艺术的各种有益的元素,极尽所能融入自己的创作中,充分发挥自己的艺术个性,使作品得到更完美的呈现。比如,在为"纪念中国工农红军长征胜利八十周年"所组织的革命历史画创作中,以杨参军、井士剑为主导的创作团队,完成了油画《遵义曙光》和《飞渡泸定桥》的创作,"这两幅作品的创作不仅仅传承了中国红色经典作品的优良传统,同时注入了时代的创新特征,运用了表现性和写意性的绘画方法来创作出属于这个时代的、具有创新精神的艺术作品"。① 在语言风格和表现形式上,新世纪的历史画创作毫无疑问展示出显见的多样化,为今后的历史画创作积累了诸多有益的经验。

第五,重新认识了历史画创作在中国当代艺术生态中的价值和意义。历史画作为美术创作中非常重要的组成部分,这在中西方的艺术历史中已经得到充分证明,而且在中国当代的美术创作中,其仍然具有不可替代的价值。这一点在多次的研讨会中得到很多专家学者的肯定。比如,在关于"中华文明历史题材美术创作工程"的研讨会中,黄宗贤认为,二十世纪九十年代以来,主题创作特别是历史性的主题创作被彻底弱化了,彰显感情欲望的大众艺术占据了主流,这与市场经济、消费主义的兴起有巨大关系,当下中国的美术应该承认多元文化价值,但也要认同历史文脉,这是实现中国梦的需要,也是艺术本身的需要。艺术一定是民族精神的体现,是国家软实力的体现。尚辉说道:"当下美术创作则因过度强调艺术创作的个人微叙事而缺乏严肃、真诚、崇高的历史书写情怀,消费主义土壤里培养出的个人书写代替不了家国叙事,代替不了国家历史的宏大叙事。从这个角度讲,'中华文明历史题材美术创作工程'本身对当下艺术创作生态就具有引导和平衡作用。"②

当然,新世纪的历史画创作也存在值得重视的问题。有些历史画创作在历史真实的科学考证、思想主题的鲜明和深化方面,甚至在造型、色彩等油画本体语言上尚有不尽如人意的地方,正如王镛指出的,"我们现在的不少历史画作品,在历史人物形象的塑造上,还比较类型化,失真而肤浅,尤其在人物表情的刻画上稍欠火候或功亏一篑,写实

---

① 井士剑:《对不断被揭示的历史性与时代的注释——浅谈历史画创作的新境遇》,《美术》2016 年第 12 期。

② 梅树雪、袁艳娜:《弥补中国历史画创作缺失的遗憾——中华文明历史题材美术创作工程作品研讨会综述》,《美术》2016 年第 12 期。

的造型还没有达到像蒋兆和的《流民图》的深度,写意的笔墨也没有达到像梁凯那样传神的妙境"。① 张晓凌也指出,当前在中华文明历史题材创作工程中出现的一些问题是,艺术家普遍能够把握住审美要素,但对科学支撑要素和意识形态要素的处理上,显得薄弱和不足,这就是美术家在技术修养和理论修养方面还不尽协调。② 不用说,历史画是一个创作难度极高的品种,现存不少问题的解决还需要有志于此的艺术家付出更大的努力,而新世纪以来在历史画创作方面所积累的多方面丰富经验和学术成果对于以后历史画创作水平的不断提升起到了重要的推动作用。

宛少军 中国油画学会副秘书长,中国国家画院一级美术师。

① 王镛:《中国历史画传统与当代历史画创作》,《中华书画家》2016 年第 11 期。
② 梅树雪、袁艳娜:《弥补中国历史画创作缺失的遗憾——中华文明历史题材美术创作工程作品研讨会综述》,《美术》2016 年第 12 期。

跨文化书写中的"北京城墙"

黄 悦

　　城墙,是人类城市建筑史上最为重要的里程碑之一,也是人类进入文明时代的见证。恩格斯在《家庭、私有制和国家的起源》中写道,在新的设防城市的周围屹立着高峻的墙壁并非无故:它们的壕沟深陷为氏族制度的墓穴,而它们的城楼已经耸入文明时代了。作为拥有一千一百年建城史和六百年建都史的文化古都,北京保存完整的城墙与城门既是帝制中国时期北京历史的重要遗存与忠实见证,也是城市与居民的生活舞台,故事背景和公共空间。明代建成的北京城经历了明朝、清朝、民国,还保留着较完整的城墙和古城的格局,成了二十世纪三十年代跨文化书写中的重要场景。从历史发展的角度来看,城墙深刻影响了传统北京的城市特质与文化心理,是北京城历史的见证者,也沉淀为最能唤起情感认同的文化符号。正如人们对巴黎的叙事常聚焦于塞纳河,对上海的想象总离不开石库门,城墙已经成了传统北京城市形象的重要组成部分,乃至缩影、化身。但与上海指向现代性和国际性的"大都市"叙事不同,在关于北京城墙的描摹和追述中,随处弥漫着一种借助地方性叙事来恢复其独特传统面貌的文化乡愁。

　　站在历史和文化的双重视角来看,作为文化符号的北京城墙正是北京在其现代化过程中产生的一种独特的地缘文化景观，承载着人们对这个城市的想象和怀念。华裔人文地理学家段义孚创造性地将人与地之间的这种关系概括为"恋地情结"，这一概念揭示了客观存在的空间地理与掺杂了经验、历史、记忆的人文地理之间的复杂关系。他说："人造环境也是精神过程的产物之一，就像神话、传奇、分类学和自然科学一样。所有这些成就好像人类自己织成的茧，令我们在大自然中有归属感，觉得自在。"作为传统北京城的物理边界和文化标志，看似静态的"北京城墙"不仅在历史中生长，也在叙事中扩容，在跨文化的语境中必然受到文化差异的再加工。《马可波罗行纪》中就曾经出现对元大都城墙的描述："此城之广袤，说如下方：周围有二十四哩，其形正方，由是每方各有六哩。""此城，环以土墙，墙根厚十步，然俞高愈削。墙头仅厚三步，遍筑女墙，女墙色白，墙高十步。"①可见，从那时起，西方人就已经对北京的城墙有所了解，但那种模糊的描述带来的却是对遥远东方帝国的想象与敬畏。从十九世纪晚期开始，随着中国与西方在学术、文化和经贸等诸方面往来日益密切，大量外国学者进入中国，以照相术等先进的技术手段和现代建筑学、历史学与艺术史的理论与方法对于中国传统的文化遗存加以研究，使海外汉学研究进入一个全新的阶段。北京这座千年都城，理所当然地成为大量西方研究者首先关注到的中国城市。北京及北京史也是这一代汉学家最早进入的研究领域之一。而城墙城门作为传统中国城市的标志性建筑遗存，关于城墙与城门的叙述和书写构成了这一时期侨居汉学家的北京研究和"北京经验"的重要组成部分。在封建王朝瓦解，冷兵器时代彻底终结的二十世纪二十至三十年代，原有军事功能逐渐弱化的城墙，其形象和在各阶层民众观念中的角色与地位又经历了一次再造与重构。

---

①　马可·波罗：《马可波罗行纪》第 2 卷第 84 章，冯承钧译，上海：上海书店出版社 2002 年版，第 210 页。

　　二十世纪三十年代前后,正是外国人大量进入北京的时期,跨文化书写成为一个普遍且重要的文化现象。对这些生活在北京的外国人来说,城墙,是北京生活的基本界限,也是一道独特的文化景观。因此,在当时各类外国人对北京的书写中,城墙构成了一个稳定而富有魅力的符号。作为空间符号、文化意象、集体记忆的"北京城墙",在跨文化书写中具有什么样的文化内涵,对后来的北京城市形象甚至发展理念起到了什么样的作用? 本文将以瑞典艺术学者喜仁龙为例重点加以探析。

　　喜仁龙(Osvald Siren, 1879–1966),又名"喜龙仁",瑞典著名的艺术史家,也是二十世纪前期西方最重要的中国美术史专家之一。他先后于 1918 年、1921–1923 年、1929–1930 年、1934–1935 年、1954 年、1956 年来到中国考察,对中国艺术特别是城市建筑,做出了详细的研究和记录。在对华北地区的古建筑和艺术进行考察时,最初吸引喜仁龙目光的是北京的城门之美。他感叹道,北京城墙"是最动人心魄的古迹,幅员辽阔,沉稳雄壮,有一种睥睨四邻的气魄和韵律"。但随着研究的深入,他的眼光逐渐超越了美感和形式,将北京的城墙与城门视为通往历史的敲门砖,在这位专门研究欧洲艺术的学者眼中,"北京城墙"的背后是一种与空间形式密切相关的传统城市理念。他带着欧洲浪漫主义的视角将城墙称为"完美而衰落"的历史古迹,与"源于古老帝王狂热幻想的壮丽废墟"一样,城墙是中国古老文明在二十世纪初艰难蜕变的缩影。这种洞悉源流、饱蘸深情的书写,显然已经突破了艺术史的冷静与客观,成了思想史的注脚,值得深入剖析。

　　《北京的城墙与城门》作为进入中国建筑领域的处女作,集中体现了他对北京文化的跨文化书写。此书的素材来自 1922 年喜仁龙逗留北京时对北京城墙与城门进行的全面记录、调查与研究。与《北京皇城写真全图》以图片为主的形式不同,《北京的城墙与城门》是一部以文字叙述为主的著作,但仍然附有 53 张喜仁龙手绘的建筑图纸和 128

张城墙与城门的历史照片。

全书分为八个章节。第一章"中国北筑墙城市概述",以喜仁龙实地考察的经历为蓝本,描绘了二十世纪初期中国北方传统城市的基本风貌。从城墙城门,到院落街道,喜仁龙将其在西安、北京、潼关、青州等地考察的所见所得,集中运用在了这一章的叙述当中。第二章是"北京旧址上的早期城市",喜仁龙以现存最完整的一部明代北京地方志即万历《顺天府志》、清修《日下旧闻考》和十九世纪俄罗斯学者贝勒的研究为参考,广征博引,对明代以前的北京城市史做了简单的梳理。之后数章,以生动的语言翔实记录了内城城墙,内城城墙内侧壁与外侧壁,外城城墙,内城城门,外城城门的建筑形制、建筑风格和保存现状。特别是对内城城墙逐段进行的详细考察,为此后的研究者提供了关于二十世纪二十年代初期北京城墙保护状况的第一手资料。在详尽的实地踏勘中,喜仁龙依然注重实地所见与文献资料的相互印证。内城城墙长度这一关键数字,万历《顺天府志》中记载为四十里,而《明史》则云四十五里,喜仁龙经过科学测量后,测得北京内城城墙全长 23.55 千米,纠正了此前历史文献中的歧见。喜仁龙将城墙作为城市整体风貌的一部分纳入他的研究范畴,而他的城墙书写也与周围的环境与人密不可分,《北京的城墙与城门》中大量的寄予着鲜活感情的生动记述,亦是喜仁龙对二十世纪初北京都市风貌的文字写真。

一、虚实交织:北京城墙的事实与想象

在实地考察测绘的基础上,喜仁龙细致研究了以往的外国人对北京城墙的描述,纠正了他们的著述中不准确的数据。他不仅对这一时期的北京城墙进行了细致的考查,甚至对每一段城墙的建造修葺历史进行了

考证。但与其他单纯着眼于考古实证的研究者不同的是,他深刻了解了中国城墙的象征内涵并且能站在跨文化的角度做出对比性的分析。"一道道城墙,一重重城墙,可以说构成了每一座中国城池的骨骼或框架。它们环绕着城市,把城市划分成单元和院落,比其他任何构筑物都更能反映中国聚落的基本特征。"①

喜仁龙发现:"中国人历来十分重视都城的平面格局以及不同朝向和城门的象征意义。他们认为,城市被设计为方形并且朝向四个方位,并不只是出于实际用途。天象星座的位置是其依据,建设一座强大的城市不能不服从天道。""北城墙属黄,这在中国传统里代表土的颜色;西城墙属白,代表金;东城墙属红,代表火;而南城墙属蓝,代表水。土、金、火、水是城市防御中有力的四种元素,同时也有人认为,它们之间势均力敌,任何反叛的军队都会受到另一方的牵制。"

哈德门有时也被称作"景门",是光明与荣盛之门;上至天子,下至百姓,谁都可以进出这座城门。在其西面的顺治门则恰好相反,它被视为不幸和衰落之门,也就是"死亡之门",至今还可以看到葬礼仪仗从这座城门经过。德胜门有品德高尚之意,也被称为"修门"(修饰之门);而安定门则是"生门"(丰裕之门),皇帝每年都要从这里经过一次,前往地坛祭祀,以祈求一年的好收成。

从实地到文献,喜仁龙深刻理解了北京城墙在帝制时代的象征性,但他更明白的一点是,"我们没有必要去深究中国的传统象征,因为它的意义对于西方人来说太模糊、太抽象了;但需要知道的是,中国人从来不会单纯出于艺术或实用的目的去设计建筑物,无论是屋宅、寺庙还是整座城市。在中国人看来,它们有着更深层次的目的和更为重要的作用,虽然天子的忠实臣民从来没有充分理解这一切"②。

---

① 喜仁龙:《北京的城墙与城门》,邓可译,成都:四川人民出版社 2017 年版,第 1 页。
② 同上书,第 48 页。

城墙虽然是人造建筑,但在与自然的交融中获得了浪漫的美感,这背后与其说是对人造物的赞美,不如说是对城墙所铭刻的那个古老时代的缅怀。这种怀旧和审美的情绪投射在景物之上,一切都带上了怀旧的淡淡哀愁。"王府外有一个著名的湖,叫'太平湖',现在看起来更像一个大池塘,而非一个湖,但仍可容纳肥鸭戏水,水中倒映着老柳树的影子。这里似乎远离了城市,无人居住,无人走动,空气中弥漫着孤寂的气息,沉浸在往昔胜景的迷梦之中。"

二、桃源想象:内外之间的文化重构

北京城的传统空间规划就分为内城和外城,从清代开始,这种内外之别就等同于满汉之别,是文化认同和社会地位的刚性划分,到了清末民初,这种内外之分依然延续在北京居民心目中,但喜仁龙带着欧洲人的眼光看北京,对这种传统空间观念中的内外之别做出了新的阐释。如果说城墙与城门隔开了北京城的内外,那么象征秩序和文明的内城与象征自然诗意的外城,就构成了一个充满张力的全新组合。以往的内外之别是基于统治者的身份认同与偏见,而这个来自异文化的观察者,在城墙内外看到的是现代化城市和自然田园梦想的二元对立。更有趣的是,站在现代化转折点上的喜仁龙更推崇的显然是城墙之外的"世外桃源"。

从《顺天府志》等记载中他非常清楚地知道,清代以来,北京的外城俗称"汉人城",清军占领这座城市之后,将大多数汉人居民迁往郊区,特别是早已筑起城墙的南郊。相比繁华的内城,外城当然是荒凉的,但在喜仁龙笔下,却被描述为一种充满审美意味的荒凉。"墙面上点缀着一丛丛野草,塌陷的城砖之间钻出了茂盛的灌木。垛口大多已经消失;整座城墙散发着腐朽而迷人的气息,与这里的孤寂相得益彰。"①这种腐朽而迷人的气息,当然是热爱古代艺术的研究者所熟悉和喜爱的。

在北京城墙的独特空间结构中,形成了特别的"瓮城"。所谓瓮城,就是指围合的城墙在城门周围所形成的半闭合式空间。在强调军事功能的时代,瓮城是为了在军事防御的过程中强化城墙的防守能力,但伴随着火器时代的到来,这种军事功能已经形同虚设,于是这种城内城外的过渡性灰色空间成了信仰空间、避难空间,甚至成就了别样的文化空间。

他最欣赏的是顺治门保留完整的瓮城,从这里我们可以看到瓮城的独特文化意味:瓮城内的主要建筑当然还是关帝庙,一些算命先生在寺庙附近摆摊设点,"他们收取一小笔费用,为人们解决生活难题提供指引,这比寺庙起的作用大多了"。"在瓮城内的另一侧,有一些世俗且实用的小建筑,大部分的空间堆满了家用陶制品,有些彩釉在白色屋顶和绿树的映衬下显得流光溢彩。""这种古雅的色彩与天然的植物交融在一起,使这座瓮城充满了无穷的魅力。"喜仁龙所描述的瓮城之美,显然是加上了一层外来者的想象和艺术家滤镜。

"瓮城的一些初始特征还没有彻底消失,尽管前部被包围着低矮砖墙和木栅栏的铁路穿过。这座古老瓮城的后部,还保留着一座别致的小关帝庙,庙内供着的几尊精美的塑像已逐渐残朽,一些无家可归的人把这里当作庇护所。寺庙的院墙内外种植着许多刺槐、榆树和椿树,而在古老瓮城的月墙上,散发着幽香的枣树交织成节庆的花环。尽管箭楼不甚古旧,但檐角已经开始脱落,与装点在四周恣意生长的草木和谐共存。"②"一旦你穿过了瓮城,这种景象便立刻消失了。瓮城内恬静和谐的氛围被中国现代都市的嘈杂所取代——宽阔繁忙的街道、用砖和灰泥建

---

① 喜仁龙:《北京的城墙与城门》,第112页。

② 同上书,第149页。

筑的半中半洋的房屋、铁路和煤栈,以及一些在驼队和黄包车之间强行穿梭的福特汽车。"①

在喜仁龙眼里,城墙和宫墙、院墙同构,分层保护着古老东方文化的隐私和秘密,这是中国文化上下同构的特征。"中国人的家就是这样一个被极为严密守卫的地方。每一个家庭单独就是一个社会——通常人口众多,结婚后的儿子与父母住在同一所房子里——房子外面的围墙有力地保护着他们免受外来入侵。"②但不同于这一时期的外来者对封闭空间的负面评价,喜仁龙对城墙的认知植根于对中国社会独特结构的理解。他明确批评道:"对城墙风貌影响最严重的,馆区内的一些西洋建筑,它们在高度上与城墙抗衡,其结果当然是不甚协调。这些高傲的新来者完全不顾老城墙的存在,高耸着它们的塔楼和山墙。"③

联通北京城内外的德胜门是北京城美好的浓缩:"瓮城内的后部仍然是一个相对孤立、封闭的空间,那里几乎不受任何现代方式的改变;而保存得十分完整的寺庙以及门前茂密的椿树,使这里变得十分迷人。树丛灌木隐蔽着之字形的台阶和瓮城残垣的雉堞;难怪在古老的寺庙前的树荫下,聚集着食品摊贩、赶驴人、剃头匠及他们形形色色的顾客。没有哪座城门可以与德胜门相媲美,美好的自然景致和静谧的乡村意境在这里融为一体。"④正因为如此,喜仁龙对新修建的环城铁路从两座城门的瓮城中穿过非常愤怒,斥责其为"对古老城门之美和特色的极端漠视,并且显现出鉴赏力和建筑美学观念的极端贫乏"。⑤

直到二十世纪前半叶,北京内城基本上仍然是以元大都为基础改建而来。元大都虽然是蒙古人统治下完成的工程,但完全遵循营建都城的传统礼制。因此,"其街道胡同布局是从游牧转为定居时平均分配宅基

① 喜仁龙:《北京的城墙与城门》,第156页。
② 同上书,第5页。
③ 同上书,第52页。
④ 同上书,第173页。
⑤ 同上书,第145页。

地管理制度的产物,为后来的北京城留下了整齐划一的空间结构,这是一笔全世界不可多得的历史文化遗产"。这种空间结构在外国人的眼里,首先体现为方正、低矮的北京内城和城墙之外的自然与乡村的二元关系。如果说城墙之内是权力主导的秩序与文明,那么城墙之外,就是浪漫主义的自然景观,在喜仁龙的眼里,门洞就成了这两个境界的过渡地带:"从门洞向外望,视线穿过瓮城及箭楼的门洞,乡村的美丽风光映入眼帘;幽暗而深邃的券洞前,椿树和垂柳交织出绿色的幕布,阳光穿透,日影斑驳。这种和谐宁静的完美画面丝毫不被繁忙的交通干扰,很少有马车和人力车从这里经过。夏日里,偶尔有孤独的农夫用长长的扁担挑着两筐新鲜的蔬菜,晃晃悠悠地穿过门洞,增强了这处世外桃源的梦幻气息。"

三、民众视角：美感与生命力之源

喜仁龙将城墙看成一个富有自身节奏与韵律的生命体:"城墙朴素的灰色表面历经岁月的磨损,受到树根的挤压而开裂或隆起,或被滴水侵蚀,一次次历经修复和重建;即便如此,城墙整体还是延续着统一的风格。每隔一定距离,城墙的外壁就会凸起宽窄不一的坚固墩台,强化了城墙连续的节奏。在城墙的内壁,各部分之间极不平整的接缝以及受到雨水和树根侵蚀而产生的变形,使这种流动的节奏变得缓慢而不规则。在城门的位置上,双重城楼屹立于绵延的水平垛墙之上,其中巍峨高耸的城楼就像高台上的雄伟殿阁,使这种缓慢的节奏突然加快,并冲向高潮。那些气势恢宏的角楼则构成了整个乐章中最壮丽的休止符。"①段义

---

① 喜仁龙:《北京的城墙与城门》,第27页。

孚指出,人类接触和感知外界的途径是催生恋地情结的重要因素。在朝夕相处中,喜仁龙独具慧眼地感受到了静止的城墙背后蕴含着的韵律与节奏。这样的视角与眼光,同样赋予残败衰颓的城墙鲜活的生命力。"城门的美,不仅仅源于树木、屋舍、桥梁等景观,而居民的生活、光影和氛围也同样令人陶醉,凡是在北京生活过的人,心中都会留下这些难以忘却的记忆。"①

与这一观念一以贯之的是喜仁龙对于城门的描述与书写,他将城市看作一个富有生命力和自身代谢的有机体,城门则类似于"城墙的嘴;承载着超过五十万生命体的城市仿佛一个巨大的身躯,呼吸和说话都离不开这张巨人的嘴。整座城市的生活都集中在城门一带;进出城市的生灵万物都必须穿过这些狭窄的门洞。而由此通过的,不仅仅是汽车、动物和行人,还有伴随着思想与愿望、希望与失望、死亡与新生的婚礼和葬礼仪仗队"。② 在喜仁龙眼中,高大的城墙与城门,不仅是四时风光各不同的城市景观,同时也是一座城市的社会生活和民众日常的陪伴与见证。"清晨的第一支车队或骡队就从这里开始了他们新的征程。渐渐地,城外的人推着手推车,或挑着上下晃动、装满农产品的扁担陆陆续续地向这里赶来。当太阳再升高一些,城门的交通和活动便开始变得拥挤杂乱。匆忙的挑夫、手推车和驴车之间,混杂着人力车和不断鸣笛却无济于事的汽车。集中于这些狭窄通道的人流的强大节奏,从来不会因为任何威胁的声音而被打乱。车马人流越来越大股而流速并没有加快;有时太多的手推车和人力车从对面涌来,可能导致交通暂时停滞。"③书中大量富有生活趣味和平民视角的书写,体现出喜仁龙"眼光向下"的追求与取向。城市与民众的情感联系,正是喜仁龙观察北京和书写城墙的又一把钥匙。

---

① 喜仁龙:《北京的城墙与城门》,第 177 页。
② 同上书,第 105 页。
③ 同上书,第 106 页。

"城,以盛民也。"城墙与民众相伴相生,民众被城墙荫蔽、约束和影响,城墙同样在另一个角度塑造着北京这座城市。"对于北京的老百姓来说,除了胡同、四合院,没有什么比城墙更让他们亲近的了。紫禁城是皇上的,王府是皇亲国戚的,城墙虽围护着这些权贵,也保卫着小老百姓。明清以来,永定河屡发大水,有好几次是城墙用它坚实的身躯挡住了洪水,全城老少幸免于难。"城墙和民众间的情感依恋构成了人地关系中最为朴素的情感联系,也是北京民众对于他们所生活的城市和朝夕相伴的城墙的独特的"恋地情结"。喜仁龙以敏锐的学术眼光关注并放大了这一点。段义孚提出,"感知(Perception)""态度(attitude)""价值观(value)"和"世界观(world view)"是描述人与地之间情感纽带的关键要素。"感知,既是对外界刺激在感觉上的反应,也是把特定现象主动而明确地镌刻在脑海中,而其他现象则被忽略或被排斥。""态度,是一个人与世界面对面的方式……隐含着经验,以及对兴趣和价值的某种牢固的看法。""世界观是概念化的经验,它一小部分是个性化的,更多的是社会化的。"①跨文化语境中被反复描述的北京城墙就是这样一种包含了感知、态度、价值观和世界观的文化复合体,喜仁龙所体现出的正是一种跨越文化身份的恋地情结。以他者视角观察和记录北京城墙的喜仁龙,将自己真挚的情感寄予这座东方古都,同时,他又热衷于发现和描写这座古都和身处其中的人民复杂而隐秘的情感联系。这是两种不同意义上的"恋地情结"的奇妙叠加。这样的立场和关照,一方面使得喜仁龙和他的记录与研究迥异于晚近中国大量汉学家在关注中国时浓厚的东方学立场和殖民主义,而是以开放积极的态度,感受普通中国民众应有的情感体验;另一方面,也使得他塑造出的城墙形象,在学术考察和访古探幽的立场之外,更具有一份浓厚的"在地性"色彩。从这个意义上而言,喜仁龙的书写跨越了文化传统带来的视野局限,拥有了超越东西方学术传统

---

① 段义孚:《恋地情结》,志丞、刘苏译,北京:商务印书馆2018年版,第5页。

与审美趣味的恒久魅力。喜仁龙笔下的城墙,是他者视野下的"文化之墙""历史之墙"和"景观之墙",也是那个时代北京民众的情感依托和生活日常。

结　语

"古老的北京城正以迅雷不及掩耳之势消失着……又有谁将关注到它逝去的荣光?"一百年前,喜仁龙在《北京的城墙与城门》开篇饱蘸深情写下的这段话,至今依然振聋发聩,他所不能预见的是,现代化的北京城开始重视和重拾自己的传统与历史,支撑这种重塑与重建的,除了翔实的历史材料,还需要情感和叙事的力量。"回忆之地是一个失去的或被破坏的生活关联崩裂的碎块。因为随着一个地方被放弃或被毁坏,它的历史并没有过去:它仍保存着物质上的残留物,这些残留物会成为故事的元素,并且由此成为一个新的文化记忆的关联点。但是这些地方是需要解释的;它们的意义必须附加上语言的传承才能得到保证。"①伴随着改革开放和城市的现代化进程,北京作为中国的首都和国际化大都市的形象日益丰满,2001年,北京正式提出了"新北京、新奥运"的口号,并在2008年奥运会时以崭新现代化都市的形象惊艳了全世界。但与此同时,在跨文化传播的语境中,"老北京"作为一种文化形象仍具有独特的吸引力,并且经历着不断被改写、被重塑的过程,甚至成为一个更具吸引力的人文符号。城墙是北京城昔日的荣光之地,一种渗透着感情和认同的回忆空间正在重返现场。喜仁龙以自己的视角为北京的城墙与城门进行

---

① 阿莱达·阿斯曼:《回忆空间:文化记忆的形式和变迁》,潘璐译,北京:北京大学出版社2016年版,第357页。

富有现代性色彩的重新赋值。一方面,他以大量笔墨着力叙述城墙与市民生活水乳交融的和谐关系;另一方面,他真正念念不忘、难以割舍的是对于北京城墙与城门迫切的保护诉求。显然,这些古老的建筑蕴含的历史文化价值是他作为一位艺术史家更为关注的——尽管他并不否认这些正在发挥着作用的巨大建筑对于城市生活的不可或缺。喜仁龙独具慧眼的现代性赋值,超越了他所处的时代和他的学术世界。而吊诡的是,当我们如今怀想北京城墙的历史过往时,现代性赋值下的历史文化价值,似乎取代了长久以来城墙与民众的关系和它在社会生活中扮演的角色,成为被人们讨论与提及的共识。人们对于北京城墙的记忆与述说,似乎又开启了新的模式。

黄　悦　北京语言大学教授、北京语言大学一带一路研究院副院长。

数字时代的新文艺与新形态

张慧瑜

近期,崔健、罗大佑等明星的视频直播演唱会,成为疫情时代十分引人关注的文化活动,两场演唱会观看人次达四千万以上、点击量超亿人次,这种"轰动"规模对于线下演出来说是不可想象的,"复现"了电视直播黄金时代的盛况,而移动互联网时代的网民还可以通过献花、点赞、发弹幕等方式参与其中。与此同时,一些地方戏曲、国粹京剧、非物质文化遗产等传统艺术也积极探索线上直播的方式,北京人民艺术剧院七十周年院庆线上直播经典剧目《茶馆》也有五千万网友观看,这为传统、小众的文艺演出提供了走进千家万户的可能性。特殊时期对线下活动的冲击反而促进了数字、在线演艺活动的发展。如果说电视媒体塑造了邻里化、家庭化的受众,那么手机、iPad、电脑等数字"小屏"则为原子化的个人建立了一处虚拟"洞穴"。数字化、信息化所搭建的媒介平台让不同区域、不同年龄、不同性别、不同国家的群体有了互动、交流、"云"见面的可能,这使得数字时代文艺产品的传播路径和消费方式都发生了巨大转变,尤其体现在受众粉丝化、粉丝评论参与传播等方面。

一、即时评论与平台算法

相比传统媒体时代,互联网时代最大的变化是数字平台的出现,文艺产品依托微信、抖音、快手等数字平台进行传播。一方面专业机构出品的文艺作品与海量受众生产的自媒体作品同台竞争,另一方面受众的点击率和转发量也直接影响文艺作品的传播效果。

数字时代文艺作品的发展与媒介迭代密切相关。最早出现的数字文艺形态是网络文学,2003年前后,以榕树下、起点中文网、晋江文学城等为代表的文学网站建立了网络文学创作和消费的产业模式。大量的网络写手通过网络文学平台成为"网文"创作的主力军,而网友的阅读量和点击数直接决定网络文学作品的收益分成。这种模式确实刺激了网络文学的发展和繁荣,但也带来金字塔效应,大量网络底层写手成为"炮灰",很难获得盈利,而头部的网文作家又面临"催更"的魔咒,疲于更新。2005年以来随着豆瓣、B站等评论化的数字平台的出现,电影或其他文艺作品的网络口碑对其市场效益产生影响,为了商业目的,出现了网络水军、粉丝营销等现象。2012年以来网络综艺节目的兴起,也带来"偶像练习生"养成、饭圈打榜造星等粉丝机制,通过贴吧、微博等互联网平台建立更有组织化的粉丝会,引出粉丝控评、拉黑、互撕、应援等饭圈化过激行为。

在文艺评论的形态上,传统时代与数字时代有着重要区别。第一,传统时代的评论依靠报纸、杂志等印刷媒体,是有一定出版周期的理性化、专业化的评论,而数字时代的文艺评论带有即时性,受众能即时反馈意见,通过发表情包、发弹幕、点赞、转发或者差评,随时随地表达对作品的态度。第二,传统时代的文艺评论虽然也能影响文艺作品的口碑,但受地域、文艺类型的影响,读者、听众、影迷、戏迷的规模有限,而数字时代可以跨地域、跨年龄经营粉丝,使得受众粉丝化的组织性、规模性更强,利用粉丝打赏、刷礼物、买热搜成为文艺作品收益的核心要素,这产生了盲目引导粉丝进行饭圈"论战"的网络乱象。第三,传统时代也通过文艺评论的方式针砭时弊、评判作品,但数字时代的即时点评、从众心理更容易被放大,使得文艺评论呈现非理性的极端化状态,产生粉丝"极化"现象。

在 web1.0 的页面时代,用户通过网站网页读取、浏览以文字、图片为主的信息,到了 web2.0 的移动互联网时代,用户对文艺作品有了更多自主性和参与度,不仅可以转发、分享、评论、互动,而且也能利用数字平台上传甚至创作。在移动互联网时代,这种"用户生产内容"发挥到极致,如抖音、快手等短视频平台几乎不生产内容,所有短视频都是用户制作、上传的,短视频 UP 主的收入与粉丝量有着密切关系。平台化时代极大地鼓励了受众的参与度,是一个把受众从观看、收听的被动主体变成深度介入的粉丝主体的过程。可是数字平台并非只是一个中性的媒介,其核心功能是设定算法规则,通过给用户精准"画像"(即年龄、性别、喜好等),使其对互联网平台产生高强度依赖和黏性,也就是说数字平台对用户有极强的重塑能力。算法成为抖音、快手、今日头条等数字化平台的核心竞争力,平台用算法来管理、引导粉丝的生产和消费行为。

二、数字化平台的公共属性

平台、算法与受众粉丝化带来双重效应,一方面受众的口碑对文艺作品的流行带来决定性作用,另一方面数字平台又会把粉丝流量作为商业价值的指标。在这种背景下,受众被粉丝化、饭圈化,一些运营、管理粉丝的团队利用饭圈的忠诚度,从事过度商业化的炒作,出现不理性、不理智的乱象,这也是 2021 年以来管理部门对粉丝文化、饭圈文化进行治理的原因所在。为了避免粉丝、饭圈产生过度商业化的营销和过度政治化的舆情,需要重新认识数字化平台的公共属性,从法律规范、算法约束和产业链良性发展等角度加强引导。

一是,用法律手段规范粉丝行为。受众可以通过即时点赞或差评、发弹幕来表达对作品的喜好,也可以通过社交媒体如微信等平台的转发来扩大作品的传播效果,但这都需要建立在受众拥有相对自主、独立的判断的基础之上,而不是组织水军、粉丝刷单和向平台购买"热搜""头条",这些不正常手段给文化市场带来了不公平竞争。2022 年 6 月27 日,国家互联网信息办公室发布《互联网用户账号信息管理规定》,出台了 IP 地址归属地公开、实名制等方面的细化规则,这也是借用《网络安全法》《个人信息保护法》等法律手段来规范网络空间,使得 IP 地址归属地显示成为互联网平台的常态,为网民交流尽可能提供真实、可信的信息来源。

二是,协调算法规则,维护数字平台的公共性。数字平台为用户提供了参与文艺作品生产和传播的可能性,也鼓励普通人借助数字平台创作优质内容,尤其是让偏远地区、农村等信息资源弱势地区也有机会分享数字文艺平台的便利,弥合了区域发展不均衡的数字鸿沟。但是,近些年对数字平台的争议还在于其商业属性和高度垄断性,一旦某个领域实现平台化,就容易形成市场垄断,而数字平台的民营属性,使其把商业价值放在首位,这在数字文艺平台领域也有所体现。这就需要充分意识到数字文化资源的公共性和社会性,以及平台本身所具有的社会服务职能。在进行算法推送和设定时,就不能以商业利益为唯一目的,尤其是在直播打赏、未成年人参与网络消费等过程中,需要设置更多保护措施,避免用户被过度诱导。

　　三是，数字平台经常形成"赢家通吃，大多数成为炮灰"的现象。数字平台的便捷性和扁平化，容易带来头部产品、网红产品的聚集效应，也就是只有少数 UP 主、少数网红吸引了大量粉丝，正因为有大量粉丝反而又被平台重点推送，又会吸收更多粉丝，这就出现"马太效应"，少数人挣大头钱，而大多数用户只能是陪跑者。网络文学市场如此，短视频平台也是如此。这种现象不利于自由竞争，并且降低了大部分受众参与内容生产的积极性。尤其是对于偏小众、无法简单引发流量效应的传统文化、经典文化或非物质文化来说，需要平台设立特殊的算法和推荐，避免少数"品种"收割大部分资源，诚然这也会导致同类型产品更大规模地重复生产，因此，需要在产业链分配上维持数字文艺平台的多样性和多元化，这样才能形成良性的数字发展生态。

　　中国有着四通八达的互联网信息基础设施，即便是乡村、西部地区也实现了网络信号的全覆盖，这为中国数字文化发展提供了坚实的硬件基础。如果能深入推进数字平台的公共性和社会化，那么就能够在互联网时代实现文化资源的均等化、普惠化和共享性。

　　张慧瑜　北京文艺评论家协会理事，北京市文联签约评论家，北京大学新闻与传播学院研究员。

"在世界中"的青年作家

岳　雯

在编选 2022 年的短篇小说年选的过程中,一个有意思的现象浮现出来:在我们的作家,特别是青年作家中,"在世界中"正日益成为小说的基本视域。故事在世界发生,人物在世界行走。由此可见,青年作家一代对于空间的理解已然完全不同于前辈作家。城市或者乡村不再构成理解空间的基本结构,相反,跨越国族的边界、快速的流动成为文本的新现实。而空间视域的这一变化,亦可成为理解当下青年写作的一个端口。

张惠雯的《朱迪》发生在波士顿郊区的艾克顿镇上。"我"是一位刚刚离异的单亲妈妈,带着孩子来到了这一小镇,在湖边散步时遇到了朱迪和她的丈夫乔伊,三人的互动测量了友谊与爱情相互交织而成的人性深渊。在认识人性的同时,读者或许也对美国小镇上的生活留下了极为深刻的印象。白琳的短篇小说《维泰博之夜》是一群中国的青年男女在维泰博旅行时所发生的故事。维泰博在哪里?维泰博是位于意大利中部拉齐奥大区的一个城市,如果用我们熟悉的坐标定位,它在罗马以北约一百千米处。这群青年男女离开了熟悉的国内生活,来到罗马,重新开始一种"世界中"的生活。他们是在探索异域的风景、风俗与文化,又何尝不是在借助新的文化塑造自己。出生于 1993 年,正在北师大读博的陈各创作的《狗窝》事关柏林的文艺生活。"我"抱着拯救当代戏剧的野心来到柏林,却发现遭遇了语言的障碍。"我"和三个"来路不明"的德国人合租了一间公寓,认识了一群有着朋克气质的年轻人。小说形塑了两个空间,一个是以麦克斯为核心的"狗窝",一个是以布莱恩为核心的"维多利亚式宫殿",两个空间形成强烈对照,不同阶层、不同文化的冲突尽在其中。在三三的《巴黎来客》中,巴黎与上海同样构成了遥相呼应的镜像空间。在年轻作者的笔下,巴黎的地标竞相而出,"沿塞纳河,由北向南,灯色藏光影玄机,长夜垫衬在狂欢之下。巴黎的出租车很贵,因此,我们常趁午夜莅临之前,坐地铁赶往市区。第六区的龙街、第七区的圣西门街,往往是我们为彻夜痛饮所找的容器"。经由作家的描述,读者仿佛在"午夜巴黎"巡游,然而,小说画风一转,"我"回到上海,"真正的生活扑面而来"。

　　事实上,不独短篇小说,跨地域、跨文化的写作弥漫在不同文体中,正成为青年一代共同的美学追求。比如,石一枫今年出版的长篇《漂洋过海来送你》也处理了这一命题。从书名我们就看到,它聚焦于"洋"和"海",小说的第一部分就叫"来自太平洋西",第二部分叫"前往太平洋东"。太平洋成为一个显豁的地点,这是视域放大的结果。"东"和"西"的关系,是小说的着力点。那么漂洋过海来送你,是谁漂洋过海来送你呢? 省略的主语是人。石一枫是要讨论人的跨地域流动所带来的深远影响。他以历史的、纵向的思维,寻绎全球化是怎么构成的。比如,那年枝这样一个从来没有出过北京的北京人,如何与全球化建立联系呢? 当他坐在鼓楼上,照看着纱布,目睹志愿军开赴朝鲜时,他本人其实和全球世界建立了某种内在关联。同样,沈桦的全球化是在朝鲜战场上,置身于战火硝烟中的全球化。小说有一个非常重要的细节:那枚弹片一直停留在沈桦的身体里,若干年里一直隐隐作痛,让她行动困难。就是这枚弹片开启了漂洋过海之旅。这一极具张力的细节,象征了中国与世界的关系。再比如,阴晴的妈妈郑老师将自己的全部人生寄托在"去美国"这样一个目标上,这是二十世纪八九十年代,一个后发国家对于先发国家的向往。到了阴晴身上,她所想象的全球化又不太一样。田谷多和何大梁的全球化,则是另外一个故事。新一代农民工,"拍拍屁股就去了埃及,拍拍屁股又去了阿尔巴尼亚"。"对于人家,地球仿佛就是一个球儿,扒拉扒拉就能转个圈儿似的。"这是一个劳务输出的全球化。黄耶鲁和他爸爸的全球化故事,则是金融全球化的一种叙述。众多全球化构成的是一个绵延不绝,甚至是充满冲突的关系。对于全球化,我们既有创伤性的体验,又有一种虚妄的想象,同时它也可能是实实在在的政治经济行为。这构成我们今天驳杂的现实,所有的历史都穿越到我们现在,都和当下建立内在关联。

如果说前辈作家还在焦虑如何"走向世界",那么这一代青年作家已经坦然从容地将"世界中"的人和生活作为小说表现的对象。为什么会如此?一个显而易见的回答是,由于全球化的不断深入,青年作家不同程度地获得了更多的海外经历,而无所不在的媒介环境使他们对世界的认知也在迭代,这些经历自然而然成为他们生活的一部分。当他们拿起笔开始创作时,这一部分生活经验就灌注其中。比如,《取出疯石》的作者周婉京出生在北京的部队大院,十六岁去香港,之后又回到北京,在北大哲学系拿到博士学位后又去了布朗大学做哲学研究。她通晓英语、德语、法语等多门外语,接受的是多种文化的滋养。她说:"我们是在中国变得强大富裕的背景下出国的,不是带着淘金梦出去的。我们下一代的作家其实更明显,他们不会有任何的自卑。这跟经济状态有直接关系,也跟我们从小生长的媒介环境有关系。"再比如,陈各在谈到《狗窝》的缘起时说:"2018 年的时候,我在柏林旅游过一周,这个城市给我留下了很深的印象。他们非常注重环保,有很多有机食品超市,大部分餐馆都有专门的素食板块。我还遇到过一些极端素食主义的人,他们甚至拒绝一切动物制品,比如皮带呀、皮包啊,他们不愿意为了自己的享乐而伤害动物。但同时,我又看到他们毫不怜惜地伤害自己,吃饭就吃土豆、冷冻比萨,终日烟酒不离身,吸毒,吸大麻,周末的时间就'耗费'在音乐节、俱乐部和派对上。我有一种感觉,柏林好像还是没有从战争创伤中彻底恢复过来,这个创伤包括'二战'也包括冷战,我能感觉到他们的年轻人还是有很强烈的幻灭情绪,这使他们一方面(对别人)像是天使,另一方面(对自己)又像是魔鬼。而这两方面,对我来说都是挺大的文化冲击。"

但事情又没那么简单。似乎并不能完全将"世界中"的写作归于作家本人的生活经验。三三关于《巴黎来客》的创作谈的题目就叫"我没有去过巴黎"。她意在提醒我们,"在世界中"并不完全是经验中的世界。这关乎作家对于当下现实的理解。石一枫在谈《漂洋过海来看你》时提到:"一方面,这也是二十一世纪以来北京乃至中国的现实特质,什么事儿都跟全世界串在一起;另一方面,想写本土的变化,一定要在世界层面上展开,这也是一个创作规律。"地方性和全球化的关系,在今天变得相当突出。特别是在新冠疫情在全球暴发,全球化不断遭遇挫折的今天,大家都在追问是否存在一条不同于以往的新路。在文学方面,这一主题的书写也比较醒目。作家也在以文学的方式重新讲述地方性和全球化的关系。

植根于这一现实需要,青年作家正在酝酿并创造一种新的美学语法。这一语法来源于青年作家对于世界文学乃至多种文艺形式的接受,产生于中西文化的碰撞、交流与融合所带来的眩晕,打开了理解中国、理解世界的新视界。异质文化的引入,也在锻造、锤炼汉语的韧性,增强汉语的活力。这一美学正在源源不断地释放着巨大潜力。

岳　雯　北京市文联签约评论家,中国作家协会创作研究部研究员。

"京味儿"三题：概念、方法与实践[*]

祝鹏程

在现代北京的发展过程中,对"京味儿"的追求成为一道醒目的风景线。应该如何认识"京味儿"？目前对于"京味儿"和北京学的研究还有哪些值得我们反思和改进的地方？如何将学术研究与城市建设结合起来,推进北京学研究的学以致用？这是本文要考虑的问题。

一、层累的"京味儿"想象

"京味儿"这个概念正式产生于二十世纪八十年代对北京的文学书写中①,我们今日用它来笼统形容北京的某种文化面貌,且它已经不

* 本文系北京市社会科学基金决策咨询重点项目"京味文化的资源发掘、价值阐释及其转化研究"(项目编号：21JCB009)的阶段性成果；国家社科基金青年项目"当代中国民间文学生产机制研究(1949年至今)"(项目编号：19CZW055)的阶段性成果。

① 尽管此前有很多类似的文化追求,比如1982年就出版了邓云乡的《鲁迅与北京风土》,但"京味儿"其实是二十世纪八十年代中后期才形成的概念。比如中国知网上第一次出现这个概念是1985年,参见林大中《变革与反思——评〈钟鼓楼〉》,《当代》1985年第2期。

再有时代的局限。总体来讲，近一百年来，北京有三次"京味儿"文化的打造高潮。

第一次是 1927 年国民政府从北京迁都到南京以后，"北京"改名为"北平"，这一变革造成很多在北京的文化人的失落，开始书写"旧京"和"故都"的回忆。比如汤用彬等人的《旧都文物略》(1935)，陈慎言的《故都秘录》(1933)，还有老舍的很多小说的面世，都与迁都引发的"旧京"的书写密不可分。这些文本记忆涉及文学、武术、戏曲、说唱、天桥文化等多方面，大体以对旧日风华的悼念和叹惋为主旋律，这些文本中的北平是传统而优裕的，同时也是衰败而苍老的。我们当下所说的"老北京"，以及与此相关的素材、表述的规则和修辞的策略都来自当时的这些文本。①

第二次是 1949 年以后对"新北京"的打造和相关的文化想象。当时的定位是"人民首都""生产城市"，要把北京从原先旧的、腐朽的消费性城市转变为生产性城市。除了拆城墙等建设实践外，也出现了一些经典的代表作品，比如老舍的《我热爱新北京》(1951)、《龙须沟》(1950)、《茶馆》(1956)等，这些文本的表述核心是改天换地，强调的是如何在党的领导下摆脱原先的封建文化和殖民文化，建设一个属于人民大众的新北京。因此，很多在北平时代被叹惋的传统都成了"落后"的代表，诗人艾青曾经写过一首诗，大意是说他走过东四牌楼，发现那四个牌楼终于被推倒了，取而代之的是宽敞的马路，于是他高喊一声"好！"②从中不难看出推倒旧世界、创造新首都的雄心。

第三次是二十世纪八十年代以后的文化书写。在这个时间段里，借着改革开放和寻根文学的东风，陆续出现了很多相关的书写实践，比

---

① 董玥：《民国北京城：历史与怀旧》，北京：生活·读书·新知三联书店 2014 年版。
② 艾青：《好！》，《艾青全集》(第二卷)，石家庄：花山文艺出版社，第 279–281 页。

如邓云乡的《燕京乡土记》(1986)、《北京四合院》(1990)、《文化古城旧事》(1995),张中行的"负暄三话"(1986、1990、1994)等,再加上邓友梅、赵大年、刘心武、陈建功等当时一批中青年作家的书写,以及"京味儿文学丛书"等出版物的推动和一些评论家的鼓吹,"京味儿"文学一度产生了极大影响。这次书写包含的内容更广,既包括了"旧京风华"的遗产(比如邓云乡的回忆文章),也包括社会主义时代的文化传统(比如《钟鼓楼》《皇城根》《人虫儿》)等。这一文化打造工程可以说一直没有结束,延续到了当下。

历史学者董玥在《民国北京城:历史与怀旧》中用"怀旧"(nostalgia)和"回收"(recycling)两个概念来整合全书,她考察了关于"现代"的经验是如何影响民国时期民众对北京的历史认知和想象的。她指出,恰恰是因为在现代性的过程当中需要怀旧的体验,才产生出了对于"老北京"的种种描述和修辞。在结语中她写道:

> 当它不再是政治中心以后,北京人仍留恋过去,遵守陈旧的习俗,怀念往日的荣耀,培养着感伤的氛围。但无论他们如何努力,总有一种虚假的成分渗透入他们的生活中,使得每件事只是"看上去"像真的。不过,我认为,这种怀旧直接地针对现在而非过去,北京不是一个仅仅因为过去而兴旺的"幽灵城市"。在民国北京,那些被当作"过去"的东西事实上常常就是当下。当下通过两种途径替代过去:往昔依然存在于日常生活中,同时,当下被一个想象中的未来视角打量着。现代永远存在于未来,对往昔的怀念实际上是指向于当下的。①

纵览这三次书写热潮,可以发现,不同时代的主体对历史的书写和

---

① 董玥:《民国北京城:历史与怀旧》,第328页。

想象都是立足于他们各自的历史处境做出的。第一次是因为迁都对旧京文化人的触动，他们对北京的关注，既有平民关怀，又没有脱离原先的精英视角。第二次是因为改天换地的建设热情，强调的是城市的"人民性"，从人民的立场去描写城市的变迁和民众的生活。第三次则是在改革开放以后，在市场经济和文化商品化的环境当中形成的，是在社会主义市场经济语境中对传统的想象和建构，以及营造地方文化产业、地方品牌，构筑地域认同的实践。

　　因此，在"京味儿"的话语建构过程中，我们可以看到一种随着历史变迁和时代需求而产生的"层累"。"京味儿"的生产与不同时代的意识形态、社会思潮之间有着密切的关系，从中不难看出在不同的时代里，人们对"京味儿"的认识、想象是不一样的，不同时代的社会需求决定了不同的故事讲述动力，进而框定了故事文本的呈现形式。因此，我们如今了解"京味儿"，不应该只局限于对历史的追溯，而应该立足当下，观察传承至今的层累与积淀。

二、北京学研究的反思：如何寻找"京味儿"？

　　那么，如何在研究中寻找"京味儿"？ 总体来讲，在目前和北京相关的大量文史著述中，对"传统"和"本真性"（authenticity）的迷思仍然占据了整个京味文化的生产和研究，当然，这里说的不是那批最顶尖的北京文化研究的成果，而是针对整体的研究倾向而言。

　　总体上，北京学的研究呈现出了古典化、景观化和掌故化的倾向。一说起北京，学者还是会强调"老北京"，即那些被高度符号化和传统化的元素，比如中轴线、民国风味的四合院、天桥艺人的绝技、"天棚鱼缸石榴树，先生肥狗胖丫头"，在描述修辞上，会大量使用"活化石""国粹""皇家文化"等。学者更关注文化的传承性、稳定性和连续性。从一定程度上讲,这些研究也是将文化资源传统化(traditionalization)的一部分,使用了大量涉及本真性和民族主义的修辞,不断巩固、再生产指向传统的修辞。如果我们把国内北京学的研究跟海外中国都市研究的成果(比如已经译介进来的"上海史研究译丛"和"海外中国城市史研究译丛")相比,就会发现还是有很大的差距。海外中国都市研究更关注的是这些问题:都市中的民众有哪些人?他们是谁?他们做了什么?而北京学的研究更多是在不停下各种定义:"京味儿"是什么?是帝都?是皇城根?而不是去描述这个东西是怎么形成的,与民众有什么样的关系,以及具有什么样的意义。

所以,研究往往呈现出以下问题:

其一是"抓大词儿",主要集中在制度性的皇家文化、精英文化方面,缺乏对普通民众日常生活的关注。比如在北京历史研究方面,有一本非常经典的、征引率很高的《北京史》①,这是由北京大学历史系于1985 年主编的,但它整体上还是一本北京政治史,不是北京民众的历史。

其二是向后看,忽视当下北京的剧烈变迁,把够不够"文化"、够不够"传统"作为北京文化价值的衡量标准。这一点,在很多北京地方文史学者的著述中显得尤其明显,比如一说起北京城市空间,就追溯到《周礼·考工记》关于"匠人营国"的描述,提及"里九外七皇城四,九门八点一口钟"的谚语,而遗忘了中华人民共和国成立后强有力的社会改造工程对都市空间的再塑造,以及改革开放以来大规模的人口流动对北京居住空间的重构。相比之下,一些当代作家,比如王朔倒是更关注平民生活。他专门写过一篇文章叫《烦胡同》,在他的观察之下,胡同里芸芸众生的生活并非人们想象的那样是美好优雅的,而是有待改

---

① 北京大学历史系《北京史》编写组编:《北京史》,北京:北京出版社 1998 年版。

进和提高。他甚至猛烈批评了一些学者作家把北京的文化古典化和理想化的做法："反正对我来说，满北京城的胡同都推平了我也不觉得可惜了的。住一辈子监狱的人回忆监狱生活也少不了廉价温馨，你不能真觉得监狱生活是人过的日子。狱卒的回忆更不算数。"[1]

其三是大量的北京文史类著作存在着互相抄袭、低水平重复的问题，缺乏新的见解。

究其原因，是因为上述研究对现代北京剧烈的社会变迁是忽视的，尤其对全球化时代、生活在当下北京的民众的日常生活是忽视的。因此，我们有必要在开放的视野中重审"京味儿"。"京味儿"是一个"层累"的概念，也是一个流动的过程。研究者应该采取动态的、开放性的视角，去综合考察北京是如何被塑造成现代中国"文化之都"的，以及在这个过程当中，不同的主体（尤其是普通人）如何通过日常生活的实践来完成对"京味儿"的想象和打造。

首先是研究主体的开放性。研究的群体应既包括北京土著，也包括外来的"新北京人"。北京现有常住人口 2 189 万，其中外来人口 841 万，有将近四成人口是外来的[2]，他们广泛参与到北京的日常生活和日常文化的实践当中，极大地激活了北京城市的活力。就像陈平原有一篇文章叫《"五方杂处"说北京》[3]，如今的北京就是五方杂处、人口流动极大的城市，关注人口的多元构成及其流动对于揭示城市的活力，促进城市各阶层的健康发展不无裨益。

其次是研究事象的开放性。既应该包括传统属性较强的文化元素，也应该包括当下民众的各种文化实践，凡是围绕着"北京认同"展

---

① 王朔：《烦胡同》，《中国作家》1994 年第 2 期。

② 截至 2020 年 11 月 1 日零时数据，参见陈雪柠：《专家解读北京人口数据：推动人口红利向人才红利转变》，北京日报 App，https://ie.bjd.com.cn/5b165687a010550e5ddc0e6a/contentApp/5b16573ae4b02a9fe2d558f9/AP60a6ee24e4b02239fcfdad2c?isshare=1&app=5F54BC64-14DD-477E-AB62-4FB618D3FD59&contentType=0&isBjh=0,2021-05-21。

③ 陈平原：《"五方杂处"说北京》，《书城》2002 年第 3 期。

开的各种文化实践,都应该归于对"京味儿"的体悟和实践。比如,既应该关注以"北京孩子北京味儿"为品牌的"大逗相声"等相声团队,也应该关注聚集在中关村等地的码农编写的关于自己在北京工作、生活的相关脱口秀,还应该关注京郊某些乡村中外来务工者撰写的那些记录自己来京打工的感悟和体会的诗歌,这些作品记录了他们对北京的文化想象和认同。

最后是研究时段的开放性。陈平原提到:"北京是个有历史、有个性、有魅力的古老城市,正迅速地恢复青春与活力,总有一天会成为像伦敦、巴黎、纽约、东京那样的国际性大都市。观察其转型与崛起,是个很有趣味的课题。"[①]北京的日常生活已经是现代的日常生活,而不是传统的、可以被"乡土记"体裁记录的日常生活,应该走出只对传统的"老北京"文化事象感兴趣的做法,去关注当下民众的实践,以及他们是如何赋予这些实践以文化的意义的。

说到这里,又想回到前文提及的《钟鼓楼》。这本书让人感动的地方,在于它关注的是钟鼓楼底下住在大杂院里的普通民众。从书中很多章节的设置,就可以看出刘心武所坚守的"平民"视角:"钟鼓楼下,有一家人要办喜事。最操心的是谁?""一位正在苦恼的京剧女演员。人家却请她去迎亲。""一位局长住在北房。他家没有自用厕所。""一位修鞋师傅。他希望有个什么样的儿媳妇?"[②]这些内容延伸到北京民众日常生活的每一个角落。我们现在谈"京味儿",不应该只谈"天棚鱼缸石榴树",还应该去关注那些住在大杂院中的、住在楼房里的、住在廉租房里的北京人的生活方式:是什么人住在那里? 他们如何认识北京? 他们对自己的居住环境是什么样的情感? 此外,还应该关注这些问题:围绕四合院等传统符号,当下民众展开了什么样的创新性实

---

① 陈平原:《"五方杂处"说北京》,《书城》2002 年第 3 期。
② 刘心武:《钟鼓楼》,北京:人民文学出版社 2015 年版。

践？当下的很多文化机构、运营者会在四合院里开旅社、开会所，他们是如何认识四合院的，又是怎样打造四合院的文化景观的？哪些资本参与了打造的过程？相关工程对附近民众的生活产生了什么样的影响？等等。

再以笔者比较熟悉的相声为例。近年来，以德云社为代表的相声团体以复兴"传统相声"为己任。在他们的带动下，北京的曲艺演出得到一定程度的振兴，各小剧场恢复上演了一批传统相声段子，不仅有《卖布头》《八大吉祥》等家喻户晓的节目，还包含了《论梦》《怯洗澡》《卖面茶》等曾经被视为"糟粕"的段子。这些段子作为一个整体，涵盖了近世以来北京市民阶层衣食住行、婚丧嫁娶的方方面面，生动刻画了老北京的风物、生活与心理。

如果我们停留于表面，就会将这次相声复兴简单地等同于"传统"的复兴。但突破表层的传统化策略，深入其生产模式，就会发现，德云社等市场化程度较高的团体恰恰是充分利用了大众文化的生产机制。如果说姜昆等老一辈演员是电视的宠儿，那么德云社一代则是互联网、自媒体的运营高手。他们采取多元的实践，开辟多种经营模式，发展小剧场，并借助互联网、微信等大众传媒，在年轻人中打开了市场。

在一个时间即金钱的年代里，演员们需要有效控制运营成本，尽量缩短相声从创编到演出的流程。他们不再通过确立主题→体验生活→提炼素材→组织语言这一系列漫长的流程来创作相声。于谦在一次访谈中提到，他和郭德纲上台前并没有完整的脚本，也没有排演，只有一个写了内容梗概的小纸片，两人根据现场的环境进行发挥。[①] 为了在最短的时间内把最密集的笑料提供给观众，相声的创作愈发呈现出短、平、快的特质，向互联网借力成为必然，造成了"段子化"相声的流行。不少演员则直接从网络笑话、段子中获取创作的素材，再将这些笑话改

---

① 凤凰卫视《锵锵三人行》，2013 年 10 月 17 日。

头换面地融入相声。"段子化"的相声符合大众快节奏的娱乐需求。当演员选择了大家都熟悉的网络段子时,无须再反复铺垫和解释,就能很快引发观众的笑声。①　此外,受限于知识结构与快餐化的生产方式,面对整个传统相声的资源时,年轻的演员往往只选取娱乐性较强、结构较为松散(可以往里面加大量笑料)和具有猎奇效应的相声。这些现象之所以出现,是因为其便于生产,低成本,高产出,符合市场法则。在很多场合,郭德纲都称自己的作品只是娱乐,并非艺术,恐怕这不仅是自谦之词,也道出了部分事实。②

　　显然,深入机制层面后就会发现,这些受"传统"大旗荫庇的表演内容、形式与修辞恰恰和当下都市的怀旧情绪,以及文化经营团体的生产关系与生产机制紧密相连,进而能挖掘出话语表述背后的政治、经济、意识形态等因素,并勾勒出当代相声受众的心理世界与精神面貌。

三、北京学研究如何回应城市建设?

　　尽管前文对北京学的研究现状有一定的批评,但笔者并不想否认,北京学的研究对于北京的城市建设仍有着积极的智力支持作用。中国文化向来讲究"学以致用",北京学的研究也应该起到资政的效应,回馈北京的城市建设。如果能把城市建设所需的导向性和应用性同我们所提倡的流动性和建构性结合起来,置于一个开放性的理论框架中,那

---

　　①　关于"段子化"相声的综合报道可参阅《相声段子化:全是包袱很闹心》,《中国艺术报》,2013年12月9日;《相声创作:扒网络段子还是"置产业"》,《北京日报》,2014年2月27日。

　　②　如郭德纲在散文集《过得刚好》序言中说:"我不指望天塌地陷,地球都会灭了,还有我的一段相声在宇宙间飘荡。"参见《过得刚好》,北京:北京联合出版公司2013年版,第3页。

么应该能产生兼顾学理性与实践性的研究成果。

挂一漏万，此处仅列举三点：

（一）尊重民众对"京味儿"的感受和言说。与其从本质主义的视角对"京味儿"下定义，不如去充分关注"京味儿"是如何被言说和生产的，当下不同的主体是如何认知和定位"京味儿"的。人们对"京味儿"各有理解和言说，探求他们的表述是可以发现文化表象背后的生活欲求的。此外，尽管言说不同，但总能发现一些核心性的东西，在此基础上可以总结出一些共性。这些核心性的内容很可能就是前文提及的"北京认同"，因此，不妨以"北京认同"为起点去定义"京味儿"。政府认识到当代市民群体最在意的是什么，就可以采取相应有效的措施。以"北京认同"等民众的认知为基础去下定义，同时保持定义的相对开放，就会使研究更具社会价值，同时使政策更有现实针对性。

（二）关注民众针对"京味儿"的实践模式，尤其注重其中的差异性。可以在具体的研究当中把"京味儿"分成若干个类型，比如"原生阐发型""隔代挖掘型""移植发明型"等。"原生阐发型"指的是某种传统一直存在，经过近年的阐发，被赋予了新的意义，如相声；"隔代挖掘型"指的是那些一度消失了的、经过挖掘被赋予新意义的传统，如近年来稻香村挖掘的"京八件"等；"移植发明型"指的是随着移民群体、人口流动带来的新传统，比如现在北京满街的烤冷面、兰州拉面。这种类型化的处理继承了我们"具体问题具体分析"的优秀传统，可以有效地服务于城市建设。当我们把它分出不同的类型时，就意味着有不同的人群选择了不同的类型，他们出于不同的需求、出于不同的目的而采取不同的举措，产生不同的文化实践。在分类的基础上展开研究，有助于政府针对不同的人群和语境的文化需求，去制定有针对性的文化政策，提供不同的文化服务。当然上述几个类型只是初步的设想，并不是成熟严谨的分类，具体应该如何操作还可以做进一步思考。

（三）要充分关注当下语境中的新因素和新成分。比如，大众传媒,尤其是新媒体,还有旅游产业、文化的商品化、资本运营、城市化和拆迁等因素在当代北京开放的、全球化的、五方杂处的城市文化打造中,起到了举足轻重的作用,深刻影响了"京味儿"的知识生产和实践模式。关注这些因素及其走向,评估它们对北京文化的影响,不仅有利于推进"京味儿"文化朝向当下的追求,也会产生积极的资政作用,对于相关部门调整政策和举措也有一定的借鉴意义。

"京味儿"看不见摸不到,却存在于每一个北京民众中。寻找、捕捉"京味儿"是当下每一个北京学研究者的职责。以开放的视角观察北京市,关注当代市民的言语与行动,充分揭示背后的主观诉求,挖掘民众利用"京味儿"资源展开的社会交往、群体认同与文化批评等创造性实践,对于展示北京城市生活的多样性,呈现当代北京鲜活的都市生命力,推进北京城市建设及其健康发展有着深远的意义。

祝鹏程 北京市文联签约评论家,中国社会科学院文学所副研究员。

虚拟偶像："情感真实主义"下的众创乌托邦

薛　静

近些年来,虚拟偶像蓬勃发展、逐渐出圈,他／她们或是登上各种主流晚会,或是代言各大品牌,从小众娱乐发展到获得官方认可和商业价值。但与此同时,虚拟偶像的粉丝并不致力于增加流量,并未在各个网络平台上以数据刷榜、用新闻霸屏,而是基于趣缘群体积极互动、温和拓展。这与真人偶像粉丝群体形成了鲜明的对比,也让越来越多的人对虚拟偶像背后的粉丝群体产生兴趣。一种基于二次元亚文化的小众趣味,如何演变成一个不同于现实饭圈的粉丝生态?

雪莉·特克尔在《群体性孤独》中提到,在电子文明中成长起来的新一代,对外在世界的"真实性"不再有强烈的需求。在他们眼中,如果现实中的真实并没有内在价值,也就没有维系这种真实的必要。而如果一件事物虽为虚拟,但在内在价值上却能满足需求,它也未必不能作为真实而被接受。不同代际之间在这个元问题上产生分歧,呈现在偶像产业中,就是粉圈内外互相视为异端的源点。在非粉丝群体中的人们看来,偶像的真相是整容的皮囊、虚构的人设、低下的能力,更重要的是,我们与他几乎永远不会发生什么联系,为什么要为这样一个幻象付出爱与钱?但在粉丝群体看来,偶像值得喜爱,恰恰是因为他兢兢业业地维持着这份残酷真相之上的虚假。有了这份虚假的华丽外衣,我们对理想伴侣的想象得以附着,通过脑中的二次加工将之调整为最完美的状态,这段关系中我付出的是真情实感,这为什么不能是"情感的真实主义"呢?

虚拟偶像的出现,则将偶像工业对真实与虚假的态度,以最坦诚又最激进的方式呈现给大众。虚拟偶像,是"事先张扬的虚假",是永远无法抵达的彼岸,但粉丝们不在乎。因此,虚拟偶像的粉丝群体,不再有那么多的拧巴与焦虑,所有他们的"想象",都成为虚拟偶像的"真实",他们的身份从"化妆师"转变为"造物主",形成了粉丝群体的新生态。

公共平台上,不同于真人偶像粉丝活跃于微博、积极向外推广,虚拟偶像的粉丝则是以 B 站为主,通过参与创作,来丰富虚拟偶像自身的文化空间。以洛天依为例,她的 B 站官方账号自 2016 年开始运营,已经拥有 298 万粉丝,125 条视频作品。如果对其视频作品的高赞评论和弹幕类型进行统计,就会发现这些粉丝并非一味重复自己的喜爱和支持,而是主要关注作品的质量,在作曲、演奏、视频剪辑、动画制作、3D 建模等多方面进行品评。粉丝在评论洛天依的同时,也常常对幕后的创作者表示感谢。而 B 站的洛天依频道,粉丝创作发布的视频则高达 4.9 万条,许多知名视频的播放量甚至比官方视频要高出一个数量级。在 B 站这个二次元大本营里,虚拟偶像领域的"用户贡献内容、粉丝参与创作"体现得格外显著。

内部社群上,粉丝群体一直都以 QQ 为主要平台,不过和真人偶像粉丝在此布置工作、分配任务,进行层级管理和饭圈调度相反,虚拟偶像的粉丝 QQ 群呈现的则是高度的"去饭圈化"。对洛天依的四个主要粉丝 QQ 群、共计 7892 位粉丝进行观察统计,可以发现 QQ 群内的粉丝交流,呈现均衡多元的整体态势:偶像作品、粉丝二创并未占据主导地位,粉丝之间在兴趣爱好、日常生活上的交流更加积极。以"V-singer

洛天依"QQ 群为例,动漫番剧、学习生活都是热门话题,群内粉丝对游戏《原神》的讨论热度明显高于洛天依及其作品。闲聊过程中,洛天依相关的表情包仅占 40% 左右,而真人偶像粉丝群中,哪怕是闲聊群,这一比例一般也高于 70%。不难看出,虚拟偶像粉丝在以 QQ 为主的内部社群中,建立起的不是高度内向、封闭的饭圈组织,他们以虚拟偶像为基础,聚合志趣相投的同龄朋友,拥抱丰富多彩的充实现实。

近年,伴随着大量资本涌入文娱产业,原本在摸索中发展的粉丝文化,被裹挟进入一条狭窄而畸形的小道,原本自发产生的喜爱,被不断煽动为狂热,演化出种种群体性盲从。

但虚拟偶像的粉丝社群经过多年的默默发展,逐渐形成了一种相对和谐的有机生态。从虚拟偶像的类型本质而言,官方提供人物设定之后,粉丝参与创作对偶像形象的构建有着举足轻重的作用。虚拟歌手洛天依的《达拉崩吧》《勾指起誓》《普通 disco》等多首知名作品,都是来自粉丝原创,虚拟主播 A-Soul 组合的嘉然,也因粉丝小作文而诞生许多出圈名梗。相比对真人偶像进行粉丝二创所面临的侵权风险,虚拟偶像以去中心化的众创方式,鼓励二次创作,而粉丝群体也在这种创作热潮中相互切磋、提升技艺,更有粉丝脱颖而出,成为新的"大神"与"偶像"。洛天依的粉丝 ilem,就以为洛天依创作高质量原创歌曲而逐渐为人所知,目前已在 B 站拥有 165 万粉丝,并且荣获 2019 年 B 站百大 UP 主。粉丝个体没有淹没于偶像的光芒之中,没有丧失自我、迷失方向,反而由此成为更好的自己,通过多元产出,完成自我实现,不能不说这是一个值得肯定的趋势。

而从粉丝群体的整体态势而言,虚拟偶像虽然源于二次元亚文化,但"去中心化、去官僚化"的社群结构,营造了一个健康丰富的趣缘聚合社群生态。洛天依等虚拟偶像参与官方活动,创作庆祝建党百年、国庆七十周年、冬奥宣传的歌曲,往往比普通作品有更高的播放量和弹幕量,显示出粉丝对虚拟偶像参与官方活动这种"打破次元壁"的合作的强烈兴趣。在没有外力约束干预的情况下,实现了亚文化年轻人与主流话语的双向奔赴。

"偶像产业""粉丝文化"本身并无原罪,也并不必然指向畸形。虚拟偶像及其粉丝,让我们看到了在这个新生的文化生态中同时获得主流认同、商业价值、粉丝热爱、路人好感的可能性,也让我们看到了借由虚拟偶像,年轻一代互联网原住民所展现出的无限创造力,以及自我实现的可能性。这种从一元到多元的去中心化发展模式,将粉丝视为有机力量而不是数字劳工的平等关系,或许能够为整个偶像产业的未来发展提供新的角度。

薛　静　清华大学人文学院讲师,清华大学文化创意发展研究院文化项目主任。

自我与世界的辩证法

——观察青年写作的一种视角

徐　刚

在青年写作者那里，一个颇为流行的分歧在于究竟应该写自我还是写世界。对他们来说，独特的个人经历和诚挚的自我记忆，往往是写作的首选题材，而在此之后，写作也企盼着经由自我出发，推己及人，去发现更广阔的外部世界。这主要是因为，自我的抒情或"表演"总是相对容易的，而成熟的写作者决然不会满足于独自咀嚼一己之悲欢，他必将放眼整个世界。由此来看，在写作者眼里，自我和世界之间，似乎有了高下之分。然而，这里所谓的高下，有时候也并不绝对。在某个特定的时刻，自我与世界或许还包含着更加复杂的辩证关系：探求自我可能并非出于私心，而是为了更好地认识这个世界；与此相应的是，"到世界去"也理应彰显出对自我的重新理解和塑造。这种辩证的互动，正是写作的意义所在。而这一点，对于青年写作者来说尤其重要。

一

如人们所观察的，初登舞台的写作者总会急于展示自我，他们借助经验的再现与编织，获得一种朴素便捷且自然真切的文学表达，由此也得以确证个体写作的独特价值。这种自我法则的背后，显然凝聚着个体的诸种文学诉求，无数的文学理论对其有着精准的描述，在此也无须多言。但这里值得注意的是让这种"自我"得以展开的具体细节，以及这种细节中所蕴含的丰富信息。

纵观当下的青年写作，在瞩目于自我的具体呈现方式时，我们不禁发现，多数写作者仍会不约而同地选择对故乡或童年生活的回忆。正如栗鹿在《幸福的乌苏里》中写到的，"在（主人公）明明这里，喧嚣的地铁站被回忆夷为旷地"。回忆，尤其是童年的回忆，总是让自我得以确证的一个"常规手段"。那些过往岁月的刻痕，早已成为记忆中挥之不去的印迹，这当然是最切己的个人记忆。而此时此地的所思所想，则扮演着某种情感触媒的角色，让记忆的闸门得以悄然打开，从而生发出饱含情感与歌哭的抒情篇章。在此，回忆所开启的，无疑是一个随时随地可以蔓延开来，并且将读者裹挟进去的情感世界。这不由得让人想起德国理论家瓦尔特·本雅明。在本雅明那里，对于具有一定历史意味的小说作品而言，重要的不是按照事物"本来的样子"来描绘过去，而在于"捕获一种记忆"，或者说，"当记忆在危险的关头闪现出来时将其把握"①，进而获得一种摄人心魄的情感力量，这便是他在《历史哲学论

---

① 瓦尔特·本雅明：《历史哲学论纲》，汉娜·阿伦特编：《启迪——本雅明文选》，张旭东、王斑译，北京：生活·读书·新知三联书店2014年版，第267页。

纲》中体现的对于历史叙事的基本看法。巧合的是,在栗鹿"回忆的诗学"的历史建构中,本雅明笔下那个迎着风暴离我们远去的天使的形象,被置于小说的突出位置。在此,作者不仅郑重地将本雅明的名句写到了小说题记里,而且还在叙述之中不断慨叹,"历史在我们身后被炸碎了,碎成无数个小小的世界,每一面都朝向不同的未来"。

其实不仅是在《历史哲学论纲》里,很多时候,本雅明就像一位考古学家,在童年的迷宫里挖掘对于"家园"的记忆,追寻孩提时代特有的经验和情感。在此,刻骨铭心的事件、永难相见的玩伴,或是在此之外孩子所特有的,原始的,在感官和无意识层面无比细微而敏感的经验,以及对于色彩、气味、声音和光线的微妙感觉,无不彰显出对于记忆中的物品和童年"地形图"的眷恋,这种眷恋的背后,则是时代氛围中一代人的经验范式。也是在这个意义上,如本雅明自己所言,"没有什么比那对屋后庭院的一瞥更能深刻地加强我对童年的回忆了"。① 确实是这样,在小说的世界里,还有什么比刻骨铭心的回忆更加可贵的呢? 在许多场合,本雅明的爱好者栗鹿也曾深情诉说童年之于个人写作的重要意义,"虽然我已结婚生子,但梦中的我却从未成年,甚至很少梦到大学以后认识的人。成年以后的生活在梦境中被神奇地抹去,是那个孩子在守夜吧? 当我清醒的时候,有时会想起她,她狭长的影子与我重叠的那一刻便是光辉重现的时刻"。② 由此她也坦言,正是"童年的空旷和孤独"为她开辟出写作的空间来。为此,她还曾引用加斯东·巴什拉在《梦想的诗学》中的那段经典论述来阐明这个问题:"童年持续于人的一生。童年的回归使成年生活的广阔区域呈现出蓬勃的生机。首先,童年从未离开它在夜里的归宿。有时,在我们心中会出现

---

① 瓦尔特·本雅明:《驼背小人:一九〇〇年前后柏林的童年》,徐小青译,上海:上海文艺出版社 2003 年版,第 5 页。

② 栗鹿、兔草:《小说可以接近某种微型的永恒》(对谈),"中华文学选刊"微信公众号,2020 年 4 月 17 日。

一个孩子,在我们的睡眠中守夜。但是,在苏醒的生活中,当梦想为我们的历史润色时,我们心中的童年就为我们带来了它的恩惠。必须和我们曾经是的那个孩子共同生活,而有着共同的生活是很美好的。"①

在栗鹿这里,拒绝长大的成年人总是耽溺于永难再现的昨日之美好,"所以我不断书写童年,边梦想边回忆,边回忆边梦想,孜孜不倦地探寻叙事的源头"。② 在《幸福的乌苏里》中,来自乌苏里的明星熊自然是童年记忆的核心意象。"乌苏里曾经是一只明星熊,在网络还不普及的时代可以说是动物界的周杰伦。因为我老家是梅山的,它几乎带动了整个梅山的旅游业。"小说由此介入,所连带的记忆也关乎那个年代全国各地公园和集市都流行的一种"畸形展"。双头蛇、连体婴、花瓶姑娘……儿时的记忆总是令人难以忘怀,然而,回忆终归是高度主观化的,这种怪诞神奇的经验回溯中,显然掺杂着个人的主体情感。但即便是这种高度主观化的记忆,也包含着明显的年代标记,这对于特定读者来说也显然有着极强的代入感。因此,毋宁说这里所凝聚的也是一代人的情感记忆,这便显示出自我的印记与更广阔的"他者"的联系。这也难怪,新的文学代际总是会以这样的方式寻找一种微妙的自我认同感,将自我的独特性标识出来。

当然,既然关涉记忆,就免不了涵盖那些发生在久远年代的创伤性体验,这也是童年回忆的重要组成部分。就像《幸福的乌苏里》中的明明那样,她悔恨于带回了乌苏里熊,这间接造成了小松父亲最后的死亡。尽管小说最后,明明的悔恨与愧疚随着当事人的释然而宣告和缓,然而这创伤性的情感记忆本身,却终究暗示出成长所包含的不应忽略的代价。栗鹿的这篇小说终结于对逝去的幸福的追怀与拷问,以及关

---

① 加斯东·巴什拉:《梦想的诗学》,刘自强译,北京:生活·读书·新知三联书店2017年版,第28—29页。
② 栗鹿、兔草:《小说可以接近某种微型的永恒》(对谈),"中华文学选刊"微信公众号,2020年4月17日。

于历史的"不要回头看"的谆谆告诫,然而在对童年记忆的回溯中生发的许多问题其实值得认真讨论。小说一方面生动展现出对历史"永恒绝望的想象"是如何牢牢缚住那些回头张望的情感主体的,另一方面也暗示出对一代人情感记忆的共同守护带来的执着向前的源源动力,这些都显示出栗鹿所展开的自我"修辞术"所具有的更普遍的社会意涵。

二

相较于栗鹿在《幸福的乌苏里》中展开的童年回忆,叶端在《赤裸》里所呈现的叙事同样可以归到"追忆逝去的时光"这一写作脉络中。在后者这里,小说的时间起点回溯到中学时代,叙事者似乎在怀念一位令人唏嘘的中学友人,这本身就是个体情感记忆的重要部分,它关乎童年,关乎儿时记忆的诸种形态。事实上在叶端这里,在个人回忆所体现的自我表述之外,主人公缪冬的命运遭际其实也被寄予相对普遍的社会历史内涵。正如小说所感叹的,"我们探讨青春,有时觉得时间尚早,青春尚未开始。可那生命自然生长,不因为学业的绵长而迟缓脚步,它像推土机一样碾平了茵茵的草地"。感慨年华老去,悲叹青春易逝,似乎正是青年写作的流行主题。对于年轻一代来说,在离开了家长为他们精心打造的"玻璃房"之后,他们终于迎来了一个广阔的外部世界,然而这个广阔的世界显然没有传说中那般和谐友好,这里其实横亘着一个异己的"社会",它"虎视眈眈"地等待着将个体捕获,进而吞噬,就像小说中的缪冬随后所遭遇的一系列变故那样。尽管自我与现实秩序的紧张感是百年来中国文学的流行主题,然而在具体讨论这种典型的病症所体现的社会病理学意义时,仍有一种令人震惊的艺术效果。

从小说来看，《赤裸》中缪冬的悲剧性，很大程度上要归咎于她的家庭。就此，小说一开篇便向我们展示了主人公置身的那个"玻璃房"，"我不由惊叹。这座漂亮的玻璃房，仿佛童话世界，坐落在都市的混杂之中，甚至比童话世界更有几分天然的特质"。在此，作为房间一部分的"玻璃房"，既体现出独树一帜的居家环境，也显然暗示着个体与现实秩序之间的隐秘关系。它不禁让人联想起因家庭对个体的过度保护，而使后者逐渐丧失原始自由天性的情形，这也使得缪冬与温室中被细心呵护的花朵，以及动物园里被小心保护的动物颇有几分相似之处。正是因为被牢牢束缚在精心归置的"玻璃房"中，缪冬不得不领受父母所安排的一切，包括一份没有兴趣的工作，以及一桩没有爱情的婚姻。由此，当兴趣和谋生都是被父母安排的人生的一部分时，离这位被囚禁者最后的崩溃大概也就为时不远了。就像小说所呈现的，"缪冬厌恶现在的工作，许多次，她梦见自己在漫长的阶梯上奔跑，怎么也跑不到头"。她也不断地追问："生活在哪里？乐趣在哪里呢？"终其一生，缪冬都没能成为梦想中那只自由自在的长颈鹿，她的全部悲剧性恰恰体现在这里。于是从小说来看，叶端在回忆缪冬这位令人扼腕唏嘘的昔日友人时，无意间触及当下一个极为热门的社会话题，即令无数中国父母牵肠挂肚的孩子的教育问题。在这个意义上，小说所展开的便不再是一己之追忆，在作者这里，世界的荒谬一角已然被巧妙揭开，现实的入口也得以敞开。于是，童年的追忆成了小说世界里"自我"与"世界"沟通的桥梁，而写作的升华也变得顺理成章。

与栗鹿相似，倪晨翡也善于书写童年记忆，这在他过往的《苹果绿黎明》《迈克尔的忧伤叙事》《严禁烟火》等一系列作品中都有着生动的体现。在某个场合，作者也曾谈及童年之于写作的重要意义："童年，对我来说是一段无比珍贵的记忆。一直以来我的写作或多或少都体现了童年的影子，那些记忆是独属于我的万花筒，书写它们，既是想要通过故事的方式记录它们,也是通过它们认识自己,了解自己。"①看得出来在倪晨翡这里,这些"珍贵的记忆"显然是更加个人化的写作资源,也同样是"自我"与"世界"之间的桥梁。在作品中我们看到,于他而言,童年记忆虽谈不上是什么不堪的噩梦,但故乡的某些幽暗之事,以及小县城的灰色印迹,总是令人如鲠在喉。在此,传销、地下钱庄,抑或某个疯癫的女人,早已为童年故乡打上了某种晦暗的底色,这也是独属于倪晨翡的文学"万花筒"。显然,这与栗鹿念兹在兹的《火烧云》中"天空偏偏不等待那些爱好它的孩子"大异其趣。在《猜纸》中,倪晨翡一改往日先锋的实验笔墨,叙事更加明快简洁,寥寥数笔便勾勒出乡野阴郁鬼魅的氛围,这使得小说看上去更像是一段隐没于故乡小镇的神秘往事。从老鸦到赢元,鬼迷心窍的彩票迷恋者,以及他们被毁掉的人生,总是令人不吐不快。在主人公赢元短暂的前半生里,他渴望猜中的从来都没能猜中。为此,他算命改名,博取秘籍……然而,哪有什么秘籍,一切不过是猜纸的游戏罢了!小说最后,一错再错的赢元仍然猜不到人生的答案,他只能继续在这条永无尽头的道路上仓皇奔走。在此,小说既是蛮荒乡野的见证,也是隐逸在故乡山川中的尘封往事,而小说所隐含的社会批判性也不容小觑。

当然,通过栗鹿的《幸福的乌苏里》和叶端的《赤裸》,我们也可深刻体认到"仅有的一代独生子女"前无古人后无来者的孤独,以及深藏其中的试图告别青春期的执着愿望,这也是几乎所有的青年写作者都会不断关注的叙事焦点。在他们那里,进入"异己"的现实秩序之中,总免不了要放大社会体制的荒诞性,从而渲染面对世界这个异化的牢笼时个体的某种不适感。在此,"玻璃房"里被过度保护的形象,总是让人将其与"温室里的花朵",以及最终被生活所压垮的警示相联系。

① 倪晨翡:《文学的世界里我是自由的》(访谈),"大益文学"微信公众号,2022 年 8 月 11 日。

而对于这种"异己感"的警惕和抱怨,也是栗鹿的小说试图表达的重要内容。如其所言:"动物园摁住了所有跳跃,摁住了所有杀戮,动物园让种子不能发芽,让角马不再迁徙。"这种把整个世界作为无边的"动物园"的独特看法,显然包含着某种振聋发聩的社会批判意向,然而我们也应清醒地意识到这种批判的效力与限度。我们应该看到,当叙述者标榜出自我对于世界的独特看法时,这种看法本身也仅是某时某刻的自我对于世界的体认方式而已。对于青年写作者来说,这里所呈现的世界,不过是自我内心的投影,需要被不断地检验和校正。

事实上,正是在主体的幻觉之下,这里所呈现的关于世界的纷纭形象便接近于叙述者所描述的诸种梦境。看得出来,沉溺于"自我"的写作者,总会对梦境念念不忘,由此也不难发现,这里的几位年轻人不约而同地写到了梦境。比如栗鹿就"总是梦到自己身处空无一人的校园中,有时是小学,有时是中学",她"总是梦到高考"①;在叶端和倪晨翡那里,梦境也有各自独特的形式;而在叶杨莉的《笼狐》中,梦境的引入则更加频繁,这里既包括刘维的梦境,"他刚开车上班那一周,做过一个记忆清晰的梦,梦里他和珊佑正在装修新房,因为操作失误,安装柜门的师傅被他们夹死在房间里。他们被巨大的恐惧感笼罩,随后开始谋划如何处理尸体",也有李佳欣的梦境,"昨天一晚上,我不确定自己有没有睡着,就记得一晚上,好多人向我床边走过来。他们都穿着病号服,脸上有各种表情。他们围在我床边,和我说话"。梦境的引入,自然是为了更加迅速地进入人物的内心世界,同时也更加迅速地调动叙事的腔调和氛围,然而梦的结构也暴露出主体的某种脆弱状态。对于创作者来说,梦境的细节其实更加耐人寻味:事实上,它既揭示了主体的幻觉,同时又暴露了这种幻觉,写作的秘密也由此得以呈现。

---

① 栗鹿、兔草:《小说可以接近某种微型的永恒》(对谈),"中华文学选刊"微信公众号,2020年4月17日。

三

如果将童年、梦境与孤独中的玄想视作青年写作的"三大法宝"，那么汇聚在此的诸多篇章几乎早已集齐了这所有的"法宝"。不过好在，在他们这里，写作中的"自我"栖居之地，也是通往"世界"的窗口。当然，在他们逐渐摆脱明显的自我印迹，更加坦率地踏上世界的旅途的过程中，我们有时也能清晰地感觉到，这里的世界可能只是自我投影的那个世界。

刘炫松的中篇小说《光明路与暗店街》虽包含着向法国作家帕特里克·莫迪亚诺的经典作品《暗店街》致敬的意味，但终究显示出试图跨越自我，眺望世界的写作雄心。与《暗店街》相似的是，刘炫松小说的基本叙事结构也是循着照片去找寻过去的印迹。在莫迪亚诺的小说中，围绕自我身份的探寻所展开的环环相扣的线索和迷局，使得作品有着浓郁的侦探故事的意味。同样，《光明路与暗店街》的最大阅读动力，其实也源于一种侦探叙事的悬疑感。小说里，"我"苦苦寻找的不知名女孩究竟身在何方？这一直是让人魂牵梦绕的文本悬疑。贯穿整个谜题的答案，也似乎就在小说的前方，然而作者在虚晃一枪之后，却终究如莫迪亚诺那样，没让我们等到真相揭开的那一刻。看得出来，《暗店街》中的永无谜底的探寻，也被《光明路与暗店街》的作者很好地贯彻了。当然，对于《暗店街》来说，重要的不是解谜，而是追寻一种耐人寻味的余韵。莫迪亚诺小说中如"海滩人"般出现和消失都不会引人注意的个体的脆弱感，以及如一缕水汽，不会凝结成型，却怎么也抹除不去的不安感，几乎都被刘炫松"移植"到小说中。或许这还不够，在年轻的作者这里，不只是致敬经典，他更有囊括一切的野心。这也就像小说中写的："许多突如其来的念头和无可名状的情绪，就像鞋子里倒不出来的小石头。"这其实也是我们阅读《光明路与暗店街》时的总体感受。事实上，在《暗店街》意义上的徒劳无益的寻找之外，更多"突如其来的念头"和"无可名状的情绪"恰恰遍布于小说。这里体现的是作者的诗性才华，以及在语言锤炼上的卓绝功力。然而更加明显的是，作者急于表达的欲望，以及急于表达却又难以准确表达的焦灼感，也"就像鞋子里倒不出来的小石头"一般，让人徒叹奈何。刘炫松的小说总是对旁逸斜出的细节无比迷恋，其独特的意象与情绪也总是以非同寻常的方式被凸显，但不无遗憾的是，其准确性却打了折扣。年轻的作者总免不了犯"语不惊人死不休"的毛病，不惜为此忽略表达本身的朴实和准确，或者说，他们只服膺于激情澎湃的写作感觉，却对写作的合理性缺乏有效的观照。尤其是，作者总是试图通过语词和意象的堆砌，来追求某种瞬间化的情绪氛围，进而提炼出动人的抒情段落，小说也由此氤氲，渲染和烘托出情绪的丰富和芜杂，然而面对这些芜杂的情绪，作者却缺乏一种总体性的合理调度，使之服务于明确的主题言说。因此，作品在浓郁的文艺气息之中，能让人感受到青春写作所独有的颓废、放浪、忧郁与极端，但在剥离开它与《暗店街》的"互文性"关系之后，我们赫然发现，这其实是一篇很难归类的作品。究竟是侦探悬疑还是先锋探索，是边缘叙事抑或往事抒怀？抑或都不是，只是在对经典模仿之余的自我实验与抒情？这些其实也都是值得讨论的问题。

　　当然，在青年写作者这里，自我与世界的更加复杂的辩证意义在于，即便他们苦苦追寻的世界可能只是世界在自我内心的投影，但其对于写作者自我的重新理解和塑造仍然意义重大。这里不得不提到的是叶杨莉的小说《笼狐》。似乎是为了有意避开年轻一代写作经验重复和匮乏的难题，叶杨莉近年来的写作更多朝向的是外部世界，其突出的标志就在于，小说的叙述者与人物之间的距离逐渐拉大，而在叙事题材上则不再单纯依赖个人记忆或人生经历展开叙述，而将探索的焦点指向更多的"他人",试图由日常生活里的"幽微之处"入手,发掘城市里陌生人之间更为复杂的联系形态。也是在这个意义上,叶杨莉一直被视为"城市化浪潮的儿女"①。

在小说《笼狐》中,因为一场车祸,肇事者刘维与受害人李佳欣这对素昧平生的陌生人被牢牢地拴在了一起。然而,这毕竟是车祸,是谁也不愿摊上的麻烦事,也势必包含围绕车祸展开的定责、救治、赔偿与官司等诸多事项,都事关现代意义上的法理制度与责任机制,这是城市生活的题中之义。但正是在这种令当事双方都颇感无奈的法理关系中,小说里的人物却出人意料地生发出一种骨肉相连的亲近感。如流行的说法所显示的,孤独的最高境界是独自去做手术,小说之中,因车祸而受伤的李佳欣便是这样。作为唯一亲属的舅舅因索赔未果而匆匆离去,只剩下她独自面对接下来的各种状况。在举目无亲之际,李佳欣不得不求助于这次事故的肇事者,于是就让我们看到了小说中那荒谬而卑微的一幕:"一场手术结束,在门口等待的竟是肇事者。"在此,作者敏感地捕捉到城市里一种新型伦理关系的生成瞬间,这也是一次意外事件带来的情感契机。就像小说所言,"她开始并不厌恶,或反感这场车祸,因为她借此忽然进入了一个脱离原来生活的空间里,看到原来生活中所看不到的东西。停下来,思考一些没来得及思考的问题"。日常生活的洪流之中,终归需要某种契机,让个体从日常生活的牢笼中超拔出去,获得一种自我反省的情感空间。而作者恰恰发现了日常生活的这种"幽微之处",进而体察到人性深处所包含的文学能量。当然,小说对于陌生人群这种联系形态的考察并不是孤立的。在刘维与李佳欣之外,小说也借刘维之口,转述了荃姑与芸芸之间的故事,这使得前述的人伦关系获得了一个相得益彰的叙事参照。小说在此所呈现的荃姑虽着墨不多,但她之于养女芸芸,同样是一个毫无血缘关系的

---

① 黄平:《"城市化浪潮的儿女"——论叶杨莉小说》,《西湖》2018 年第 12 期。

人,却甘愿为此"背上这一辈子的债务"。这里的叙事细节似乎更能说明,原本陌生的情境之中,总会包含某种血肉相连的情愫。大概是在这个意义上,读者得以有机会去细细品味小说里首尾呼应的那只传说中如鬼魅般出没的白狐,这城市牢笼里的白狐,以及它一次次的闪现所包含的耐人寻味的意义。恰恰是在对这些关系和意义的多重思索中,叙事者获得了一种自我反省和理解,进而有了重新塑造的契机。

徐　刚　北京文艺评论家协会理事,北京市文联签约评论家,中国社会科学院文学所副研究员。

新时代文艺评论人才培养机制浅析

李甜甜

一、问题的提出

文艺评论是推动文艺创作、繁荣发展文艺事业的重要力量,也是党领导文艺工作的有效方式和有力手段。党的十八大以来,以习近平同志为核心的党中央高度重视文艺工作、评论工作,习近平总书记对文艺评论多次发表重要论述、作出重要指示批示,充分肯定了文艺评论的重要地位,强调要"高度重视和切实加强文艺评论工作"。2021年7月,中央宣传部、文化和旅游部等五部门联合印发《关于加强新时代文艺评论工作的指导意见》(以下简称《意见》),把文艺评论置于社会主义文艺发展全局中的突出位置,为做好新时代文艺评论工作指明了方向,提供了遵循。《意见》明确了加强新时代文艺评论工作的总体要求,提出要壮大文艺评论队伍。2022年,北京、江苏两地宣传部先后印发关于加强新时代文艺评论工作的一系列政策,在整合区域文艺资源优势、壮大文艺评论队伍、推动文艺创作等方面提出了切实可行的方针政策。

文艺批评或者说艺术批评，其目的"不是生产独立自主的文本，而是发挥它的对话和纽带功能，在作者、作品、读者之间建立起联系，进一步在艺术、社会、自然之间建立起联系"。① 文艺评论人才作为促进文艺评论事业长远发展、推动各艺术门类创新创造的关键主体，其作用举足轻重、至关重要。如何构建一支既有坚实的文艺理论基础和综合文化素养，熟悉文艺学科发展历史和文艺创作规律，又有坚定的文艺评论立场，敢于发声、善于发声，梯队合理的文艺评论人才队伍，是关系到文艺事业长远发展的核心问题。因此，强化对文艺评论人才培养机制的分析研究，为新时代文艺评论工作发展注入人才原动力，是加快构建中国特色评论话语体系的应有之义，也是褒优贬劣、提高审美，营造风清气正的良好文艺生态的现实需要，更是引导创作、推出精品，铸就中华民族伟大复兴时代文艺高峰，建设社会主义文化强国的必然要求。

二、文艺评论人才发展现状

北京作为我国文化发展的重镇，文艺资源丰富，文艺人才集聚。以北京为例，文艺评论人才分布广泛，遍布高校、科研机构、文艺院团、文化单位、各类媒体、文化公司等各个领域，呈现多元化发展趋势。

"学院派"文艺评论人才持续活跃，高校汇聚主要文艺评论力量。高校在学术研究、理论研讨方面具有先天优势，是专业文艺评

---

① 王延信：《在纵深处的多维探索——2021年艺术学理论学科扫描》，《艺术评论》2022年第4期。

论的核心主体。截至 2020 年 6 月底,北京有 32 所高校设有文学艺术类相关院系,在文艺评论相关领域开展教学科研的教师人数近 3 000 名。与此同时,以院校为主的专业文艺评论因其理论研究的专业性、评论话语的学术性等特点,其群众性基础较弱,对市场、行业和大众的影响力不足,甚至存在行业和公众对专业评论家的认可度不高的情况。

文化媒体和文艺院团等平台优势明显,拥有较为稳定的评论人才队伍。调查显示,以北京为例,京报集团、新京报等传统媒体旗下的报刊均设有文艺评论专栏和版面。在北京出版发行的文艺类期刊有 80 余种,年发稿量约 2.4 万篇。这些平面媒体拥有稳定的评论队伍,相关从业记者和编辑超过 500 名。在京登记的文艺院团近 40 家,演职人员 3 000 余名,其中具备一定文艺专业背景与创作能力的演创型文艺评论人才数量可观。依托宣传阵地和创作单位的文艺评论人才,具有得天独厚的评论资源,对各门类文艺创作实践的关注度更高,自身的评论创作也更加活跃。

文化领域"两新"组织逐渐兴起,社会传播力和影响力日益凸显。根据北京市统计局 2020 年发布的数据,北京文化核心领域从业人员有 48.7 万人,其中内容创作生产、文化渠道传播等从业人员超过 20 万。调研发现,文化领域"两新"组织中潜藏着大量有待挖掘的文艺评论人才。豆瓣、知乎、微博、微信、今日头条、bilibili 等互联网平台活跃着诸多文艺自媒体以及书评人、影评人、剧评人、乐评人等新文艺群体从业者,他们有着广泛的传播力和影响力,是文艺评论发展的新生代力量。[①] 他们具有很强的传播力和较大的影响力,也亟须加强思想政治引领、促进专业素质提升,要给予他们更多的关注。

---

① 陈旭光:《如何让文艺评论葆有理论深度,更接"地气"更有"人气"——关于优秀文艺评论人才培养的思考》,《中国艺术报》,2011 年 11 月 10 日。

三、文艺评论人才成长路径

按照人才成长的一般规律,为便于分析和理解从事文艺评论的一个体的成长路径,可将文艺评论人才的职业生涯划分为起步期、成长期、成熟期、稳定期四个阶段。下面,将从四个阶段剖析各阶段文艺评论人才的群体特点、发展诉求、成长资源获取方式等,以此深入理解个体在各发展阶段与现有培养体制之间的互动嵌入关系。

(一)起步期:多以高等院校、艺术院校专业培养为主

处于这一阶段的文艺评论人才,多以高等院校、艺术院校艺术专业学科学习为依托。以北京地区为例,各高校的文学院、影视戏剧学院或其他艺术学院学生,文艺类院校如中央戏剧学院、中央美术学院、中国艺术研究院、北京电影学院、北京舞蹈学院等院校学生,他们在艺术学理论或不同艺术门类的专业学习中建立起对各自艺术领域的理论、评论的初步概念,并在专业提升过程中尝试进行文艺评论实践。处于这一时期的个体并非严格意义上的文艺评论人才,可以暂且将这一群体称为文艺评论后备力量、潜在力量。尤其是处于硕、博等更高研究起点的艺术学科在校生,基于自己的研究兴趣和专业能力,开始有意涉足文艺理论、艺术评论领域,逐步走向"准文艺评论人才"的发展道路。

这一时期,在学校专业教育和教师导师的指导下,学生主要通过参与学术活动、课题研究、专业领域相关赛事,或者通过参与文艺创作活动、观摩文艺作品等形式,不断深化自身对文艺研究的兴趣,提升文艺评论水平。处于起步阶段的"准文艺评论人才",其提升自我文艺评论

专业能力的方式主要是依托学校的专业教育,获取提升自身专业水平的外部资源渠道较为有限。

(二)成长期:基于专业背景和工作需要的持续精进

成长期的文艺评论人才主要是指基于自身专业、工作职责需要或个人兴趣爱好等,致力于专业从事文艺理论、评论工作的文艺工作者。他们大多刚刚进入本专业研究领域或入职本职工作,如在新闻媒体、文艺类刊物从事文艺相关信息的收集、整理、编辑等工作的从业者,在高校、研究机构、文化企事业单位从事文艺相关教学、学术研究、文艺政策研究等的从业者,文艺院团、文化类企业中具备一定文艺专业背景与创作能力的演创型文艺评论人才,以及专业从事文艺评论相关工作的自媒体、独立撰稿人,等等。

这一阶段的文艺评论人才,有持续提升自身专业水平、积累相关研究成果的现实需要,积极开展个人研究、参与创研项目或研修培训、出席研讨会议、加入社会团体等,成果多以研究课题、论文、著作、评论文章等形式呈现。依托所属机构、单位是其获取专业提升资源的主要方式,且多以申请制、合作制为主,如申报国家社科基金、教育部哲学社会科学项目、各省市级社科基金项目或其他自主开展的研究项目。近年来,随着网络文艺的迅速发展,通过自媒体,以文章、短视频等形式进行网络评论的独立评论人迅速出圈,他们往往以单个评论作品博得较高的点击率和流量,短时即可获得较多关注。[①] 此外,由于文艺评论的实践性,文艺评论往往离不开对作品的解读和批评,尤其是舞蹈、戏剧、曲艺等舞台艺术形式,需要文艺评论工作者深度介入文艺现场进行评论。密切关注当下

①　胡疆锋:《作为事件的网络文艺与新文艺评论的再出发》,《中国文艺评论》2021年第6期。

本领域的艺术创作发展现状进行自主评论,在相关文艺刊物、报纸及新媒体等网络渠道发表,成为这一阶段评论人才成果呈现的主要方式。

(三)成熟期:多平台、多渠道的历练与提升

处于这一阶段的文艺评论人才,经历了起步期,有一定的成果积累和社会辨识度,对自身的研究专长和职业发展有了更为清晰的规划,更关注自身研究兴趣和成果质量,在开展文艺评论时更加凸显个人的自主选择、体现自身的研究倾向和评论特点。除了依托以往的固有资源提升评论专业能力外,他们更期待参与高质量的文艺评论实践、拓宽自身学科门类的视野和边界、产出更有价值的理论成果。积极与有助于提升自身专业影响力的外部资源建立联系,是这一阶段的文艺评论工作者的迫切需求。

处于成熟期的文艺评论人才,更加注重有分量的文艺类评奖,如国家级文学类、文艺类奖项中的理论评论奖、哲学社会科学奖,各省市级哲学社会科学成果奖、文艺类奖项中的理论评论奖,国家哲学社会科学项目、教育部人文社会科学项目及各类基金资助研究项目等,各媒体单位或学术理论刊物主办的年度优秀作品评选活动等;更加期待参与重要学术会议活动,得到本领域专家学者或资深创作者的认可;尤其注重职称职务的提升,全国性或地方性文艺类组织(各门类文艺家协会、各类学术社团等)的社会性职务的担任,著作、文章等成果的社会影响力(浏览量、点击率),等等。这一阶段是他们的成果高产期或迸发期,因而他们更加注重成果质的提升和量的积累。

(四)稳定期:本领域研究成果的长久积累和转化

这一阶段的文艺评论人才,或是在本艺术领域已取得一定的学术地位和话语权,或是在本研究领域处于相对稳定的研究层次和地位,相

对成熟期,有着较为深厚的研究积累,有着较为丰富或稳定的研究资源,较为平稳地专注于自己的研究方向,在发展诉求上较之起步期和成熟期更加趋于平和稳定。在文艺理论评论研究、学术会议活动等方面有较强的自主性和选择性,在本单位或文艺类社会组织、学术社团中多担任一定级别的职务。部分文艺评论工作者对本艺术领域行业发展的重大问题或关键问题有一定的发言权,经过长期积累成为本领域智库型评论家,为政府部门制定文艺发展相关政策文件提供智力支持。有些在国家级文艺评奖、作品评比,相关艺术领域重要展演赛事中担任评委等重要职务。

在文艺评论人才的起步期、成长期、成熟期、稳定期四个阶段,个体都有获取资源提升自身专业能力的需求,不同的是各个阶段获取资源的方式和渠道。处于起步期的文艺评论人才,其培养主体以学校为主,依托既有的课程培养体系提升专业能力,高校的自身学科发展和社会实践活动优势往往会让学生更加受益。处于成长期和成熟期的文艺评论人才,获取成长资源的渠道日益丰富。在依托本职岗位的优势资源的同时,有利于促进其能力发展的其他主体举办的培训研修、交流实践、评论观摩等活动更加吸引他们。如北京市文联2005年创立文艺评论品牌活动“北京文艺论坛”,已连续举办16届,搭建起不同艺术门类文艺评论工作者之间的交流沟通的桥梁;2007年上海市委宣传部与华东师范大学共同主办的“文艺评论和媒体文艺传播”研究生班,首创政府与高校合作办班的模式;2011年中国作协、中国现代文学馆创立客座研究员制度,十一年内凝聚了100名从事文学研究的青年学者,为我国文学评论队伍储备了有生力量。近年来文艺评论的重要性更加突显,从中央到地方更加注重对各门类文艺评论人才的培养,有关的研修培训、学术论坛活动更加丰富。2016年北京大学、中国文艺评论家协会主办国家艺术基金“文艺评论人才培养”项目,2018年中国文联文艺评论中心和中国文艺评论家协会开始举办全国文艺评论新媒体骨干培训班,2022年中国音协和陕西省文联主办"新时代杰出青年音乐理论评论人才高研班",等等。中国评协从理论研讨、学术论坛、研修培训、作品推优等多方面集中发力,举办"西湖论坛"、"啄木鸟杯"中国文艺评论年度推优活动、文艺评论人才研修班,创办专业文艺评论刊物《中国文艺评论》,一定程度上带动了全国文艺评论事业的发展。

四、关于文艺评论人才培养的思考与建议

人才培养的主体是多元的,不应仅仅局限于国家认可的教育序列。对文艺评论人才的培养应当是线性的、持续性的,伴随着文艺评论人才起步、成长、成熟、稳定的各阶段、全过程。文联组织、行业协会等团体通过举办人才培训、理论研讨、作品观摩、成果出版、评优评奖、项目扶持等活动,有助于加强文艺评论人才成长方面的组织机制作用;文艺类刊物媒体通过开设评论专栏专刊、委约评论、征文征稿等,起到搭建文艺评论平台的阵地作用。这些举措在促进不同发展阶段评论人才成长方面发挥的作用不容忽视。随着互联网和新媒体的高速发展,知识获取渠道、文艺传播渠道都更加开放多元,除了传统意义上的院校专业学科培养外,文艺评论人才的成长路径和展示平台也必然更加多样化。基于对目前文艺评论人才成长及培养模式的分析研究,以及对不同培养主体近年来推进文艺评论人才发展的一系列举措来看,我们不难发现当前文艺评论人才培养存在的问题。

(一)文艺评论资源统筹不足,人才培养机制有待丰富完善

北京作为全国的文化中心,可挖掘、可利用、可拓展的文艺评论

资源非常丰富,但从全市范围来看,目前文艺评论资源的统筹利用率还不足。北京地区高校、科研机构的积极性未充分调动。北京有32所高校设立了文艺相关专业或学科,尽管各高校在不同艺术门类学科上各有优势,但相互之间在文艺人才培养、文艺活动组织方面的交流互动并不多。各高校文艺类社团相关文艺评论活动的活跃程度,与上海、浙江等地区仍存在一定差距。如何活用高校资源,在不同层面充分调动高校师生参与文艺评论的积极性,还有待进一步研究。2021年1月,北京市文联发起成立的"北京高校文艺评论联盟"正式揭牌,依托高校资源开展文艺课题研究、开设文艺评论系列课程、编写北京文艺年度发展报告等,产生了一定的影响和效果。2022年,北京电影学院与北京邮电大学签署战略合作协议,双方未来将在文艺与科技融合发展、人才联合培养等多个方面加强合作,也为高校在互联网科技时代培养具有跨学科背景的复合型文艺人才提供了思路和借鉴。

(二)文艺评论人才培养要指向创作,形成文艺创作与评论的良性互动

对文艺评论人才的培养一方面应以文艺理论为基础,尊重文艺发展规律和各艺术门类特点,以研究推动学科理论建设;[①]另一方面要引导文艺评论人才密切关注文艺发展的前沿动态,关注新创作品、新的艺术形式、新的文艺业态等,主动适应不同创作形式、不同艺术门类跨界融合的现实需要。诸多文艺院团、演出机构如北京人民艺术剧院、国家大剧院、国家话剧院、中国歌剧舞剧院等,虽在创演方面代表了较高水平,但从作品数量上看,传之久远的经典剧目或作品并不多。爱奇艺、

---

① 王一川:《艺术学理论的学科进路》,《文艺研究》2021年第8期。

腾讯等网络平台近年来更加注重对市场和用户需求的调研,中影集团、博纳影业、光线传媒等影视制作公司积极听取艺术领域专家学者的专业建议,进一步加强影视作品的选题策划和内容制作,摸索出一条文艺创作与文艺评论良性互动的渠道,也为文艺评论进一步发挥社会功能,推出更多的文艺精品提供了更多可能性。豆瓣、知乎、今日头条、百度、快手、猫眼这类公众关注度高、影响力大并且核心业务内容与文艺评论相关度较高的文化企业总部均在北京,掌握着大量网络文艺评论内容数据,以何种模式与这些企业在数据分析利用方面建立合作,是今后推动文艺评论贴近文艺现实的关键一环。

(三) 文艺评论人才队伍结构不合理,对新文艺组织与新文艺群体的关注不够

文艺评论涉及文学、戏剧、美术、书法、音乐、舞蹈、摄影、杂技、曲艺、民间文艺、电视、电影等多个艺术门类,各艺术门类文艺评论人才在职业发展、成长需求等方面既有共性,也有各艺术门类自身特点所决定的特殊性。就学科发展而言,文学、电影、电视、美术、书法等艺术门类受众广泛,从业和研究者数量较多,戏剧、舞蹈、曲艺、杂技等艺术领域的研究者较少,不同艺术门类、不同从业类型的评论人才发展尚不均衡。这既与艺术门类的特点和学科发展历史有关,也与当前文艺评论人才的培养主体不够丰富、对不同类型评论群体的差异化需求的关注不足有关。近年来,文艺评论新文艺组织和新文艺群体乘着互联网新媒体发展的东风走入大众视野,部分独立评论人写作水平比较高,评论语言更贴近大众、可读性强①,但参与学术交流、培训研修的机会较少,得不到专业学界的认可,往往处于边缘地位。但

---

① 彭锋:《走出艺术批评的危机》,《文艺研究》2021年第6期。

从中国评协、北京评协会员的构成情况来看,与民营企业、文化机构等的自由撰稿人、独立影评人等新文艺组织、新文艺群体中的优秀代表联络得还不够广泛。

(四) 评论人才培养离不开评论阵地建设,共同营造健康的文艺评论生态

文艺评论需要发声,需要文艺评论工作者用观点鲜明、论述有据、切中时弊、文风朴实的评论,引领创作生产、推出文艺精品、提高大众审美、营造健康的文艺生态。作为评论主体的文艺评论工作者,对艺术创作、艺术形象、艺术形式要有敏锐的感知力、欣赏力、鉴别力,要对美好或丑陋、高雅或低俗作出符合艺术规律、美学认识的清晰判断,秉承独立的艺术品格和社会良知,发出自己的声音。文艺评论工作者要增强文艺评论的担当与责任,既不做迎合者,也不做附庸者,不仅要批判"乱",也要引导"正",要用好文艺评论这把"利器",破除文娱乱象背后荒谬的价值观、道德观,引导全社会建立健康向上的主流文化价值观。央属和市属重点文艺类刊物、媒体要牢牢把握宣传主阵地,有关部门要加强对网络新媒体、自媒体的监管,引导媒体坚守专业的文艺评论立场,推出更多健康向上、符合大众审美需求、对行业发展有正面引导意义的优质文艺评论,传递真善美和正能量。各级主管部门可以通过座谈、研讨、笔谈等多种形式,引导文艺评论界深入学习贯彻习近平新时代中国特色社会主义思想,持续开展马克思主义文艺观、社会主义核心价值观和文艺工作者职业道德观教育,引导他们坚持正确政治方向、价值取向和舆论导向,建设崇德尚艺、德艺双馨的文艺评论队伍。

培养和造就一批理论水平高、专业能力强、综合素质优的高水平文艺评论领军人才,既是推动文艺评论事业繁荣发展的重要环节和长远

战略,也能为实施新时代人才强国战略贡献文艺人才力量、提供智力支持。① 文艺评论人才的培养,文艺生态的健康发展,不仅仅是某一部门或主体的职能,需要各相关部门、各有关单位积极联动、形成合力,共同为文艺评论人才成长开辟更为广阔的天地。

李甜甜 北京市文艺研究与网络文艺发展中心理论研究室副主任。

---

① 夏潮:《提升新时代文艺评论神采》,《中国艺术报》,2021 年 12 月 10 日。

新时代北京舞剧的创新发展成果

南若然

衡量一个时代的文艺成就最终要看作品。党的十八大以来，在以习近平同志为核心的党中央的坚强领导下，中国取得了举世瞩目的巨大成就，文艺的发展也翻天覆地。北京舞剧分外亮眼，北京舞蹈工作者创作出多部思想精深、艺术精湛、制作精良的优秀作品，一批叫得响、传得开、留得住的精品舞剧"跨界、破圈"，为建设北京全国文化中心，为擦亮"大戏看北京"文化名片添上浓墨重彩的一笔。

一、新时代北京舞剧发展现状

（一）引领大众文化热点

当下的北京舞剧创作，呈现出经典剧目热度居高不下、新创火爆剧目如雨后春笋的喜人态势，树立了中国舞台艺术创作的标杆。北京实现文华大奖"四连冠"，其中三部是舞剧。舞剧《五星出东方》荣获第十

六届精神文明建设"五个一工程"奖和第十七届文华大奖;舞蹈诗剧
《只此青绿》获评第十七届文华大奖;舞剧《天路》获第十六届文化大
奖;舞剧《井冈·井冈》《仓央嘉措》"荷花奖"榜上有名。

京产舞剧口碑和票房"双丰收"。2021年6月亮相的舞剧《五星出
东方》,已完成全国巡演40场,2023年预计巡演百场;舞蹈诗剧《只此
青绿》2021年8月在国家大剧院首次"展卷",2022年,共演出178场,
走过30座城、33家剧院,人气口碑双丰收,杭州巡演时开票七分钟全
部售罄,创造了票房奇迹,引发全民热议。"青绿粉"不断追到演出城
市二刷三刷甚至"N刷",这成为年轻观众观演的新风潮,他们甚至制
作了全国各地剧场的票图,彼此分享"抢票攻略",只为抢到观赏视野
最好的座位,延展变成了一场观众的狂欢。①

(二) 党和政府搭台送东风

近十年来,北京舞剧创作坚持思想精深、艺术精湛、制作精良相统
一,围绕革命题材、现实题材、历史题材、北京题材等重点选题,精品力
作不断涌现。这些成绩,离不开北京舞蹈人坚持"以人民为中心"的创
作导向,热情投入、辛勤耕耘,更离不开党和政府对创作的导向引领、策
划指导和跟踪扶持。

1. 政策扶持

党的十八大以来,党和国家高度重视文艺工作,习近平总书记关于
文艺工作的系列重要论述,为新时代文艺创作提供了根本遵循。《中
共中央关于繁荣发展社会主义文艺的意见》(2015)、《"十四五"文化发
展规划》(2022)等多项指导意见和规划的出台,为北京舞剧的发展提

---

① 许薇,刘海栋:《当传统文化题材与剧院艺术生产成为CP——中国歌剧舞剧院近年
来舞剧创作研讨会综述》,《舞蹈》2020年第1期。

供了理论指导与行动指南。

北京市立足全国文化中心建设,围绕"大戏看北京"的工作要求,发布《中共北京市委关于新时代繁荣兴盛首都文化的意见》(2020)、《北京市推进全国文化中心建设中长期规划(2019-2035)》,着力推进重大主题舞台艺术创作,搭建"大戏好戏"展示平台。

2. 创作扶持

首先是国家艺术基金扶持。于 2014 年设立"国家艺术基金",北京地区有《五星出东方》《只此青绿》《天路》等 27 部舞剧作品获得资助。斩获国家奖项的京产舞剧,全部是国家艺术基金资助项目。"'国家艺术基金'的设立及其科学的选拔、资助、验收机制,促成了中国舞剧由'高速发展'向'高质量发展'的转型,奠定了中国舞剧发展格局的'新想象'。"①

其次是北京各类基金和项目扶持。北京文化艺术基金自 2016 年设立至 2022 年,共有芭蕾舞剧《红楼梦》等 24 部舞剧作品获得资助扶持;北京市文化精品工程重点项目于 2014 年启动,《杨家岭的春天》《五星出东方》《冼星海》《井冈·井冈》等舞剧名列其中。

3. 主题活动助力传播

近年来,北京市坚持以艺术精品创作为核心任务,聚焦策划选题、剧本打磨、剧目排练、剧作演出等关键环节,全链条式扶持精品艺术生产,北京舞剧发展逐渐形成良好生态。通过主办各类艺术节、展演季等主题文化活动,着力打造"演艺之都"。

"新时代舞台艺术优秀剧目展演"、第十三届中国艺术节期间,包括舞剧在内的大量优秀舞台艺术作品在北京集中示范演出,还在互联网平台搭建"云剧场",线下线上相结合。海淀区于 2020 年发起举办中关村舞剧节,三年来累计上演精品舞剧 34 部,现场观演人数超过 3 万人,网友

---

① 于平:《中国舞剧发展格局的新想象》,《中国艺术报》2018 年 2 月 28 日。

观看人次超过 3 000 万,成为国内外优秀舞剧展演交流的重要平台。

二、京产舞剧题材的创新发展

在新的时代背景下,北京舞剧围绕革命历史题材、现实主义题材,挖掘中华优秀传统文化,展现新时代的历史巨变和伟大成就,生动演绎古都文化、红色文化、京味文化和创新文化,讲好中国故事,展现了可信、可爱、可敬的中国形象。

一是历史题材。民族舞剧《情深谊长》,以 1935 年红军长征途中"歃血为盟"的历史故事为创作背景,向历史英雄人物致敬;舞剧《井冈·井冈》反映了九十多年前井冈山波澜壮阔的革命岁月……还有不少舞剧直接以人物命名,如《孔子》《仓央嘉措》《李白》等,用肢体语汇为千古风流人物进行速写,为中华优秀传统文化中的精英立传。

二是中华传统文化题材。北京舞剧持续深化中华优秀传统文化创新性发展与创造性转化,"努力挖掘中华优秀传统文化中的思想观念、人文精神和道德规范,用剧情和舞动把艺术创造力和中华文化价值融合起来,把中华美学精神和当代审美追求结合起来,用艺术形象激活中华文化生命力"。① 舞蹈诗剧《只此青绿》中浓厚的中华文化辨识度带来了"高光时刻";舞剧《梁祝》传达了中国古典舞蹈的魅力和东方文学艺术的独特意蕴。

三是现实题材。北京舞蹈工作者坚持"以人民为中心"的创作导向,不断深化和发展"为人民而舞"的精神内涵。聚焦重大事件和重要时间

① 冯双白:《中国当代舞剧艺术十年掠影丨中国文艺这十年》,《中国艺术报》2022 年 8 月 28 日。

节点,以舞蹈的艺术性的表达讴歌党、讴歌时代、讴歌人民,创新发展、讲好中国故事。舞剧《天路》讲述了三代人不忘初心、坚守筑路的动人故事,颂扬了不畏艰险、无私奉献的"天路精神";舞蹈诗剧《杨家岭的春天》充分展现音乐家和舞蹈家对于"人民至上"的深刻体会。

四是北京题材。北京舞剧创作者们发挥北京独特优势,推出《曹雪芹》《人生若只如初见》《圆明园》等一系列以地域名人、地域风情为主题的精品舞剧,生动演绎了古都文化、红色文化、京味文化和创新文化。

三、艺术表现形式的创新

新时代北京舞蹈工作者在舞蹈创意、技术手法、艺术表达等方面积极寻求创新与突破,运用新的技术、新的手段,激发创意灵感、丰富舞剧文化内涵、表达思想情感,使舞剧创作呈现出新境界。

(一)艺术表达方式的突破

一是在舞剧结构上,不再疏于叙事,而是在保持舞蹈艺术本体的前提下,生动反映历史故事以及火热生活,以创新的表达方式以及缜密的叙事结构反映现实生活,不断挖掘多重叙事的能力与潜力。舞剧《五星出东方》尝试着以文物讲述故事,在历史想象与艺术创作中向着传统文化的创造性转化与创新性发展迈进了一大步。

二是在视觉创意上,注重舞台语汇创新,用符合现代观众的审美引导创作。有意识地对作品进行当代视听构建,在综合形态上进行当代审美的转化,进一步打开创作视野与跨界维度。舞剧《李白》整体的色彩基调保持淡雅、古朴和自然。舞剧既配合现代舞台进行了空间切割的调整，又配合编舞表演，进行留白，表达了一种空间美学上的"写意"。

三是在动作语言上巧妙融合。舞剧《杨家岭的春天》从延安木刻版画中汲取气力，将刻刀遒劲、硬朗的笔触与民间舞的气韵、风范相融合，进而建构了跨越时空的舞蹈语言。舞剧《天路》强调"语言塑造人物"的特性——不同人物均有符合其身份与性格的特定语言。

四是在人物塑造上有所突破。舞剧《五星出东方》在真实严肃的历史背景下，在呈现和解读上有所超越和突破，运用诙谐幽默的喜剧风格，同时融入现代人的肢体语言，观众在欣赏多彩多姿的舞段的同时记住了人物，记住了故事。

五是在舞蹈艺术本体发展上，越来越契合当下观众的心理节奏、审美气质。舞剧《五星出东方》通过幽默、轻松的表演方式展现剧中的文化碰撞与交流，让舞蹈为讲述故事、塑造人物而服务，既让观众觉得好看好懂，又使舞剧的结构更为紧凑，标志性的舞蹈动作是对当代中国舞蹈艺术的特别贡献。

（二）舞台表达空间的丰富

科技进步对舞剧的表现手段产生了巨大影响。"数码灯光、机械控制、舞美制作等技术使舞台的表达时空极大丰富。尤其是影像技术使舞台演艺空间突破了物理与心理、真实与虚拟的界限，深度参与舞蹈的表现，增加了舞台的多层次表达空间，甚至成为新的叙事手段。"①

一是剧场空间和虚拟剧场的提升。近年来，北京新剧场设施建设不断加速，剧场的空间日益多元化，多样的建筑空间场域给观众带来了耳目一新的体验。随着新技术的发展应用，完全脱离实体建筑的虚拟剧场

---

① 许锐、张雪纯：《当代舞蹈人应以浪漫之身体，践行担当之精神》，《中国艺术报》2022年4月2日。

也屡见不鲜。如舞剧《天路》等成功探索了全球"4K+5G"影院直播,在首都电影院、手机端、电视大屏端等多渠道同步呈现。

二是舞美设计的创新。通过高新科技的加持,以舞台实景与多媒体投影完美融合的"叙事景观"在京产舞剧中已成为亮点。舞剧《五星出东方》大量运用影像手段,通过现代化的冰屏技术构建信息,以舞剧表演和布景的结合,让观众产生"千年一日"的时空感。

三是和其他艺术门类的跨界融合。舞蹈艺术不断融合吸纳其他舞台艺术门类的元素,在创新舞剧表现形式的同时,带给观众新的体验。如大型情景史诗《伟大征程》,通过音乐、舞蹈、戏剧等多种艺术形式的互融,充分运用舞台新技术,创建了大型演艺时空的新样式。

(三)传播媒介方式

近十年来,传播媒介的多样化趋势,重塑了舞蹈作品从创意、编排到制作演出的整个流程,丰富了舞蹈作品与舞蹈艺术的形态,舞剧新业态在技术与创新中初见雏形。

1. 新兴媒介拓展传播路径

新技术、新应用、新渠道与舞蹈艺术完美融合,影响着舞剧的发展走向、业态样貌以及传播广度。线上舞剧演出呈现出独特的优势,能承载更多观众,特别是在新冠疫情期间,舞剧通过网络直播,借助平台的流量优势,创造了新的产业价值。

从某种程度上说,线上的"出圈"助推了线下票房和口碑的"破圈"。舞剧《只此青绿》《五星出东方》均是经典舞段在网络平台上先"出圈",成为网络热词,掀起全网翻跳和模仿的风潮,继而登上央视春晚的舞台,引发全民关注。

这两年,热门舞剧纷纷推出线上直播,观众的临场感、参与感、体验感全面升级,微信、微博、抖音、快手及海外等平台矩阵式同步推进,助力舞剧成功"破圈"。2022 年,首届"大戏看北京"展演季搭建云端剧场,中国演出行业协会也与平台联合发起"云上舞者直播季"等活动,通过"云剧场"让受众在线上体验舞剧,这对舞剧的推广也产生巨大影响。

2. 线上直播催生新业态

对于观众来说,现场观看并不一定能获得美好的观演体验,比如,由于距离等原因,无法看清演员的面部表情,无法捕捉演员的表演细节。通过"VR+5G"技术,观众获得了"走上舞台,触摸现代舞者"的观演新体验,这丰富了舞蹈作品与舞蹈艺术的形态,推进了传统舞剧的数字化转型。如,中国歌剧舞剧院《舞上春》等舞台作品定制影像版上线,在各大网络平台同时首播,主创和演员现身线上直播间与观众一起在线观看,获得观众的一致好评。

党的二十大报告强调,要推进文化自信自强,铸就社会主义文化新辉煌。北京市提出要着力打造"演艺之都",持续出大戏、出好戏,用现象级作品打响"北京文化"品牌,依托北京各大重点剧场打造演艺高地。作为艺术人才最集中、活跃的城市,北京的舞剧正在青春的路上,以新的姿态探索新的舞台表达,为扎实推进全国文化中心建设而努力奋斗!

南若然 北京市文艺研究与网络文艺发展中心网络文艺部主任。

新时代北京原创歌剧发展成果与问题、对策研究

张雨梦

一、新时代十年北京歌剧发展主要成果

二十一世纪以来,国家经济实力的提升与文艺政策的有力扶持,使中国歌剧事业取得很大发展。2008 年文化和旅游部印发《关于进一步深化文化系统文化体制改革的意见》,为推进国有艺术院团体机制创新、鼓励引导民营艺术表演团体发展、保护传承民族艺术、扶持艺术生产和推动艺术传播起到重要作用。党的十八大以来,中共中央关于繁荣发展社会主义文艺的指示精神和一系列文化政策的引导和助推,为歌剧艺术的繁荣创造了良好的政策环境。

新时代十年,北京歌剧在国家政策有力扶持下取得空前繁荣发展。自 2013 年国家艺术基金设立以来,北京地区获得立项资助的歌剧有 33 部。十年来,北京文化艺术基金扶持北京原创歌剧 5 部。2017 年文化部和旅游部启动"中国民族歌剧传承发展工程",开展重点剧目扶持工作,北京地区共有 11 部歌剧得到扶持。十年来,多部北京歌剧作品

获得"文华奖"、中国戏剧奖、北京市文学艺术奖等重要奖项(详见附录1、附录2)。这些奖励和扶持有力激发了歌剧艺术的创造活力,为歌剧原创与经典复排、精品打造创造了契机。

文化和旅游系统积极为北京优秀歌剧作品搭建展演平台,中国艺术节、中国歌剧节、北京国际音乐节、国家大剧院歌剧节、"大戏看北京"展演季等各类文艺专场演出,集合全国各地优秀剧目进行集中展演,为包括歌剧在内的各类舞台艺术打造学习互鉴、艺术交流的平台。

在中国歌剧总体繁荣的大背景下,近十年北京歌剧原创作品精品不断。从创作主体来看,北京地区的歌剧演艺院团不仅有此前早已建成落户的央属院团,如中央歌剧院、中国歌剧舞剧院、总政歌剧团等,近十年北京地区高校也在不断加大对歌剧创演、研究的重视,中央音乐学院、中国音乐学院、北京大学歌剧研究院、中央民族大学音乐学院、北京师范大学艺术与传媒学院等高校艺术团体开发出了一批原创歌剧精品力作。2010年国内第一所专门从事歌剧研究、创作和表演的高等教学科研机构——北京大学歌剧研究院正式成立,致力于加强歌剧研究、推动歌剧创作与实践、培养高端歌剧人才,为推动和引领中国歌剧走向国际发挥着重要作用。北京地区的民营院团在歌剧艺术的探索道路上,也发挥着激发市场活力、促进歌剧风格多元化的重要作用。

近十年来,北京歌剧在全国歌剧创作数量、质量方面居于领先。北京近十年原创歌剧数量达55部,在国内位居前列;国家级院团与歌剧人才聚集,也为北京歌剧精品创作树立了全国性示范、标杆作用。据统计,自2013年国家艺术基金设立以来,北京地区获得立项资助的"大型舞台剧和作品创作资助项目"歌剧共计18部,占全国获批立项该项目数量的29%。北京地区在歌剧精品的打造上颇具优势,对国家歌剧事业的发展具有突出贡献。

二、北京歌剧创作题材类型

自中国歌剧诞生之日起,在题材、表现形式等方面经历了由"一元"向着"多元"①衍化的过程。

近十年国内歌剧创作,除了对经典歌剧的复排、对抗战和革命题材歌剧传统的继承外,一定程度上将目光转向现实题材,表达对时代主题的呼唤。此外,传统文化的传承、历史故事的抒写、民间传说的讲述,文学和话剧经典的改编和演绎等也成为当下歌剧创作的热门题材。

据统计,自 2012 年至今,北京地区创演的"抗战题材""革命历史题材"的歌剧共计 11 部(附录 3),讴歌抗战英雄和革命英雄"革命理想高于天"的崇高品格与强烈的甘于牺牲自我的爱国主义情怀;近十年北京地区创作了一系列表现历史人物的歌剧,共计 6 部(附录 4),歌颂历史人物的爱国主义精神与敢为天下先的探索精神或英雄事迹,弘扬民族自信。近十年北京歌剧对文学、戏剧、戏曲、电影、电视剧、神话故事、民间传说等文艺作品的改编成为歌剧创作的另一重要题材来源,共计 17 部(附录 5),在复现文艺经典作品的同时,还能增进当代人对于民族文化的深厚情感,引发当代人对于现实问题的思考,同时也为民族文化的艺术表现形式的多元化与经典文学作品当代价值的诠释进行实践探索。近十年来北京地区的现实主义题材的歌剧至少有 9 部(附录6),占近十年北京地区歌剧创作总数的 16.3%。北京的现实题材歌剧不仅能够结合时代主题、发掘真实事件,同时能够深刻把握和弘扬时代

① 金瑶:《中国民族歌剧历史演进与形式发展之思考》,《乐府新声》(沈阳音乐学院学报)2022 年第 3 期。

主题、彰显时代精神;着力探寻故事情节中的生动感人的情感支点,引起受众的广泛共鸣。北京是全国文化中心、全国行政中心与重要的文化古都与历史名城,以京味儿文化为题材的歌剧《骆驼祥子》最具代表性。

三、北京歌剧在表现形式上的发展创新

(一) 传统文化的创新与"国潮"歌剧

2017 年,中共中央办公厅、国务院办公厅印发《关于实施中华优秀传统文化传承发展工程的意见》,为传承和弘扬中华优秀传统文化,增强民族自信、提升国家文化软实力,实现中华民族伟大复兴的中国梦提出指导意见。为响应党的号召,北京近十年创作了一系列以传统文化为主题的歌剧。例如:2012 年国家大剧院原创歌剧《运河谣》以明代大运河民间爱情故事传说为蓝本,吸收并融合西洋歌剧、民间歌剧、戏曲等多重元素,通过具有汉语四声和民族唱法特点的方式演绎故事情节,以创新形式对传统的民俗传说进行现代演绎。

近年来,"国潮"席卷国内舞台艺术界,成为一种传统文化与时尚艺术潮流相结合的艺术表现形式。北京地区的歌剧受"国潮"这一潮流影响,以传统文化为核心,对民族艺术与现代艺术进行形式上的多元结合,呈现出既具"东方审美"又具有时尚感的视听效果。例如:2016年由中广影视文化演出有限公司出品的歌剧《莫高窟》围绕中华民族文化圣地敦煌展开故事,服饰设计、舞台背景的打造都颇具西域民族风情;运用民族交响乐器伴奏,西洋歌剧与中国民族唱法相结合,在中国戏曲"紧拉慢唱"的演唱形式中植入丰富多彩的节奏及和声变化,颇具传统文化特点与民族风味。

（二）歌剧艺术的跨界融合

近年来,舞台艺术"跨界"成为一种时尚潮流,歌剧领域也表现出"跨界"现象。歌剧与现代流行音乐、舞蹈等领域进行跨界合作,歌剧表现形式更为多元,视听效果也更加丰富;数字影像技术、虚拟现实技术的运用,增强了艺术表现力。例如:2018年北京国际音乐节独家委约推出的歌剧《奥菲欧》将古典歌剧与现代科技结合,舞蹈、音乐、装置无限跨界,以浸没式的"二次元"世界营造迷幻与现实交错的艺术氛围;在音乐上混合了巴洛克室内乐、先锋古典、艺术摇滚、复古电子以及中国古乐等元素,为北京歌剧观众提供了一场浸没式时尚体验。

（三）舞台美术创新设计

近年来,北京地区的歌剧演出在舞台美术上不断创新,一些歌剧表演融合现代科技,在舞台背景、道具的技术改进方面作出多元探索与积极尝试;在服装、舞台造景、道具设计方面,运用古典、民族、民间、京味文化中的多种传统文化元素,与时尚风格相结合,为舞台美术创新带来多种可能。例如:歌剧《莫高窟》舞台美术设计基于河西走廊的地域特色与丝绸之路的文化特色,服装设计及人物造型高度还原唐代历史场景及风土人情,以立体化空间、多媒体交互式舞台设计和沉浸式演出,全景再现敦煌莫高窟迷人的艺术风采。

（四）人物塑造形式的创新

近十年北京歌剧着力打造个性鲜明、富有戏剧张力与艺术感染力的典型人物形象,旨在增强歌剧艺术表现力,淋漓尽致地展现故事情节。例如：歌剧《日出》深度刻画都市众生相，运用正歌剧唱段、宣叙手法、中国民族民间音调、戏曲、说唱音乐等不同音乐类型塑造堕落的舞女、浪漫的诗人、商界人物、妓女等多种典型的人物形象。为增强戏剧冲突、使故事主线更清晰明朗，编剧将原作中的方达生与诗人合二为一，这一做法增强了戏剧张力，并凸显了人物命运的悲剧色彩。

（五）舞台调度的创新

近十年来，北京歌剧在舞台调度方面取得了显著进步。随着科技的发展，舞台技术更加高超，各种特效和技术的运用更加灵活多样，增强了舞台视听效果。例如歌剧《奥菲欧》为达到浸没式演出效果、呈现时尚电子音乐效果，"在360度开放的演出空间中借助舞台装置的可变性、灯光冷暖色彩的变换与明暗层次的设计与调配，运用环绕式影像的即时抓拍、镜像反射、现实空间的虚拟化呈现等意向性视觉媒介的共同协作，在有限的演出空间内'制造'出现实、异境、心理、赛博等多维时空的转换或并置，神话记忆、现实语境与超现实存在的叠影与交错，触发了亦真亦幻、多义互构的观剧体验"。①

四、北京地区歌剧发展的主要问题与对策

近十年北京歌剧艺术在创作题材方面更为多元化，表现形式不断创新，取得显著进步，出现了一批优秀的歌剧精品。

---

① 杜莹：《轮回的困境之力——评王斐南歌剧〈奥菲欧〉》，《中国文艺评论》2020年第12期。

　　然而,北京歌剧在当前仍存在着一些问题。一是当下歌剧创演机制相对成熟,能够较为高效地完成歌剧艺术创作,但与此同时一些歌剧创演团体为追求高产或迫切地参与评奖、获得扶持奖励,创演过程极为仓促,甚至规定在几个月内完成全剧创制并举行公演,这种"机械化生产"①的创作机制与浮躁心态不利于歌剧精品的出现。二是创作歌剧的专业音乐人才的稀缺。当前各院团重视对于歌剧人才的吸纳和培养,音乐人才不在少数,然而当前"高校对于音乐表演方向人才的培养,多倾向于声乐演唱、教学培养等,忽略了歌剧表演的课程设置,导致音乐表演人才培养虽已达到饱和,却只有少部分佼佼者可胜任歌剧表演"。② 三是当前北京歌剧题材广泛且多样化,但是近十年北京歌剧创作者对于北京题材的发掘和关注度还远远不够,北京丰富的传统地域风貌、文化特色与悠久历史中蕴含着大量的京味儿文化资源与创作素材,亟待发掘。四是北京歌剧的国际化道路与国际影响力仍有待开拓。

　　针对当下北京歌剧发展存在的问题,提出以下对策:一是加强歌剧批评,例如通过对歌剧作品的学术研讨、讲座、专家访谈、歌剧批评理论著述等,形成正确的歌剧创作的价值导向。二是加强歌剧创演过程的精心优化和设计,歌剧创排出来之后,首先通过小成本、小规模的制作与试验,反复修改、打磨、复排,待不断完善、积累成功经验后再扩大歌剧的生产规模。三是通过采风实践、专家访谈等形式,深入了解北京地方文化特色,探索京味儿歌剧题材。四是加强对歌剧表演人才的培养,补足教学短板,适应歌剧艺术市场需要。五是加强国际合作、国际交流,以世界视野反观中国。要增强民族特色,推出歌剧精品,以优质的歌剧精品树立良好的民族形象与大国形象,讲好中国故事。

---

① 居其宏:《当前民族歌剧若干问题之我见》,《音乐文化研究》2020 年第 1 期。
② 王丹阳、王立和:《中国歌剧发展的脉络以及对策研究》,《艺术评鉴》2020 年第 22 期。

附录1

北京地区歌剧创作获奖情况（2012-2023）

序号	作品名称	创作单位	所获奖项	获奖年份
1	《小二黑结婚》	中国歌剧舞剧院	第17届中国文化艺术政府奖文·华表演奖	2022
2	《长征》	国家大剧院	第9届北京市文学艺术奖	2020
3	《白毛女》	中国歌剧舞剧院	第16届中国文化艺术政府奖·文华表演奖	2019
4	《白毛女》（表演者：雷佳）	中国歌剧舞剧院	第7届中国戏剧奖·梅花表演奖（第29届中国戏剧梅花奖·歌剧类）	2019
5	《星海》（剧本）（编剧：王勇、郭雪）	中国歌剧舞剧院	第6届中国戏剧奖·曹禺剧本奖（第22届曹禺剧本奖·话剧类）	2017
6	《冰山上的来客》	国家大剧院	第8届北京市文学艺术奖	2017
7	《红河谷》	中国歌剧舞剧院	第14届中国文化艺术政府奖·文华大奖（第10届中国艺术节）	2013
8	《红河谷》（表演者：殷秀梅）	中国歌剧舞剧院	第14届中国文化艺术政府奖·文华表演奖	2013
9	《青春之歌》（表演者：陈小朵）	中国歌剧舞剧院	第4届中国戏剧奖·梅花表演奖（第26届中国戏剧梅花奖）	2013

附录2

北京地区歌剧创作扶持情况（2012-2023）

序号	作品名称	申报主体	所获扶持	扶持年份
1	《唱响南泥湾》	中国歌剧舞剧院	国家艺术基金（一般项目）2023年度资助项目·大型舞台剧和作品创作资助项目	2023
2	《奋斗》	中央歌剧院	国家艺术基金（一般项目）2023年度资助项目·大型舞台剧和作品创作资助项目	2023

（续表）

序号	作品名称	申报主体	所获扶持	扶持年份
3	《玛纳斯》巡演	中央歌剧院	国家艺术基金（一般项目）2023年度资助项目·传播交流推广资助项目	2023
4	歌剧创作人才培训	中央音乐学院	国家艺术基金（一般项目）2023年度资助项目·艺术人才培训资助项目	2023
5	中国民族歌剧表演人才培训	中国歌剧舞剧院	国家艺术基金（一般项目）2023年度资助项目·艺术人才培训资助项目	2023
6	《道路》	中央歌剧院	国家艺术基金（一般项目）2021年度资助项目·大型舞台剧和作品创作资助项目	2021
7	小歌剧《克里木参军》	中国人民解放军国防大学军事文化学院	国家艺术基金（一般项目）2021年度资助项目·小型剧（节）目和作品创作资助项目	2020
8	《红高粱》	中国人民解放军国防大学军事文化学院	国家艺术基金（一般项目）2018年度资助项目·大型舞台剧和作品创作资助项目	2018
9	《图兰朵》	中央音乐学院	国家艺术基金（一般项目）2018年度资助项目·大型舞台剧和作品创作资助项目	2018
10	《焦裕禄》	中国歌剧舞剧院	国家艺术基金（一般项目）2018年度资助项目·大型舞台剧和作品创作资助项目	2018
11	《芥子园》	北京大音知博文化传媒有限公司	国家艺术基金（一般项目）2018年度资助项目·大型舞台剧和作品创作资助项目	2018
12	《边城》	中央歌剧院	国家艺术基金（一般项目）2018年度资助项目·大型舞台剧和作品创作资助项目	2018
13	《兰花花》	国家大剧院	国家艺术基金（一般项目）2018年度资助项目·大型舞台剧和作品创作资助项目	2018

（续表）

序号	作品名称	申报主体	所获扶持	扶持年份
14	小歌剧《阿凡提》	国家大剧院	国家艺术基金（一般项目）2018年度资助项目·小型剧（节）目和作品创作资助项目	2018
15	歌剧演唱人才培养	中央音乐学院	国家艺术基金（一般项目）2018年度资助项目·艺术人才培训资助项目	2018
16	《奔月》	中央音乐学院	国家艺术基金 2017 年度资助项目·大型舞台剧和作品创作资助项目	2017
17	小歌剧《高尚的穷人》	中央音乐学院	国家艺术基金 2017 年度资助项目·小型剧（节）目和作品创作资助项目	2017
18	《陌上桑》（剧本）	林蔚然	国家艺术基金 2017 年度编剧类滚动资助剧本	2017
19	《长征》	国家大剧院	国家艺术基金 2016 年度资助项目立项名单·大型舞台剧和作品创作资助项目	2016
20	《复活》	北京纪天玺文化传播有限公司	国家艺术基金 2016 年度资助项目立项名单·大型舞台剧和作品创作资助项目	2016
21	《林徽因》	中国歌剧舞剧院	国家艺术基金 2016 年度资助项目立项名单·大型舞台剧和作品创作资助项目	2016
22	歌剧《白毛女》传播交流推广	中国歌剧舞剧院	国家艺术基金 2016 年度资助项目立项名单·传播交流推广资助项目	2016
23	民族歌剧《小二黑结婚》青年表演人才培养	中国歌剧舞剧院	国家艺术基金 2016 年度资助项目立项名单·艺术人才培养资助项目	2016
24	《白毛女》	中国歌剧舞剧院	国家艺术基金 2016 年度大型舞台剧和作品滚动资助项目	2016
25	《永乐》	北京林兆华戏剧文化有限公司	国家艺术基金 2015 年度资助项目立项名单·大型舞台剧和作品创作资助项目	2015

（续表）

序号	作品名称	申报主体	所获扶持	扶持年份
26	《为你而来·王选之歌》	北京大学	国家艺术基金 2015 年度资助项目立项名单·大型舞台剧和作品创作资助项目	2015
27	小歌剧《天鹅之林》	中央音乐学院	国家艺术基金 2015 年度资助项目立项名单·小型剧（节）目和作品创作资助项目	2015
28	《导弹司令》	总政歌剧团	国家艺术基金 2014 年度资助项目立项名单·大型舞台剧和作品创作资助项目	2014
29	《冰山上的来客》	国家大剧院	国家艺术基金 2014 年度资助项目立项名单·大型舞台剧和作品创作资助项目	2014
30	《白毛女》	中国歌剧舞剧院	国家艺术基金 2014 年度资助项目立项名单·大型舞台剧和作品创作资助项目	2014
31	歌剧《白毛女》青年表演人才培养	中国歌剧舞剧院	国家艺术基金 2014 年度资助项目立项名单·艺术人才培养资助项目	2014
32	《青春之歌》	国家大剧院	"中国民族歌剧传承发展工程"重点扶持剧目	2017
33	《玛纳斯》	中央歌剧院	"中国民族歌剧传承发展工程"重点扶持剧目	2017
34	《红高粱》	国防大学军事文化学院	"中国民族歌剧传承发展工程"重点扶持剧目	2018
35	《命运》	中央歌剧院	"中国民族歌剧传承发展工程"重点扶持剧目	2018
36	《道路》	中央歌剧院	"中国民族歌剧传承发展工程"重点扶持剧目	2019
37	《命运》	中央歌剧院	"中国民族歌剧传承发展工程"滚动扶持剧目	2019
38	《张富清》	中国歌剧舞剧院	"中国民族歌剧传承发展工程"重点扶持剧目	2020–2021

（续表）

序号	作品名称	申报主体	所获扶持	扶持年份
39	《青春之歌》	国家大剧院	"中国民族歌剧传承发展工程"重点扶持剧目	2020–2021
40	《山海情》	国家大剧院	"中国民族歌剧传承发展工程"重点扶持剧目	2022–2023
41	《奋斗》	中央歌剧院	"中国民族歌剧传承发展工程"重点扶持剧目	2022–2023
42	《唱响南泥湾》	中国歌剧舞剧院	"中国民族歌剧传承发展工程"重点扶持剧目	2022–2023
43	《青春之歌》	国家大剧院	北京文化艺术基金 2019 年度资助项目·舞台艺术创作资助项目·大型舞台艺术作品	2019
44	《长征》	国家大剧院	北京文化艺术基金 2018 年度资助项目·传播交流推广项目	2018
45	《金沙江畔》	国家大剧院	北京文化艺术基金 2017 年度资助项目·舞台艺术创作资助项目	2017
46	《莫高窟》	中广影视文化演出有限责任公司	北京文化艺术基金 2017 年度资助项目·舞台艺术创作资助项目	2017
47	《冰山上的来客》	国家大剧院	北京文化艺术基金 2016 年度资助项目·舞台艺术创作资助项目·配套资助作品	2016

附录 3

北京地区原创"抗战"与"革命历史题材"的歌剧（2012–2023）

序号	名称	创作单位	年份	创作题材
1	《我的母亲叫太行》	中央歌剧院	2015	抗战题材
2	《星海》	中国歌剧舞剧院	2015	抗战题材
3	《天下黄河》	中国人民解放军原总政治部歌剧团（原总政歌剧团）	2015	抗战题材

（续表）

序号	名称	创作单位	年份	创作题材
4	《青山烽火》	中国歌剧舞剧院、呼和浩特演艺集团	2018	抗战题材
5	《冰山上的来客》	国家大剧院	2014	革命历史题材
6	《方志敏》	国家大剧院	2015	革命历史题材
7	《号角》	中国歌剧舞剧院	2015	革命历史题材
8	《长征》	国家大剧院	2016	革命历史题材
9	《红军不怕远征难》	中央歌剧院	2016	革命历史题材
10	《红色娘子军》	中央歌剧院、海南省委宣传部、海南省文联联袂推出	2017	革命历史题材
11	《金沙江畔》	国家大剧院	2017	革命历史题材

附录 4

北京地区原创"历史人物""历史故事"题材的歌剧（2012–2023）

序号	名称	创作单位	年份	创作题材
1	《苏武》	中国歌剧舞剧院	2013	历史题材
2	《红帮裁缝》	中央歌剧院	2013	历史题材
3	《敦煌之恋》	中国广播民族乐团	2016	历史题材
4	《林徽因》	中国歌剧舞剧院	2017	历史题材
5	《莫高窟》	中国广播艺术团	2018	历史题材
6	《往事歌谣》	北京师范大学	2019	历史题材
7	《萧红》	中央歌剧院、中共黑龙江省委宣传部等联合出品	2019	历史题材
8	《遇见·贝多芬》	北京儿童艺术剧院	2020	历史题材
9	《芥子园》	北京大音知博文化传媒有限公司	2020	历史题材
10	《唱响南泥湾》	中国歌剧舞剧院	2022	历史题材

附录 5

北京地区文学艺术作品改编为题材的歌剧（2012–2023）

序号	名称	创作单位	年份	创作题材
1	《牡丹亭》	国家大剧院	2013	文学、戏曲
2	《骆驼祥子》	国家大剧院	2014	文学
3	《渔公与金鱼》	国家大剧院	2015	文学（童话）
4	《玛纳斯》	中央歌剧院	2017	文学（少数民族史诗）
5	《没头脑和不高兴》	国家大剧院	2018	文学（童话）
6	《青春之歌》	国家大剧院	2021	文学
7	《边城》	中央歌剧院	2022	文学
8	《画皮》	中央音乐学院	2022	文学
9	《这里的黎明静悄悄》	国家大剧院	2015	（外国）文学
10	《日出》	国家大剧院	2015	话剧
11	《运河谣》	国家大剧院	2012	民间传说
12	《天鹅》	中国歌剧舞剧院	2013	民间传说
13	《刘三姐》	中国歌剧舞剧院	2018	民间传说
14	《阿凡提》	国家大剧院	2016	民间传说
15	《山海经·奔月》	中央音乐学院	2018	神话故事
16	《玉堂春》	中国歌剧舞剧院	2019	戏曲
17	《兰花花》	国家大剧院	2017	（陕北）民歌
18	《冰山上的来客》	国家大剧院	2014	电影
19	《山海情》	国家大剧院	2022	电视剧

附录 6

北京地区原创现实题材歌剧（2012–2023）

序号	名称	创作单位	年份	创作题材
1	《为你而来·王选之歌》	北大歌剧研究院	2012	现实题材
2	《导弹司令》	总政歌剧团	2014	现实题材、军旅题材
3	《焦裕禄》	中国歌剧舞剧院	2015	现实题材
4	《北川兰辉》	中央歌剧院	2015	现实题材
5	《命运》	中央歌剧院	2017	现实题材
6	《道路》	中央歌剧院	2019	现实题材
7	《盼你归来》	中国歌剧舞剧院	2019	现实题材
8	《阳光灿烂》	中央歌剧院	2020	现实题材
9	《张富清》	中国歌剧舞剧院	2021	现实题材
10	《秋分麦种正当时》	中央歌剧院	2021	现实题材

张雨梦   北京市文艺研究与网络文艺发展中心干部。

相声剧,是相声还是剧

——评京味儿相声剧《同行的你》

修雨薇

"北京的魂儿,北京的范儿,北京的味儿,北京的孩儿。""大逗相声"的作品《同行的你》日前上演,引发对相声剧这一艺术形式的界定的思考:相声剧到底应归为戏剧领域还是相声范畴?戏剧主要依靠演员的"行动"来推动情节发展,相声则主要依靠"语言"来驱动表演。一方面,"行动"与"语言"配比的灵活性,为相声剧带来多种创新的空间。另一方面,形态界定的模糊,也给相声剧带来一些争议和实践难题——相声剧排成什么样才能受观众喜爱?什么样的演员可以演好相声剧?

一、相声剧在北京

中国的相声剧有明显的文化地理学特征。[①] 中华人民共和国成

---

① 何明燕:《基于文化地理学的中国相声剧研究》,上海:上海三联书店 2017 年版。

立以来，有北京曲艺三团的《福寿全》《魔椅》；也有根据南方"滑稽剧"移植改编的《您看像谁?》《城市小姐》等作品；更有台湾地区表演工作坊的作品，如《那一夜，我们说相声》《这一夜，谁来说相声》等，其创作源于二十世纪八十年代赖声川等人对相声这一传统曲艺式微的感慨与创新，却意外掀起了一轮相声热潮；而后，相声瓦舍的冯翊纲等创作的相声剧，再次繁荣了台湾的相声剧场；德云社的"化妆相声"以戏曲等传统文化为素材，以分场的方式，汇聚传统相声段子，同时还能讲述一个完整的故事，早年的作品有《打面缸》《三国·群英·赤壁》，近年的有《探清水河》《中国相声史》等；各类晚会上的一些相声小品也呈现了相声剧的样貌，例如冯巩的《暖冬》《公交协奏曲》等；此外还有北京市文联的《依然美丽》、北京曲艺团的《师·父》《艺高人胆小》等。

《同行的你》的出品方"大逗相声"成立于 2012 年，是一个扎根于京城的相声团体，聚焦北京人，主打北京味儿。在李寅飞、叶蓬、董建春、李丁等人的带领下，一直在创作与表演兼具传统气韵与时代风采的新作品，例如《杂谈北京话》《北京的桥》《北京的旋律》等。

二、叙事结构的交织与杂糅

相声剧一般采用线性的叙事结构，设置鲜明的主题，并以此为基础建立故事框架，同时嵌套多个小故事。它主要通过相声演员之间的对话，来使小故事"精细化""趣味化"。相声是一种模拟形态与声音的"以词叙事"的艺术，主要以过去式或现在完成时态进行表现，表演只起到辅助作用。戏剧是一种借助特定的行动来实现情感表达的艺术，对话只起到配合作用,主要以现在进行时态进行表现。而相声剧,便可以同时发挥对话与行动的作用,将表演叙述与相声叙述结合起来,打破单一叙事时空。

《同行的你》由李寅飞与李丁编剧,在叙事结构上有了新的创新与尝试,多重时空、多元场景的穿插,并没有显得杂乱无章。表演伊始,四位"老人"依次在幕前亮相,通过"三人一组"的对话,简单交代了故事的主要人物与故事背景。大幕拉开,舞台上是"老年大学"的教室,主线故事随之展开。

三、演员特色为情节搭建桥梁

对相声剧来说,"相声"是它的表现手段,而"相声演员"则是表达的"媒介"。相声演员的表演,可以打破传统戏剧的"第四堵墙",延伸与拓展观众的视听感受,不断优化戏剧的触达方式,使相声剧达到与众不同的艺术效果。

《同行的你》在情节设计上兼顾每一位演员的能力与特色,满足了观众对多类型相声表演的需求。饰演老李与老叶的,是相声演员李寅飞与叶蓬。两位演员作为曲艺界"老搭档",曾合作演出了《叫卖》《我帮火》等相声作品,后者获得了第十二届中国曲艺牡丹奖文学奖。饰演老涵的演员李涵,更是一位能力出众的相声表演者,对音乐的兴趣与天赋,使他能够将乐器尤克里里的表演与相声演绎融为一体,在现场表演了原版与山东方言版的歌曲《懂你》。饰演宋老师的演员宋伟杰,向观众展示了一段技巧娴熟的快板表演,这不仅是《同行的你》中的一段小高潮,更是对传统相声曲艺的致敬。

四、语言的音乐化与音乐的语言化

相声的艺术性源于它能将对话中的语言音乐化。"逗哏作音符,捧哏作小节",有张有弛,有起有伏,才能使对话流动起来。在《同行的你》之中,观众可以看到三段配合而成的"音乐"。一是老李与老叶的配合;二是老涵与老赵的配合;三是宋老师与王校长的配合。

《同行的你》的特别之处在于,它同时能够将音乐语言化。音乐是贯穿相声剧《同行的你》的主要线索,它甚至代替了对话,向观众展现了难以用语言描述、传递的内容,成为一种明喻。例如,在宋老师为四位老人教授情歌的主线情节中,出现了《月亮惹的祸》《月亮代表我的心》《我相信》《小星星》等歌曲。此外,音乐是推动情节发展的钥匙,例如《向天再借五百年》。音乐是表达人物情感的媒介,例如《送别》。音乐是时空转场的标志,例如《青春啊青春》。音乐更成为一种新的"对话",以"律诗对仗"的形式,引发时空跳跃与听觉冲击,例如《最浪漫的事》《桥边姑娘》《大花轿》等。

五、舞台道具的呈现恰如其分

对于相声艺术来说,布景与道具不是必需的。而对戏剧艺术来说,丰富的舞台布景必不可少。相声剧可取"中庸之法",适当地对舞台布景进行设计。

《同行的你》在舞台设计上是简约的。"四套桌椅,一个黑板"成为

《同行的你》的一组"实用道具",贯穿于多场故事。一个盖上红布的"相声桌",成为小故事"转场"的标志。四位老人在黑板上用粉笔画出的"太阳""小花""小鸟""小人",既是对儿歌《上学歌》歌词"太阳当空照,花儿对我笑,小鸟说早早早,你为什么背上小书包"的分解,更是舞台上的二次创作,增添了舞台表演的趣味性。"老李"在现场完成的书法作品"拆"字,也有同样的妙处。除此之外,《同行的你》中还出现了传统相声的道具,如折扇、快板等。

结　语

相声剧不只有欢笑,更能打动人心。如《同行的你》表达了一种老人们彼此陪伴的珍贵情谊。这种积极、乐观的态度,唤起了观众内心深处的感动。

相声剧这一跨界形式为热爱传统艺术的老年受众带来了新鲜感,更可以成为吸引年轻观众亲近相声的敲门砖。但归根结底,让创作与当下生活紧密结合是相声剧发展的必由之路。这就要求相声演员具备更广阔的舞台想象力,同时承继"艺不压身"这一朴素却宝贵的艺术信仰——就像演员李涵在采访时说到的,"要胜任相声剧这种新的艺术样式,需要相声演员多学一点,学无止境"。相信,未来还会有更多像《同行的你》一样的相声剧作品出现在剧场中,它们值得不断被关注、重视与期待。

修雨薇　北京市文艺研究与网络文艺发展中心干部。

新时代杂技剧创新发展及问题对策研究

卢　曦

一、研究的背景

（一）新时代，杂技剧卓越成果总结

近年来，涌现出不少题材多样、质量和口碑俱佳的杂技剧，如红色题材的《破晓》《渡江侦察记》《战上海》《红色记忆》《芦苇青青菜花黄》《铁道英雄》《一双绣花鞋》《山上那片红杜鹃》《英雄虎胆》《聂耳》《旗帜》《呼叫4921》《战魂——第三战队》；工业题材的《大桥》《兵工厂》；乡村振兴题材的《我们的美好生活》；抗疫题材的《英雄之城》；神话传说剧《梦·蝶》《岩石上的太阳》《楼兰寻梦》；展现国家"一带一路"倡议、弘扬丝路精神的《江湖》《炫彩中国》《冰秀·寻梦》；诗词歌赋题材的《小桥·流水·人家》《四季江淮》；描写地域文化的《江城》《蜀国英雄》《一船明月过沧州》《忆·华年》；环保题材的《冰雪梦蝶秀》《雪豹王子》；马戏剧《千古马颂》《满韵骑风》；儿童剧《槐树爷爷》《熊猫历险

记》；实验杂技剧《TOUCH——奇遇之旅》《加油吧！少年》《青春还有另外一个名字》；魔术剧《中国大戏法》《旅程——我是谁》《忆江南》《明家大小姐》等，拓展了杂技艺术的美学意义和文化表现疆域，反映出杂技人在传承中创新、在突破中发展的文化品格和创新精神。

（二）对杂技剧的政策扶持

制定《关于推动重大主题艺术创作三年行动计划（2022-2024）的工作方案》，着力推进重大题材、现实题材、北京题材的舞台艺术创作。出台《北京市演艺服务平台项目资助管理办法》，聚焦精品剧目演出、演艺空间培育、线上演艺服务三个方面，搭建"大戏好戏"展示平台。国家艺术基金于 2015 年资助了杂技剧《北京》。北京文化艺术基金自2016 年创立以来，于 2017 年、2019 年、2021 年、2022 年支持了魔术剧《龙门》、杂技剧《京城传奇》《永定山河》《春望——小萝卜头》等。北京市文联文学艺术创作扶持资金自 2018 年成立以来，共支持了 4 部魔术剧：《终于失去了你》《8090 星球》《秘密》《寻龙传说》。即将建成的中国杂技艺术中心将发挥北京杂技专属演出训练场馆的优势，着力打造以杂技秀、戏剧、戏曲为主的国际化演艺舞台。

二、北京杂技团的发展概况

习近平总书记指出："中华优秀传统文化是中华民族的精神命脉，是涵养社会主义核心价值观的重要源泉，也是我们在世界文化激荡中站稳脚跟的坚实根基"，"要推动中华优秀传统文化创造性转化、创新性发展，以时代精神激活中华优秀传统文化的生命力"。新时代以来，随着党和国家对文化、文艺的重视程度的提高,各地具有一定规模的杂技院团几乎都创作了杂技剧。杂技剧有意识地突破杂技"拙于叙事和抒情"的局限,把创作的触角伸向戏剧,借助戏剧的叙事优势,书写壮阔的人民史诗,其创造性转化、创新性发展经验值得总结。

北京地区的杂技院团主要有中国杂技团和北京杂技团。其中中国杂技团有限公司前身系 1950 年成立的中华杂技团,1953 年更名为中国杂技团,是在周恩来总理的关心指导下由中央政府组建的唯一的国家级杂技艺术表演院团,也是第一个代表中华人民共和国出访的艺术表演团体。2006 年转企改制为中国杂技团有限公司,2009 年成为北京演艺集团旗下的国有独资文化企业。主要杂技剧作品有国内首部杂技音乐剧《再见,飞碟》,北京著名的旅游演出剧目《天地宝藏》,传播丝路文化的大型杂技主题晚会《丝路国香》,反映北京人文历史的杂技剧《北京》,备受海内外观众喜爱的励志杂技剧《熊猫当家》,新杂艺实验剧《TOUCH——奇遇之旅》等。

中国杂技团于 1999 年兴办了北京市杂技学校,并于 2000 年增挂北京市国际艺术学校校牌。该校面向全国招生,是一所拥有一流教学设施设备和高素质师资队伍、以杂技专业为龙头的综合性艺术学校,设有杂技、舞蹈、武术、影视表演和美术等 5 个专业,陆续接收来自美国、加拿大、墨西哥、俄罗斯、法国、瑞士、西班牙、日本、韩国、越南、缅甸以及澳大利亚等国家的留学生。多年来,该校与中国杂技团资源共享、统筹统管,形成了依托学校办团、团校一体化的发展格局,使中国杂技团的发展得到了优质人才培养体系的保障和支撑。

北京杂技团是北京市非遗项目"天桥杂耍"的传承保护单位,1957 年诞生于北京民俗文化圣地——天桥,赓续着中华人民共和国现代杂技的起源——天桥杂技的文脉。剧团在加快推动优秀传统文化"两创"的艺术实践中,坚持守正创新促发展,传承和重构天桥杂技"难、奇、绝、美"的艺术特色,创作了《涿鹿之战》《斗水》《大地》等上古神话新说的杂技剧,

《华彩北京》《山河永定》等新京范儿杂技剧,《春望》《夏意》等经典改编杂技剧。一系列剧目的相继创演,推动着一种既传统又现代的交融性美学风格的生成。

三、杂技剧题材的重大突破

杂技讲究惊险奇难,正是杂技挑战人类身体极限的独特特征,让杂技剧创作擅长刻画英雄气概,表现勇于征服困难的英雄主义精神。历史神话题材、现实题材、北京题材等需要呈现相应气质的内容,都是杂技剧可以表现的领域。

以表现古代历史、神话传说为主的杂技剧《斗水》《涿鹿之战》等,运用现代创作理念,通过杂技技巧和剧情的完美融合,将神话的新奇、刺激、浪漫淋漓尽致地呈现出来,深刻地表现了中华民族勇敢、智慧、善良、团结的精神。红色题材杂技剧如北京杂技团的《春望——小萝卜头》紧扣跌宕起伏的故事情节,调集高空攀跃、翻腾特技等多种艺术手段,在用杂技叙事攻坚中又向前推进了一步。现实题材杂技剧《呼叫4921》推陈出新,将杂技与剧情有机融合,巧妙使用了背顶对叉、地圈、杆技、抖空竹、顶碗、绸吊等技术技巧,演绎意象化的动作,营造故事氛围,真正做到了用杂技讲故事。

北京奇幻森林魔术文化产业集团的《我是谁》则以魔术为主题、以戏剧为手段,打造了"魔术戏剧"这一全新的概念。获国家艺术基金2015年资助项目的中国杂技团的原创杂技剧《北京》,展现了传统的北京和当代的北京,赋予了作品新时代的内涵,首次尝试将相声与杂技相结合,这也是全国杂技舞台剧范围内的第一次。该剧以"统一"为观念,达成艺术内涵与高难技术观念的统一、民族特色和时代脉搏的统一、地方风俗和大众审美的统一,以此赋予作品新时代内涵,充分展现北京的厚重历史、风土人情及文化底蕴。

四、杂技剧艺术表现形式的创新

(一) 对传统文化的创造性转化

习近平总书记指出,文化是一个国家、一个民族的灵魂,文化兴国运兴,文化强民族强,没有高度的文化自信,没有文化的繁荣兴盛,就没有中华民族伟大复兴。中国特色社会主义文化,源于中华民族五千多年文明历史所孕育的中华优秀传统文化,它积淀着中华民族最深层的精神追求。杂技艺术作为古老的中华优秀传统文化之一,包含着中华民族最根本的精神基因——坚韧,代表着中华民族独特的精神标识——奋进,夯实了我们坚定文化自信的深厚基础。

例如根据上古神话改编的杂技剧《斗水》,以中国家喻户晓的创世神话女娲造人和补天的故事为出发点,糅合人类童年的蒙昧天真和朴素情感,演绎出一段人、神、兽围绕"天破大水"而经历的悲喜离合。"蹬鼓""蹬人""抖空竹""叠罗汉"……这些传统绝活儿成了故事线上闪光的珍珠。千年民俗"舞狮""踩高跷"也被"萌萌哒"融入剧情,传神地刻画出充满喜感的神兽。其中"舞狮"沿用了由国家级非遗传承人杨敬伟亲自指导制作和传授表演的北京白纸坊太狮,"娇憨可爱、凶猛伶俐",既彰显了地地道道的老北京民俗风情,又为"舞狮"这一中国百戏杂耍之王赋予了新鲜的时尚和童趣。同时,具有民族特色的原创音乐渲染出上古时代空寂辽远的美;京剧鼓点摄人心魄,激发荷尔蒙,活力四射,更让台上台下心跳共振,沉浸于补天斗水的非凡旅程。

中国杂技团有限公司原创杂技剧《北京》讲述了主人公寻访当年祖先的足迹来到北京,并在一次有趣的体验中意外走进时光门,开启了他在古今北京的神奇穿越之旅。他在二十万年前的远古北京周口店险遇"北京人"并与之周旋,他在1215年的元大都经历热闹繁华,他在1920年的北平天桥体验了艺人的卖艺生活,他在回归后的现代北京感受都市的发展与时代的脉搏。时光流转,带走的是历史的故事,留下的是北京的美丽。神奇的经历让他深深爱上了这座古老又年轻、深沉又活泼的北京城。该剧通过杂技表演的形式讲述北京这一特定地域环境下发生的故事,使观众感受风土人情的魅力,并产生情感共鸣。因此,杂技剧只有在这多元文化林立的大文化产业格局的背景下坚持地域特色,才能有效凸显自身的文化价值。

(二) 对多元艺术的有机融合

鉴于杂技剧的独特艺术特征,红色题材通常是其擅长的领域。北京杂技团创作的《春望——小萝卜头》,以几代国人耳熟能详的中国年纪最小的烈士"小萝卜头"的故事为蓝本,充分结合杂技的特点与优势,通过主创们想象力和创造力的极致发挥,让到场观众普遍得到耳目一新、如沐春风之感。该剧跳出了传统杂技剧的固有范式,为杂技剧的全新内涵延展提供了重要助力。该剧以杂技为基础,大胆结合多种舞台表现形式,进一步增强了舞台的融合展现的力度。与舞剧类似,杂技剧通常没有台词,更加注重动作性的呈现。但是没有台词并不意味着表达受限,凭借肢体演绎独有的优势,该剧主创扬长避短,在叙事上追求简洁、清晰、精准,大量借鉴了舞剧中的形体塑造和肢体表达。比如开场表现集中营里党员带领群众与敌人顽强斗争,中段小萝卜头在闹市掩护侦察员和情报,导演更多地选择依靠精彩的肢体展示去完成,既有静态造型也有动态舞段;杂技表演不再生硬地参与叙事,而是专注于呈现和放大人物的内心情感世界。该剧还巧妙而充分地利用了舞台的宽度和高度,制造出多重空间,一方面让叙事与抒情相辅相成,另一方面赋予传统的杂技表演更为丰富、复杂的语义。正是通过主创们别具匠心的设计、导演因地制宜的调度,多种艺术形式在该剧中才得以有机融合,最终共同完成了形神兼备的、高度诗意化的舞台叙事。

中国杂技团的现实题材杂技剧《呼叫4921》则根据真实事件改编,讲述了父子两代警察在亲情与职责之间做出无畏选择,先后因公殉职的感人故事。熟悉杂技的观众可以从剧中看到诸多曾获金奖的节目的影子:《九级浪——杆技》《腾韵——顶碗》《协奏·黑白狂想——男女技巧》《圣斗——地圈》《俏花旦——集体空竹》《揽梦擎天——摇摆高拐》《激踏——球技》等。同时融合魔术、滑稽、马戏等特色杂技门类,给剧情表现带来意外的亮色。"水下救人"一节,民警发现群众落水,立刻跳入水中营救,用的是杂技的空中技巧。由于加了一些魔术的遮蔽手段,整个表演就像在水里游泳一样,观众像在看水下摄影,了解到事情发展的全过程,但这种表现又不全是写实的,而是带着主观感情色彩,就像一种久久的凝视,痛惜、崇敬地看着民警力气用尽后下沉消失,一顶警帽在水中飘动,渐渐上浮,情景十分感人。该剧还根据剧情发展需要,研发了众多全新道具,让道具成功地从支撑杂技技艺升级为支撑剧情发展。

《涿鹿之战》是上古神话新说新杂技系列的第二部。这部由北京杂技团全男班倾情演绎的上古第一大战,以传统文化的时尚表达方式,不仅有老祖宗黄帝和炎帝霸气参战,有《山海经》中"风伯""雨师"高能助阵,还有传统戏曲、多元化音乐、创意舞蹈、装置艺术等多种艺术水到渠成地融入其中,为观众奏响了"新杂技"的美学范式狂想曲。整部剧杂技与传统戏曲浑然一体,战场打斗场面与戏曲武戏表演相得益彰,通过顶技、蹬人、叠罗汉、舞流星等杂技艺术,与京剧上演"老友相会记",如剧中主人公深陷迷雾山谷时,上演经典京剧桥段《三岔口》无对手开打的打斗画面,呈现出独特的中国戏曲美学气质。同时,借助花脸脸谱、武生靠旗等京剧元素,将人、神、马混战的戏剧性场面表现得摄人心魄。在剧中,杂技与中国民族打击乐、管弦乐及世界各国传统打击乐等多种音乐进行跨越时空对话,让观众仿佛身处一片虚幻天地,沉浸于天籁。

由此可见,杂技剧以有两千多年历史的杂技为本体,包含话剧、音乐、舞蹈等多种艺术形式,历久弥新,以自身的艺术特色丰富了舞台艺术种类,为新时代文艺事业发展贡献了力量。

(三) 对互联网技术的有效利用

这几年,互联网也渗透到了杂技领域,"互联网+杂技"深入人心。杂技行业逐渐从疫情初期"以艺战'疫'"的线上嫁接发展到线上创作推广、办节办会模式的升级迭代,进而转化为打造线上 IP 资源的新营收格局。当然也不乏杂技演员个人融入各类新媒体平台并赢得超高人气的例子。未来,"互联网+杂技"将成为杂技行业创新发展的新常态和新的持续增长点。

五、杂技剧面临的问题及其对策

(一) 问题

1. 创作模式有待改进

从杂技到杂技剧,递进的不仅仅是作品的艺术形式和呈现方式,更应该是一种创作模式,一种运营方式,一种管理机制。

环顾当今舞台上获得成功的若干部杂技剧,其创作模式大多是:本地省市级杂技团提供主要演员,作为创作单位和出品方,外聘全国少数几个获得过成功的杂技剧编导团队,然后尽最大可能将杂技剧推向市场,获得利润。诚然,这样的创作模式的优点是杂技剧剧目能够快速生产,剧目水平有保障,对于出品方而言,在可控性更强的同时能让剧目与当地文化、旅游更好地结合。这样的模式作为对新兴形式的学习和实践当然未尝不可,却难以让本地杂技剧创作者得到锻炼的机会。杂技剧在中国兴起近二十年,真正称得上优秀的编导团队依旧凤毛麟角,创作者数量的稀少势必导致剧目的同质化。

2. 杂技剧题材多样化有待加强

同时,杂技剧主题的同质化问题也值得人们重视。目前杂技剧剧目绝大多数是红色主题,虽然革命战争主题确实适合在杂技剧舞台上呈现,但是一个剧种舞台上只有一种主题,站在艺术发展的角度上看,对于这个剧种的长远发展是不利的。希望能看到杂技剧中出现更多元的题材。与此相关的是杂技剧的演出形式和定位。

3. 杂技剧人才综合能力需要加强

对于杂技剧从业者来说,从杂技人到戏剧人是一个全新的课题。这并非让杂技人丢掉自己的本色,而是要兼备杂技人和戏剧人的能力。唯有如此,才能让自己的杂技剧作品既有杂技的长处,又能在剧场中与传统戏剧竞争,成为戏剧家族中更好的一员。目前看来,杂技剧演员极少有台词,这或许是杂技剧的特点之一,但在未来未必不可改变。杂技人在编导演上,甚至是在舞台布景、舞台装置上都应做好准备。杂技演员的"舞台寿命",天然地不可能如同话剧演员一样绵长,但整个行业应当准备好"退役"演员的出路,他们的舞台经验、感觉,都是极为宝贵的。杂技演员的教育,除了传统的技巧、难度之外,是否还应该加入更多的舞台表演训练,甚至是编导思维的训练……杂技剧团在引进外部资源的同时,是否做好了自身孵化新剧目、上演新剧目的准备?

（二）对策

1. 杂技本体需要坚守

杂技剧要以杂技艺术为本体。杂技与戏剧的跨界融合，不是简单的叠加，更不是为了追赶时尚而只在概念上偷梁换柱。应该把握"兼顾技艺性、艺术性、观赏性的综合提高"的原则。但不可否认，目前国内很多杂技院团求新、求变之心过于迫切，想搭上"杂技剧"这趟高速列车走捷径，结果却造成了杂技剧良莠不齐、鱼龙混杂的局面。

提倡与戏剧跨界融合的目的，是让杂技的表现形式更加多元化，让技艺的展示有一个合理的依托，通过设置的规定情境，打破以往单纯的节目组合，以达到加深观众的印象，吸引观众的眼球，使观众产生共鸣的效果。那么新杂技的主体必然是杂技艺术。

2. 在剧本创作上发力

无论是杂技儿童剧、音乐杂技剧还是京剧杂技，都不能忽视剧本的创作。杂技剧的剧本一定要量身定做，编剧要十分熟悉杂技团的能力及其成熟的节目，根据杂技团的特点选取合适的题材和故事，让固有的杂技节目巧妙地在剧本中呈现，有机地融入剧情中。由中国儿童艺术剧院和吴桥杂技艺术学校联合创作的杂技童话剧《憨憨猫皮皮鼠》就是一个杂技与童话剧相融合的典范。猫与鼠的对立就用"爬倒立""导链""侧手翻"等杂技动作来表现，而憨憨猫勇救皮皮鼠的时候，用了"前后坠子""扯旗""探海"等动作，既合情合理，又推动了剧情发展，让观众不单因为杂技演员的危险动作而屏声静气，更多的是为惊险刺激的剧情而入神，这才达到了杂技剧的较高境界。

3. 杂技人才需要具备综合素质

杂技演员以往的关注点多放在高难度动作的完成上，表演的成分自然就少。但戏剧对演员的身形、台词、声调、表情都有一定的要求，尤其近年来,很多杂技剧也让演员开口讲少量的台词,所以对杂技演员全方位的综合培训就必不可少。每一部杂技剧在进入正式排练之前,必须对主要演员进行前期培训,从观念上改变他们固有的思维模式,甚至可以要求演员做人物小传,透彻了解所饰演的人物,将剧情吃透,只有这样,杂技演员在表演时才会有代入感,真正地去演戏,而不只是在表演技巧。

结　语

在中国特色社会主义新时代的今天,由杂技艺术演变发展而来的杂技剧正逢前所未有的新时代背景,紧抓时代机遇,不忘本来、吸收外来、面向未来,高能、高效地开展杂技剧的创作,是杂技剧未来发展的必由之路。

杂技剧作为近十年来诞生的一种新的艺术形式,存在一定争议是必然的,客观上也反映出艺术界对于杂技艺术发展趋势的关注。理性看待杂技剧目前存在的争议,乐观对待新生艺术形式,并给予它善意、优渥的生长土壤,积极引导杂技剧在不失本真的前提下健康发展,是我们应遵循的原则。

总之,艺术的生命力在于创新,没有创新就没有发展,没有发展就会被边缘化,被边缘化之后必定会衰落,衰落的结果就是消亡。杂技艺术既然走向了大融合继而产生杂技剧,并在诞生的近二十年间迅速发展,逐渐被观众接纳认可,那么其前景是积极乐观的。作为杂技艺术工作者,对于杂技剧这种新型的艺术表现形式,应张开双臂,怀有一颗包容的心,用健康的心态、智慧的思想积极引导杂技艺术团体,坚守杂技本源,创新发展杂技剧,将中华优秀传统文化继承发展下去。

附　录

附录一　北京地区杂技剧创作获奖情况

序号	作品名称	创作单位	所获奖项	获奖年份
1	杂技剧《呼叫4921》	北京演艺集团有限责任公司	第十届北京文学艺术奖	2023

附二　北京地区杂技剧与魔术剧创作扶持情况

序号	作品名称	申报主体	所获扶持	扶持年份
1	《北京》	中国杂技团	国家艺术基金	2015
2	杂技剧《春望——小萝卜头》	北京杂技团	北京文化艺术基金	2022
3	杂技剧《永定山河》	北京杂技团	北京文化艺术基金	2021
4	杂技剧《京城传奇》	中国铁路文工团	北京文化艺术基金	2019
5	魔术剧《龙门》	中国杂技团	北京文化艺术基金	2017
6	魔术剧《终于失去了你》	北京奇幻森林魔术文化产业集团有限公司	北京市文联文学艺术创作扶持专项资金	2018
7	魔术剧《8090星球》	北京奇幻森林魔术文化产业集团有限公司	北京市文联文学艺术创作扶持专项资金	2019
8	魔术剧《戏法传奇》	北京奇幻森林魔术文化产业集团有限公司	北京市文联文学艺术创作扶持专项资金	2020

卢　曦　北京市文艺研究与网络文艺发展中心干部。

图书在版编目(CIP)数据

"2022·北京文艺论坛"论文集／北京市文学艺术界联合会编. —桂林:广西师范大学出版社,2024.6
ISBN 978 - 7 - 5598 - 6930 - 2

Ⅰ. ①2… Ⅱ. ①北… Ⅲ. ①文艺评论-中国-当代-文集 Ⅳ. ①I206.7 - 53

中国国家版本馆 CIP 数据核字(2024)第 090469 号

"2022·北京文艺论坛"论文集
"2022·BEIJING WENYI LUNTAN" LUNWENJI

出 品 人:刘广汉
责任编辑:魏 东
助理编辑:钟雨晴
装帧设计:李婷婷

广西师范大学出版社出版发行

(广西桂林市五里店路9号　　　　邮政编码:541004)
网址:http://www.bbtpress.com

出版人:黄轩庄

全国新华书店经销

销售热线:021 - 65200318　021 - 31260822 - 898

山东临沂新华印刷物流集团有限责任公司印刷

(临沂高新技术产业开发区新华路1号　邮政编码:276017)

开本:690 mm×960 mm　　1/16

印张:22　　　　　　　字数:290 千

2024 年 6 月第 1 版　　2024 年 6 月第 1 次印刷

定价:108.00 元

如发现印装质量问题,影响阅读,请与出版社发行部门联系调换。